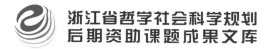
浙江省哲学社会科学规划
后期资助课题成果文库

南戏接受研究

Nanxi Jieshou Yanjiu

王良成　著

中国社会科学出版社

图书在版编目（CIP）数据

南戏接受研究／王良成著 . —北京：中国社会科学出版社，2018.3
（浙江省哲学社会科学规划后期资助课题成果文库）
ISBN 978 - 7 - 5203 - 2168 - 6

Ⅰ.①南… Ⅱ.①王… Ⅲ.①南戏 - 文化传播 - 研究 Ⅳ.①I207.37

中国版本图书馆 CIP 数据核字（2018）第 043132 号

出 版 人	赵剑英
责任编辑	宫京蕾
特约编辑	乔继堂
责任校对	周 昊
责任印制	李寡寡

出 版	中国社会科学出版社
社 址	北京鼓楼西大街甲 158 号
邮 编	100720
网 址	http：//www.csspw.cn
发 行 部	010 - 84083685
门 市 部	010 - 84029450
经 销	新华书店及其他书店

印刷装订	北京君升印刷有限公司
版 次	2018 年 3 月第 1 版
印 次	2018 年 3 月第 1 次印刷

开 本	710×1000 1/16
印 张	20.25
插 页	2
字 数	334 千字
定 价	85.00 元

凡购买中国社会科学出版社图书，如有质量问题请与本社营销中心联系调换
电话：010 - 84083683

序

俞为民

　　南戏研究是古代戏曲研究中的一个重要方面，自20世纪20年代以来，已取得了丰硕的成果。前人的研究为后人的研究建立了坚实的基础，提供了宝贵的借鉴，而我们今天的南戏研究，必须有新的突破和开拓，而要取得新的突破和开拓，则有赖于研究者的创新思维和专业理论基础。良成在攻读博士研究生期间，一直潜心于南戏的研究，搜集并阅读了大量的南戏资料，在读期间已经发表了多篇有关南戏的学术论文，而此书便是他在博士论文的基础上增订完善而成的。

　　接受史研究是近年来古代文学研究的一个新视角，但此前的学术界很少从接受学的角度研究南戏。本书则以"南戏接受"为论题，别开蹊径，对明清时期南戏的传播和接受作了深入研究。在谋篇布局上，全书从南戏的舞台接受、案头接受、文人阶层和下层受众对南戏接受的不同审美趋向、接受学视域内的南戏评点以及《琵琶记》"四大南戏"《五伦全备记》和《香囊记》等几部重要南戏作品接受个案等层面，对南戏接受的不同情形和历史面貌进行了全面的考察，推进了南戏研究的深入。另外，本书还从舞台和案头两大接受形式入手，清晰地勾勒出了南戏接受的发生、发展和衍变轨迹，具有总结性意义。

　　由于研究的视角新颖，故在具体的论述中，提出了诸多新见。例如对南戏接受两种形式的概括和分析，从选本看受众欢迎的南戏剧目案头接受的分类、南戏接受的文人阶层和下层受众的不同审美趋向等，都能够新人耳目。在宏观接受现象的烛照下，本书更对《琵琶记》"四大南戏"等最为受众欢迎的南戏作品以及《五伦全备记》和《香囊记》两部饱受争议的作品从个案方面进一步继续探究。虽然《琵琶记》和"四大南戏"等经典经过前哲时贤多向度、多层次的深入研究，有价值的探究空间越来越小，但作者却在《琵琶记》的接受过程中，敏锐地抓住"正误"和"反误"两种误解现象予以评述和分析,十分新颖独到。至于《五伦记》《香囊记》两部向来被批评家所诟病的作品,不论是各体戏曲史还是文学史,大都根据徐渭的《南词叙录》或徐复祚在《曲论》中所表述的观点为准,片面强调"(《五伦全备记》)是明初枯燥无味的道学戏剧的发轫之作"和"《香囊记》开辟了明代传奇骈俪化、典雅化和八股化"等不良影响,几乎完全忽视了这两部作品特别是《香囊记》风行于明清时期各地舞台的事实。本书在不否认上述观点正确性的基础上,根据明清两代的文人笔记等资料以及现存的各种编选于明清时期的戏曲选本全面分析,较为明晰地展示了这两部作品在明清舞台被接受的情形及被接受的原因。另外,作者还进一步认为,以上观点在很大程度上仅仅体现了文人受众的审美趋向,并不是下层观众的真实看法。又根据明代陶奭龄的《小柴桑喃喃录》记载,当时一般士绅的家庭寻常宴会,《五伦记》和《香囊记》已经几乎不可或缺。由此可见,在这两部作品的接受过程中,相当多的文人士大夫显然并不认同徐渭或徐复祚的观点。本书因此认为,"仅以中、上层文人的看法涵盖两剧的全部内容,可商榷之处应当很多"。

总的来说,本书从文献资料出发,细心辨析,理论眼光敏锐,多有新见,充分显示了作者扎实的文献功底和良好的理论分析能力。也正因为此,作为此书的初稿、良成的博士论文受到了答辩委员的一致好评,如南京大学吴新雷教授认为,本书除了全面论述舞台、案头两种直接的接受形式以外,"还探究了酒令、楹联、灯谜等间接接受形式,发前人所未发"。中国人民大学朱万曙教授则指出,其中《接受学视域内的南戏评点》一章,从接受学视域出发,认为初始期的评点"大多表现为受众的观剧感言性质,随意性很大",这个一观点是他本人"研究这一问题的时候所未曾注意到的,也就很让人佩服作者理论触角的敏锐"。

良成的这一著作的出版,为南戏研究增添了一个新的成果,我们在祝贺的同时,也期望他能在南戏研究领域里,取得更多的成果。

目　　录

绪　　论

　　南戏又名戏文、南戏文、南曲戏文、温州杂剧、永嘉杂剧、鹘伶声嗽、传奇等，它是中国古代最早成熟的戏曲形式。以时间为序，南戏可以大致分为宋元时期的南戏和明初南戏两个发展阶段。明代中叶后，随着昆山等南曲声腔的成熟和完善特别是《浣纱记》的出现，南戏创作趋于消亡，代之而起的是明清文人传奇。宋、元时期，南戏和北曲杂剧是当时南北两地最主要的两种戏剧形式；入明以后，南戏又直接催发传奇这一艺术样式的诞生，因而它在戏曲史上重要的地位不言自明。但是，关于南戏之名的实指，目前还没有为人普遍接受的概念。

　　在明清曲家看来，南戏与传奇本无质的区别，南戏和传奇本来就是一体。因此，当他们说到南戏时，常常将其称之为传奇；论及传奇时，又常常称之为南戏。明代著名曲家徐渭、吕天成等就将南戏与传奇视为一体。在他们的观念中，南戏和传奇之间的差别或许仅仅就是产生的时代先后而已。例如，徐渭在《南词叙录》里，将所记载的南戏与传奇篇目简单地以"宋元旧篇"和"本朝"两类来区分。吕天成的《曲品》也是这样，仅仅按照时代先后，径自将这两种文体统称为"旧传奇"和"新传奇"两类。可能这是明人在学术上的粗枝大叶，但学问严谨精深的清人同样未能将南戏和传奇予以明确分类，可见这两种戏曲样式本无多少区别，二者本来就是一体。即使现在看来，南戏与传奇之间的界限也未必那么分明。南戏与杂剧的区别明显，仅从外在的形态，就可以直观地将南戏与杂剧区别开来：杂剧体制短小，一般四折一楔子（虽然部分南杂剧的篇幅长短随意：短至一折，长可达二十余折，但后人还是仅凭直观就可以轻易地将杂剧和南戏区分开来）；南戏篇幅浩大，动辄几十出，《目连救母劝善记》戏文，更是长达一百余出。另外，杂剧的基本脚色仅末、旦、净、杂四类，南戏则有生、旦、净、末、贴、外、丑七个脚色；杂剧的故事结构基本单线直进，南戏则双线并行，凡此等等，其间的差别一目了然。

南戏与传奇之间的界限则相当复杂，姑且不说传奇秉承南戏发展而来，就是从声腔和剧作家的身份等角度来划分南戏和传奇，也未必十分科学合理，故而南戏与传奇之间的界限问题，已然成为困扰当今学界的难题之一。它们同为篇幅汗漫的长篇剧作，同样以南曲传情达意，舞台的排场和敷演几乎完全相同，就连剧中的脚色也无二致。要想将这两种文体厘定清楚，难度之大，可想而知。不过，因为宋元时期本无传奇这一艺术样式，因此，只要是此期出现的用南曲演唱的长篇戏曲形式，不妨径称南戏。入明以后，在宋元南戏特别是《琵琶记》和"四大南戏"创作或改编的影响下，不少文人纷纷投身南戏的创作或改编，于是，一批新的作品得以面世，这就是明初南戏。嘉靖年间，南戏的发展更是迎来欣欣向荣的局面，文人剧作家多舍弃杂剧，染指于南戏的创作和改编。邱濬的《五伦全备记》、邵灿的《香囊记》、陆采的《明珠记》和徐霖的《绣襦记》等可为明初南戏的代表，但上述剧作无论在剧本的体制还是舞台呈现上，已经完全具备了后世传奇的一切规范。因此，后人不论如何从剧本的体制还是舞台呈现着眼，都无法将它们和传奇区别开来。另外，顾坚、魏良辅等对昆山腔的改革也是明初最值得关注的现象之一。本来，作为南曲四大声腔之一的昆山腔不仅无法角力盛极一时的海盐腔，就连士大夫一致鄙夷的弋阳腔，也一度在苏州地区生根发芽，赢得了三吴地区观众的普遍喜爱。于是，著名曲师顾坚以及魏良辅等在昆山腔原调的基础上，采用水磨调，将这种原本不为多少受众所知的声腔改造得婉丽柔靡，大得时人喜爱。甚至连被汤显祖称为"体局的静好，以拍为之节"[1]的海盐腔，此时已经几乎被昆山腔取代。据顾起元的《客座赘语》卷九记载，昆山腔兴起以后，很快突破吴中地区，风行全国。"士大夫禀心房之精，靡然从好，见海盐等腔，已白日欲睡。至院本北曲，不啻吹篪击缶，甚且厌而唾之矣。"[2]在这样的接受情境下，严格按照昆山腔撰写的剧本《浣纱记》的出现绝非偶然。梁辰鱼的《浣纱记》之后，剧坛上又出现了大批按照改良后昆

---

[1] 汤显祖：《宜黄县戏神清源师庙记》，《汤显祖诗文集》（下），上海古籍出版社1982年版，第1127页。

[2] 顾起元：《客座赘语·戏剧》，俞为民、孙蓉蓉：《历代曲话汇编》（明代编）第二集，黄山书社2009年版，第401页。

山腔创作的长篇剧本，"名人才子，踵《琵琶》《拜月》之武，竞以传奇鸣；曲海词山，于今为烈"①的创作局面由此形成。梁辰鱼的《浣纱记》出现之后，不仅激发了长篇戏曲新的创作热潮，更为此类剧作贴上了一个明显的标识，从此使南戏和传奇的界限由模糊逐渐清晰。而这个贴标识者，就是著名学者、南戏专家钱南扬先生。钱先生认为，"一般习惯，就把它（《浣纱记》）从戏文中划分出来，称为明清传奇，另成一个部门去研究它"。②也就是说，钱先生以梁辰鱼的《浣纱记》为界，《浣纱记》及其以后出现的长篇戏曲就是传奇，此前的则为南戏。于是，南戏、传奇之名遂定。但是，钱先生的观点却没有得到最大程度的接受，当今学界对此依然众说纷纭，就连钱先生的高足、业师俞为民先生对此也未予完全认同。概括地说，关于南戏和传奇的界定，当今学界主要有以下观点③：

1. 主张按时代先后划分，以明代为界，宋元为南戏，明清为传奇。傅惜华先生是这种观点的主要代表。

2. 以明代嘉靖年间魏良辅改革昆山腔与梁辰鱼作《浣纱记》为界限来划分，将按照魏良辅改革后的昆山腔所作的长篇剧本称作传奇，梁辰鱼的《浣纱记》为传奇之首。钱南扬先生和庄一拂先生是这种观点的主要代表。

3. 以剧作家的身份来划分，民间艺人所作为南戏，文人之作则为传奇。这是徐朔方先生的观点。

4. 吴新雷先生的"广义"与"狭义"说。即"南戏是传奇的前身，传奇是南戏的延续，在宋元称为南戏，在明清称为传奇"。"明清传奇的狭义概念是指从《浣纱记》开始的昆曲剧本，广义概念则指明代开国以后包括明清两代南曲系统各种声腔的长篇剧本（但不包括元末南戏）。"

5. 孙崇涛先生的"演进期"说。孙崇涛认为南戏和传奇之间有一个"南戏（向传奇）的演进期"，这一"演进期""从明初至嘉靖，即昆山腔搬上戏曲舞台之前"。"这个时期的戏文作品，称之为'明人改本戏文'"。"明人改本戏文"既不同于宋元南戏，又有异于后来的传奇。

① 沈宠绥：《度曲须知》，《中国古典戏曲论著集成》（五），中国戏剧出版社1959年版，第198页。

② 钱南扬：《戏文概论》，上海古籍出版社1981年版，第57页。

③ 以下系转述俞师为民观点，参见俞为民《宋元南戏考论续编》，中华书局2004年版，第3—4页。

6. 俞为民先生的南戏、传奇一体说。"南戏与传奇在体制上并没有根本的区别，而且前人也一直视两者为同一种戏曲形式，只是名称不同而已。因此，在名称上，我们可以将两者加以区分，……但在体制上，仍应视两者为同一种戏曲形式。"①

以上诸家所言，自成其理，只是其中多数观点尚未得到学界的普遍认同，只有钱南扬先生的观点，当今学界响应极多。而吴新雷先生的观点虽然和钱先生有同有异，但吴先生却又对钱先生的观点非常认可。（吴先生和笔者谈及南戏和传奇的界限问题时，曾嘱咐笔者当以钱先生观点为准）因此，本书在南戏具体篇目的界定上以钱先生的观点为准，其余诸说，仅备参考。

弄清南戏这一称谓的实指以后，具体界定可考的南戏篇目不仅成了可能，而且显得尤为必要。关于宋元南戏的具体篇目，钱南扬先生从《永乐大典目录》《南词叙录》、相关的曲文与曲谱以及一些笔记、书目文献等中共勾辑出 283 种，并且考证甚详。对于明初、中叶的南戏作品和篇目，囿于资料的短缺，钱先生仅列 60 种。当然，这并不意味着明代的南戏作品仅此 60 种，因为钱先生同时指出："出于此六十本外者尚多。"②

钱南扬先生之后，关于南戏具体篇目界定的有益探索并未停止，如刘念兹先生在《南戏新证》中专列《南戏总目》一章，将现知南戏剧目归结为宋元南戏 244 种，明代南戏 125 种。金宁芬先生的《南戏研究变迁》一书也有《剧目及作品存佚》一章，在综合诸家之说的基础上，把宋元南戏名目界定为 251 种。不过，关于明代南戏的界定，金先生的持论也和乃师钱南扬先生有异，"不如把明代以南曲为主的长篇戏曲统称为'传奇'为妥。因之，本章也就不胪列所谓'明代南戏'的剧目了"。尽管钱先生胪列的南戏剧目曾经遭到庄一拂、赵景深、洛地以及黄菊盛等人的质疑，③但关于南戏剧目的界定和统计工作并未完全停止。业师吴敢先生在更宽泛的范围内，统计出现知南戏 389 种。④ 另外，据朱崇志先生统计，

---

① 俞为民：《宋元南戏考论续编》，中华书局 2004 年版，第 8 页。

② 钱南扬：《戏文概论》，上海古籍出版社 1981 年版，第 120 页。

③ 金宁芬：《南戏研究变迁》，天津教育出版社 1992 年版，第 105—106 页。

④ 吴敢：《宋元南戏总目》（征求意见稿），温州市文化局：《南戏国际学术研讨会论文集》，中华书局 2001 年版，第 392 页。

"宋、元、明三代戏文包括残存只曲的剧目在内，共有约216种尚可一见"。① 当然，朱崇志所谓的216种现知南戏主要以全本刊刻、选本刊刻和曲谱中的零曲形式存世。全本刊刻的南戏又以单行本和戏曲集的形式得以留存，如《六十种曲》就是最著名的选录全本南戏的戏曲作品集。选本刊刻的南戏则以全南戏选和杂剧、传奇、南戏及散曲合选的形式留存。不论全本刊刻还是选本刊刻的南戏，多在不同程度上遭到明人的窜改。即便是曲谱中留存的南戏零曲，因选家所选底本或为明刊本，所以也不能认为就是该剧的原始面貌。现知全部摘录南戏的选本有《百二十种南戏文全锦》《玉谷金莺》等。遗憾的是，这两种选本今俱不传。上述诸多选录南戏的戏曲选本，因为多成书于晚明清初这个特定的历史时期，又因为本阶段文人传奇的成熟和兴盛，故明、清两代戏曲选本所选的南戏无论从剧本体制还是从演出形式看，都已经与文人传奇并无二致，是以不论吴敢先生还是朱崇志先生所界定的全本或零出南戏剧目，只要流传至今，似乎也可以目之为传奇。倘若如此，南戏消亡于《浣纱记》之说又为本书必须面对的一大难题。出于简明的需要，本书将《浣纱记》之后仍然活跃于舞台和案头的前述南戏剧目，仍然视为南戏，不作传奇观。尽管这些南戏已经遭后世文人和戏班不同程度的窜改，尽管它们的剧本体制和演出风貌已然等同于此期的文人传奇，因为母体的关系，不将它们混列为传奇依然有必要的合理性。

　　"文学接受"一词是舶来语，它是因20世纪六七十年代德国接受美学（Reception Aesthetics）的兴起而广泛流传的。在这个美学体系中，文学接受被认为是一种以文学文本为对象、以读者为主体、力求把握文本深层意蕴的积极能动的阅读和再创造活动，是读者在审美经验基础上对文学作品的价值、属性或信息的主动选择、接纳或抛弃。从字面意义上看，文学接受与文学欣赏之间的意思差别不大，都是指读者的阅读活动。只不过，"作为文学欣赏或文学鉴赏的文学阅读活动，明显地具有一种仪式的、膜拜的、静观的或审美的性质，它所描述的其实是文学阅读活动的理想状态。而'文学消费'和'文学接受'则充分反映了文学阅读活动中的现实复杂性，具有更强的针对性和说服力，故而现代文艺学倾向于用'文学

---

① 朱崇志：《中国古代戏曲选本研究》，上海古籍出版社2004年版，第61页。

消费'和'文学接受'来取代传统文艺学的'文学欣赏'或'文学鉴赏'"。① 既然"接受"一词是舶来品，用这样的内涵和外延来涵盖中国古代文学显然并不十分确切，何况中国古代戏曲并非仅仅属于文学这一狭隘范畴。另外，中国古代的诗、词，原非以文本为对象、以读者为主体、力求再创造的单一活动。"诗三百"是民歌，汉魏乐府也是民歌，它们的接受过程不仅仅是以文本为主要对象，而是主要以歌谣等口耳相传的形式为广大群众所接受，在这个广大的受众群体中，相当一部分人甚至可能因为没有任何教育背景，因而缺乏必要的阅读能力。再则，在上述接受群体的接受心理中，不少人纯为愉悦，很难符合上述所谓严格意义上的审美心理。唐诗、宋词的接受情形与之相似，文学史上著名的"旗亭画壁"故事和"凡有井水饮处，皆能歌柳郎君词"之语就说明，无须文本，仅凭口耳相传，就可以轻松地完成中国古代诗文等形体的文学接受。况且，根据现有的文献资料，很难证明这些歌妓与传唱柳永词作的受众具有较高的文化修养。如果以文本为对象，中国古代诗词的受众范围将大大缩小。与早期民歌有所不同的是，至迟在唐代，诗歌的接受就变成口耳相传和文本接受并重的局面。令人奇怪的是，只有当上述诗、词在民间几乎完全丧失生命活力的时候，它们才变成单纯的文本接受，至此它们的接受才更符合上述文艺学规律。即当早期民歌变成"诗三百"，变成儒家经典之时，当唐诗、宋词的音乐功能丧失之后，这种接受才会"以文学文本为对象、以读者为主体、力求把握文本深层意蕴的积极能动的阅读和再创造活动，是读者在审美经验基础上对文学作品的价值、属性或信息的主动选择、接纳或抛弃"。② 中国古代小说与戏曲的接受还要复杂一些。宋元的话本小说原是勾栏瓦肆说话艺人的底本，可能有不少艺人本身就识字不多，遑论听众。显见，此期的小说接受就不是以文本为对象的，接受者也并非出于把握文本深层意蕴的再创造活动。不过，这种情况似乎一点也不影响话本小说的传播和接受。当小说发展到了明清之际，民间说话艺人的市场依旧广大，符合上述文艺学规律的接受行为也呈现大幅增长的态势，虽然这两种接受行为时有交叉。戏曲的情形还要更复杂一些。早期的戏曲接受与早期诗、词和小说差不多，也不是以文本为主要对象的，而是主要通过舞台演

---

① 参见童庆炳《文学理论教程》，高等教育出版社 2004 年版，第 317—318 页。

② 同上。

出的方式进行的。当戏曲发展到成熟阶段以后，其接受行为才得以通过文本和舞台并行。

拥有最大量的受众并能获得最为强烈的反响是文学创作的终极目的之一，戏曲创作和演出不仅不能例外，而且这种功利性的目的尤为明显。当然，与诗文、小说等其他文艺样式相比，中国古代戏曲的接受群体显然更大。明人刘继庄曾说："余观世之小人未有不好唱歌看戏者"；[①] 今人周作人亦认为："民间有不识字不听过说书的人，却没有不曾看过戏的人，所以还要算戏的势力最大。"[②] 现有资料表明，在举国若狂的戏曲热潮中，明清时期上至达官显宦，下至贩夫走卒，都对这种文艺样式积极参与，倾注了较之小说等其他俗文学体式更多的热情。直到 20 世纪二三十年代，"人们常常可以在旧北京的街头看到下层社会近乎发狂的戏迷，他们蓬头垢面，衣衫褴褛，却还大唱其《空城计》，且摆手作势，扮演那位了不起的诸葛亮"[③]。故此，在明清时期所有的通俗文艺种类中，戏曲在通俗文学中所占的地位也似乎更高一些。林语堂先生更以小说家多佚名，曲家更少无名氏为例，论证了上述观点的正确性："中国戏剧的语言多是韵文，因而被认为是一种高于小说的文学，几乎与唐诗平起平坐。"[④] "从前，中国的小说家们总是害怕别人知道自己堕落到去写小说的地步。"[⑤] 概括地说，明清时期各个阶层的人士对戏曲的参与不外乎以下几种方式：一，投身戏曲创作，将个体对社会生活的感悟以"戏"的方式展现于受众的接受视野；二，总结创作经验，以执着、理性的方式进入更高层面的戏曲接受生活；三，以戏为鉴，在审视现实的同时，展现个体对生活的态度；四，还原生活、享受生活。一般而言，以上的几种接受方式并非孤立和相互排斥的，相反；它们之间往往表现出水乳交融的状态。之所以说第一、第二种行为也属于接受范畴，因为后起的任何一种文艺形式都建立在对前期产品的完全、彻底的接受环节中，并且大都属于推陈出新的结果。另外，从接受学的角度来看，相比第三、第四两种接受方式，一、二两种接

---

① 刘继庄：《广阳杂记》卷二，《续修四库全书》第 1176 册，上海古籍出版社 2002 年版，第 590 页。

② 周作人：《论中国旧戏之应废》，《新青年》第五卷第五号，1918 年 12 月。

③ 林语堂：《中国人》，学林出版社 2007 年版，第 196 页。

④ 同上书，第 194 页。

⑤ 同上书，第 201 页。

受方式别具积极意义。毕竟三、四两种接受方式多少带有一些为接受而接受的被动目的，一、二两类接受方式则寓有期待更新、期待更好接受效果的积极动机。进一步说，倘没有第一、第二种接受方式的存在，任何种类的文艺接受必然面临停滞不前、原地踏步命运。当然，从接受群体来看，后两者的受众显然要比前两者大得多，是他们构成了接受群体的主干。而且后两类接受群体的意见反馈，虽然更具感性成分，较少理性思辨色彩，但它们却是前两者的基础。没有它们，前两类接受将越发显示本已存在的阳春白雪之嫌。

从文学艺术接受史的角度看，戏曲接受和其他门类的艺术接受本同末异。下面这段话常为论者所引，以期勾勒和说明文学进化的轨迹和必然性：

> "三百篇"亡而后有骚赋，骚赋不入乐，而后有古乐府，古乐府不入俗而后以唐绝句为乐府，绝句少宛转而后有词，词不快北耳而后有北曲，北曲不谐南耳而后有南曲。①

王世贞对"曲"的渊源的追溯，直以《诗经》为始。而且"曲"的发展大致还经历了"古乐府—绝句—词—曲"等几个阶段。持此相似的观点，明清两代不乏其人。姑且不论这种观点合理与否，这段话倒是清晰地说明了"一代有一代之文学"的最主要、也最直接的原因是接受。正是因为"三百篇"亡且继之的"骚赋"不入乐，才有"古乐府"的诞生和大行其世；也正是"古乐府"的不入俗，才有"绝句"的诞生；由"绝句"而"词"，由"词"而"曲"的发展衍变，主要原因竟然是"不快于耳"。当然，简单地认为"三百篇"或"古乐府"及诗、词之不兴全系"不快于耳"是狭隘的。可以肯定的是，上述文艺种类的衰亡显然不是"不快于"个体之"耳"，而是一个新时代的众"耳"。易言之，接受主体数量的急剧减少才是上述文艺体式衰亡的主要原因。由此可见，受众的接受对文艺样式的发生、发展起着决定性作用。不过，稍稍令人遗憾的是，当今学界对诸种文艺样式的本身，阐释至微，对于受众这种决定某一文艺样式存亡与否的最主要因素，关注显然不够。

---

① 王世贞：《曲藻》，《中国古典戏曲论著集成》（四），中国戏剧出版社1959年版，第27页。

中国古代戏曲研究作为一门独立的学科，始于 20 世纪 20 年代。在这近 90 年的研究历程中，经过王国维、吴梅、卢冀野、任二北、钱南扬、冯沅君、郑振铎、赵景深、王季思等一大批学者卓有成效的努力，已经开拓出相当宽广的学术领域，取得了丰硕的成果。不过，随着研究领域的不断拓宽，更多颇具学术价值的问题逐一浮出水面，进入当今研究者的学术视野。另外，即使前哲时贤关注极多、收获至多的领域，随着新的文献资料不断地被发现，他们的观点可以被修正和补充之处想必很多。至于前哲时贤或因精力所限、或逸出其隽思妙想之外的盲点，则更有填补空白的必要。将中国古代南戏置于接受视野予以探究，就是基于上述原因而产生的拓展需要。

晚近的作为一门独立学科的中国古代戏曲研究并不意味着此前该领域的学术探究是一片空白，相反，中国古代的南戏向来就是明清学界的研究热点之一。明清以降，前哲时贤更是或从整体、或就个案对南戏进行了多向度、多层次的深入研究，并且取得了丰硕的成果。从明代中叶开始，一些重要的戏曲理论著作如徐渭的《南词叙录》、吕天成的《曲品》、祁彪佳的《远山堂曲品》、王骥德的《曲律》、李渔的《闲情偶寄》以及与之相关的大量序跋、笔记等，多有对南戏的发生、发展轨迹以及某些重要作品场上、案头等流播情况的详细记载和具体阐释。虽然《南词叙录》《曲品》《远山堂曲品》等专门论曲之作不仅在很多南戏剧目的文献保存方面居功至伟，而且还对南戏概念的外延和内涵做出了比较具体的界定并给予分门别类的描述。另外，明清两代以南戏为专门研究对象的著作虽然只有徐渭的《南词叙录》一种，但是，《曲品》《远山堂曲品》《曲律》《闲情偶寄》《剧说》等合南戏、杂剧与传奇等戏剧形式综论之作却在更多南戏作品的具体观照上大大超出了《南词叙录》。尤为难得的是，上述著作还不时地在不经意间记述了一些南戏作品在当时接受形式的某些真实接受场景。如"凡百有九折，以三日夜演之，閧动村社"[1] 的《劝善记》，"《父子相认》一出，弋优演之，能令观者出涕"[2] 的《十义记》，以及"作于成化年间，曾感动宫阙"[3] 的《金丸记》等就是如此。毋庸讳言，明清两

① 祁彪佳：《远山堂曲品》，《中国古典戏曲论著集成》（六），中国戏剧出版社 1959 年版，第 114 页。

② 同上。

③ 同上书，第 25 页。

代学者对南戏的研究和观照更多地集中在《琵琶记》《荆钗记》《白兔记》《拜月亭》《金印记》等著名作品的个案上。特别是《琵琶记》，几乎成了本期乃至其后所有学者的关注热点。

不可否认的是，"理论常常是随着创作的现实走。与明代戏曲发展的实际历程相一致，明人对当代戏剧的研究也经历了一个由萧条到繁盛的转变"。① 同样不可否认的是，明清时期的南戏研究热潮与当时蓬勃发展的南戏传播和接受之间的关系密不可分。在南戏接受最为繁荣的明末清初，恰恰也是南戏研究成果迭出的时期。到了清代的乾、嘉年间以后，随着雅部昆腔的衰落和构成花部的各种地方戏曲的猬兴，除了《琵琶记》等少数经典作品之外，其余南戏剧目在当时的舞台上渐有消亡之势。即便本期的南戏刊刻，较之此前也更多地呈现萎靡不振的态势，故而本期的南戏研究渐入低谷便不足为怪。正如南戏衰落的趋势早在清代乾、嘉年间即见端倪一样，南戏研究渐趋衰落的局面也在这个时期逐渐显现。如焦循的《剧说》虽然征引的文献典籍有 166 种之多，但是该书却是意在汇辑前人曲话中的各种观点，绝少如王骥德、吕天成、祁彪佳、李渔等更多体现作者本人的一得之见。黄幡绰的《梨园原》也是这样。该书不仅是中国古代唯一一部论述戏曲表演理论的著作，而且其中各种真知灼见也是两代昆曲艺人成熟舞台经验的结晶。但是，这些弥足珍贵的舞台实践却几乎没有专门确指南戏而发。不仅如此，该书所谓的"身段八要""艺病十种"乃至"曲白六要"等重要指导原则，即便置之与昆曲冰炭不融的花部诸腔中，也有舍此无他的借鉴意义。在这样的研究思路指导下，《梨园原》只能看作当时南戏研究的重要参照物，尚然不能与元代胡祗遹的《黄氏诗卷序》和《优伶赵文益诗序》之类，站在受众立场上对当时包括南戏在内所有戏曲形式的表演期待这样的简短文章持衡。

自 20 世纪二三十年代以来，南戏研究又逐渐引起更多学者的注意，王国维、吴梅两先生肇其端始，钱南扬、冯沅君、郑振铎、赵景深等先生光大于后。王国维先生在其著名的《宋元戏曲史》中，别立《南戏之渊源及时代》和《元南戏之文章》二章；吴梅先生的《中国戏曲概论》等著作也对宋元明之南戏多有专门论述。随后，冯沅君、陆侃如先生的《南

---

① 陆林：《明人之当代戏剧研究论略》，《知非集：元明清文学与文献论稿》，黄山书社 2006年版，第 101 页。

戏拾遗》、赵景深先生的《元明南戏考略》等著作纷出，成果自是不凡。特别是钱南扬先生，几乎以毕生精力致力于南戏研究，成就最为突出，卓然已成大家。钱先生的《永乐大典戏文三种校注》《戏文概论》《宋元戏文辑佚》《元本琵琶记校注》《汉上宦文存》等著作，迄今仍是研治南戏诸家的必备参考书。80年代以后，刘念兹、洛地、俞为民、金宁芬、孙崇涛、吴敢等先生又在南戏的研究上取得了可喜的成绩。刘念兹先生的《南戏新证》（中华书局1986年版）一书，将地上之文献与地下之文物结合起来，综而论之，亦为研治南戏很有价值的参考书目。俞为民先生的《宋元南戏考论》（台湾学生书局2000年版）以及《宋元南戏考论续编》（中华书局2004年版）两书，以翔实的资料、严谨的治学态度分别从宏观、流动的角度对南戏的渊源和流变及《琵琶记》《永乐大典戏文三种》等经典剧目的产生年代、作者、版本、本事演变、版本流变诸多方面做了深入的研究，提出了很多独到的见解。洛地先生的《戏曲与浙江》（浙江人民出版社1991年版）则以大量的篇幅详细论述了元明清三代南戏与浙江的关系，在诸如戏与文、戏文与话文等方面的见解鲜明独特。不过因为该书仅仅局限于浙江一隅，且着力点并不在南戏接受层面，故也有补充的必要。金宁芬先生的《南戏研究变迁》（天津教育出版社1992年版）将宏观与微观研究结合起来，在宏观上一一考释了从南戏的释名到南戏作品流失的原因等诸多现象，在微观上则具体观照了《永乐大典戏文三种》《琵琶记》"四大南戏"及《牧羊记》等在戏曲史上颇有影响的作品，为现今的南戏研究提供了很多帮助。可贵的是，金先生在提出见解的同时，还较为详细地比照了此前以及当时学界研究的新成果，特别是在南戏的版本考述等方面，该书勾勒更为明晰。孙崇涛先生的《南戏论丛》（中华书局2000年版）、《风月锦囊考释》（中华书局2000年版）等著作，虽然也从不同的角度对宋元明南戏剖析甚清，相比上述诸家，孙崇涛先生的这些研究成果似有偏于个案研究之嫌。吴敢先生接续钱南扬等先生的未竟事业，再次将宋元明南戏篇目一一界定，完成了《宋元明南戏总目》（《南戏国际学术研讨会论文集》，中华书局2001年版）一文，篇幅不长，居功却伟。此外，关于南戏研究的重要论著尚有金英淑的《琵琶记版本流变研究》（中华书局2000年版）等。令人稍有遗憾的是，上述诸家可能因为兴趣使然，也可能限于精力的不足，都没有能从传播和接受的角度涉足南戏的研究。

戏曲本是舞台艺术，对于观众而言，案头的剧本阅读乃不得已而为之的接受手段。中国古代戏曲形成之初，原本没有"藏诸名山，传之其人"（司马迁：《报任少卿书》）的心态，他们所希冀的不过是在剧场之上角力争胜，在广大观众的心目中夺得"魁名"。如现存最早的古代戏曲脚本《张协状元》第一出所说的"这番书会，要夺魁名"，其创作立意便是如此。但是，当文人参与戏曲创作之后，特别是元代那些仕途不畅的落魄文人如关汉卿、马致远、白朴、郑光祖等人，更是以诗词的变种——散曲的作法从事北曲杂剧的创作，使戏曲的文学趣味明显增强。如《西厢记》的女主角崔莺莺佛殿闲游所唱的"花落水流红，闲愁万种，无语怨东风"等曲词，即便置之于名家如林的宋代词作之中，当亦毫无愧色；更不要说王实甫近乎直接采撷欧阳修词作中的"碧云天，黄花地，西风紧，北雁南飞。晓来谁染霜林醉，总是离人泪"之类典雅唱段。正是在这样的创作背景下，一时间以北曲杂剧为代表的、案头场上交相并胜的剧作纷纷涌现。此后，戏曲已经不仅仅表现为场上专有，案头阅读也成为很多文人剧作家期冀的另一个重要接受手段。元代虽然印刷出版的相对落后，但一批质量颇高的戏曲作品还是得以出版发行，如后人所辑的《元刊杂剧三十种》便是。令人欣喜的是，尚处质木无文范畴的元代南戏作品，也有了如邓聚德的《金鼠银猫李宝》这样的南戏作品得以刊行于世；更让人为之欣喜的是，邓氏的这部南戏作品竟然在北杂剧的故乡北京的隆福寺得到刊行。当然，除了少数的刊本以外，很多钞本南戏更以灵活的方式传播于民间。至此，完全形式的戏曲接受悄然形成，中国古代戏曲的第一个高峰就在这种情况下顺理成章地出现。

自《琵琶记》诞生之后，南戏的文学性随之增强，和北杂剧一样，南戏也逐渐可以从场上分离出来，并独立为完全意义上的案头接受。明代中、后期，随着印刷术的逐步发展，更多可资案头阅读的南戏剧本得以刊刻，这些文学性不亚于诗词的南戏脚本刚一出现，便大受当时接受者的欢迎。《琵琶记》而外，"荆、刘、拜、杀"以及其他南戏剧本在不同时间、不同地域纷纷涌现。虽然"四大南戏"等作品在曲词的雅化方面逊于《琵琶记》很多，但是，较之它们的母体形态，这些剧作可资案头接受的因素越来越多。明初的部分南戏剧作，如《香囊记》《绣襦记》《明珠记》和《宝剑记》等文人作品，更承袭了元代北曲杂剧的优点，因而在场上、案头都非常风行。中国古代文人原本酷嗜诗词，几乎所有文人都醉心其中不能自拔。词为长短句，曲的长短变化更为随意，表情达意似乎也远胜于词。另外，戏曲还拥有精彩动人的故事情节，摇曳多姿的舞台场景打造，触目难忘的演员的角色创造等诗词和散曲所不具备的长处，因此，戏曲脚本堂而皇之地走上文人的案头确属必然。嘉靖年间，随着昆山腔的发展，大批南戏作品也伴随着昆山腔走遍全国，所到之处，盛况空前。当然，昆山腔的风行海内并未阻止弋阳腔等地方声腔的茁壮成长，它们在各自不同的领域内依然享有得天独厚的接受条件。和昆山腔的崛起情况相似，这些地方声腔也以各种南戏剧目为先导，在竞争中占据了广大的城乡市场。万人争睹的舞台演出，遍及海内的剧本阅读，明清时期南戏的接受的状况不仅空前，而且中国古代戏曲两种最主要的接受方式至此完全成熟，并绵延不衰至今。

鉴于上述情况，拙著拟从"传播和接受"的角度对南戏做历时性和全面系统的研究，既从总结前哲时贤的研究成果、探索今后南戏研究方向的宏观目标着眼，也不废个案研究；力图放眼宏观、立足微观，将考证与理论阐释相结合、文献学与文艺学相结合，勾勒出明清两代南戏接受的发展轨迹。严格地说，中国古代戏曲并不仅仅属于文学的范畴，当今学界普遍将其归于艺术学的研究领域明显颇有见地。但是，无论从历史的纵向还是当今学科交融层面的横向比较和观照，主要以文学的方法论参与戏曲的研究却最能切中肯綮。一方面，它是古代曲家以文学手笔为之的产物；另一方面，很多南戏又是古今受众诸多文学接受之不可或缺的一环。当今学界每每遗憾古之学人对曲、诗两体的概念模糊，可是，概念清晰的今人又何尝愿意把古代的戏曲研究完全置于文学的范畴之外？因此，接受学视界中的戏曲研究几乎等同于接受学范畴内的戏曲文学研究，拙著有时也不例外。于是，所谓戏曲接受，大致包括观众的舞台解读和读者的文本解读两种类型。有趣的是，完整的观众舞台解读意在通过直观的舞台形象塑造，转化为对抽象的社会和人生体认；案头的文本阅读，则要经过读者的阅读经验期待视野，将抽象的文本还原为直观的舞台再现。南戏虽然在中国古代诸多的戏剧形式中仅占其一，但是，南戏的接受却与其他门类戏剧接受的形式和方法基本无异，只有量的增减而无质的变迁。简单地说，所谓的南戏接受研究，就是把南戏发展历程中诸多观众和读者对其反响逐一汇辑、比照，从中缕析规律性的认识。遗憾的是，目前为止，当今学界还没有一部关于南戏接受的总结性的专著出现。即使散见于各种报刊的南戏研究的单篇论文，所论也尚嫌不足，如据上海图书馆《全国报刊索引》（哲社版）统计，自 1990 年至 2004 年这 15 年之内大陆诸报刊所刊载的 200 余篇以南戏为专题的论文，竟然没有一篇直接以"接受"为题，就反映了本领域的研究不足。因此，拙著拟以宋元明清时期的南戏接受为主要立足点，力求全面、系统地归纳、总结明清时期南戏接受的发展轨迹。

第一章

南戏接受的衍变和常见形式述论

宋元时期，南戏以舞台接受为主，案头接受可以忽略不论。从明代嘉靖年间开始，南戏无论在场上还是案头都取得了不俗的成绩，从此，南戏接受便由单一的舞台接受进入案头、场上兼擅时期。

因为较少中上层文人参与，宋元时期的南戏舞台接受难免粗糙、幼稚。除了鄙俚的曲词和幼稚的音乐，它在剧情设置、戏剧冲突以及舞台道具等方面都难言成功。出人意料的是，上述的种种不足却因为剧情密切联系现实而得以弥补。无论它们的关目设置是否合理，还是"随心令"性质的音乐是否悦耳动听，《祖杰》《王焕》《张协状元》等因为近乎生活实录的剧情，依然引发了受众的强烈共鸣。随着时空的流逝，受众越来越在意剧情是否具有现实和逻辑的必然、曲词是否雅驯、音乐是否合律依腔等，南戏的舞台艺术因此不断精进，直至《琵琶记》、"四大南戏"等经典的诞生。明代初中期南戏的舞台接受与宋元时期其实没有质的变化，但是，随着折子戏由萌芽而蔚为大观与零曲清唱的日渐风行，再加上民间雕版印刷术的逐渐普及，各种南戏接受形式在明末清初不仅完全齐备，折子戏甚至还呈现取代全本戏表演的趋势。即使在案头接受领域，零出选本这种折子戏的文本形态也不遑多让全本戏剧本，大多数南戏剧本甚至只能靠零出选本才得以留存。不仅如此，文人和下层受众之间文野有别的审美趋向至此已经表现得非常明显。前者继续津津于雅驯的曲词和完美的音律，后者则加强了对剧情与舞台机趣等方面的认识。随着文化权利的不断下移，文人士大夫和普通受众之间的审美情趣由文野有别而渐趋本同末异。有所不同的是，由不同文化背景而产生的不同戏曲接受观，在明代中后期呈现下层受众皈依文人士大夫的倾向，在清代中后期则呈现文人士大夫趋同普通受众的态势。

从接受形态来看，人所熟知的舞台与案头接受并不是戏曲接受的全部。接受者并非亲临剧场或亲自阅读剧本，但却通过其他语境获取的相关作品的内容，也成为南戏接受的形式之一。如果将亲临剧场与亲自阅读剧本视为直接接受，那么借助其他语境而获得的戏曲内容则可以看作间接接受，如酒令、楹联、时调俚曲乃至戏中戏等都是非常常见而重要的间接接受形式。另外，现实生活中的直接与间接接受都不是孤立存在的，两者之间既交融无间，又彼此影响、相互转化。只有将直接与间接接受结合在一起，全面的南戏接受研究才更加立体可感。

第一节　南戏接受的衍变及其发展轨迹

既然"戏曲者，谓以歌舞演故事也"，[①] 因而故事性的剧情表述就是戏曲之为戏曲的关键。在这个层面上分析，中国古代戏曲的起源和形成"应当是先有故事或先作内容上的构思，然后以俳优或倡优装扮人物而表演出来，从这一阶段开始，然后进而结合其他艺术构成一种综合的发展，这样，才逐渐地形成后世的杂剧或南戏——传奇一类体制"。[②] 如前所言，既然中国古代戏曲的发生、发展与接受之间的关系是密不可分的，那么，中国古代的观众之于戏曲的接受应当也是以故事性、音乐性和戏剧性的冲突为先导，余波所及，歌舞、曲词等附丽于故事之外的因素才可能逐一进入观众的接受视野。事实并非如周贻白先生所言。众所周知，中国古代戏曲的形成，除了先秦两汉时期俳优侏儒的滑稽优谏等直接开启后世戏曲形成的关键之外，原始歌舞及其在后世的发展也是构成戏曲之为戏曲的另一个不可或缺的因素。只有将这两大因素结合起来，才比较符合今人普遍认可的戏曲概念。从这个概念出发，故事性的剧情结构和歌舞等辅助性的编排才是构成包括南戏在内的中国古代戏曲接受的两大主流，二者并不存在发展和接受的先后问题。

虽然中国古代戏曲是以故事和歌舞等因素结合在一起的综合艺术，但后世观众和读者却并非仅仅以综合的审美心理从事这种古老艺术形态的接受。因为发生、发展的轨迹有别于北曲杂剧，宋元时期的南戏就以故事性的情节接受为主，歌舞性的表演接受为辅。如今之称为戏曲的综合艺术，

---

① 王国维：《戏曲考原》，《王国维戏曲论文集》，中国戏剧出版社1957年版，第201页。
② 周贻白：《中国戏曲发展史纲要》，上海古籍出版社1979年版，第6—7页。

在宋元乃至明清时期，仍被目之为戏文或传奇。洛地先生认为，"'戏'，是以伎艺供耳目之娱，并不一定有故事；'文'，是传述古今新奇之事，也并不一定须妆扮。唯当'戏'与'文'相结合了，妆扮起来演述故事，才称'戏文'，或者叫'做戏文'"。① 至于传奇之名，则完全因为故事情节的新与奇，直以类似唐代的文言小说而得名。故而，不论戏文还是传奇之名的缘起，都与其中演述的故事情节密不可分。在这样的演出体制和情境之下，宋元时期观众的南戏接受期待视野，不可避免地表现出以故事性为主的接受心理，如《王焕》戏文之所以造成仓官诸妾"群奔"的现象，显然因为故事性的情节发展，导致了作为受众的仓官诸妾在心理上共鸣的结果。《祖杰》戏文同样如此，如果没有"旁观不平，唯恐其漏网也，乃撰为戏文，以广其事"之类的暴露祖杰群党恶行的剧情，也就没有因为"众言难掩"并"毙之（祖杰）于狱"等现象和结局。其他如《赵贞女蔡二郎》《王魁》乃至后起的《琵琶记》、"四大南戏"等莫不如此。倘其不然，徐渭所言此期的南戏"本无宫调，亦罕节奏，徒取畸农市女顺口可歌"② 之说便失去了立论根据；就连高明所谓的"休论插科打诨，也不寻宫数调，只看子孝与妻贤"这样的与观众直接对话之语都将失去特定的时代背景。当然，《王焕》《祖杰》特别是《琵琶记》《荆》《刘》《拜》《杀》等戏文，如果失去歌舞的辅助，它们能在多大程度上唤起观众的审美兴趣并引发他们的心理共鸣呢？在这一向度上，依附于故事之上的歌舞表演并非可有可无，它们扮演着直接引导观众从事故事接受的重任。另外，因为初兴期南戏创作和接受的幼稚，不仅关目疏漏之处在所难免，就连辅助表演的道具等也很简约，《张协状元》在这些方面表现得最为明显。以关目而论，张协发迹之后既不认取发妻，又拒绝了宰相王德用为其女儿胜花小姐的百年好合之请，不合情理之处甚多；更难以理解的是，张协在基本没有产生心理变化的情况下，就爽快地与被王德用收为义女的发妻结合，难怪王国维先生有"关目之拙劣，所不问也；思想之卑陋，所不讳也；人物之矛盾，所不顾也"③ 之类的感言。就连被尊为南曲之祖的《琵琶记》也不能例外，李渔指摘其疏漏为："无论大关目，背谬甚

---

① 洛地：《戏曲与浙江》，浙江人民出版社1991年版，第1—2页。

② 徐渭：《南词叙录》，《中国古典戏曲论著集成》（三），第240页。

③ 王国维：《宋元戏曲史》，上海古籍出版社1998年版，第98页。

多——如子中状元三载，而家人不知；身赘相府，享尽荣华，不能自遣一仆，而附家报于路人；赵五娘千里寻夫，只身无伴，未审果能全节与否，其谁证之：诸如此类，皆背理妨伦之甚者。再取小节论之。……"① 在表演方面，《张协状元》中扮演小二的脚色，不仅时而扮作门，时而扮作桌子等道具，而且还用滑稽可笑的言语、动作告知观众道具是假的。小二这种滑稽的舞台呈现看似游离于剧情之外，实际还是为了配合男女主人公的故事发展，与单纯的插科打诨有本质的区别。这也可以印证此期南戏以故事为主、表演手段为辅的接受形态。此外，在本剧中还有一段净脚（韩太尉）在场上表演口技向观众讨赏钱的情节："（净作马嘶）（净）：看官底各人两贯酒钱，谢颁赐！喏，喏，喏！"（参见《张协状元》第五十二出）净脚在场上装马嘶，表演口技，博得观众的赏钱，当观众给他赏钱后，他当即表示感谢。显然，这也是一种临时、随机性的表演，而这些临时和随机性的表演并没有切题的故事性架构和赏心悦目的音乐或舞蹈，同样印证和补充了王国维等先生观点。

　　元代北曲杂剧的发生、发展则不然。或许正因为"北之有名家题咏"的缘故，即使同样源自以表演故事为主的宋金杂剧这一母体，因为剧作家的身份和地位差异，北杂剧也会沿着抒情甚于叙事的道路越走越远。这是因为北曲杂剧作家普遍热衷系由"诗三百"、唐诗、宋词一脉相承而来的散曲创作，于是他们又不可避免地将这个原本擅长的手段施之于戏曲创作，并津津于曲词的典雅和音乐的合律依腔。在这样的创作理念指导下，由众多文人士大夫构成的受众群体便不以个人意志为转移地把接受视野投向曲词是否典雅，音律是否精审等领域。与之相反的是，因为宋元南戏作家基本以书会才人为主体，编撰剧本乃是谋生的主要手段之一，故娱人就成了这些南戏编撰者不得不多加重视的最主要因素。北曲杂剧创作主体的主要构成多系不得志的落魄文人，借戏言志既是北杂剧不可或缺的生成原因之一，也是和剧作家有着相同审美趋向的文人受众的喜好所在。因此，在娱人的表象之下，在剧作家的创作和文人士大夫的接受视野中，自娱的成分大增。另外，由于元代北杂剧旦脚表演者的身份多是娼妓兼优人，这类演员原本歌舞兼擅，与之过从甚密的文人剧作家似乎也有为其量体裁衣

---

① 李渔：《闲情偶寄·词曲部·结构第一·密针线》，《中国古典戏曲论著集成》（七），第16页。

的创作思路，故而北杂剧的歌舞等表演成分大于此期南戏便顺理成章。在这个接受层面而言，先入为主地把歌舞作为接受先导的情况虽非时时发生，却也并非个例。最后，从明人也将杂剧称为传奇这一情况考释，无论文人士大夫对歌舞、曲词有多么热衷，故事性的情节构成仍是北杂剧的基本特质，在这一向度上看，一切为了增加故事可看性的歌舞和插科打诨等辅助性手段不得不附丽于这个载体之上才可以实现。不过，以文人士大夫为接受主体的北杂剧表演形态毕竟超过以"畸农市女"为接受主体的南戏，近乎业余演员表演的"村坊小戏"更不能与"艺绝一时"的梁园秀、张怡云、解语花、珠帘秀等相提并论。这样，剧情和表演手段的圆润交融便率先在北杂剧的接受上体现出来。质言之，虽然在剧作家和受众群体内部存在着阶级与文化差异，但感人而传奇性的剧情却成为弥补不同阶层、不同审美趋味的黏合剂。另外，虽然身为"名公"的文人剧作家和"才人"的民间剧作家分属不同经济阶层，但这两个创作主体的审美趣向却不存在难以逾越的鸿沟，通过歌舞来辅助故事叙述是他们的共同目的。即使文人剧作家过分讲求曲词的典雅和音乐的精审，民间剧作家只能用通俗甚至鄙俗的语言和近乎山歌俚调的音乐方式完成创作，他们的目的还是统一在尽力为各自受众服务的目标下。当然，因为文化素养的差异，文人士大夫和普通观众之间无论在剧情，还是在音乐或其他舞台手段的接受上，他们之间的审美指向都存在着巨大的差异，前者接受后的反馈对戏曲艺术精进的推动性无疑更大。

早在汉魏及以前，"优孟衣冠""踏摇娘""东海黄公"等生活片段的再现虽然纯属模仿，但它们已经大致具备了后世戏曲的代言体性质。特别是后两个片段，不仅具有一定故事情节和戏剧性冲突，而且它们载歌载舞，舞台表演的成分很浓。从一些史料的记载来看，"踏摇娘"的故事性接受已经与歌舞紧密结合在一起，尚未外现出故事、歌舞相互游离的特点。唐代崔令钦在《教坊记》的记述可以为证：

> 北齐有人姓苏，𪖥鼻，实不仕，而自号为郎中。嗜饮酗酒，每醉，辄殴其妻。妻衔悲诉于邻里，时人弄之：丈夫著妇人衣，徐步入场行歌，每一叠，旁人齐声和之云："踏摇和来，踏摇娘苦来。"以其且步且歌，故谓之"踏摇"。一其称冤，故言"苦"。及其夫至，则作殴斗之状，以为笑乐。

　　"东海黄公"的接受情况也大致如此。这就是说，表演者既然且歌且舞，接受者亦未考虑将此类歌舞分离，仅就其中的故事或歌舞来彰显他们的好恶。

　　汉魏以后，戏曲的发展和接受远不如诗词为盛。自"诗三百"而下，无论唐诗、宋词，都自成体系，并在特定的传播和接受情形下各有所胜。即便在南、北二曲的体制成熟之后，作为诗词流变的元、明、清散曲也与戏曲之间的接受泾渭分明。不过，因为剧曲和散曲之间的差别很小，某些剧曲完全可以像散曲那样从戏曲独立出来，以零曲清唱的形式奏之花前樽边，成为一种既不同戏曲又有别于散曲的传播和接受方式。如明末清初的周亮工认为其门人王光鲁的戏曲是"分视之则小令，合视之则大套，插入宾白则成剧，离宾白亦成雅曲"①　就属于这种情况。随着这样的方式逐渐被更多的受众认可，中国古代戏曲的表演和接受又因之出现了专以音乐性接受为主的特点。此后，越来越多的受众将故事性接受和歌舞性接受分离，戏曲接受因此更加灵活多样。

　　不论戏曲还是散曲的传播与接受，都必须借助演员或类似于演员的第三者才能实现。优秀的演员可以使蹩脚的剧本增色，蹩脚的演员同样会将熠熠生辉的剧本化金为铁，只有二者相得益彰，剧作家和观众的创作和接受意图才能最大化地实现。现有资料表明，至迟在元代很多观众就对演员的表演提出了较高要求。如胡祗遹的《优伶赵文益诗序》认为：

　　　　醢盐姜桂，巧者和之，味出于酸咸辛甘之外，日新而不袭故常，故食之者不厌。滑稽诙谐，亦犹是也。拙者蹈陈习旧，不能变新，使观听者恶闻而厌见。后世民风机巧，虽郊野山林之人，亦知谈笑，亦解弄舞娱嬉，而况膏腴阀阅、市井丰富之子弟？②

　　在《黄氏诗卷序》中，胡氏鉴于上述观众的审美心理，更对女演员专门提出了"九美"说的演出标准：

---

　　①　周亮工：《书影》，中华书局 1957 年版，第 21 页。

　　②　胡祗遹：《优伶赵文益诗序》，俞为民、孙蓉蓉：《历代曲话汇编》（唐宋元编），黄山书社 2006 年版，第 215—216 页。

女乐之百伎，惟唱说焉。一、资质浓粹，光彩动人。二、举止闲雅，无尘俗态。三、心思聪慧，洞达事物之情状。四、语言辨利，字真句明。五、歌喉清和圆转，累累然如贯珠。六、分付顾盼，使人解悟。七、一唱一说，轻重疾徐，中节合度，虽记诵闲熟，非如老僧之诵经。八、发明古人喜怒哀乐，忧悲愉佚，言行功业，使观听者如在目前，谛听忘倦，惟恐不得闻。九、温故知新，关键词藻，时出新奇，使人不能测度，为之限量。九美既具，当独步同流。①

值得注意的是，虽然胡祗遹认为"女乐之百伎，惟唱说焉"，但其"九美"说之第一、第二条却是"资质浓粹，光彩动人"和"举止闲雅，无尘俗态"等事涉演员外在的形态要求，将"女乐之百伎，惟唱说焉"之唱和说置于第四、五以及第七、八、九的位置，可见时人的戏曲接受，并非仅仅限于"唱说"即止，演员特别是女演员容貌与扮相的美丑已经成为他们接受的首选。此外，元代另一部专门记载演员生活的著作《青楼集》，也对相当多的女演员做出容貌或扮相的描绘：

（曹娥秀）京师名妓也，赋性聪慧，色艺俱绝。
（顺时秀）姓郭氏，字顺卿，行第二，人称之曰"郭二姐"。姿态闲雅，杂剧为闺怨最高，驾头诸旦本亦得体。
（杜妙隆）金陵佳丽人也。
（聂檀香）姿色妩媚，歌韵清圆。
……②

上述描绘，基本也是将色置于艺之上，如果将胡祗遹与夏庭芝的观点结合在一起考释，则说明不迟于元代，很多观众已经在某种程度上把演员特别是女演员的色艺融为一体，并视其为戏曲接受的不可或缺。客观地说，即使上述情况确实存在，当时大部分观众还是重艺重于重色。姑且不

① 胡祗遹：《黄氏诗卷序》，俞为民、孙蓉蓉：《历代曲话汇编》（唐宋元编），黄山书社2006年版，第214页。
② 夏庭芝：《青楼集》，俞为民、孙蓉蓉：《历代曲话汇编》（唐宋元编），黄山书社2006年版，第474—477页。

说胡祗遹的"九美"说牵涉演员形态仅有两条,《青楼集》所载的更多女演员如梁园秀、张怡云、解语花、珠帘秀等于色相只字未提,喜景春等"姿色不逾中人,而艺绝一时"①,可能才是当时观众接受的真实感喟。

综上所述,元代以前的戏曲舞台接受基本表现为故事性的剧情接受、歌舞等音乐性接受和滑稽的插科打诨等辅助性的舞台接受以及演员的技艺、姿色接受三种方式。只不过这三种接受方式并非冰炭不融,而是呈现出时而交融、时而渐离的特点。

明代的南戏接受秉承元代而来,随着时空的演进和推移,它的接受方式和元代已有很大的不同。简单地说,元代的南戏接受大多是单一的全本戏接受,明代则有折子戏和零曲清唱等多种不同的接受形式。另外,因为"不若北之有名人题咏也"等缘故,元代南戏受众基本以下层市井细民为主。明代因为北杂剧的遽衰,南戏又因为高明的《琵琶记》出现而呈现崛起的势头,文人士大夫便自然地"亲南而疏北",②于是文人士大夫便构成了南戏接受的另一个主体。当然,即使在明代,下层百姓的接受理念和元代也没有太大的差别。文人士大夫则不同,他们在北曲杂剧的接受基础上,继续执着于曲词的雅俗、音乐的合律与否等细节的斤斤计较。更重要的是,元代南戏的案头接受仅处于萌芽状态,逮至明代中、后期,南戏的案头接受已经非常普及,呈现出和舞台接受分庭抗礼的趋势。从接受形式上看,明代南戏的案头接受不仅和舞台接受一样,囊括了全本戏、折子戏、零曲清唱等全部类型,而且还增加了舞台传播无法完成的释义、评点等新鲜、实用的文本样式。此外,戏曲文本的刊刻者为了满足不同受众的审美需求,既将南戏和杂剧、传奇汇为一编,又为部分戏曲剧本增添了工尺谱或板眼等缩小案头和舞台接受距离的辅助性文字。由此看来,南戏的案头接受之所以繁荣于明清时期,绝非偶然。再从历史分期来看,明初的南戏受众依然以市井细民为主,文人士大夫为辅。及至明代中、后期,尽管市井细民的数量远远大于文人士大夫,但前者在话语权掌握和舞台、案头接受的便利条件上远远比不上后者。于是,在南戏剧本的原创和改编上,市民的审美趣味逐渐被削弱,文人士大夫的审美趣味却不断增强。因此,在《五伦全备记》《香囊记》《明珠记》等原创的南戏中,普通观众

---

① 夏庭芝:《青楼集》,俞为民、孙蓉蓉:《历代曲话汇编》(唐宋元编),第477页。
② 徐渭:《南词叙录》,《中国古典戏曲论著集成》(三),第239页。

的审美情趣被体现得越来越少，这和宋元时期的南戏以下层观众的审美趋向为主有着根本的不同。如《赵贞女蔡二郎》之于《琵琶记》，前者的男、女主人公一为"雷轰"而死，一为"马踏"而亡，后者则一夫二妻大团圆。毕竟，"书生发迹后的负心违约显然是不符合那些富而不贵的市民阶层的意愿的，是对下层民众的背叛，因而要受到惩罚。在下层民众看来，发迹后是书生可以入赘豪门，可以'包二奶'，但不能抛弃糟糠之妻，必须是'一夫二妻大团圆'"。① 凡此种种，无不反映了普通受众和文人士大夫之间的审美差异。既然明代南戏发展主要以文人士大夫的接受理念为归依，相当一部分的南戏创作和改编呈现出文辞、音律至上等现象便在所难免。明初，虽然活跃在当时舞台上的南戏仍为俚俗朴质的《投笔记》《妆盒记》《商辂三元记》等无名氏的民间作品，这些作品基本都是"词平常，音不叶，俱以事佳传耳"；② "炼局炼词，在寻常绳规之内"③或"境入酸楚，曲无一字合拍"④ 之作。就连馆阁大佬邱濬的新作《五伦全备记》，也因为过分追求文辞的通俗，以"其言既易知，其感人尤易入"（《五伦全备记》第一出《副末开场》）⑤ 的朴实、本色语言创作，所以也只能划归下层市民百姓的接受范畴内。但是，随着系为"名人题咏"的《琵琶记》的广泛传播，南戏的接受和创作因此悄然改变。另外，由于《琵琶记》的"事"（即故事结构和该故事结构所传达的情感指向）、文、律皆佳，更因为上述民间作品的鄙俚，大批文人便或从改编民间南戏入手，或独具只眼、或别开生面，在文辞、音律两方面狠下功夫。矫枉过正者如《香囊记》《玉玦记》等，更开"以时文为南曲""用类书为之"⑥的不良风气。而且即使是此类"以时文为南曲"或"用类书为之"的文人剧作，由于曲词的典丽，用韵的精审，竟然获得古今不少文人的颇多好评。如吕天成认为《玉玦记》"典雅工丽，可咏可歌，……每折一调，每

① 俞为民：《论古代戏曲中的婚姻描写》，《南大戏剧论丛》（贰），中华书局2006年版，第308页。

② 吕天成：《曲品》，《中国古典戏曲论著集成》（六），第228页。

③ 祁彪佳：《远山堂曲品》，《中国古典戏曲论著集成》（六），第25页。

④ 同上书，第112页。

⑤ 《古本戏曲丛刊》初集。

⑥ 臧懋循：《元曲选序》，吴毓华、陆蒂：《中国古代戏曲序跋集》，第148页。

调一韵，尤为先获我心";① 沈德符总结性地指出，"《玉玦记》使事稳贴，用韵亦谐，内《游西湖》一套，尤为时所脍炙"。② 不难看出，文人士大夫的审美倾向至此已经与一般市井细民泾渭分明。

文人的南戏接受观念不可避免地对下层观众产生了影响，原本津津于《投笔记》《妆盒记》《三元记》之类俚俗朴质作品的受众，同样也对《香囊记》《玉玦记》等或"以时文为南曲"、或系"用类书为之"的文辞派作品兴趣盎然，现存的很多明代戏曲选本如《风月（全家）锦囊》《乐府红珊》等纷纷选录后者便是明证。下层观众的接受心理同样使文人士大夫不得不为之正视，致使更多的南戏作品仍以这些受众的审美视角为指向，以质朴俚俗的语言风格传递着寓教于乐的各种故事题材。《跃鲤记》《卧冰记》《三国记》《连环计》《东窗记》《南西厢记》《胭脂记》《同窗记》《寻亲记》《米糷记》等作品，基本具备"其言既易知"的特点，而且具有这种特点的南戏作品在嘉靖以前甚至成为下层观众的接受主流。嘉靖以后，特别是万历间，文人士大夫对文辞和音律的喜爱和推崇达到顶峰。吕天成在《曲品》中转述孙鑛的观点说：

> 凡南剧，第一要事佳，第二要关目好，第三要搬出来好，第四要按宫调、协音律，第五要使人易晓，第六要词采，第七要善敷衍——淡处做得浓，闲处做得热闹，第八要各角色派得匀妥，第九要脱套，第十要合世情、关风化。持此十要以衡传奇，靡不当矣。③

如果说孙鑛的上述观点蕴含了各个接受阶层普遍认可的戏曲要素，那么祁彪佳在《远山堂曲品》中则颇为主观地将以下层观众为接受对象的《三国记》《征辽记》和《劝善记》等做出了如下的述评。祁彪佳的述评，再次明确了普通观众和文人士大夫之间的审美界限：

> ①《三国传》散为诸传奇，无一不是鄙俚。如此记通本不脱【新水令】（案：原文作《新水令》，误）数调，调复不伦，真村儿信

---

① 吕天成：《曲品》，《中国古典戏曲论著集成》（六），第232页。
② 沈德符：《顾曲杂言》，《中国古典戏曲论著集成》（四），第206页。
③ 吕天成：《曲品》，《中国古典戏曲论著集成》（六），第223页。

口胡嘲者。

②《劝善记》此即删改之《白袍记》，较原本更为可鄙。

③《劝善记》全不知音调，第效乞食瞽儿沿门叫唱耳。无奈愚民佞佛，凡百有九折，以三日夜演之，閧动村社。①

根据现有戏曲选本刊刻的大致年代分析，零曲清唱是一种文人士大夫颇为喜欢的南戏接受方式，它虽然产生于嘉靖之前，但几乎家家有之的兴盛景观则出现在万历年间及其后。现存嘉靖之前的南戏零曲选本仅《盛世新声》《雍熙乐府》等寥寥数种，万历及以后则有《吴歈萃雅》《南音三籁》《词林逸响》《增订珊珊集》《乐府遏云编》《南北词广韵选》等六种之多，占现存明代整个 36 种零出、零曲选本的六分之一。如果再加上《盛世新声》和《雍熙乐府》两种，明代的零曲选本竟占五分之一强。曲本抒情，白为达意，何况王世贞等明代文人多将曲为诗之变体。另外，几乎所有零曲选本选录的南戏剧曲，无不具备文、律皆佳的特点，文人士大夫对文辞和音律的偏嗜由此可见一斑。至此可以得出以下结论，明代中、后期的南戏接受继续表现出文人尚词、律，市民嗜剧情的审美特质。

尽管上述两大阶层的南戏接受特征泾渭分明，但在"事"的抉择上，两者还是呈现交融大于渐离的共性。诚如孙鑛所言，"凡南剧，第一要事佳，第二要关目好，第三要搬出来好"，所谓"事佳"，当指戏剧情节的可观性以及寄寓其中的教化功能；所谓"关目好"，则指"戏剧情节的安排和结构处理"。② 故此，无论《琵琶记》还是"四大南戏"，"事佳""关目好"和"搬出来好"都是这两个接受群体的首选。其他如《金印记》《破窑记》《绨袍记》等表现的世情冷暖、人面高低之类的发迹变泰剧，《三国记》《连环计》《东窗记》等历史题材剧，《南西厢记》《胭脂记》《同窗记》等言情剧，以及《寻亲记》《米糷记》等家庭伦理剧，都因为符合各个阶层关于"事佳"的标准，故而长期盛行于舞台之上。就连《尼姑下山》之类的具有色情基调的生活剧，也因为能满足这两个接受群体另类的"事佳"标准而盛演不衰。《风月（全家）锦囊》《群音类选》《乐府玉树英》等七种明代戏曲选本对该剧加以选录，颇能说明这一

---

① 祁彪佳：《远山堂曲品》，《中国古典戏曲论著集成》（六），第 112、113、114 页。

② 齐森华：《中国曲学大辞典》，浙江教育出版社 1997 年版，第 707 页。

问题。而所谓"搬出来好",则需要下述三个基本层次:

一是附丽于剧情之上的歌舞排场的美轮美奂;二是美轮美奂歌舞的实现者,即演员的自身技艺;三是剧情不仅要"事佳""关目好",更要尽可能地以曲终"堕泪"的"动人"效果为大收煞。结合明代戏曲、特别是关于《琵琶记》和《拜月亭》成就高下论争等实际情况,看来只有符合上述标准的曲作及其搬演,才能称为"搬出来好"。

歌舞排场的美轮美奂还可以从明清时期一些戏班的演出装备中窥见端倪。随着南戏表演的演进和逐渐成熟,明清时期很多戏班的演出设施已非宋元可比,很多稍具规模的戏班的行头之需,动辄花费数千乃至数万金。如在清代白话长篇小说《歧路灯》的第二十二回中,一个不大的昆山腔戏班班主茅拔茹为了置办行头,就"卖了两顷多地,亲自上南京置买衣裳,费了一千四五百两,还欠下五百多账"所反映的情况,就是为了改善道具等舞台设施。一个在河南开封一带并不是很受欢迎的昆曲戏班,其行头所需尚然这样,南方某些经济更为发达地区戏班的排场之美由此可以想见。在美轮美奂歌舞的实现者的本体技艺方面,经过宋元以来的长期舞台实践,多数演员亦能"按宫调、协音律"地"歌喉清和圆转,累累然如贯珠"。至于色相更不必说,据明代著名戏曲评论家潘之恒所言,"金娘子,字凤翔。越中海盐所合女旦也。余五岁时从里中汪太守筵上见之。……余犹记其《香囊》之探,《连环》之舞,今未有继之者。虽童子犹令魂销,况情炽者乎? 今之为女艳者,无不慕弋阳而下趋之"。① 至于"动人"的情感效应,原本就为传统南戏所长,自高明《琵琶记》出现以后,很多剧作都有力图使观众堕泪的创作目标,就是以《琵琶记》为宗的结果。也就是说,在美轮美奂的排场布景和歌舞表演等前提下,一部剧作只要在大收煞时实现"堕泪"等"动人"效果,"搬出来好"的意图就不难为之。在这样的接受情境中,很多戏班纷纷着力于上述舞台接受效果的实现。尽管徐复祚为代表的文人群体对以"曲终使人堕泪"的创作和接受目标嗤之以鼻,尽管下层观众鲜有参与这场论争的资格,但从明代的各种戏曲选本所选南戏出目来看,很多文人士大夫和下层百姓的接受观念却在这个审美基点上不约而同地非常接近。另外,能让很多观众曲终堕泪

---

① 潘之恒:《鸾啸小品·金凤翔》,汪效倚辑注:《潘之恒曲话》,中国戏剧出版社 1988 年版,第 145 页。

的剧作，一般剧情难免怨怼。《琵琶记》如此，《跃鲤记》《金印记》《破窑记》等苦情戏更是如此。因此，明代著名文人、曲家徐渭就把《琵琶记》的主题归结为"怨"。他说："《琵琶》一书，纯是写怨。蔡母怨蔡公，蔡公怨儿子，赵氏怨夫婿，牛氏怨严亲，伯喈怨试、怨婚、怨及第，殆极乎怨之致矣！"① 从《琵琶记》的实际剧情和舞台呈现来看，徐渭等人的观点可谓诚哉斯言。细观全剧，《琵琶记》曲终使人"堕泪"的动人情感恰恰是通过"怨"体现出来的。如《词林一枝》共选"赵五娘临妆感叹""蔡伯喈中秋赏月""赵五娘描画真容""牛氏诘问幽情""赵五娘书馆题诗"五出，出出以情感人；《八能奏锦》则选录"长亭送别""途中自叹""书馆题诗""华堂祝寿""临妆感叹""听女迎亲"以及"扫墓遇使"七出，亦各以动人取胜。《荆钗记》倒是没有明确被认为是写"怨"之作，但在表现王十朋追悼亡妻钱玉莲的《祭江》一出，十分感人的剧情背后也是一个个难以化解的怨怼之情。《风月（全家）锦囊》《词林一枝》《摘锦奇音》《吴歈萃雅》《大明天下春》等 12 种明代戏曲选本分别予以选录，可见时人对因苦情而怨怼剧情的喜尚。

　　明代南戏的案头接受也非常红火，这种红火的局面仅从明清两代刊刻的众多南戏剧本中就可见一斑。作为案头接受的一种重要文本形态，评点本尤其值得关注。现存的各种南戏评点本虽然专为案头接受而设，但几乎所有评点者都不约而同地将场上和案头接受融为一体。因此，绝大多数南戏评点本既有指导读者阅读剧本的功能，又有指导观众欣赏舞台艺术的功能。特别是以李贽、徐渭、汤显祖为代表的明代戏曲评点，密切联系舞台接受实际，具有直接的观剧指导功能。不过，随着戏曲评点的成熟，越来越多的南戏评点专注于案头接受，较少涉及舞台艺术。如清代毛声山的《第七才子书琵琶记》评点风格，已经和他的《第一才子书三国演义》非常接近，这是从另一个角度反映出来的南戏舞台、案头接受从交融走向渐离的特点。当然，南戏案头接受在总体仍然与舞台接受水乳交融，除了毛声山的《琵琶记》评点本外，很少有读者仅仅将戏曲剧本当作诗词或小说等文体来接受，阅读剧本其实是弥补舞台传播不足的一种主要手段。虽然案头接受可以给多数读者带来更广阔的想象空间，但这些想象空间必定建立在舞台接受的基础上。如果这些读者很少场上接受经验，那么他们的

---

①　徐渭原评，《绘风亭评第七才子书琵琶记·前贤评语》，清映秀堂刻本。

想象空间一定缺少绚丽的舞台场景。但是，如果这些读者仍将剧本的空间仅仅局限在舞台上，那么他们将无法体会剧本台词的妙味和空间拓展。事实上，包括南戏在内的中国古代戏曲的案头接受总是呈现舞台艺术和书面文学的交融和渐离，这是一种常常被多数读者忽略的矛盾统一。

总的看来，清代南戏接受的情况和明代正好相反。明代的南戏接受繁荣于中后期，而清代的南戏接受却自乾隆年间以后逐渐式微。明代昆山腔和弋阳腔之争的结果是昆曲和弋阳腔共同繁荣，而清代的花雅之争则导致昆山腔不断衰落，花部异军突起。也可以这么说，明代中、后期昆、弋之争的结果是很多下层观众臣服于文人士大夫的戏曲接受观，而乾隆年间的花、雅之争却使多数文人士大夫的审美情趣更接近下层观众。这种接受格局导致了很多原为雅部昆曲专擅的南戏剧作散入各地方戏剧目中，进入更多的寻常百姓家。

清代初期，尽管朝代更替、世相迭变，但包括南戏在内的戏曲传播和接受观念却与前朝区别很小，始终保持着自然发展的态势。"扬州十日"、"嘉定屠城"以及"留发不留头，留头不留发"等足以证明清初的历史是血腥的，但当这种血腥很快成为历史之后，代之而起的是一个似乎比朱明王朝更有作为的新时代。相对安定的社会环境，康乾盛世之类繁荣景象，使原本就认识到"兴，百姓苦；亡，百姓苦"下层人民顿有"此间乐，不思蜀"的味道。在这样的历史背景下，各种娱乐手段即使在腥风血雨中依然潜流暗动，这似乎也是解释康乾年间戏曲的传播和接受兴盛的社会原因之一。概括地说，清初的南戏接受依然沿袭嘉靖、万历年间乃至明末的旧路，文人士大夫于故事、歌舞等戏曲要素之外，仍然乐于在文辞的雅俗和音律的中节与否上做文章。"爱文者喜其词，知音者赏其律"① 的《长生殿》的出现，既是汤、沈之争的一个总结性产物，更体现出当时以文人士大夫为接受主体的审美趋向。一如此前，文化层次不高的下层观众坚持不懈地以他们易观乐见的各种地方戏，抗衡以文人士大夫为接受主体的昆曲，并且他们的努力很快取得了明显的效果。一如乃祖康熙，乾隆皇帝不仅喜欢出游，更喜欢看戏，所到之处，几至非戏不乐。南游北归后，更召集苏、皖民间名伶入都，供奉南府，四大徽班因此相继入京。四大徽班的

---

① 吴仪一：《长生殿序》，吴毓华、陋苇：《古典戏曲美学资料集》，文化艺术出版社 1990 年版，第 313 页。

入京，既是南戏接受的急遽衰落之始，又是南戏剧目匀入民间剧种，以脱胎换骨的方式为各级层观众接受之始。自此，南戏接受的平民化特色越来越鲜明，这种平民化的南戏表演又使它的受众不仅包括原先的一般市井细民，更使越来越多文人士大夫也纷纷跻身其间，从而造成文人受众和下层市井细民的审美观念趋同的态势。

但是，文人士大夫对于相对粗鄙的各地方戏的接受毕竟存在一个过程。乾隆年间，昆曲在包括北京在内的全国各地的接受达到顶峰，就连昆曲在京都的强敌四大徽班也为了迎合观众而盛演昆曲。需要说明的是，四大徽班所演的昆曲剧目，因其受众多为一般市民，很少文人士大夫，故存有重剧情、重唱腔和重表演等特点。这种现象和明代嘉靖、万历以后下层观众的接受主流非常相似，与此期文人士大夫之重文辞、音律等审美趋向差别很大。清代嘉庆年间以后，昆曲的威令已然不在，即使在昆曲的发源地和大本营苏州，花部乱弹已经抢占了很大的市场。据沈起凤的《谐铎》所言："自西蜀韦三儿（案：即魏长生）来吴，淫声妖态，阑入歌台。乱弹部靡然效之。而昆班子弟，亦有倍师而学者，致渐染骨髓。几如康昆仑学琵琶，本领既杂，兼带邪声，必十年不近乐器，然后可教。"① 其中所反映出来的情况，可见吴中受外来诸地方戏的巨大影响。道光初年，北方大部分观众对昆曲已经丧失了曾经的热情。如钱咏在其《履园丛话》中称："余七八岁时，苏州有集秀、合集、撷芳诸班，为昆腔中第一部，今久绝响。"② 昆曲的大本营尚然如此，北方的昆曲接受情况可想而知。徐珂在《清稗类钞》中所说的情况，也是证明昆曲衰落的最佳史料之一。他说："国初最尚昆剧，嘉庆时犹然。后乃盛行弋腔，……道光末，忽盛行皮黄腔，其声较之弋腔，为高而急。词语鄙俚，无复昆弋之雅。……同治时，又变为二六板，则繁音促节矣。光绪初，忽尚秦腔，其声至急而繁，有如悲泣。闻者生哀，然有戏癖者皆好之，竟难以口舌争也。昆弋诸腔，已无演者，即偶演，亦听者寥寥矣。"③ 但是，昆曲毕竟拥有独到而精审的艺术风格，它在吴越等广大地区仍然拥有为数众多的爱好者。即使

---

① 沈起凤：《谐铎·南部》，人民文学出版社 2000 年版，第 176 页。

② 钱咏：《履园丛话·演戏》，中华书局 1979 年版，第 331 页。

③ 徐珂：《清稗类钞·戏剧之变迁》，《清稗类钞选：戏剧·文学·音乐》，书目文献出版社 1984 年版，第 345 页。

在北方等非吴语区，很多文人士大夫对昆曲还是情有独钟，故而昆曲之势虽衰，却总能找到自己的立身之处。

清代中后期的南戏接受还出现另一个显著特点，这就是它一改此前以动人的剧情和充满诗意的曲词为尚的风习，转而追求演员精美的技艺、令人流连忘返的唱腔和容貌。尽管清代中后期的南戏接受逐渐衰弱，但这种衰落却在不断倒逼戏曲远离书面文学的习性，向综合性舞台艺术复归。于是，无论昆曲还是花部地方戏纷纷弱化曲词的诗歌特性，大量增加通俗而符合剧情的念白。此外，在弱化曲词诗性的同时，各声腔剧种却不约而同地加强了演员唱功的训练，从而造成了不少受众看演员胜于看剧情、听戏胜于看戏的格局。在舞台呈现上，追求精美表演技艺的风气不断弥漫，演技至上俨然成为很多受众的最主要审美追求。甚至在演员色相的择取方面，也出现了违背健康戏曲接受的病态。据徐珂《清稗类钞》记载，"观剧者有两大派，一北派，二南派。北派之誉优也，必曰唱工佳咬字真，而于貌之美恶，初未介意，故鸡皮鹤发之陈德琳，独为北方社会所推重。南派誉优，则曰身段好容颜美也，而艺人之优劣，乃未齿及。一言以蔽之，北人重艺，南人重色而已"①。创作于清代的小说《歧路灯》，也不经意地补充说明了徐珂的记述具有较大的普遍性。在这部小说中，男主角谭绍闻就存在比较明显的看演员胜于看戏的劣习："绍闻看两个（旦脚）时，果然白雪团儿脸，泛出桃花瓣儿颜色，真乃吹弹得破。这满月演戏之事，早已首肯了八九分，说：'好标致样儿。'"（第 77 回）当然，这种偏颇的戏曲接受取向并非起源于清代中后期，至迟元代开始，上述现象已经在不同群体内普遍存在。在《青楼集》等一些元、明文人的著作中，技艺和风姿似乎已经成为记述演员事迹的重点。不过，在一般观众的接受视野中，演员的唱功和做功等技艺必须附丽于剧情才能最大化发挥作用，因而剧情仍是多数观众看戏的最主要目的。因此，即使《金瓶梅词话》中的淫棍西门庆，也并不太计较演员容貌的美丑，而是以剧情的精彩、热闹为主："晚夕，亲朋，伙计来伴宿，（西门庆）叫了一起海盐子弟搬演戏文。……下边戏子打动锣鼓，搬演的是韦皋玉箫女《两世姻缘玉环记》。……西门庆令书童催促子弟，快吊关目上来，分付拣省热闹处唱罢。"（《金瓶梅词话》卷七）

清代南戏的案头接受也呈现远逊于明代的衰相，现存包括南戏在内各

---

① 徐珂：《清稗类钞·戏剧之变迁》，《清稗类钞选：戏剧·文学·音乐》，第 393 页。

种戏曲刊本基本刊刻于明代，尤以万历至明末为最即是显证。清代的南戏刊本不仅数量少，而且品种也比较单一。但是，清代的南戏案头接受却比明代显示了更多的纯文学特质，缺少了很多戏曲本该具有的场上丰韵。以戏曲评点为例，明代的戏曲评点者如徐渭、汤显祖、李卓吾、陈继儒等都能结合场上搬演情况，有的放矢；清代的戏曲评点者如金圣叹、毛声山等辈，纯以书面文学为切入点，虽能切中肯綮，但场上、案头相互渐离的特征越发明显。《红楼梦》等古典小说所述的一般读者的案头接受倾向基本近似金圣叹和毛声山，如《红楼梦》中的薛宝钗言及幼时所看的《元人百种》及《琵琶记》以及贾宝玉和林黛玉一起阅读《西厢记》等的情况，便很少考虑到这些剧本的舞台性。宝、黛二人只觉得"词句警人，余香满口"，因此，他们才会像阅读诗词一样，"一面看了，只管出神，心内还默默记诵"（第二十三回）。

综上所言，元、明、清三代的南戏接受虽然在具体细节方面并无统一法则，但却明显分流为看戏和赏曲两大主要类别。一般而言，无论文化素养深厚的文人士大夫还是较少教育背景的下层受众，他们都没有表现出超越戏曲这种特殊文体期待的非分审美需求，娱人是第一要义，其次才是教化等附属功能。在娱人的范畴内，值得一看的剧情、悦耳的唱腔和音乐以及吸引观众的舞台呈现都是几乎所有受众的基本追求。在满足上述基本条件的前提下，颇具学养的文人士大夫进而严格追求曲词的诗词性和音律的精确性；而缺少必要文化知识的下层受众则很难有进一步追求的艺术素质，他们的审美趋向近乎恒定不变，永远将剧情、演员舞台呈现的可观性和曲词的通俗易懂性以及唱腔、音乐的悦耳性等作为戏曲接受的全部。文人士大夫过分偏嗜曲、词等接受倾向对下层受众影响很小。当多数南戏剧目因为昆曲而太过典雅之时，他们便转而以弋阳腔等地方剧种为主要接受对象。但是，下层受众的这种看似近乎稚拙的审美需求却在很大程度上影响了文人士大夫，如明代著名曲家王骥德便不得不指出"曲与诗原是两肠"；[1]"世有不可解之诗，而不可令有不可解之曲"。[2] 明末清初的张岱、

---

[1]　王骥德：《曲律·杂论第三十九下》，俞为民、孙蓉蓉：《历代曲话汇编》（明代编第二集），第122页。

[2]　王骥德：《曲律·杂论第三十九上》，俞为民、孙蓉蓉：《历代曲话汇编》（明代编第二集），第114页。

李渔等则更细致贴切,他们不仅认为下层观众的戏曲接受观合理性很大,更可以作今后戏曲接受的长久规范。张岱说:"布帛菽粟之中,自有许多滋味,咀嚼不尽,传之永远,愈久愈新,愈淡愈远。"① 郭英德先生认为这种现象是当时文化权力不断下移的结果。他说,虽然"从明成化元年至万历十四年(1466—1586)前后,在总体的思想文化背景下,戏曲艺术的审美趣味不断文人化",② 但是明中期以降文化权力下移的历史趋势却不可避免。虽然此时的文人剧作家们通过积极的创作实践使"剧坛上熔铸着文人审美精神、渗透着文人审美趣味的传奇戏曲,逐渐取代贵族化的北曲杂剧和平民化的南曲戏文"③。不过,民间职业戏班的戏曲演出往往"对戏曲剧目的选择和舞台表演的讲求,便更多地以人数最多的平民百姓的审美需求和文化需求为准绳,而往往背离文人士大夫的审美需求和文化需求"④。民间职业戏班的上述演出方向,直接导致了明末清初大部分文人原创剧无缘奏之场上,清代乾隆年间以后的几乎全部文人原创剧沦为案头剧。取代这些文人原创剧的,正是以下层观众的审美趋向为准绳、经过民间职业戏班不断改编、俗化的南戏以及传奇的经典作品。

虽然昆曲在乾隆年间以后遭到花部地方戏的强势打压,但南戏仍然在花部的舞台上占有一席之地,《琵琶记》《荆钗记》《白兔记》《拜月亭》以及《破窑记》《金印记》等优秀南戏剧作,至今仍然是很多地方戏的保留剧目。不过,晚清时期的戏曲表演过分强调了演员的表演技能,从而忽略了几乎所有南戏的文学价值。虽然此前的戏曲表演同样看重演员的舞台技艺,但清代中叶以前的各体戏曲形式从未以牺牲剧本文学性的代价来换取演员的大红大紫,晚清时期的戏曲演出却不断通过损伤剧本文学等方式突出演员的本体地位。看来,源于宋元时期质朴的南戏接受理念即使在戏曲文人化顶峰期的明末清初,仍然处于健康有序的发展之中。但是晚清的戏曲舞台实践却以强化演员唱、念、做、打等基本功的方式,一点一点地蚕食着剧情、曲词等文学要素。另外,在南戏的案头接受方面,尽管清人对包括南戏在内的剧本阅读更合乎一般文学接受的基本特征,但恰恰是在

① 张岱:《答袁箨庵》,俞为民、孙蓉蓉:《历代曲话汇编》(明代编第三集),第521页。
② 郭英德:《明清传奇史》,江苏古籍出版社1999年版,第31页。
③ 同上书,第189页。
④ 同上书,第498页。

这种更合乎案头接受标准的理念指引下，使很多读者人为地割裂了南戏舞台和案头之间原本密切关联的纽带，从而弱化了剧本的舞台联想。由此看来，明代读者的南戏案头接受更具近于戏曲本体的质朴和亲切感，清代读者的案头接受似有阅读诗化叙事文学的高雅。

在舞台表演上尽量摆脱作品文学性的束缚，在案头接受上又不愿意将舞台接受融为一体，即使清人有扭转晚明以来多数文人受众重视曲词大于重视综合舞台艺术的再造之功，他们仍须为本期南戏的舞台和案头接受的不断衰落承担相当大的责任。毕竟，人为而生硬地割裂南戏剧本原本水乳交融的文学性和舞台性，并在案头接受方面弱化剧本与舞台表演之间的联系，这样的南戏接受是不健康的，更是不值得提倡的。

第二节　南戏接受的历史分期

郭英德先生在其《明清传奇综录》《明清传奇史》等著作中，根据明末清初文人传奇的创作发展情况，把这个时期的长篇戏曲创作分为"生长期"（明成化初至万历十四年，1465—1586）、"勃兴期"（万历十五年至清顺治八年，1587—1651）、"发展期"（顺治九年至康熙五十七年，1652—1718）、"余势期"（康熙五十八年至嘉庆二十五年，1720—1820）、"蜕变期"（道光元年至宣统三年，1821—1911）五个发展阶段。这样的历史分期大抵合乎明清文人传奇创作的实际情况。倘若用类似历史分期法来描述中国古代的南戏接受情况，同样未为不可。毕竟，南戏的创作（包括改编，下同）和接受在多数情况下是相辅相成、同步进行的；即使在某一特定的历史时期，南戏的接受和创作之间的表现并不是那么合拍，但两者之间共性还是明显地大于个性。这就是说，正是创作的兴盛直接推动了南戏接受的发展，也正是接受的发展对南戏的创作起着积极的反作用。基于上述理念，并考虑到中国古代南戏创作和接受的实际情况，拙著将宋元明清三代南戏接受的发展，也大致将它分为萌芽、发展、繁荣、衰落和蜕变四个时期。

一　萌芽期的南戏接受

既然南戏可能诞生于"宣和之际，南渡之后"，那么中国古代的南戏接受必然也自此开始。因此，拙著就将南戏接受的上限定于南宋立国之初，即宋高宗建炎元年（1127）。另外，根据现存最古老的南戏作品《张协状元》《小孙屠》和《宦门子弟错立身》的产生年代来看，至迟在南宋末年，南戏的一些基本脚色、演出排场和剧本结构等体制已经初具规模。尽管这些作品和后人所谓完全意义上的南戏作品尚有不小的距离，无可否认，这个时期的南戏接受已经较为明显地呈现出成熟的特质。不过南戏接受的场所虽然在宋代即已发展到当时的都城杭州以及其他一些南方的通都大邑，但根据相关的史料记载以及创作于此期的小说等通俗文学的描述，杭州及周边大、中城市的南戏演出并未形成较大的气候，冲州撞府、随地作场的乡村南戏表演仍是此期南戏接受的真实形态。凡此种种，皆可作为南戏演出尚为幼稚和不成熟的表现，故而萌芽期的南戏接受下限当以南宋的灭亡为界。

萌芽期的南戏传播和接受素朴而幼稚：剧本的素朴和幼稚姑且不论，仅以舞台的排场而言，无论脚色的分工、舞台砌末的配置还是演员的装扮水平，都与后世民间专业戏班之间的差距甚大。低水平的舞台表演必定和低素质的受众群体之间存在着挥之不去的因果关联。易言之，恰恰是低素质的南戏受众促成这种低水平的南戏表演团体的存在。否则，类似《张协状元》第一出【满庭芳】所说的"乍生后学，谩自逞虚名"等演出群体绝不可能有长期生存的空间。另外，不论是《张协状元》还是《错立身》和《小孙屠》的第一出，报告剧情大意的末脚总要提及"厮罗响，贤门雅静，仔细听说教"，"贤每雅静看敷演"和"喧哗静，伫看欢笑，和气蔼阳春"之类的低标准观看演出要求。从这类低标准的接受要求中，也不难大致推测出当时受众群体的文化构成。个别演出团体的素质高下或各有客观原因，但一个具有"教坊格范，绯绿可仝声"（《张协状元》第一出《满庭芳》）实力的戏班在演出过程中仍然随意地游离于主题之外，用庸俗的滑稽调笑手段取悦观众，则可以显见两宋时期南戏接受的不成熟。如《张协状元》的第十六出，当丑扮的小二改作砌末桌子的表演过程中，安排了一句"（【丑接唱】）做卓（桌）底，腰屈又头低。有酒把一盏，与卓（桌）子吃"的唱词，就可以鲜明地反映出当时观众南戏接受的稚拙。

另外，据南宋时期朱熹的学生陈淳的《上傅寺丞论淫戏书》中所记载的福建漳州一带民间伎艺流传情况可知，萌芽期南戏的观众构成基本为下层市民或乡村百姓。陈淳的这段奏书如下：

当秋收之后，优人互凑诸乡保作淫戏，号乞冬。群不逞少年，遂结集浮浪无赖数十辈，共相倡率，号曰戏头，逐家哀敛钱物，豢优人作戏，或弄傀儡。筑棚于民居丛萃之地，四通八达之郊，以广会观者。至市廛近地四门之外，亦争为之不顾忌。（明何乔远《闽书》引）

陈淳所述的情况当是事实。另外，陆游诗歌所谓"满村听唱蔡中郎"等，也大致反映出当时的南戏接受鲜有文人参与其中。（案：陆诗所谓的《蔡中郎》实为盲词，根据现有的史料，早期南戏《赵贞女蔡二郎》的实际演出情形也和此类盲词没有太多的差异，因此盲词《蔡中郎》的演出情形也可以视为南戏《赵贞女蔡二郎》的演出情形）但是，根据陈淳的书信特别是陆游的诗歌所隐含的观剧背景分析，此时是南戏接受可能已经引起部分学养较高的文人的关注。只不过类似陈淳等正统文人是以批判的眼光对待南戏接受，而陆游等退居乡野的文人则以打发无聊生活的闲适态度从事南戏接受。当然，这个时期的文人南戏接受并非都和陈淳、陆游一样，主要以负面的或无可无不可的态度对待身边的南戏演出。陈淳、陆游之外，更有一些类似周密这样文化层次很高的文人，他们不仅能从当时的南戏演出中窥见其反映现实等闪光点，而且还通过春秋笔法将这些闪光点记述下来，体现了一个传统文人的积极用世精神，如《武林旧事》所记载的《祖杰》戏文的发生、发展以及接受效果等情况就是显证。最能说明问题的是，南宋时期甚至可能已经出现了个别学高命蹇的文人托南戏以寓志，如刘埙的《词人吴用章传》所载的"敏博逸群，课举子业擅能名而试不利，乃留情乐府，以舒愤郁"[1] 者即是。

从审美趣向来说，本期南戏接受的基本特点首先以故事性的情节接受为主，其次以滑稽调笑的插科打诨为辅，再次才是歌舞性的音乐表现。如《张协状元》开首便有四句总括剧情的七言诗，然后是末脚整整一出篇幅漫长、交代仔细且留有悬念的剧情介绍，以便吸引观众欣赏。在第一出的剧情报告中，从末脚不失时机、见缝插针地表白本戏班"苦会插科使砌"中，可以看出当时的观众已经比较在意"歌笑满堂中"的接受效果。另外，在《张协状元》的第二出，当扮演张协的生脚出场时，却并不急于

---

① 刘埙：《词人吴用章传》，俞为民、孙蓉蓉：《历代曲话汇编》（唐宋元编），第185页。

正戏的开演，而是先和后房子弟寒暄，然后"饶个【烛影摇红】断送"，"踏场数调"，又自我夸赞一番之后，才开始正式搬演等情况看，观众既很喜欢插科打诨，又对歌喉婉转的音乐表现非常热衷。拙著甚至认为，如《张协状元》断送【烛影摇红】等零曲的用意其实和第一出副末的自我炫耀类似，寓有故意卖弄歌喉，招徕或稳住观众等潜在动机。毕竟，生、旦两个脚色在全剧中出场频率最高和出场时间最长，倘若连这样的脚色都没有表演天赋，戏班的真实实力则不言自明。凡此等等，皆可说明此时南戏接受对已经对歌舞性表演有所偏重。

　　萌芽期的南戏接受既然以侧重剧情为第一要义，那么它的舞台表现必然以观众喜闻乐见的传奇性故事为主要生发点。根据现存的南戏剧目名称来看，两宋时期的南戏编撰基本采用了唐宋传奇小说的故事生成方式，如《赵贞女蔡二郎》剧先以蔡、赵二人的甜美婚姻开始，继之蔡邕科举高中之后入赘豪门，抛弃发妻，最后以"雷轰蔡伯喈"的果报结束。细心的观众不难发现，这个故事结构其实和唐代的传奇小说《霍小玉传》非常雷同。即便当这个故事被翻案为大团圆的故事结局，也仍然可以通过唐代李复言的传奇《订婚店》所反映的姻缘前定等故事模式作解释。其他如《无双传》《马践杨妃》《乐昌公主破镜重圆》等，似乎就是直接撷拾唐宋传奇的旧作直接生发。从题材构成情况看，唐宋传奇不仅偏爱言情故事，而且在这个题材领域取得的成就也最大，《莺莺传》《柳氏传》《李娃传》等佳作迭现可以为证。南戏的题材构成也与之相类，如《拜月亭》《王月英月下留鞋记》《王焕》等，不是流传久远，就是"《王焕》戏文盛行都下"。再从《莺莺传》《霍小玉传》所传达出来的伦理道德着眼，宋代的戏文更在此基础上，将文人的伦理观念转化为下层民众的道德标准，分门别类地予以褒贬。最后，唐宋的文人传奇小说涉及的题材领域非常广泛，举凡仙人两境所包含的诸色人物、事件，都可以信手拈来地付诸笔下。宋代的戏文同样如此，如《王母蟠桃会》《黄粱梦》《吕洞宾三醉岳阳楼》等可为仙境事迹；《乐昌分镜》《王仙客》《苏武》等则是人境的历史人物；《赵贞女蔡二郎》《王魁》《贾似道木棉庵记》《祖杰》等就是人境的现实记录。由此看来，本期南戏的题材范围已经非常广泛了。

　　（案：据钱南扬先生考证，现传南戏剧目只有《张协状元》《赵贞女蔡二郎》《王焕》《王魁》《乐昌分镜》《陈巡检》等寥寥几本作于宋代，其余皆为元及元以后的作品。拙著引用的部分南戏，如《拜月亭》《东窗记》《贾似道木棉庵记》等，虽然见之于徐渭《南词叙录·宋元旧篇》等记载，但是徐渭等所述及的这些作品为元代以后作品的可能性更大。不过，考虑到宋元南戏之间的世代累积和前后承传等关系，姑且假设上文所列的作品在宋代即有相对粗糙的雏形）

二　发展期的南戏接受

公元 1279 年，元灭南宋，中国古代历史上第一个由相对落后的少数民族统治另一个文明程度颇高的民族的历史时期就此到来。正所谓"国家不幸诗家幸"，萌生于两宋时期的南戏艺术在大一统的历史进程中也迅速加快了南北融合的步伐。尽管有着短暂的不敌北曲杂剧徘徊不前期，但终元一世，南曲戏文不论从创作还是接受两个方面看都取得了长足的发展。除了《琵琶记》以及"四大南戏"等显证之外，徐渭《南词叙录》所列的 61 本南戏恐怕大多产生于这个时期。另外，尽管本期的南戏接受仍没有彻底征服广大文人观众，但它在南方广大区域的下层受众之间的地位却不可动摇。相比萌芽期的南戏接受，发展期的南戏拥有更多的文人受众。特别是在元代的后期，北曲杂剧因为体制所限，越来越表现出不服南方水土等特点，"顺帝朝忽又亲南疏北"的南戏接受局面就此形成。可以说，正是在本期南戏的这种接受热潮的影响下，本属于江南特产的南戏才得以跨越相对狭小的地域范围，遍及宇内。

公元 1368 年，汉人重掌国柄，历时 270 余年的明王朝自此建立。自洪武元年（1368）开始，直到正德末年（1521），因为特定的政治和经济等主、客观环境因素的制约，这个时期的南戏接受并未表现出比元末有明显的质的变化。以创作和改编而论，这个时期的南戏创作和改编要么因循《琵琶记》的旧路，专在教化问题上做文章，如《五伦全备记》和《香囊记》即是；要么把家庭伦理和历史事件结合于一体作为主要发力点，如《卧冰记》《跃鲤记》《牧羊记》《投笔记》等就是这样。如果说本期南戏的改编或创作尚存亮点的话，那就是一大批更符合文人受众口味的发迹变泰剧在当时的各个接受群体之间都获得了值得骄傲的口碑，如《破窑记》《金印记》等一直到晚清时期都为广大观众心仪。创作的情况如此，本期南戏的接受情况同样相去不远，如徐渭《南词叙录》所述的"宋元旧篇"和"本朝（南戏）"，大抵都是这个时期频频见之于舞台并引起文人受众关注之作。如果将这些作品的题材归属和剧作家的创作指向等综合在一起全面考释，这个时期南戏受众的审美趋向则不难见焉。

但是，发展期的南戏接受毕竟不能等同于萌芽期，从文人受众的观剧态度来看，这个时期的文人士大夫集团基本表现出积极参与而非消极接受的态度。尽管像祝允明这样的文人依然保持着"真胡说耳"①等鄙视态度，但更多的文人士大夫可能更接近嘉靖年间的何良俊，心仪北曲却并不讨厌南曲；即使对北曲杂剧的接受有着挥之不去的偏嗜心结，却也能公允、客观地认识到南戏独特的美学价值。如何良俊曾就关于南、北二曲的接受问题说过如下一段不偏不倚的话：

> 近代人杂剧以王实甫之《西厢记》，戏文以高则诚之《琵琶记》为绝唱，大不然。夫诗变而为词，词变而为歌曲，则歌曲乃诗之流别；今二家之辞，即譬之李、杜，若谓李、杜之为诗不工，固不可；苟以为诗必以李、杜为极致，亦岂然哉。②

尽管何良俊马上又说出了一段对《西厢记》和《琵琶记》甚为不敬的言语，但作为北曲迷的何良俊旋即又对《琵琶记》赞赏有加："高则诚才藻富丽，如《琵琶记》'长空万里'，是一篇好赋，岂词曲能尽之!"③当然，非南曲不观的文人受众肯定也大有人在，如何良俊所谓"近日多尚海盐南曲，士大夫禀心房之精，从婉娈之习者，风靡如一，更甚者北土亦移而耽之，更数世后，北曲亦失传矣"④。根据这段语焉不详的文献记载，还是大致可以推测出这个观众群体的数量和归属地。看来，在文人受众的接受态度方面，元末明初的南戏接受确有很大程度的发展。

相比较文人南戏接受态度的转变，下层市民百姓之于南戏接受很可能处于恒定而缓慢的发展状态。如前所言，即便在北杂剧风靡东南沿海的极盛时期，杭州及其周边的南戏演出并未衰绝。也许出于对新鲜形式的好奇，东南沿海地区的广大市民百姓对北杂剧这种舞台演出形式曾经表现出短暂的热情，但出于地域和因地域而形成的审美观念等限制，这个接受群体可能并未从心底彻底认同北杂剧。如元代夏庭芝在《青楼集》中记述

---

① 祝允明：《猥谈》，俞为民、孙蓉蓉：《历代曲话汇编》（明代编），第一集，第225页。

② 何良俊：《曲论》，《中国古典戏曲论著集成》（四），第7页。

③ 同上书，第11页。

④ 同上书，第6页。

的专演南戏的龙楼景、丹墀秀以及以南戏为主、杂剧为辅的芙蓉秀就可为一证。

发展期南戏最值得注意的现象并非仅仅表现在舞台接受方面，更值得注意的是，中国古代戏曲接受的另一种主要形式，文人的案头接受似乎在不知不觉之间于本期形成。尽管这种接受方式的发展脚步相对缓慢，不仅无法和此后的万历年间前后的案头接受相提并论，而且还远远落后于当时的北杂剧。尽管这个时期只有邓聚德的《金鼠银猫李宝》刊刻于大都的唯一文献记载，但更多的南戏作品当以钞本的形式在民间较广泛地流传，否则，明代的《永乐大典》所收的 33 种戏文的入选标准和作品来源便不好合理解释。即便发展期的南戏案头接受依然处于萌芽状态，如果没有本期的破茧而出，万历年间化蛹为蝶的案头接受盛况势必大受影响。况且从无到有、从弱到强的接受途径却也最能体现各种门类艺术接受的一般发展轨迹，因此将本期幼稚的南戏案头接受视为南戏接受史上的一件大事似无不可。有鉴于此，拙著宏观地将元世祖至元十六年（1279）至明武宗正德十五年（1520）视为南戏接受的发展期。

三　繁荣期的南戏接受

从万历元年（1573）到乾隆六十年（1795），时间跨度为 222 年。在这长达 222 年的历史时空中，包括南戏在内的各体戏曲接受呈现出前所未有繁荣局面。从创作的角度说，这段时期可视为自元杂剧以来中国戏曲史上的第二个高峰期。北曲杂剧的创作虽然风光不再，像王实甫的《西厢记》，关汉卿的《窦娥冤》，马致远的《汉宫秋》，白朴的《梧桐雨》，郑光祖的《倩女离魂》等名家名作已然成为绝响，但徐渭、沈自晋、王衡等具有一定影响的杂剧作家还是为本期的杂剧创作增色不少。南曲传奇方面，众多名家无须一一列举，仅仅汤显祖和他的《牡丹亭》、洪昇及其《长生殿》等流芳百世的巨制就足以说明很多问题。从接受这一层面来说，本期更是中国戏曲史上南戏接受的最繁荣时期。北曲杂剧虽然绝少新作产生，但元杂剧的影响依然巨大；南戏的创作虽然也业已完成其历史使命，但南戏的接受却方兴未艾。再加上汗牛充栋般的原创杂剧和文人传奇，本期的舞台演出真正形成了你方唱罢我登场的热闹景象。概言之，举凡元代常见的各体戏曲接受样式，此期靡不该备；元代尚未形成或尚未成熟的其他戏曲体式，在这个时期或一统天下、或割据一方；即使那些影响稍弱的戏剧形式，也都拥有各自固定的观众群体。最值得注意的是，此前处于附庸地位的案头接受，到了本期更形成燎原之势，由附庸而蔚为大观。在文人接受群体中，案头的剧本阅读几乎可以形成与舞台演出分庭抗礼的态势。另一个值得注意的现象是，南戏、传奇等长篇戏曲在这个时期形成了折子戏等新的演出方式，并且各种折子戏的选本很快便如雨后春笋，不择地而出。还有，先是弋阳腔出于更多下层文化程度不高的观众的接受需要，逐渐发展出了滚调这种演唱形式；随后，专供案头之需的各种剧本也更灵活地推出了注音、释义本和评点本。这样繁盛的接受局面，元人当然无法与之比拟。客观地说，本期的原创剧特别是文人原创的作品虽然各呈异彩，舞台、案头的接受方式也层出不穷，但最受观众读者喜爱的还是那些经得起时间检验的经典之作。以南戏而论，《琵琶记》、"四大南戏"、《南西厢记》《香囊记》《千金记》《绣襦记》《金印记》《破窑记》《和戎记》《跃鲤记》《玉玦记》《投笔记》《明珠记》《胭脂记》《三元记》《牧羊记》《寻亲记》等作品的演出和阅读频率最高，似乎戏班和书商没有此类作品"便为缺典"。

出于占有最广大演出市场的角力心理，各个戏班除了在剧目的择取上做足了文章以外，对于舞台演出等外在形式同样毫不含糊。与以前的舞台演出相比，万历至乾隆年间的南戏演出显示了追逐形式华丽的倾向。这种倾向首先表现在演员的筛选和演出行头的购置上。随着昆山腔的遍及全国，苏州戏子的身价因此上升。具有一定的表演天赋、面容姣好的苏州儿童成为各个昆班演员的最主要来源和后备力量，为了获得和培养一流的演出队伍，很多戏班不惜重金罗致。另外，各个戏班的演出行头也向着华丽的方向发展。没有成千上万的资金支持，很难组织起来一支可观的演出团体。明末清初的很多戏班班主因此不远千里前往南京等南戏演出繁盛的地域购置舞台演出的必备物品，小说《歧路灯》在反映戏班组建的各个细节中对此多有涉及。特别是扬州等地的盐商、富豪，为了追求演出的形式美，豪掷万金的情况比比皆是。

出版商也不甘示弱，为了争取更多的读者，各地书商在多以善本为底本的基础上，还要重加校勘，并请名家释义、评点，力求尽善尽美。一些出版商即使没有得到名人释义或评点语录，也采取欺世盗名的方法，伪托出版，如现存的李卓吾评点本、徐渭和汤显祖的评点本并非全部出自这些大师级人物之手就是明显的例子。版本的精良、名家的释义、评点似乎还不足以反映书商对刊刻形式的追求，大批书商往往又以精美的插图、变化多端的版式招徕读者。为了携带的方便，书商更推出了《琵琶记》等南戏的巾箱本；为了照顾读者的多种兴趣，他们不仅把南戏、杂剧、传奇汇于一册发行，而且把版式分为上、下两栏或上、中、下三栏，上栏、下栏选刻戏曲，中栏则以时调小令、两头蛮、谜语、甚至各区地名充斥其中，以求形式的多样。当然，正如戏班精美的行头，书商在印刷的质量上也精益求精，建阳、麻沙等质量粗糙的出版物风光不再，代之而起的是以金陵、徽州、江西等印制精美的书籍，以至于现存很多南戏和杂剧、传奇的刊本多由金陵书坊刊刻。

四　衰落、蜕变期的南戏接受

从嘉庆元年（1796）至辛亥革命（1911）发生前，其间共计 115 年，史家一般将这个特定的历史阶段划为晚清时期。在戏曲的接受领域，本期发生的最重大的事件就是花雅之争。花雅之争的结果是质木无文的花部最终战胜文采斐然的雅部。无论从创作学的角度还是从接受学的视角来看，花部胜出的结果都使中国古代戏曲在经过漫长的发展和繁荣之后，又回到其起始点。众所周知，南戏的原始形态虽然鄙俚不堪，难入文人雅士的法眼，但它毕竟是这片古老大地上率先出现的成熟戏曲形式。也正因为其"徒取畸农市女顺口可歌"的简陋形式，宋元期间的南戏接受一直在各个阶层文人的努力下，化俗为雅，最终形成压倒一切的全国性戏剧形式。不可否认，雅化的南戏作品虽然距离一般观众越来越远，但它在时代思潮的传播以及再现现实生活方面，依然居功至伟。戏曲作品如何既有时代使命感又通俗易懂，这是明清两代特别是明末清初各阶层受众一直孜孜以求的重要课题。虽然上述努力最终都取得了相应的成果，但繁荣期的南戏接受还是形成了文野并行，两者之间时而交融、时而冲突的格局。应该说，不论雅俗，万历至乾隆年间的南戏接受都呈现健康有序的态势。乾隆以后，随着花部在花雅之争胜出，南戏的接受渐呈颓势。不管哪个阶层、也不管哪个群体如何努力，明末清初文人雅士津津乐道的南戏和传奇都不以个人的意志为转移而飞速下滑。固然，作为地方戏总称的花部的剧目取材不少都来自此前的南戏和传奇，但它们的面目变化实在太大。从一些具体作品的舞台呈现看，如果将这两者之间画上等号确实十分勉强。例如晚清时期的苏州滩簧和杭州滩簧等地方戏，都曾将《琵琶记》《拜月亭》《绣襦记》

等经典南戏作为移植、改编的主要对象，但这种移植或改编的结果是过分媚俗，以致粗鄙不堪，无复上述作品的原貌。另外虽然飞速衰落的南戏作品并未彻底从舞台上消失，上层人士或因观念的偏嗜，或故作风雅，在他们对面的红氍毹上，以《琵琶记》为代表的南戏兀自在轻歌曼舞中井然有序地进行着，但这种夕阳晚景多少都呈现出苟延残喘的气象。不过，虽然晚景凄凉，但从纯正的花部戏曲演出也没有能从传统南戏接受的惯性中彻底解脱，从相当多的南戏剧目依然被这些演出团体以受众喜闻乐见的方式频频再现于舞台之上等情况可知，本期的南戏剧目传播景象并未消歇，它们在局部地区甚至依然繁荣。如清代的花部高腔零出选本《绍兴高腔选萃》所收的《和戎记》《三元记》《琵琶记》《荆钗记》和《妆盒记》5种11出剧目，即属这种舞台演出范畴。此外，像花部京戏选本《真正京都头等名角曲本》所体现的孙瑞堂的拿手舞台演出本《彩楼记》（即南戏《破窑记》）、杨月楼的《牧羊记》等也是如此。

花部之所以能彻底征服当时最广大的接受群体，有三个方面的原因不容忽视：一是剧本的事佳词俚。几乎所有的花部演出团体在剧目的择取上，都把当时观众最愿意接受的忠孝节义等事关伦理之作作为演出的重点。二是戏班趋从观众的接受心理，努力在演员的培养上下功夫，精心打造出一批深受观众喜爱演员阵容。将观众的注意力从看戏这一文化传播层面转移到看演员这一主要以表演为尚的层面上来，以演员为中心的戏曲接受观念正式形成。三是创作主体量体裁衣，根据每个著名演员的实际情况精心裁制剧本，非常功利地使剧本为演员服务。从演员适应剧本到剧本适应演员，其中的飞跃当属质的变化。这种质变本身可能来自于折子戏的发展。因为南戏篇幅汗漫，动辄四五十出，简短者也有20出左右，如此漫长的篇幅却主要围绕着生旦两位主要演员展开，其他角色的才华难免受到相应的限制，难以获得更多的发挥余地。折子戏出现以后，有些折子戏因为没有生、旦的戏份，净、丑等次要脚色便顺理成章地跃升为主角。这些脚色因为出色的技艺和最佳的剧情匹配，甚至比历代都受观众追捧的生、旦等主要脚色更为观众津津乐道。如《琵琶记》的折子戏《扫松》，主角虽为张大公，但从观众的接受效果上看，这个脚色反而比蔡伯喈更受观众喜爱。

虽然花部最终赢得了花雅之争，虽然花雅之争在中国古代戏曲的接受史值得大书特书，但是，将趋从观众的接受理念转化为屈从就是其落后接受观念的一斑，也是花部战胜雅部后中国古代戏曲接受史上的一个不幸事件。长期以来，戏曲、小说等通俗文学样式一直是一般群众厚风淳俗的主要源地之一，也是一般群众获取新思潮、新理念主要途径之一。但是，本期花部剧目的传播观念却并未超出传统的忠孝节义范畴，它所输出的就不仅不是先进理念，而是更多地表现出在为统治阶层强化官方哲学等意图。当然，沦为上层娱乐工具的雅部昆曲的境况也没有多少值得称道之处，如晚清以来内忧外患的社会现实并没有在传统的南戏剧目的表演中得到相应的体现。虽然各个戏班的南戏舞台本因时空的变化随之相应变动，这种变动更多地体现在演员的唱腔、身段、舞美以及其他颇受观众欢迎的舞台艺术等细枝末节的外在形式方面。

第三节　南戏接受的几种常见形式

纵观中国古代南戏接受的发展及衍变情况，自宋迄清近千年的南戏接受大致可以分为直接接受和间接接受两种类型。凡是亲临舞台演出现场或亲自通过剧本阅读而获得相关南戏剧情的属于直接接受范畴，而通过第三者转述或触目即情等方式联想到的南戏故事情节和人物风貌等则属于间接接受范畴。不论直接还是间接的南戏接受，它们的起源和衍变都基本和南戏的发生、发展这一流变过程紧密相关。也可以说，自南戏诞生之日起，这两种接受形态即如影随形地伴随着南戏的发生和发展。尽管中国古代的南戏接受基本表现为直接接受，有关间接接受的记载和描述相对较少，但作为一种接受形态，间接接受的研究价值却不见得比直接接受小。虽然自南戏或者说自所有古代戏曲形式研究的发端之日起，关于直接接受的研究虽非汗牛充栋，却也是代不绝书；而间接接受的研究则不同，谓之无人问津可能不符合事实，但学界的普遍漠视却绝不是言过其实。有鉴于此，拙著在重点关注南戏的直接接受的基础上，别立文字考释间接接受，或有不妥，然抛砖引玉之意存焉。

一　两种直接的南戏接受形式

如上所言，直接的南戏接受可分为剧场（舞台）接受和案头接受两种类型，在这两种类型的南戏接受中，剧场（舞台）接受无疑是出现最早、延续时间最长的一种接受形式。案头接受则不同，不要说印刷术等客观原因的限制，即便在出版业极为发达的今天，类似于古代戏曲的各种影视作品的案头仍然远远落后于影像接受。另外，不论从中国古代哪种类似于舞台艺术的文艺形式看，它们的案头接受很少出现在萌芽期。因此，类似于舞台艺术的案头接受从来都无法匹敌舞台或影像接受。当然，严格地说，冲州撞府的中国古代南戏很少有固定的演出场所，以舞台接受代替剧场接受这一称谓或有更多的合理之处。如果在更严格的层面观照，撂地做场的民间简陋南戏演出场所可能也当不起"舞台"一词，但这个问题不是拙著的重点，略而不论亦无不可。

1. 舞台接受

根据现存的有关资料和南戏的发展史来判断，萌芽期的南戏接受直接表现为舞台接受，案头接受完全可以忽略不计。发展期的南戏接受虽然有所不同，但它还是基本秉承了萌芽期南戏接受的余绪，以舞台接受为主，案头接受依然未成气候。繁荣期的南戏明显表现出案头、场上并重的格局，大量的受众不仅将南戏剧本当作舞台接受的补充和延伸，个别文人士大夫甚至以案头接受为主，舞台接受为辅。不过，考虑到南戏观众的文化构成，即有良好教育背景或者可以无障碍阅读剧本的受众，在数量上远远低于几乎没有任何教育背景的下层观众等实情，也可以得出繁荣时期的南戏案头接受仍然不能比肩舞台接受的结论。这就是说，在近千年的南戏接受史上，很多观众虽然经常流连于各种南戏演出场所，但他们可能毕生都没有阅读过一部南戏剧本。没有经过任何教育背景的下层人民如此，不少粗通文墨者同样如此，舞台接受的重要性由此可见一斑。

另外，虽然舞台传播是一种最原始、常见的接受方式，但在"填词之设，专为登场"① 的创作理念指导下，就连很多剧作家也从未有把案头接受作为创作的主要目的。即使一辈子从未创作过可以演出的剧本，这些剧作家仍然以场上搬演为终极目的，案头阅读不过是不得已而求其次的无奈。也可以这样说，即便在案头接受蔚然成风的明末清初，也没有哪一位剧作家真正希望自己的剧作仅可以作文字观，而不能奏之场上并获取最大数量的观众。退一步说，即使那些在案头接受方面业绩不俗的南戏剧本，也主要是以案头、场上两擅其美的方式出现的，南戏《琵琶记》和北曲杂剧《西厢记》以及文人传奇《牡丹亭》等的接受状况无

---

① 李渔：《闲情偶寄·演习部·选剧第一》，《中国古典戏曲论著集成》（七），第73页。

不如此。舞台接受之所以在中国古代南戏接受史上占据最为重要的地位，主要是相比起案头接受，它具有无论受众的性别、年龄以及文化素养等方面有多大的差异，都可以基本上毫无障碍地参与其中的优势。另外，对于一般受众而言，单纯的案头接受毕竟生硬地割裂了曲白和歌舞、科介这个原本统一的有机整体，人为地将声形并茂的感性南戏表演转化为僵硬的案头字符。再则，就接受效果来说，直观而感性的舞台形象塑造毕竟比抽象而理性的案头阅读更能感发观众的志意。在很多受众聚集并"群居相切磋"等情况下，立体的舞台形象及其所传递的生活感悟更容易使受众产生共鸣，从而达到心灵净化的目的。当然，舞台演出的不足之处也很明显，这就是它很容易受客观条件的制约，不如案头阅读简单、便捷。如果演员和戏班的综合实力不足以再现某些优秀作品时，直观的舞台呈现反而不如抽象的案头阅读更能接近剧作家的创作本意。还有，中国古代的戏班在进行某一剧作的演出时，往往出现任意删改，不遵循或背离原著等情况。客观地说，戏班删改原著属于二度创作的范畴，而二度创作往往又是提升原作艺术质量的重要手段；但是，多数戏班成员的文化素养以及对现实生活的体察毕竟较一些优秀的剧作家为差，故而损伤原作本意的情形便时有发生。戏班的二度创作成果若高于原作，受众将收获高于原作的审美提升；二度创作的成果若低于原作的艺术水准，受众的审美能力则不可避免地将受到损伤。特别是一些戏班视恶俗为崇高，变相取悦观众，就更不利于戏曲接受的健康发展。从《琵琶记》等南戏在一些戏曲选本中展现的舞台风貌来看，上述情况在明清时期的戏曲演出中时有发生。如《六十种曲》本的《琵琶记》虽然对原作有所改动，但这种改动提高了原作的艺术质量；而《明本潮州戏文五种》中的《琵琶记》即明嘉靖年间的演出本《蔡伯皆》，虽然舞台性得到加强，但整体艺术水准却比原作有所降低。最后，从舞台接受的发展情形来看，全本南戏的舞台接受在明代中叶以前无疑最主流；但从明代中后期开始，折子戏则笑傲舞台。这是因为全本南戏大多篇幅瀚漫，而动辄数十出甚至长达百余出的排场很难保证每一出都有充足的观赏性，多数观众显然会对一些过场戏或游离于主题之外的剧情失去耐心。于是，看似偶然出现的折子戏，却因为受众的审美取向成为必然。毕竟，因为"《琵琶》《西厢》《荆》《刘》《拜》《杀》等曲，家弦户诵已久，童叟男妇，皆能备悉情由"① 等原因，多数观众才只对这些剧作的精彩之处感兴趣。另外，虽然全本戏囊括了南戏的全部脚色配属，但以生、旦的悲欢离合为主要戏剧冲突的排场也不利于凸显一些次要脚色的价值。于是，展示净、丑等次要脚色的精妙技艺为主的折子戏便适时而生。

不论折子戏首创于哪家戏班，也不论折子戏发生、发展于何时何地，占据了明末清初舞台演出大半壁江山的折子戏，无疑是戏班的传播和观众接受两种理念合力产生的结果。为了在最大限度上吸引观众的参与，以牟利为主要目的的各类演出团体首先将观众没有多少兴趣的过场戏和一些游离于主干剧情之外的内容或曲词予以删减，专取观众感兴趣的故事内容极力生发，如诞生于嘉靖年间前后的戏曲选本《风月锦囊》，便以"摘汇"的形式将许多南戏浓缩为精华的小本戏。不过，即使是摘汇形式的小本戏，也可能因为时间的限制不能首尾完整地演出；更可能因为这些经过"摘汇"的内容还有继续摘汇的必要，因此根据多数观众的要求，一些戏班便专取观众最感兴趣的若干单出独立表演。如在《金瓶梅词话》的第六十三回，西门庆为了给李瓶儿治丧，"叫了一起海盐子弟搬演戏文……演的是韦皋、玉箫女两世姻缘《玉环记》……扮末的上来，请问西门庆：'《寄真容》那一折可要唱?'西门庆道：'我不管你，只要热闹'"所反映的情况大致如此。

折子戏既然以受众最喜爱的关目和内容为旨归，那么它就更容易发挥舞台演出之长。另外，从现存的很多以零出或零曲的面目出现的南戏剧本的实际情况上看，可以想见，如果没有折子戏这种独特的表演形式，很多南戏的剧本或剧目必定因此埋没无存。今知的 200 多种南戏，除了寥寥的数十种而外，其余大批南戏剧本或剧目都是通过戏曲选本中零出或零曲的面目为今人所知。折子戏的优点还有很多，但它的缺点同样显而易见。例如，相当多的戏班可能因此彻底抛弃全本戏，把主要精力仅仅集中在折子戏上，从而导致全本戏的演出难以为继；而难以为继的全本戏演出又是导致不少南戏的全本舞台演出本流失的重要原因。据明代嘉靖年间的何良俊所言，当他"令老顿（即下文的顿仁）教《伯喈》一二曲"时，顿仁便

---

① 李渔：《闲情偶寄·词曲部·宾白第四·词别繁简》，俞为民、孙蓉蓉：《历代曲话汇编》（清代编第一集），第 277 页。

不无自豪地说："《伯喈》曲某都唱得"。① 顿仁之言，从侧面反映了当时多数演员只能演出《琵琶记》的折子戏，无法完整地演出全本《琵琶记》的实情。专取菁华的折子戏的另一个负面影响则表现在案头接受上。对于多数读者来说，全本戏比折子戏具有无可比拟的长处。仅从对生活体味的角度上说，全本戏也往往较之折子戏更具现实的厚重，因而也更容易感发受众的意志。何况折子戏摘汇的所谓菁华，也只能代表部分受众的审美趋向，并不是所有受众审美情趣的外现。

折子戏虽然是多数全本戏的菁华，但盛行于明末清初的零曲集锦却比折子戏更能体现很多文人受众对典雅曲词和精审曲律的偏嗜。中国古代文人原本就有花前樽边借曲助兴的习惯，唐宋以降，铜琵琶和红牙象板似乎从来都是文人身边的不可或缺。逮至元代，当散曲这种新颖的诗歌形式更容易发挥歌曲妙味的时候，它就以不可阻挡之势取代了诗词，成为文人受众抒发闲情逸致的首选。从《青楼集》的记载情况看，当时很多歌姬不仅善于零曲表演，而且在散曲创作上也取得了不俗的业绩，如梁园秀"所制乐府，如【小梁州】、【青歌儿】、【红衫儿】、【攧砖儿】、【寨儿令】等，世所共唱之"②。【小梁州】乃北曲曲牌，而【红衫儿】则为南曲曲牌，可见当时民间的零曲演唱，已经表现为南曲北曲兼善的可喜局面。虽然《青楼集》没有明确记述上述歌姬演唱的零曲取自南戏，但她们完全可能将南戏作品中一些脍炙人口的曲子以散曲的方式演唱。明清时期，完全取诸南戏、类似零出选本的各种零曲选本频出迭现。从现存多种零曲选本的编选体例来看，南戏零曲表演盛况似乎一点也不弱于折子戏。如成书于明正德十二年的《盛世新声》，就收有《千金记》的【仙吕·点绛唇】"天淡云孤"、【双调·新水令】"恨天涯流落客孤寒"和《彩楼记》的【越调·斗鹌鹑】"喜得功名遂"三支曲子；而嘉靖四年（1525）张禄辑选的《词林摘艳》，则把范围扩大到6种南戏，8支曲子。此后，各种南戏零曲选本的辑选范围更广，嘉靖十年（1531）刊行的《雍熙乐府》，更选收了18种南戏的25支曲子。如此多的零曲南戏选本而且贯穿明清两朝历史的始终，恰恰是"士绅宴会，非音不樽"③ 最好的注脚。

---

① 何良俊：《曲论》，《中国古典戏曲论著集成》（四），第11页。

② 夏庭芝：《青楼集》，俞为民、孙蓉蓉：《历代曲话汇编》（唐宋元编），第473页。

③ 徐珂：《清稗类钞选·昆曲戏》，《清稗类钞选：戏剧·文学·音乐》，第346页。

当然，在明清时期的南戏舞台演出方面，全本戏、小本戏、折子戏和零曲表演等南戏演进的轨迹并非单线发展，彼此排斥，相反，这几种生动活泼的南戏表演方式是在彼此交融，以相互促进的方式各领风骚。如在折子戏演出的极盛时期，很多观众对全本戏依然钟爱有加，如果某个戏班不能满足这个观众群体的要求，场面将或相当尴尬。晚明的张岱在其《陶庵梦忆》中记载了如下的一个故事，这个故事的主人公虽然不免苛刻，却也颇有几分意在捍卫全本戏的目的在内：

> 夜在庙演剧，梨园必倩越中上三班，或雇自武林者，缠头日数万钱。唱《伯喈》《荆钗》，一老者坐台下，对院本，一字脱落，群起噪之，又开场重做。越中有"全伯喈""全荆钗"之名起此。①

类似的故事记载在清代李斗的《扬州画舫录》中也曾出现，可见，南戏的舞台演出虽然因为时空或受众群体的变化呈现不断演进和发展的趋势，但这种演进和发展不是以相互淘汰为前提，而是以百花齐放为目的。

比案头接受更具长的是，舞台演出不仅造就了大批观众熟知的著名演员，而且还让很多业余爱好者的演出水平因此精进。如在前述的《陶庵梦忆》中，张岱的家人和朋友"南院王岑、老串杨四、徐孟雅、张大来"辈等，将《白兔记》的"《磨房》《撇池》《送子》《出猎》"四出表演得"科诨曲白，妙如筋髓"，造成了"戏场气夺，锣不得响，灯不得亮"② 等令人神迷的接受效果。其他如"金文甫，演《琵琶记》名手"；③ 柳生以演《跃鲤记》最能感人："观柳生作伎，供顿清饶，折旋婉便，可称一时之冠。至庞氏汲水，令人涕落。昔袁太史自命铁心石肠，看到此，辄取扇自障其面"；④ 王怡庵虽是全才，却也以《寻亲记》最擅长等，都属于当时繁荣的南戏舞台演出的副产品。

正如舞台演出形式，各种演出场所也在不断发展的南戏接受情境中得到提高。萌芽期的南戏演出场所基本以冲州撞府、摞地作场为主，似乎当

---

① 张岱：《陶庵梦忆·严助庙》，江苏古籍出版社2000年版，第61—62页。

② 同上书，第62页。

③ 张大复：《梅花草堂笔谈》，上海杂志公司民国二十四年版，第315页。

④ 同上。

时很少有专门的场地服务于南戏表演。《永乐大典戏文三种》之《宦门子弟错立身》所展现的种种演出情状，可能最是当时戏班和演员生活的真实写照。在该剧的第十三出，有以下两段曲词可窥彼时演出场地和演出情状的一斑：

> 【菊花新】路岐路岐两悠悠，不到天涯未肯休。这的是子弟下场头。（旦上）挑行李怎禁生受。
> 【泣颜回】撞府共冲州，遍走江湖之游。……

当然，路岐艺人的随处作场并非全部不择地而演，两宋时期的勾栏瓦舍、明清时期的歌楼妓馆以及酒楼、寺庙、会馆乃至堂会时的一方红氍毹等，都比撂地作场稳定且环境适人。在这些较为稳定的演出场所中，各体戏曲样式的接受效果未必弱于宫廷及其他贵族府邸的戏楼。虽然部分戏班有足够的实力在某一固定场所或地域长期、连续演出，但流动作场不仅一直是宋元以来南戏表演的最基本特点，也是自宋迄清以来各类戏曲表演团体特别是民间职业戏班的最常见形态。

2. 案头接受

与舞台接受相表里，案头阅读也是明清时期南戏接受的一个非常重要的环节。因为印刷术的落后，政治、经济条件的制约，宋元时期的南戏虽然偶有刊刻，但将它作为重要案头读物的时机显然并未成熟。即使南戏剧本的艺术水准达到了"有名人题咏"的北曲杂剧的高度，上述客观因素仍然是南戏案头接受发展的最主要障碍。即便是出自关汉卿、王实甫、马致远等名家之手的北曲杂剧，在当时的案头接受状况也不见得比南戏好多少。另外，虽然《琵琶记》等优秀剧作具有匹敌北曲杂剧的艺术水准，但更多的南戏作品却出自下层书会才人之手，这些作品在文学层面上的价值的确无法让文人受众产生强烈的阅读冲动。因此，仅靠《琵琶记》等少量优秀剧作是无法赢得文人受众青睐的。即使在印刷术较为发达的明代中后期，南戏的案头接受也不是仅仅因为《琵琶记》等少数作品才得以健康发展的。只有当多数剧本具备相应的文学价值，南戏才会以矫健的步伐走上文人受众的案头之上。还有，宋元时期的书会才人可能从未有通过南戏剧本而流芳百世的意识，他们创作南戏的主要目的主要藉舞台来获取娱人兼自娱的心理满足。在他们看来，优秀的戏曲作品或许只能表现为场上之作。在这种创作理念的指引下，宋元时期的南戏创作者和改编者很少会以案头的接受指向从事戏曲活动，通过舞台娱人或自娱仍然是此期剧作家时时把握的重要标准。

所谓的案头接受，就是受众通过剧本阅读而不是演员的表演即可达到的对某一南戏剧作的认知、理解，从而引发共鸣并达到心灵净化的目的。案头接受虽然较之舞台接受的自由度更大，但它却只能局限于具有良好文化修养的文人受众群体中，不具备一定文化素养的人很难或根本无法从事这种接受方式。另外，明清时期的印刷术虽然相对发达，但各种通俗文学的文本却并不普及。明初著名文学家宋濂在《送东阳马生序》中，详细地描述了自己借书求师之难。宋濂当时想借阅的，应该是对自己科举有帮助的书籍，是他所羡慕的太学生可以很容易获得的教科书和教辅材料等。与举业相关的书籍都很难借阅，寻常之家就更难看到南戏剧本之类的通俗文学。何况，即使有些家庭藏有通俗文学文本，传统的思维习惯也让家长们限制青少年阅读。就连《红楼梦》描述的贾府等钟鸣鼎食之家，贾宝玉、林黛玉和薛宝钗等青少年依然很难有阅读通俗文学的机会。上述接受环境，使很多有能力从事案头阅读的受众难免有无米之炊的感叹。由此看来，剧本的客观缺乏和家长们的人为制约，同样阻碍了南戏案头接受的正常进行。与舞台接受一样，案头接受也是优、缺点并存。尽管"面对一卷卷中国古代线装的俗文学作品，不论它是小说、弹词、戏剧或是木鱼书之类的唱本时，我就会情不自禁地沉浸在眼前浮现的古老而神奇的世界中，那些穿戴着古老衣冠的书中人物，也就自然而然地在我的脑海里活了起来"，① 但案头接受之短依然无法回避。毕竟戏曲的生命主要属于舞台，失去了舞台的戏曲，和失去了水的鱼几无二致。当然，案头接受之所以能在明清风靡各地，经久不衰，也是因为这种接受方式具有舞台艺术难以企及的长处。如在对剧本旨意的穷幽探微和经典曲词的流连叹赏以及对该剧全体力量的把握上，案头接受的效果似乎更为经济便捷。看来，王骥德所谓的"论曲，当看其全体力量如何，不得以一二韵偶合，而曰某人、某剧、某戏、某句、某句似元人，遂执以概其高下。寸瑜自不掩尺瑕也"②

---

① ［俄］李福清：《海外孤本晚明戏剧选集三种·序言》，上海古籍出版社 1993 年版，第1 页。

② 王骥德：《曲律·杂论第三十九上》，《中国古典戏曲论著集成》（四），第 152 页。

的评价标准，多数受众可能也只有通过案头接受的方式才能得到最大化地实现。最能体现案头阅读价值的是，读者似乎也只有凭借阅读才能最有效地与剧作家对话，与剧中的各种人物对话。倘若通过舞台和演员这种赋形不一的媒介，上述对话过程难免受到人为的干扰。如同样一部戏曲，不同的戏班和演员再现的结果肯定千差万别乃至势同霄壤。这也正如王骥德所言，"天之生一曲才，与生一曲喉，一也。天苟不赋，即举世拈弄，终日咿呀，拙者仍拙，求一语之似，不可几而及也"①。

与舞台接受一样，明清时期的南戏案头接受也大致分为全本戏的案头接受和选本戏的案头接受两种常见形式。虽然舞台接受更加感性直观，经过演员二度创作的戏剧情境也更加摇曳多姿，但明清时期的戏曲案头接受一点也不呆板。姑且不论多数戏曲文本因为精美的插图而生动活泼，精心设计的版式也让很多戏曲剧本尽显独一无二的风味。例如，在《时调青昆》等多种戏曲选本的版式设计中，每页均被分为两栏或三栏。《时调青昆》的版式为三栏 9 行，上栏收戏曲，曲辞单排大字，行 9 字，宾白双排小字，行 18 字；中栏为酒令、笑话之类，8 行，行 3 字；下栏收戏曲，曲辞单排大字，行 14 字，宾白双排小字。这种两栏或三栏的版式，不独诗文等正统文学少用，就连小说等通俗文学也罕见。另外，不少戏曲文本的版式设计者还匠心独运，在两栏或三栏版式的狭小的空间内，见缝插针地配有适合剧情的插图，以唤起受众阅读的兴趣。

就现有的南戏文本留存情况看，不论全本还是选本南戏都直接外现为白文本和插图本两种类型。另外，不论是白文本还是插图本，也多有与之配套的大量评点、音释、释义等版本的出现。更具特色的是，为了方面读者随时随地的阅览之需，一种尺幅较小、便于携带的巾箱本南戏读物亦适时出现。选本南戏不仅具有上述全本南戏的几乎全部特点，它还具有将杂剧、传奇和南戏等多种戏剧形式汇刻于同一部书中，使读者尽可能地在最短的时间内阅读最大量不同剧本的长处。当然，选本南戏读物的花样并非仅止于此，如《乐府玉树英》《大明天下春》等多种南戏选本更将散曲、时调、酒令、谜语、地名风物等百科全书式的知识汇集一体，且以上、下或上、中、下两栏或三栏等活泼形态取悦受众，让其产生不得不阅读的冲动。《乐府玉树英》不仅在版式设计上匠心独运，而且还在内容的匹配上

---

① 王骥德：《曲律·杂论第三十九上》，《中国古典戏曲论著集成》（四），第 178 页。

别出心裁。如它不仅选收南戏、杂剧、传奇三种戏曲样式的菁华，更在中栏选收的时调中和上下两栏的戏曲内容配合起来，做到了内容上的相映成趣、前后呼应。例如，《乐府玉树英》既直接选录了《跃鲤记》中的《安安送米》和《芦林相会》两出曲文，又间接地把与之具有因果关系的题为《孝》的时调收入其中；既选收《琵琶记》《破窑记》《荆钗记》等32部南戏作品的零出，同时又将其中12本以南戏主要内容为载体的时调直接与之配合。为了更清晰、直观地解释这个较具特色的现象，现将其中部分时调转引如下：

（1）蔡伯皆一去求名利，抛别妻儿。赵五娘受尽孤栖，三年荒旱难存济。公婆双弃世，独自筑坟堆。背琵琶，背琵琶，天京都来寻你。（《琵琶记》时调，见《善本戏曲丛刊》本《乐府玉树英》卷一中栏。下同）

（2）班仲升敕使在西域去，丢下了邓二娘其实伤悲。堂上婆婆忧成病，灵丹无应，效割股奉亲姑。你为功名，你为功名，夫妻受这般苦。（《投笔记》时调）

（3）吕蒙正是个穷儿辈，刘小姐坠丝鞭要与和谐，爹娘赶出门儿外。夫妻住破窑，山寺去逻斋。一旦身荣，呀！窑也增光彩（《破窑记》时调）

（4）苏季子要把选场赴，少盘费逼妻子卖了钗梳，一心心直奔秦邦路。叵耐商鞅贼，不重万言书。素手回来，素手回来，羞！妻不下机杼。（《金印记》时调）

（5）姜门尽是行孝妇，恨秋娘嘴巴巴搬閒是非，将三娘赶出门儿去。婆婆恨媳妇，丈夫休了妻。七岁安安，七岁安安，苦！哭哭啼啼去送米。（《跃鲤记》时调）
……

当一个时调无法传达这部南戏作品的全部主干内容时，《乐府玉树英》的编选者则将两个同题时调一并选收。如：

（1）蔡伯皆入赘牛相府，苦只苦赵五娘侍奉公姑，荒年则把糠来度。剪头发殡二亲，背琵琶往帝京。书馆相逢，书馆相逢，天！诉出

万般苦。(《又》，同上《琵琶记》)

（2）邓二娘贤孝妇，全伦道为婆婆病，将刀割股躬行孝。上书往帝京，不惮路途遥。姑嫂相逢，姑嫂相逢，清话直到晓。(《又》，同上《投笔记》)

（3）五言诗却把天梯上，辞三叔气昂昂再往魏邦，谁知做了都丞相。百户送家书，衣锦归故乡。不是亲者，不是亲者，天！也把亲来强。(《又》，同上《金印记》)

……

　　如果说元末明初的戏曲刊刻尚属凤毛麟角，那么明代特别是万历年间前后的戏曲刊刻已经呈现出遍地开花的趋势，像南京、杭州、福建、江西等地都是当时的戏曲刊刻中心。特别是南京，诸如世德堂、富春堂、师俭堂等私家书坊，"所刻的戏剧和小说，大概总在300种左右"。① 在这300种左右的戏曲和小说中，南戏作品所占的比重相当大，大抵只要是流行于场上的南戏作品，都有相应的刻本出现。当然，南戏的案头接受并非仅仅依赖印刷较为精美的刻本，各种钞本的流行也昭示着南戏案头接受局面远比想象的蓬勃。据俞为民先生考证，仅《琵琶记》一剧，"现有全本流存的有几十种之多"，② 在这几十种现存版本中，清代康熙十三年陆贻典所藏钞本的面貌最为接近高明的原创，别具版本学意义。其他诸如《千金记》《还带记》《跃鲤记》以及《双珠记》《鲛绡记》等，都有不少钞本为今人所知。像郑之珍的南戏《目连救母劝善记》这部长达百余出的南戏作品，逐一写成，"好事者不惮千里求其稿，誊写不给，乃绣之梓"。③ 胡天禄认为郑之珍《劝善记》的刻本是钞本供应不求的情况下才不得已而为之的结果。和《劝善记》类似，明代传奇《蝴蝶梦》的作者谢国也在该剧的《凡例》中说明了这部作品被刊刻的主要原因是"为索观者多，借剞劂以代笔札耳"④。倘若胡氏、谢氏所言非虚，那么《劝善记》和《蝴蝶梦》得以刊刻原因当非个案，其他南戏之所以被刊刻，原因大多类

---

① 缪咏何：《明代出版史稿》，第74页。

② 俞为民：《宋元南戏考论续编》，第291页。

③ 胡天禄：《劝善记·跋》，《中国古代戏曲序跋汇编》，第621页。

④ 谢国：《蝴蝶梦·凡例》，俞为民、孙蓉蓉：《历代曲话汇编》(明代编第三集)，第2页。

似《劝善记》和《蝴蝶梦》。因此，即使像《琵琶记》之类的南戏作品刻本很多，不可否认的是，应当还有数量不菲的钞本与上述刻本并行不悖。这同时意味着虽然现存南戏多以刻本的形式流传，但在钞书成为时尚的明清时期，以钞本行世的南戏作品想必也很多。前述明代著名文人宋濂在《送东阳马生序》中有借书求师艰难的记载，同时还有孜孜不倦地钞书的描述："每假借于藏书之家，手自笔录，计日以还。天大寒，砚冰坚，手指不可屈伸，弗之怠"①所反映的情况，同样可以表现彼时南戏文本传钞的热潮。拙著还认为，中国古代南戏刊刻的发展轨迹与《红楼梦》的出版情况甚为相似，正如《红楼梦》的前80回先以钞本的形式在社会流传然后才引起出版商关注一样，众多世代累积型的南戏作品必定也是先有钞本，然后才有刻本的。看来，"缮写模勒，衒卖于市井，或持以交酒茗者，处处皆是"②，也可以作为此期南戏传钞的一个真实记录。从这个层面上说，元明清时期的南戏案头接受当然也是自钞本的形式开始，然后经历了钞本、刻本并存，直至刻本一家独秀的衍变轨迹。

正如很难说清楚有多少种南戏作品得以刊刻一样，也很难说到底有多少种南戏作品为民间广泛传钞。不过，据现有的史料记载，直到清代末期，尚有如《双珠记》《千金记》《跃鲤记》等多种南戏剧本被宫廷内府钞录流存。另据傅惜华先生的《明代传奇全目》记载，像《鲛绡记》这类连一种刻本都没有的南戏作品，竟有顺治七年（1650）沈红甫钞本、清钞本、红格钞本、孔德学校图书馆钞本和传钞本五种非刻本形态；《双珠记》虽然有"汲古阁原刻本"和《六十种曲》本两种刻本，但他钞本系统则有康熙五十九年（1720）盛端卿钞本、清内府钞本和清钞本三种之多；《千金记》现存九种版本系统，其中的刻本为五种，仅比钞本多一种。看来，仅仅根据刻本的多寡考释南戏的案头接受存在，确有一叶障目之嫌。

二   间接的南戏接受

除了舞台、案头两种直接的接受形式之外，明清时期的南戏还以酒令、楹联、俚曲、笑话、灯谜、市井隐语行话以及其他戏曲作品所引南戏

---

① 宋濂：《送东阳马生序》，袁行霈等：《中国文学作品选》第四卷，中华书局2007年版，第3页。

② 元稹：《白氏长庆集序》，《白居易集》，岳麓书社1992年版，第1页。

中的人和事等间接形式出现在时人的接受视野中。所谓间接接受，即凡是接受者不是通过亲临剧场或亲自阅读剧本的形式而获得的相关南戏内容。有些时候，即使在受众亲临剧场但却是通过其他剧目而获得的一些南戏内容也在间接接受的范畴之内，如中国古代并不鲜见的"戏中戏"现象即是如此。在某种程度上说，有些间接接受形式如俚曲、笑话等甚至比上述直接接受更流行，影响也更大。下述各种现象即为南戏间接接受的分门别类，因为资料的匮乏，拙著特举其中少数事例简单描述。

1. 酒令

嗜酒是中国古代各个阶层人物的普遍特点之一，不唯婚庆等喜乐场合离不开酒，就连悲哀愁苦也往往以酒消之。大凡饮酒之时，酒客往往行令助兴。因为不登大雅之堂等缘故，反映酒令艺术的文献记载不唯很少，偶有的著述也大多随时空的推移速朽难传。庆幸的是，一部分酒令因为附载于版画等其他艺术形式之上得以留存至今，如明代陈老莲所绘之《水浒叶子》以及《琵琶记叶子》等即是如此；前者以水浒英雄为主题的人物形象绘制，后者则以戏曲人物形象为主的"叶子"刊刻。据明代陆容的《菽园杂记》所述的"斗叶子之戏，吾昆城上自士夫，下至仆竖皆能之"①等情况，可见昆山、苏州等地以"叶子"为戏风习的根深蒂固。《琵琶记叶子》未详藏于何处，拙著仅通过北京中华书局曾于1960年影印的中华书局上海编辑所编辑的《中国古代版画丛刊》之一的《元明清戏曲叶子》，简单描述了明清时期"叶子"刊刻的大致情形。该书共有图画26幅，每幅图画配有所取剧目之曲一至二首（详见下文括号内的文字注释），这26幅图画分别采自《西厢记》《琵琶记》等23部戏曲作品，其中采自南戏者即有14种17幅之多。(本书之《西厢记》难明南北，姑以《南西厢》统计之) 除了所选剧曲的文字之外，在这些酒令牌上还另注明各位掣到本"叶子"的酒客必须饮酒，而且还必须按照规定数量饮酒等文字。从外观上看，本书绘制精良，人物刻画也比一般戏曲刊本所附插图饱满生动，诚为不可多得的艺术珍品之一。

所谓"叶子"，根据傅惜华先生的解释可知，"'叶子'，人们通称'酒牌'，也叫做'酒筹'。它是在一张纵约五寸，横约三寸的裱好的硬纸片上，或是纵约三寸，横约一寸的象牙、兽骨签上，刻画着片段的古典戏

---

① 陆容：《菽园杂记》卷一四，中华书局1985年版，第173页。

曲、小说的故事情节，以及诗词歌曲的警句，演绎它的内容，制成酒令，作为娱乐之用的。在谶会饮酒的时候，先由客人随便掣取一张'叶子'，看它所题的字句，若是适合客人的情况，客人饮酒；若是适合主人的情况，主人饮酒。所以'叶子'是明清两代士大夫谶会饮酒时最流行的一种游戏用品"①。可见，"叶子"即为酒令的配图文字记载。以下是《元明清戏曲叶子》所收部分戏曲叶子的详细情况：

（1）《临妆感叹》，出自《琵琶记》，节录【风云会四朝元】（春闱催赴，同心带绾，……）曲。（奉貌美者饮）

（2）《孝妇题真》，出自《琵琶记》，节录【醉扶归】（丈夫，我有缘千里能相会，难道是无缘对面不相逢？……）、【前腔】（案：曲词原缺）曲。（善诗句饮）

（3）《相泣路歧》，出自《拜月亭》，节录【渔家傲】（天不念去国愁人助惨凄……）、【剔银灯】（迢迢路，不知是那里。前途去未知，安身在何处？……）曲。（杯有余酒倍爵）

（4）《幽怀密诉》，出自《拜月亭》，节录【二郎神慢】（拜新月，宝鼎中名香满爇……）、【莺集御林】（恰才的乱掩胡遮，事到如今漏泄。姊妹每心腹休见别，夫妻们莫不是有此周折？……）曲。（新婚双杯）

（5）《钱玉莲投江》，出自《荆钗记》，节录【弓落五更】（五更时候，抱石江边守。远观江水流，照见上苍星和斗。奴把荆钗牢扣，……）曲。（免饮）

除了以"叶子"这样的方式猜枚行令之外，明清时期的一些文人士大夫还有以掷骰子或口占对联的方式取代"叶子"等行酒方式。如在清代李绿园的长篇小说《歧路灯》中，便有与之类似的掷骰子唱曲行酒等情况的具体描写，只不过在这部小说中出现的几位酒客并没有被提及唱南戏而已：

---

① 傅惜华：《元明清戏曲叶子》，中华书局上海编辑所编辑：《中国古代版画丛刊》，中华书局 1960 年版，第 3 页。

（希侨）"恰恰掷了一个么，就是涌金门。展开令谱儿看，上面写了六行字，一行云：'渔翁货鱼沽酒。饮巨杯，唱曲。'……满相公道：'还要唱个昆曲儿。'……希侨道：'我就唱，难为不死人。我唱那《敬德钓鱼》罢。'只唱了一句【新水令】，忍不住自己笑了。"（第十七回《盛希侨酒闹童年友　谭绍闻醉哄孀妇娘》）

另外，据梁绍壬的《两般秋雨盦随笔》所述，文人雅士饮酒宴乐之时，既以南戏人物作对，又以之为行酒之令等情况，亦复不少。如"同人小饮，集戏名对偶为令，兹择其尤工者录之"：

扶头（《绣襦记》）对切脚（《翡翠园》）；

开眼（《荆钗记》）对拔眉（《鸾钗记》）；

麻地（《白兔记》）对芦林（《跃鲤记》）；

教歌（《绣襦记》）对题曲（《疗妒羹》）；

哭像（《长生殿》）对描容（《琵琶记》）；

败金（《精忠记》）对埋玉（《长生殿》）；

逼试（《琵琶记》）对劝妆（《占花魁》）；

打虎（《义侠记》）对骂鸡（《白兔记》）；

看袜（《长生殿》）对哭鞋（《荆钗记》）；

刺虎（《铁冠图》）对斩貂（《三国志》）；

乱箭（《铁冠图》）对单刀（《三国志》）；

拜冬（《荆钗记》）对赏夏（《琵琶记》）；

告雁（《牧羊记》）对唆熬（《八义记》）；

投井（《金印记》）对跳墙（《西厢记》）；

送米（《跃鲤记》）对拾柴（《彩楼记》）；

醒妓（《醉菩提》）对规奴（《琵琶记》）；

饭店（《寻亲记》）对酒楼（《翠屏山》）；

落院（《绣襦记》）对借厢（《西厢记》）；

大宴小宴（《连环记》）对前亲后亲（《风筝误》）①

---

① 梁绍壬：《两般秋雨盦随笔·戏名对》，《新曲苑》本册五，第4—5页。

如果将上述两种酒令艺术予以比较，不难发现，无论是通过可以耳闻目睹的"叶子"所记载的南戏曲文，还是即兴调动心智功能，以期口占戏名对等酒令方式，饮酒者都会对其中提及的南戏有约略的了解或复习。特别是后一种形式，作对者倘若不熟悉这些南戏的剧情，这种饮酒方式必定无以为继。在这个层面上说，酒令这种不登大雅之堂的民间艺术却出人意料地发挥了南戏的间接接受功能。

2. 楹联

撰写、张贴楹联是中国古代特有的生活方式之一，早在唐、五代即或滥觞，宋元为其发展期，明清迄今则为其鼎盛期。明清时期，不仅节日、婚庆几至家家张贴楹联；在各个风景名胜之地，倘若没有因景生情式的楹联与之相映成趣，即便不为"缺典"，游客难免大煞风景之叹。至于在文人士大夫的厅堂书斋等地，应景适时、典雅有致的楹联不仅必不可少，而且雅适之意存焉；而在一些庙堂馆所，楹联或即招牌的另一种表现方式。

楹联的撰写和表现方式多种多样，戏联就是其中较有特色的一种。据刘念兹先生的《南戏新证》所述，明末清初的杨梦鲤就在《意山堂集》中以戏联的方式记录了 36 种颇为流行的莆仙戏剧目，在这 36 种剧目中，除了《刘瑾》《严嵩》两种外，其余 34 种俱为"宋、元以及明中叶以前的南戏剧目。其中有些剧目不见于明代曲谱宫谱的记载，甚为特殊"。①可能出于对这一珍贵资料散佚的担心，刘念兹先生特将《意山堂集》中的全部戏联予以转录。为了更好地了解戏联在间接接受所起的重要作用，拙著也将这些戏联的部分内容转引如下：

> 兰去莲来，旅馆结秦晋，到底堂堂相国婿；
> 文经武纬，拜亭藏姑嫂，分明两两状元妻。（拜月亭）
> 瓜园宝剑埋光，一战便寒神鬼胆；
> 雪阁上锦袍散彩，五更却识帝王躯。（刘智远）
> 梅溪协太史之占，此日名登头角露；
> 江水流贞烈之气，至今浪滚玉莲香。（王十朋）
> ……②

---

① 刘念兹：《南戏新证》，第 92 页。
② 同上书，第 89 页。

刘念兹先生而外，日本学者田仲一成先生也辑汇了明末福建莆田有关南戏的对联多种，这些戏联分别取自现藏日本内阁文库的《鳌头杂字》之卷三"赛愿演剧联"和《鳌头琢玉杂字》（上）之"演戏联"两种文献。与刘念兹先生所转录的戏联几乎完全相同的是，田仲先生所辑的戏联也以檃栝所针对的南戏主干剧情为主。这就是说，即使部分南戏受众没有直接接受过其中的一些南戏，仅凭这些戏联也可以管窥这部分南戏剧情的一二。不论这些南戏是他们从未经见的陌生内容，还是基本都为耳熟能详之作，此类戏联都可以起到间接接受的目的。为了更好地说明这种间接接受的情形和实质，拙著也酌情选录部分戏联如下：

> 仗节牧羊群，肯把丹心降犬豕；
> 帛书维雁足，争夸白首绘麒麟。（苏武）（一）
> 虏廷牧羝节弥坚，确乎其金雅掺；
> 麟阁题名人独俊，果然虎豹在山。（苏武）（二）
> 雁杳鱼沉，堪笑亲庭悲白发；
> 凤拘鸾制，可怜相府误青春。（蔡伯喈）（一）
> 对熏风闷拨毓弦，声声弹出孤鸾恨；
> 披明月直陈奏疏，字字宣扬乌鸟情。（蔡伯喈）（二）
> 孝妇遇神仙，拜领仁风驱宿怨；
> 贤郎思淑相，躬承汲水悟初心。（姜诗）（一）
> 汲水遇鲸波，东海故违孝妇心；
> 进鱼开雉扇，天风吹动太姑心。（姜诗）（二）
> ……①

【案：上述戏联所标的（一）、（二）分别代表这些戏联取自《鳌头杂字》卷三之"赛愿演剧联"和《鳌头琢玉杂字》（上）之"演戏联"两种文献。】

刘念兹、田仲一成而外，对戏联有密切关注的还有朱万曙先生。据朱万曙先生透露，安徽大学徽学研究所也藏有戏联多幅，其中凝练南戏故事

---

① 田仲一成：《南戏的分化及传播——以东南沿海地区为中心的考察》，《人文中国学报》2005 年第 11 期抽印本。

内容为之的戏联亦复不少。如"计有《苏秦联》23 对，《伯喈联》57 对，《蒙正联》37 对，《刘智远联》36 对，《班超联》19 对，《韩信联》15 对，《孤儿联》15 对，《荆钗联》14 对，《冯京联》8 对，《窦滔联》6 对，《姜诗联》8 对，《董永联》6 对，《范睢联》3 对，《闵损联》6 对，《王祥联》6 对，《商辂联》8 对，《裴度联》6 对，《香囊联》9 对，《朱弁联》21 对，《武王联》19 对"①。这些戏联"或者概括戏曲作品的内容"，如《孤儿联》中有一联："程婴义立孤儿三百口报冤有望，岸贾谗谋赵盾十八年受屈无伸"；有的反映了撰联者对作品里人物的评价，如《伯喈联》中的两联："蠡丞相夺人夫婿更不念人家父母夫妻，强状元舌亲骨肉何必要这功名富贵"；"蔡中郎弹琴写怨弦弦有君臣惟无父母，赵孝女剪发送亲寸寸管纲常难系天妇"。有的还对作品的主题进行发挥和延伸，如《苏秦联》之一："屈伸有数莫将成败论英雄，骨肉无情只把高低作好恶。"② 由此可见，别具风格的戏联不仅展示了多姿多彩的中国传统文化的一个截面，而且更直接地表现了中国古代南戏间接接受的一种重要情形。

3. 时调俚曲

时调俚曲是中国古代下层人民喜闻乐唱的娱乐方式之一。因为生活内容的单一，不论群居还是独处，普通民众往往需要通过一定的形式来宣泄情感，以缓解现实生活的沉重压力。明清时期，不论文人士大夫还是生活于社会底层的一般民众，时调俚曲都可以成为他们宣泄情感的一种普遍而有效的方式。时调俚曲的源头久远，甚至可以一直上溯到远古的民间歌谣，"诗三百"之《国风》正是这些民间歌谣的部分精华所在。此外，从流变的角度观察文学的发展和递进，后世文人笔下的诗、词、曲也衍生于民间的时调俚曲。元、明、清三代，部分被雅化的时调俚曲甚至堪比某些文人费尽心血创作的散曲。当然，无论雅俗与否，时调俚曲的流播范围依然以民间为主，绝少登上官府庙堂的机会。未经文人雅化的时调俚曲虽然质木无文，但这种原始而质朴的面目却正是它的价值所在。例如，正是因为质朴、俚俗等原因，明代的冯梦龙等少数有远见的文人主动从事时调俚曲的收集和整理工作，《山歌》《挂枝儿》即经过冯梦龙搜集、整理而成

---

① 朱万曙：《明清两代徽州的演剧活动》，《徽学》（第二卷）2002 年第 12 期。

② 同上。

的时调俚曲集。虽然《山歌》和《挂枝儿》并不能代表明代时调俚曲的整体面貌，局限性很大，但后人还是因此对他非常敬仰。另外，时调俚曲在明代还承担着反拨泥古不化的诗文风气的重任，成为一些持有进化观的文人反对复古思潮的有效工具。时调俚曲所发挥的上述作用，在当今多种版本的古代文学史中均有正面的评价，于此不赘。

从题材的角度来说，任何生活现象或思想形态都可以构成时调俚曲主题和内容，以戏曲特别是南戏为主旨生发出来时调俚曲仅为这些主题与内容的一部分。遗憾的是，以南戏为主干内容的时调俚曲见诸文献记载的亦复不多，笔者仅在《乐府玉树英》卷一的中层等少数编选于明代的戏曲选本内窥见冰山一角。下文所引的部分时调俚曲即出自《乐府玉树英》卷一之中层，这些时调俚曲之所以为《乐府玉树英》的辑选者注意并选载，当有出于版面的摇曳多姿和配合上、下两栏所选南戏内容服务等实用性目的。其中部分时调俚曲已经在上文中选录，故下文所引不与前文重复：

（1）李翠云生得真堪爱，恨巢贼苦逼和谐，烈心肠就把花容坏。拘系在监中，产下困英来。骨肉相逢，骨肉相逢，刚刚十载。（《十义记》）

（2）董秀才行孝真无比，卖了身葬着母。感动天姬，一心要与谐连理。织绢去偿工，恩情百日期。会也在槐阴，会也在槐阴，天，别也在槐阴。（《织绢记》）

（3）韩元帅未得时，来至在槐阴市，受胯下曾被人欺。河边把钓为活计，漂母曾怜念，送饭与充饥。拜将封侯，拜将封侯，千金来谢你。（《千金记》）

（4）秦雪梅生得真标致，商秀才见了他就害相思。少年郎不幸短命死，爱玉去填房，生下遗腹子。秦雪梅断机教他读书史，连中三元，连中三元，儿，荣归拜宗祖。（《三元记》）

（5）花将笑，柳欲眠，春光淡荡。杜子美，李太白，贺知章，换酒在曲江上。相邀黄四娘，带领杜韦娘，久慕你的风情，久慕你的风情，乖，特地来相访。（《四节记》）

相比较酒令、对联等间接接受形式，时调俚曲的接受面不见得更大，但形式却更活泼，更易于绝大多数受众接受，因而在当时各种南戏的间接接受形式中占据的位置就相对重要。另外，《词林一枝》等南戏选本的中层栏目亦有"孝悌忠信"、《尼姑下山》《王祥推车》等时调俚曲，它们均取自相关南戏故事，于此不具。

4. 笑话

笑话比时调俚曲更容易显示就地取材等特点，又因为笑话还具有不择时择地而生的灵活性，以及颇具民间智慧的幽默性，因此它深得各个阶层人士的广泛欢迎。或许可以这样说，笑话的发展史就是人类语言局部而浓缩的发展史。和时调俚曲一样，笑话的题材来源也非常广泛，从南戏的故事中凝练出来的笑话在宋、元、明、清时期就有很多。因此，民间经久不衰的各式幽默笑话也在南戏的间接接受中占据着不容忽视的位置。明清时期流传下来的笑话特别多，仅冯梦龙就辑有《笑林广记》《广笑府》等数种民间笑话选集。因为随时随地的应景即时性，笑话体现出来的机智即可以使人捧腹，并足以让原本平淡的现实生活更加多姿多彩。夸张一点说，幽默机智已经与油盐酱醋等日常必须一样，离开了它，生活不免苍白无味许多。明清时期，因时因地且以南戏故事内容为笑点的笑话在当时文人的笔记等著述中，出现的频率甚至较其他间接接受形式更高。如明代著名文人、戏曲家李开先便在《词谑》中记载了以下一个笑话：

> 一贡士过关，把关指挥止之曰："据汝举止，不似读书人。"因问治何经，答以"春秋"；复问《春秋》首句，答以"春王正月"。指挥骂曰："《春秋》首句乃'游艺中原'，尚然不知，果是诈伪要冒渡关津者"。责贡士十下而遣之。贡士泣诉于巡抚台下，追摄指挥数之曰："奈何轻辱贡士？"令军牢拖泛责打。指挥不肯输服，团转求免。巡抚笑曰："脚跟无线如转蓬。"又仰首声冤，巡抚笑又曰："望眼连天。"知不可免，请问责数，曰："'先受了雪窗萤火二十年'，须痛责二十。"责已，指挥出而谢天谢地曰："幸哉！幸哉！若是'云路鹏程九万里，'性命合休矣！"①

把文学艺术当作历史解读的受众不唯在文化教育严重失衡的古代特别多，即便在文明程度更高的当今也不乏个案。上述故事的可笑之处在于，

---

① 李开先：《词谑》，《中国古典戏曲论著集成》（三），第271—272页。

只要有过直接或间接《西厢记》接受史的人就会对上述故事感到滑稽万端；没有《西厢记》接受史经历的受众群体，经人略作解释之后也不免捧腹。当然，在南戏接受这一截面上，类似的幽默笑话还可以直接造成听众间接了解《西厢记》相关内容的功效。此外，南戏中的某些曲白之于它们的故事结构本来极为妥帖，一旦这类文辞被应用到现实生活的某些特定场景，不仅幽默之意顿生，而且妥帖程度直似天设地造。明周晖在《金陵琐事》中记载以下逸事，颇值一晒：

> 给谏东原金公贤，西域人也，……失偶，新娶，科中举贺，特令戏子搬演《蔡伯喈》。唱到"这回好个风流婿"之句，举座绝倒。①

上面的这个笑话以《琵琶记》为题生发，雅谑可爱。另据明清时期的文人笔记记载，类似上文的笑话还有不少，特举几例，以便详细地窥其端绪。值得注意的是，这些笑话大都以《琵琶记》等耳熟能详的南戏为主，由此也可以看出经典南戏在民间的巨大影响：

> （1）范参议允临言：世庙时，某老先生代草某官妻孺人纶诰，直用蔡中郎《琵琶记》语："仪容俊雅""德性幽闲"八字，举朝无不掩口笑之。
>
> ——钱希言《戏瑕》
>
> （2）一占龟卦者喜唱，曲不离口。方拿龟占卦，求卦者曰："先生，你与我细端详。"即接唱曰："好似我双亲模样。"
>
> （3）有演《琵琶记》者，后插戏是《荆钗》。忽有人叹曰："戏不可不看，今日方知蔡伯喈母亲是王十朋丈母。"
>
> （4）有演《琵琶记》而插《关公斩貂蝉》，乡人见之，泣曰："好个孝顺媳妇，辛苦一生，临了，被这红脸蛮子杀了！"
>
> ——明无名氏《时尚笑谈》
>
> （5）一妇好私议短处，俗言"说背者"是也，邻媪素恶其为人。偶一同听唱赵五娘故事，乃赞曰："娘子贤哲，可胜赵五娘。"妇逊

---

① 周晖：《金陵琐事·科中雅谑》，转引自侯百朋《琵琶记资料汇编》，书目文献出版社1989年版，第143页。

谢。媪笑曰:"别样及不得,只是画(话)公婆手段却与他一般。"

——明咄咄夫《一夕话·笑倒》

如果说上面的笑话尚且不伤大雅,那么下面的几则笑话则颇有恶作剧的成分:

(1)王元美先生善谑。一日,与分宜胄子。客不仕酒,胄子即举杯虐之,至淋漓巾渍。先生以巨觥代客报世蕃。世蕃辞以伤风,不胜杯杓。先生杂以诙谐曰:"爹居相位,怎说出伤风!"旁观者快之。

——明丁元荐《两山日记》

(2)吾乡徐司空达斋,名陟,文贞公弟也。初宦都下,南归。张江陵为文贞门生,与诸君具酒送之。临别,各上马去,而达斋醉甚,追至江陵,联骑而行,以扇叩之云:"去时还有张老送,来时不知张老死和存?"张大衔之。

(3)上海顾小川为徐文贞公婿。谒见太守方公廉。适有同坐客问:"此君何人?"方云:"当朝宰相为岳丈!"其偶如此。

——陈继儒《见闻录》

(4)浒墅钞关,关尹与长、吴两县,分不相临。然以其钦差也,两县见之,必庭参,关尹多不肯受。其后一生来治关,颇自尊,不少假;比及任满,犹尔。吴令袁中郎笑曰:"蔡崇简拄了杖,挂了白须上戏场,人道他老员外;今日回了戏房,取了须,还做老员外腔。"

——江盈科《雪涛谐史》

(5)演《琵琶记》闽中蔡大司马经,本姓张。一日,与龚状元用卿共宴,看演《琵琶记》,至赵五娘抱琵琶抄化,蔡戏龚曰:"状元娘子何至此?"后张广才扫墓,龚指曰:"这老子姓张,如何与蔡家上坟?"

——明浮白斋主人《雅谑》

5. 谜语

谜语也是中国古代各个阶层乐于参与的双边活动之一,好事者甚至为之乐此不疲。清顾禄在《清嘉录》中描述了彼时城镇市民积极参与的盛况:"好事者,巧作隐语,粘诸灯。灯一面覆壁,三面贴题,任人尚揣,谓之灯谜。谜头，皆经传诗文、诸子百家、传奇小说及……随意出之。中者以……香囊、果品、食物为赠，谓之谜赠。城中谜之处，远近辐辏，连肩挨背，夜夜汗漫，入夏乃已。"① 同样因为取材的广泛性，南戏作品展现的诸多情节和人物便成为其谜面的来源之一，于是南戏的间接接受便因谜语这种喜闻乐见的形式遍传四方。清人梁章钜在《归田琐记》中简约地记述了这方面的有关情况：

> 余养疴吴门……值上元灯节，或以外间街市灯谜相闻者，率不能惬人意。因忆说部所载灯谜有极深成大雅，及甚可解颐者，如：
> "掠"（猜《西厢记》一句）：半推半就。（案：梁章钜所言《西厢记》为《北西厢》还是《南西厢》尚不能确考，姑以《南西厢》目之）
> "太史公下蚕室"（猜《琵琶记》一句）：毕竟是文章误我，我误妻房。②

可以肯定的是，以一些习见的经典南戏为谜面的谜语远非上述两例，因为大同小异以及仅仅可以作为饭后一哂等原因，很多谜语未经有心人的及时记录而埋没不传。但就凭这两例生动有趣的谜语，也足可证明明清时期以谜语的形式间接接受某些南戏的具体情况。

6. 市井隐语行话

由于直接出自民间的现实生活，市井方语、江湖行话等语言形式直接体现了下层百姓日常的幽默交际功能，故为这个庞大的群体乐闻乐用。不仅各行各业有其特殊的语言表达方式，就连一般市民都借用其中某些语言表达显示他们的生活态度。据陶宗仪《辍耕录》所载："杭州人好为隐语，以欺外方。如物不坚致曰'憨大'，暗换易物曰'㧟包儿'，㾏蠢人曰'杓子'，朴实曰'艮头'。"③ 上述市井方语、行话之外，还有不少类似的语言表达化了他们接受戏曲的所得，因而也在某种层面上体现出下层

---

① 顾禄：《清嘉录》，江苏古籍出版社 1999 年版，第 54 页。
② 梁章钜：《归田琐记·近人杂谜》，转引自侯百朋《琵琶记资料汇编》，第 195—196 页。
③ 陶宗仪：《南村辍耕录》，转引自钱南扬《汉上宦文存》，第 133 页。（案：今本《辍耕录》无此记录）

百姓之于戏曲特别是南戏的直接和间接接受等情形。与不登大雅之堂相涉，这部分方语、行话在各种典籍中保存较少，全面辑录确非易事。钱南扬先生在《汉上宧文存》中别撰《市语汇钞》一文，拙著全取其中的南戏接受之语，作为概括这个群体的语言风貌以及展示这个群体间接的南戏接受情形：

①吕蒙正钻破窑——无处安身；
②钱玉莲投江——逼得紧；
③冯京中三元——阴骘好；
④关云长赴单刀会——欺得他过；
⑤刘知远收瓜精——捉（作）怪；
⑥张生跳粉墙——偷花贼。①

7. 其他戏曲所引南戏的人和事

在中国古代戏曲的表演过程中，因为指物譬类等剧情的需要，不少戏曲通过观众较为熟悉的南戏作品中的人物事迹或故事情节彼此训导，以期出人意料的接受效果。观众原非为了剧中所引用的剧目接受而来，但在这样的场景下，却也在不经意间获取了被引用剧作的相关信息和内容，故而这样的接受方式也应该属于间接接受范畴。可以肯定地说，借助其他戏剧作品的表演而获得另一部剧作的部分信息等接受情形并非始于明清时期，早在元代，一些北曲杂剧就通过这种方式为部分南戏的间接接受搭建了平台。如乔吉的《李太白匹配金钱记》第三折王府尹云："你不学上古烈女，却做下这等勾当。小贱人，呸，你羞也不羞？诗云：当日个襄王窈窕思贤才，赵贞女包土筑坟台。我则道你是个三贞九烈闺中女，呸，原来你是个辱门败户小奴胎。"武汉臣的《老生儿》第一折【混江龙】正末所唱："他道小梅行必定是的厮儿胎，不由我不频频的加额，落可便暗暗的伤怀。但得一个生忿子拽布披麻扶灵柩，索强似那孝顺女罗裙包土筑坟台。"除了《金钱记》和《老生儿》之外，岳伯川的《铁拐李》、无名氏的《刘弘嫁婢》和《海门张仲村乐堂》等剧都展示了与上述厮像的演出情形。这样的演出情形，一方面可以使本剧的语言经济实用和多样化，另

① 钱南扬：《汉上宧文存》，上海文艺出版社1980年版，第159—160页。

一方面也可以使观众在欣赏这类剧作的同时，无意识地获取了《琵琶记》等南戏的部分情况。从接受心理学的角度而言，倘若有些观众没有看过剧中所提及的南戏剧目，潜意识中会有一睹为快的想法；如果这些南戏曾经被欣赏，则可带来旧作重温的快适。不特元代的北曲杂剧，明清时期的一些文人传奇也不乏类似案例的发生，因为不遑统计的原因，拙著仅以元杂剧为证，而明清文人传奇中的类似情形，姑俟日后补充。

第二章

南戏的舞台接受情形考论

　　两宋时期，南戏就在以温州、杭州为中心的南方地区生根发芽。元初，南戏在发展过程中虽然呈现出更加良好的态势，但缺少文人参与的先天不足，使它依然无法摆脱只能以畸农市女为主要接受对象的困境。元蒙贵族统一中国之后，杭州等南方广大戏曲接受市场很快呈现南、北曲争霸的态势。即使南戏以不同于北杂剧的独特魅力深受南方广大区域观众的喜爱，先天不足的南戏还是很快地在南、北曲争霸的过程中不幸败北。于是，北杂剧率先取代南戏成为全国性的戏剧形式，至此，北杂剧从创作到接受都达到了历史的巅峰。但是，北杂剧的先天不足也同样明显，粗犷的音律、固定而且呆板的四折一楔子的结构形式、一人独唱的僵化演出模式等，很快让南方感情细腻的观众感到不适。另外，北曲因为粗犷而不谐南耳的现象还是其次，短小的四折一楔子的结构明显不利于反映繁复的现实生活；一人主唱的演出模式更不利于一些次要人物形象的刻画。幸运的是，上述北杂剧之短却正是南戏所长，只要南戏和北杂剧一样"有名人题咏"，它的复兴并进而取代北杂剧的格局将会越来越清晰。高明是最早投身南戏创作的少数几个著名文人之一，这位为文"根柢六经，出入经史，则渊源风雅；沉浸《骚》《选》，莫不理到而辞达，气充而韵胜，味隽而光洁"① 的著名文人，很快就以采自早期南戏《赵贞女蔡二郎》的改编之作《琵琶记》而令当时的观众耳目一新。《琵琶记》的出现不仅是南戏创作史上的里程碑，也是南戏接受史上的重要标杆。自从高明的《琵琶记》诞生以后，不论从创作还是从接受的角度而言，南戏都进入了其发展的辉煌期。

　　逮至明初，北曲在南方的受众市场上彻底衰落，南戏复兴，一时竟有

---

① 苏伯衡：《郑璞集·序》，《苏平仲文集》，转引自侯百朋《琵琶记资料汇编》，第35页。

歌儿舞女非南曲不奏、非南戏不演的盛况。明代嘉靖前后，北曲杂剧在南方的广大区域几成绝响，除了何良俊、祝允明等部分酷嗜北曲者尚对北杂剧津津乐道之外，南方广大地区的一般观众可能已经不知北杂剧为何物。在何良俊生活的时代，"教坊所唱，率多时曲，此等杂剧古词（案：指马致远、郑光祖、关汉卿、白朴等所作的北杂剧），皆不传习，三本中（案：指《㑳梅香》《倩女离魂》《王粲登楼》三种北曲杂剧）独《㑳梅香》头一折《点绛唇》尚有人会唱，至第二折'惊飞幽鸟'，与《倩女离魂》内'人去阳台'、《王粲登楼》内'尘满征衣'，人久不闻，不知弦索中有此曲矣"。① 何良俊是北曲迷，在职业戏班绝少演出北杂剧的环境中，他自蓄家班演唱，自得其乐。沈德符在《顾曲杂言》中也说："嘉、隆间度曲知音者，有松江何元朗，蓄家僮习唱，一时优人俱避舍，以所唱俱北词，尚得金、元遗风。予幼时犹见老乐工二三人，其歌童也，俱善弦索。今绝响矣。何又教女鬟数人，俱善北曲，为南教坊顿仁所赏。顿曾随武宗入京，尽传北方遗音，独步东南；暮年流落，无复知其技者，正如李龟年江南晚景。"② 以上材料可以看出，沈、何二人所说的情况基本一致，即嘉靖前后，至少南方舞台上所演的基本是南曲系统，就连不少职业演员都不晓得北曲为何物。他们之所以对何良俊的家班退避三舍，就是因为何良俊的家班"所唱俱北词，尚得金、元遗风"。何良俊的家乐女童，也是因为"俱善北曲"，得到当时"随武宗入京，尽传北方遗音，独步东南"老乐师顿仁欣赏。更能证明当时南曲盛行的证据是，就是这位"独步东南"的北曲乐师和北曲迷何良俊，对南曲不仅不很排斥，甚至还对此知晓颇多："余（何良俊）令老顿教《伯喈》一二曲，渠云：'《伯喈》曲某都唱得。'"③ 从何良俊对《琵琶记》等南戏的精到批评上和顿仁能演唱全本《琵琶记》的技能上看，当时舞台搬演的几乎全是南戏，北曲杂剧已经不见踪影的情况属实，难怪顿仁晚年自况晚唐的李龟年。

第一节　宋元时期南戏的接受情形考论

中国古代戏曲的发生、发展与接受应该是同步进行的。现有的文献表

① 何良俊：《曲论》，《中国古典戏曲论著集成》（四），第6—7页。
② 沈德符：《顾曲杂言》，《中国古典戏曲论著集成》（四），第204页。
③ 何良俊：《曲论》，《中国古典戏曲论著集成》（四），第11页。

明，宋元时期南戏的发生、发展和接受就是如此，它们之间构成了一种相辅相成的关系。下面三种取诸明人的材料，不仅指出了南戏的大致发生年代，而且也具体涉及其被接受的相关情形：

> 南戏出于宣和之后，南渡之际，谓之"温州杂剧"。余见旧牒，其时有赵闳夫榜禁，颇述名目，如《赵贞女蔡二郎》等，亦不甚多，以后日增，今遍满四方。
>
> 　　　　　　　　　　　　　　　　　　——祝允明《猥谈》
>
> 南戏始于宋光宗朝，永嘉人所作《赵贞女》《王魁》二种实首之，故刘后村有"死后是非谁管得，满村听唱《蔡中郎》"之句。或云"宣和间已滥觞，其盛行则自南渡"。号曰"永嘉杂剧"，又名"鹘伶声嗽"。其曲则宋人词而益以里巷歌谣，不叶宫调，故士夫罕有留意者。
>
> 　　　　　　　　　　　　　　　　　　——徐渭《南词叙录》
>
> 至戊辰（按：咸淳四年，即 1268 年）、己巳（按：咸淳五年，即 1269 年）间，《王焕戏文》盛行都下，始自太学有黄可道者为之。一仓官诸妾见之，至于群奔，遂以言去。
>
> 　　　　　　　　　　　　　　　　　　——刘一清《钱塘遗事》

以上三条材料每每为当今学人征引。的确，目前似乎还没有比这三条材料更有力的证据来证明南戏产生的大致年代，因此它们的重要性不言而喻。令人欣慰的是，这三条材料还不经意间表露了此期南戏接受的具体情形。据材料一，南戏早在宋光宗朝，即在其发生之初，不仅剧目众多，而且这些剧目已经被广泛而积极地接受，否则《赵贞女蔡二郎》等剧不可能遭到禁演。不过，令统治者失望的是，禁演的结果却造成了南戏"以后日增，今遍满四方"局面。材料二则显示了《赵贞女》《王魁》等早期南戏的受众群体。"满村听唱《蔡中郎》"和"士夫罕有留意者"之语，清晰地表露此期南戏的接受群体主要为一般市井乡民，士大夫及其以上阶层尚未参与其中。在《南词叙录》中，徐渭又进一步强调了这个受众的层次："永嘉杂剧兴，则又即村坊小曲而为之，本无宫调，亦罕节奏。徒取其畸农市女，顺口可歌而已。谚所谓随心令者，即其技与?"① 此期南戏的曲文取自顺口可歌的"畸农市女"之语，不仅说明了这个时期南戏的发生、发展规律与诗歌、小说等门类的文学艺术相似，从中还可以窥见它所期待的主要受众群体，这个受众群体就是市井乡民。当然，以"畸农市女"之语为主的文学作品的受众不一定全部是"畸农市女"；"畸农市女"所接受的对象也不一定都以"顺口可歌"与"随心令"之语为主，后起的《西厢记》《牡丹亭》等剧纯为文人手笔，市井乡民对此同样津津乐道就是明证。特别是《牡丹亭》，曲文妙语连珠，"字字俱费经营"，② 况且，其"袅晴丝吹来闲庭院，摇漾春如线"等语，"百人之中有一二人解出此意否?"③ 即便包括文人士夫在内的观众都很少有人能解的曲意，却仍不能打消一般民众的接受热情。不过，结合文学发展史的一般规律，南戏和中国古代多数文艺品种的早期发展阶段一样，它们的受众都是以下层民众为主。"诗三百"是这样，汉魏乐府是这样，宋元时期的话本小说是这样，此期的南戏也是这样。何况徐渭已经明确指出，因为早期南戏"不叶宫调"，士大夫才几乎没人留意。材料三有几点值得注意：一，明确了《王焕》戏文的创作归属。宋、元南戏基本出于书会才人之手，后世很难考知作者的姓名，因此，这条材料实属难能可贵。二，明确了这个属于市民阶层接受群体的具体成员状况。这个群体不仅包括所谓的"畸农市女"，可能还包括一些中下层官员。从"仓官诸妾"参与南戏接受的情况可以推知，和"仓官"身份差不多的中下级官员可能也时常光临南戏的演出场所。其他诸如中小商人、中小工场主以及他们的家属也应当是观看南戏演出的常客。可见它的接受群体并非只是贩夫走卒、引车卖浆者的最下层民众。三，明确了接受效果，指出了受众的接受心态。"仓官诸妾"是以积极的心态从事南戏接受的，一旦戏文的剧情引发她们的心理共鸣，她们就会采取最积极的行动配合这种共鸣——"群奔"。四，印证了材料一中的某些南戏遭禁的具体原因。根据元杂剧《逞风流王焕百花亭》的内容推想，《王焕》戏文的内容可能是以反映婚姻自由为主。虽然它并没

① 徐渭：《南词叙录》，《中国古典戏曲论著集成》（三），第 240 页。

② 李渔：《闲情偶寄·词曲部·词采第二·贵浅显》，《中国古典戏曲论著集成》（七），第 23 页。

③ 同上。

有直接危及统治者的统治，但宣传婚姻自主在当时本身就不合于时，是直接动摇上层建筑的行为。因此，只要加上"戏文诲淫"之名，《王焕》戏文和《赵贞女蔡二郎》《王魁》等一样，遭禁是早晚的事。五，材料三和材料一、材料二一样，都明确地反映了此期南戏的传播和接受地点在浙江。这就是说，两宋时期的南戏基本局限于浙江一省之隅，尚属地方小戏阶段，远非后来全国性的戏剧形式。六，上述材料也没有涉及北曲杂剧在南方上演的情况，南人歌南曲、北人歌北曲的状况是实际存在，南、北曲在宋金时期并未获得充分的交流机会。这就是说，南、北曲的全面交融确乎是蒙古人统一中国之后的事。

南戏发展到元代，它的接受情况和宋代有所不同。首先，元代出现了成熟的北曲杂剧，兼之杂剧作家多为文人学士，具有较高的文学与艺术修养，熟悉声韵，故元杂剧自出现之初，就几乎达到它发展的顶峰。王实甫、关汉卿、白朴、马致远等杂剧名家大都集中于这个时期，此后只有郑光祖、乔吉等寥寥数人的作品堪与前期名家并论。在这种情况下，北曲杂剧一跃取代了南曲戏文，率先成为全国性的戏剧形式。可见，南戏在元初仍未摆脱地方小戏的发展命运，它的受众基本上还是以江浙为中心的南方市井乡民为主，士大夫可能仍然"罕有留意者"。在这种情况下，颇多名家吟咏的北曲杂剧乘势进占本属于南戏的发展空间。正如徐渭所言："元初北方杂剧，流入南徼，一时靡然向风。宋词遂绝，南戏亦衰。顺帝朝忽又亲南而疏北，作者猬兴，语多鄙下，不若北之有名人题咏也。"① 看来，北曲杂剧迈向全国性戏剧形式的步伐，几乎和元朝统一中国的步伐一样快。南宋刚一灭亡，北曲杂剧便迅速流入南徼，在不长的时间内，杭州便取代大都成为当时杂剧的发展中心。这就使本已在杭州站稳脚跟的南戏不得不再度退守乡村。当然，北杂剧能在很短时间内就占领本属于南戏的接受市场，本身也表明了宋元南戏在创作和接受上的不成熟性。从现存的宋元南戏剧目来看，约占二分之一的南戏以婚姻爱情或家庭伦理为主要题材取向，北杂剧所擅长的历史剧、公案剧和神仙道化剧要么游离于南戏剧作家的创作视域之外，要么没有纳入剧作家的创作重心。可见，对于相对成熟的北曲杂剧的创作和接受而言，此时的南戏创作和接受显然还有很长的路要走。剧作的题材表现是这样，呈现该题材的外在形式亦复如是。当北

---

① 徐渭：《南词叙录》，《中国古典戏曲论著集成》（三），第239页。

曲杂剧以不逊于南戏传奇性的故事构成和远远超过南戏诗化的抒情性语言引起最广大观众群体的注意之后，仍以质朴的语言传递叙事多于抒情的剧情的南戏就颇有故步自封之嫌。如果不是高明的《琵琶记》的出现，本期的南戏接受很可能也会和其他地方戏一样永远无由走出南方狭窄的一隅，从而自生自灭。

其次，南戏退守乡村之后，并没有就此消沉，它广泛吸收北曲杂剧的创作和演出经验，以乡村为主要阵地，与北曲杂剧抗衡。况且，南戏的退守乡村并非完全彻底的退守，以致在城市中荡然无存。根据现有文献来看，即使北曲杂剧最为兴盛的时期，南宋的杭州等大中城市不仅依然可见南戏的踪影，在某种程度上甚至还比较流行。据《录鬼簿》记载，萧德祥等北杂剧作家兼作南戏的现象时有发生："萧德祥，杭州人，……凡古文俱概括为南曲，街市盛行。又有南曲戏文等。"① 更能说明南戏依然立足于大中城市的事实是，当时尚有部分演员专演南戏。据《青楼集》记载："龙楼景，丹墀秀，皆金门高之女也。俱有姿色，专工南戏。龙则梁尘暗簌，丹则骊珠宛转。后有芙蓉秀者，婺州人，戏曲小令，不在二美之下。且能杂剧，尤为出类拔萃云。"② 作为后起之秀，芙蓉秀的南戏表演艺术直追"专工南戏"的龙楼景和丹墀秀，这也从另一个方面表明当时的南戏并未完全退出通都大邑。上述语料而外，关汉卿在其杂剧《望江亭》中的一句不经意的念白，或许是南戏与北杂剧并行不悖的最佳注脚："衙内云：这厮每扮南戏那？"（息机子本第三折）由此看来，即便在杭州，热爱南戏的观众亦自不少，否则，如龙楼景、丹墀秀和芙蓉秀等演员不可能以南戏为业，此类现象也不可能引起关汉卿这样的杂剧大家的注意。当然，从《青楼集》所记载的南北曲演员的数量对比上，不难看出北杂剧确实在引领当时的戏曲接受热潮。如此，一个公允的说法是，虽然"北方杂剧流入南徼，一时靡然向风""南戏亦衰"是事实，但终元之世，南戏依然与杂剧并行不悖。

北杂剧进占杭州等南方通都大邑以后，率先积极接受的当属不愿意留意"不叶宫调"且"语多鄙下"南戏的文人士大夫。又因杂剧作家编撰剧本的主要目的在于抒发自己的志趣，具有抒情性强叙事性弱的特点，非

---

① 钟嗣成：《录鬼簿》，俞为民、孙蓉蓉：《历代曲话汇编》（唐宋元卷），第386页。
② 夏庭芝：《青楼集》，俞为民、孙蓉蓉：《历代曲话汇编》（唐宋元卷），第488页。

常容易引起接受者的共鸣，故而一般的市井乡民对此不仅不排斥，反而很容易被这种向心力所吸引，加入到以文人士大夫为主的接受群体中去。中国古代戏曲的最主要特点是抒情，丧失了抒情性，戏剧无异于主动让出市场和观众。标志着南戏中兴，被称为"南曲之祖"的《琵琶记》，就把加强抒情性当作创新的主要着眼点。高明声称："论传奇，乐人易，动人难。知音君子，这般另做眼儿看。休论插科打诨，也不寻宫数调，只看子孝共妻贤。"（《琵琶记》第一出《副末开场》【水调歌头】）在高明看来，此前的南戏可能更多着眼于"乐人"，很少在"动人"处下功夫；如果一部戏剧能做到"动人"，插科打诨和寻宫数调就是次要的事情。高明显然对当时的接受市场有所研究，因为他的这一宣言不仅没有抛弃当时的受众群体，反而将这个群体的重要性提高到前所未有的高度。从明代的戏曲选本来看，选家所选较多的戏曲及其出、折一定与受众的喜爱程度紧密关联。在这些选本中，抒情性较强的戏剧如《琵琶记》《牧羊记》《跃鲤记》《寻亲记》等往往是其首选。当然，元初南戏并非缺乏抒情性，只是"南戏作家编撰剧本的目的，只是娱人，为了能使观众喜爱自己的剧作，以获得较好的经济收益，故十分重视剧作的故事情节与人物形象，因此，南戏剧作在内容上具有叙事性强而抒情性弱的特征"①。需要说明的是，上述说法的成立并不是说北杂剧的叙事功能远较南戏为弱。北杂剧体制短小，四折一楔子是其通例，但它完全可以在很短的时间内就将一个完整的故事展现出来。何况不论南戏还是北杂剧，剧作家的各种创作动机也只能依赖特有的故事情节和优美的舞台形象创造才能得以体现。因此，当南戏的长处一时被杂剧所掩，它的衰落也就是不可避免。更重要的是，当北杂剧以多样化的故事题材风行大江南北之时，南戏仍然以悲欢离合的人生伦常为主旋律，这就难免让观众在美学接受产生单一和苍白等不满。即使在南戏擅长的伦理道德和言情题材领域，秦简夫的《东堂老》《赵礼让肥》和《剪发待宾》以及王实甫的《西厢记》、关汉卿的《拜月亭》、白朴的《墙头马上》、郑光祖的《倩女离魂》等北曲艺术同样取得了很大的成就，因此，接受视野相对开阔、审美需求相对更高的文人士大夫和许多市民受众一时转向北曲亦自有因。

再次，元初的南戏不仅没有退出原先接受者的视野，甚至出现更加灵

---

① 俞为民：《论宋元南北戏曲之异》，《南京大学学报》2001年第1期。

活的趋向。据周密的《癸辛杂识别集》卷上"祖杰"条记载，元初出现一部以时事为题材的戏文《祖杰》。① 这本戏文的本事和大致情节如下：

> 温州乐清县僧祖杰……无义之财极丰，遂结托北人，住永嘉之江心寺。有富民俞生充里正，不堪科役，投之为僧，名如思；有三子，其二亦为僧于雁荡。本州总管者，与之甚密，托其访寻美人。杰既得之，以其有色，遂留而蓄之。未几有孕，众口籍籍，遂令如思之长子在家者，娶之为妻，然亦时往寻盟。俞生者，不堪邻人嘲诮，遂契其妻往玉环以避之。杰闻之，大怒，俾人伐其坟木以寻衅。俞讼于官，反受杖；遂诉之廉司，杰又遣人以弓刀置其家，而首其藏军器，俞又受杖；遂诉之行省，杰复行略，押下本县，遂得甘心焉，复受杖。意将往北求直，杰知之，遣悍仆数十，擒其一家以来，二子为僧者亦不免，用舟载之僻处，尽溺之；至刳妇人之孕，以观男女；于是其家无遗焉。雁荡主者真藏叟者不平，……遂发其事于官，州县皆受其略，莫敢谁何。有印僧录者，……遂挺身出告，官司则以不干己，却之。既而遗印钞二十锭，令寝其事，而印遂以略首，于是官始疑焉……姑移文巡检司，追捕一行人……不待捶楚，皆一招既伏辜。始设计招杰，凡两月余始到官，悍然不伏供对。盖其中有僧普通及陈轿官番者未出官（普已赍重货入燕求援），以此未能成狱。凡数月，……解囚上州之际，陈轿番出觇，于是成擒，问之，即承。及引出对，则尚悍拒；及呼陈证之，杰面色如土，……于是始伏……其事虽得其情，已行申省，而受其略者，尚玩视不忍行。旁观不平，惟恐其漏网也，乃撰为戏文，以广其事。后众言难掩，遂毙之于狱。越五日而赦至。

《祖杰》戏文的出现，至少可以说明以下几个问题：

第一，南戏的接受并没有因为北曲杂剧的兴盛有较大的衰弱，它在原先的受众群体中仍然有相当广泛的市场。否则，揭露恶僧祖杰的罪行并给官府造成强大舆压力的工具不会是南戏，而应该是北曲杂剧。这种情况再次证明南戏仍是所谓"畸农市女"接受的首选。不过，鉴于本戏的故事

---

① 这本戏文的名称没有流传下来，钱南扬先生认为，"不妨姑以《祖杰》称之"。参见《戏文概论》，上海古籍出版社 1981 年版，第 27 页。

发生地在浙江永嘉，这里原本就是戏文的发源地，对南戏的乐于接受原本是意料之中的事。另外，关于徐渭上文"南戏亦弱"的语料，虽然当今不少学者对此持有异议，但从实际情况来看，此期南戏接受的发展可能处于徘徊不前的状态。

第二，印证早期南戏的素材偏重于取材现实生活的特点。宋、元南戏多反映现实生活，如《赵贞女蔡二郎》《王魁》等婚变题材，在现实中比比皆是。虽然就此认为这类戏曲就是生活实录，目前尚缺可靠的文献记载。根据通过《祖杰》戏文，至少可以大胆假设赵贞女、蔡二郎等人物原型在当时实有其人。

第三，南戏接受的趋向偏于容易引起共鸣的题材。因为恶僧祖杰在现实生活中已经引起公愤，将这个人物原型写入戏中并搬上舞台，非常容易引起观众的共鸣。倘若接受者并没有因此产生共鸣，就不会出现"众言难掩"的局面。如果《赵贞女蔡二郎》《王魁》《王焕》等南戏也具有生活实录的特点，那么这些南戏的接受效果一定非常好。事实上，上述剧作在民间长期流传，元明的剧作家也一再将它们改头换面，以杂剧或传奇的形式使之在舞台上经久不衰的现象，已经从侧面印证了这种良好的接受效果。只不过上述人物原型已非当初的现实特指，具有一般生活实录的性质罢了。无独有偶，清代孔尚任的传奇名作《桃花扇》的接受效果，和《祖杰》有近似之处。因为《桃花扇》取材于明末清初的历史真实，一度成为北京城里最热门的剧目，它的接受效果是："然笙歌靡丽之中，或有掩袂独坐者，则故臣遗老也，灯炧酒阑，唏嘘而散。"①

第四，《祖杰》戏文是中国戏曲史上见之记载的第一部时事剧。一般认为，明传奇《鸣凤记》才是第一部时事剧。如"（《鸣凤记》）是古代戏曲中第一部描写现实重大政治事件的时事剧，在中国文学史上首开风气，给后人以很大的启发"。② 看来这一观点有修正的必要。③ 另外，从《祖杰》等戏文的积极接受效果来看，元前期南戏观众对现实生活中实录性质的戏文兴致较浓。中国古代的各体文学受众对现实主义的题材的兴趣

---

① 《桃花扇本末》，蔡毅：《中国古典戏曲序跋汇编》，第1604页。

② 马积高、黄均：《中国古代文学史》（下），湖南文艺出版社1994年版，第234页。

③ 元明戏文中的时事剧，除了《祖杰》，尚有《黄孝子》《兰蕙联芳楼》及《邹知县》等。《邹知县》系明代作品，其余两种俱系元人所作。参见钱南扬《戏文概论》，第121页。

本身就非常浓厚，即使这些文学作品是在现实的基础上经过艺术加工，只要它们情感宣泄的指向吻合接受者的某些生活经验，就极容易引发受众共鸣。以过去的生活原型创作的《王魁》《赵贞女蔡二郎》等南戏作品尚且拥有数量庞大的接受群体，类似于新闻性质的《祖杰》当然也会更吸引接受者的观注。

不过，杂剧由北入南的过程，却也是其逐渐走向衰弱的过程。关于杂剧的衰弱的原因，今人述论颇详，概括起来，大致有以下几点：一，民族矛盾的相对缓和与科举制度的恢复，使得杂剧作家滋生脱离现实的倾向；二，统治阶级加强了对杂剧的干涉和利用；三，受南方社会风气和文风的影响，较多地反映了家庭内部矛盾，艺术上也偏于曲辞的工丽和情节的曲折离奇；四，四折一楔子的体制较南戏的限制尤多，不容易反映复杂的现实生活和发挥角色的多方面才能。

以上观点摘自游国恩等五教授合编的《中国文学史》。[①] 应该说，上述观点在相当长的时间内都有其合理之处。上述观点之外，北杂剧衰微的主要原因，可补充的地方还有不少，如接受群体的急剧减少应当是北杂剧衰落的主要因由。

考释一种戏剧形式的衰微与否，创作和接受这两个群体是首先应该注意的关键。当创作主体的旨意与接受主体的审美趋向无法达成一致时，该戏剧形式的衰落是无法避免的。南戏没有获得士大夫阶层的认可，杂剧无法彻底赢得南方最基层的观众，元代的南戏和北杂剧之所以衰落，主要原因恰恰就在这里。不过，如果简单地将北曲杂剧在南方的渐颓视为整体衰落，可争议的地方依然很多。这就像早期南戏，虽然退守乡村，但并不应该将这种现象视为衰落一样，杂剧虽然在元代中、后期丧失了大部分南方观众，但此时南戏尚未进入北地，北方广大区域上演的仍是北曲杂剧，所以也不应该将其理解为整体衰落。一个中庸的说法是，因为缺少王实甫、关汉卿、白朴、马致远这样的巨匠，杂剧在此期创作上呈现衰落的趋势，而在传播和接受市场并未因此急剧下滑，充其量不过徘徊不前或者说退回它的原产地而已。据考，弋阳腔、青阳腔和昆山腔是在明代中叶之后才相继传入山西的。不仅如此，"直到明代末年，北杂剧还在山西舞台上占有

---

① 参见游国恩等《中国文学史》（三），人民文学出版社1964，第271—272页。

一席地位，并拥有出色的演员"。① 可见，终元一世北曲杂剧仍然牢牢地占据着南方的演出市场，并拥有较为庞大的接受群体。

元代后期，杂剧在创作方面失去王、关、马、白这样巨匠之后，南戏创作却出现了高明这样大师和《琵琶记》这样的戏曲经典。此外，"荆、刘、拜、杀"以及其他一些南戏作品也因为在流播的过程中得以不断丰富，南戏很快就在南方夺回失去的观众市场，表现出强劲的复兴势头。这就是徐渭所说的"顺帝朝，忽又亲南而疏北，作者猬兴"接受局面。自此，在南方的受众市场，南戏才算拥有上至士大夫下及"畸农市女"的各个阶层的接受群体。

如上所言，元代中、后期的南戏逐渐兴盛接受局面是和此期的南戏创作紧密关联的。如元前期的《赵贞女蔡二郎》《王焕》《王魁》《祖杰》等戏文的接受一样，只有当剧作家创作出与受众审美期待一致的作品时，南戏接受才会呈现欣欣向荣的局面。在这方面，《琵琶记》的出现和"四大南戏"等渐趋成熟为更加繁荣的南戏接受准备了先决条件。不过没有演出理论的成熟，积极的南戏接受终归不现实。庆幸的是，随着创作理论的成熟，南戏的演出理论也日渐完善。胡祗遹的《黄氏诗卷序》和《优伶赵文益诗序》两文，虽然直接有感于北曲杂剧而发，但这两篇文章却也对当时的南戏搬演有着直接的颂正指误之功。在这两篇文章中，胡氏对表演艺术做了较深入的阐发，为演员的表演和观众的接受准备了另一个先决条件，如在《黄氏诗卷序》中，胡祗遹对演员所提出的九项要求，几乎没有一项不从接受视野着眼。

可以说，胡氏之"九美"对演员素质的要求，就是为了受众的更好、更愉快接受。除了胡祗遹的"九美"说之外，元代燕南芝庵的《唱论》，也从音乐的角度，对南北二曲的演唱内容和场所作了理论上的规定。芝庵的《唱论》，除对剧作家的创作和演员的表演有直接帮助外，还间接对受众表现出"媚俗"的特点。如芝庵认为，"凡歌节病：有唱得困的、灰的、涩的、叫的、大的，……不入耳，不着人"。② 为了避免这种"不入耳，不着人"现象的发生，则"凡唱曲有地所：东平唱【木兰花慢】，大名唱【摸鱼子】，南京唱【生查子】，彰德唱【木斛沙】，陕西唱【阳关

---

① 《中国戏曲志》（山西卷），文化艺术出版社 1990 年版，第 11 页。
② 芝庵：《唱论》，俞为民、孙蓉蓉：《历代曲话汇编》（唐宋元卷），第 463 页。

三叠】、【黑漆奴】"以及"子弟不唱作家歌，浪子不唱及时曲，男不唱艳词，女不唱雄曲，南人不曲，北人不歌"。①

客观地说，宋、元时期的南戏接受还不属于完全形式的戏曲接受，后世戏曲接受所常见的刊刻、评点等案头接受形式在元代或未出现，或仅具雏形。以案头接受而论，元代的南戏只有邓聚德的《金鼠银猫李宝》在北京隆福寺得以刊刻，其他作品则未见刊刻记载。倒是盛极一时的北曲杂剧，反而在南戏的大本营杭州等地大量印行。据《元刊杂剧三十种》的题前标注，标明"大都新刊"的1种，标明"大都新编"的3种，而标明"古杭新刊"的则有8种，未标明刊刻地点有18种。从版本形态来看，上述30种杂剧作品，全系粗劣的坊刻本，故其受众多为一般市民百姓无疑。由此可见，元代北曲杂剧的案头接受情况远较南戏为盛。虽然杭州等南方大中城市为南戏创作和演出的大本营，但是，自元蒙贵族统一中国之后，杭州等地便成为北杂剧继大都、平阳等地之后的另一个创作和演出中心。元代最著名的杂剧作家关汉卿、白朴、马致远等都曾或多次到过杭州，可见包括杭州等广大南方地区北杂剧繁荣的接受情形，因此，北杂剧能在场上和案头取代南戏广泛传播和接受则不难理解。尽管如此，根据现存相关史料分析，元代颇多名家题咏的北曲杂剧依然以舞台接受为主，很少案头接受的资料可征。这种现象清晰地表明，不论南戏还是北曲杂剧，其案头接受的状况在元代都可以忽略不计。

第二节　明清时期最为受众欢迎的南戏剧作一览

虽然元明两代产生的南戏作品繁多，而且这些作品大部分为场上之作，但并不是每种南戏作品都有获得大量观众的机会。从现存的一些文献记载来看，很多作品甫一露面即为观众抛弃，还有一些作品只能局限于一隅，无由走出狭窄的接受疆界。只有少数主题鲜明，艺术成就较高的作品才可能在最大幅度的时间和地域内频频再现于舞台。如明成化间刊行的《百二十种戏文全锦》（已佚），乃是当时舞台颇为流行的南戏剧作汇编。从沈璟的《南词全谱》、张大复的《寒山堂曲谱》所征引的曲文，可得《江流和尚陈光蕊》《史弘肇》《王子高》《岳阳楼》和《司马湘如》5种

---

① 芝庵：《唱论》，俞为民、孙蓉蓉：《历代曲话汇编》（唐宋元卷），第462页。

戏文，这 5 种戏文除了被一些曲谱选收，明清时期的各种戏曲选本很少甚至根本不予选收。另外，即使在文人的笔记著述中，也难见这些剧目演出情形的只鳞片爪。因此，即使在南戏接受的巅峰时期，现知近 300 种南戏剧目，最受观众欢迎的南戏也还是被称为"曲祖"的《琵琶记》。《琵琶记》而外，"四大南戏"之《荆钗记》《拜月亭》和《白兔记》以及《南西厢记》等作品紧随其后，在舞台上出现的频率也非常高。因为深受观众欢迎的缘故，上述作品也很受各类戏班的推崇，它们和《寻亲记》《连环记》等共同构成所谓的"江湖十八本"。当然，就是这类戏班最为推崇的"江湖十八本"，其再现舞台的机会也非均一无差，有时甚至呈现冰火两重天的态势。据清代的陈栋所言，"江湖内十八本，外十八本，梨园缺一，即非佳班。其实可传者不过十之二三，余皆村衰鄙俚，不堪入耳。而父以传之于子，师以授之于弟"①。另外，在陆萼庭先生看来，"著名的江湖十八本也不能真正首尾演全，全本戏面目保留得较多的恐怕要算《琵琶记》《荆钗记》《寻亲记》《连环记》等"。② "江湖十八本"尚然如此，其余等而下之的南戏可以无论矣。

生活原本丰富多彩，即使陈栋所言带有某种文人整体或个体的偏见，并且无论所谓的"江湖十八本"多受观众的欢迎，这些剧目也不可能一统城乡舞台，舍此无他。更多的南戏作品凭借着自身独特的艺术魅力，分别在明清时期的各地舞台上盛演不衰。前述《百二十种戏文全锦》所收的《江流和尚陈光蕊》等佚失剧目，也未见得销声匿迹，只不过其演出踪迹在文人著述中无处可寻而已。从现存的最著名舞台演出本《六十种曲》所收南戏剧目来看，《琵琶记》《荆钗记》《幽闺记》《白兔记》《香囊记》《寻亲记》《千金记》《精忠记》《冯京三元记》《南西厢》《明珠记》《怀香记》《四喜记》《绣襦记》《玉玦记》《种玉记》《杀狗记》《双珠记》《四贤记》19 种作品当为最受观众欢迎之作。可是，事实并非如此，如果结合刊刻于明清时期的戏曲选本来看，《杀狗记》《精忠记》《四贤记》《冯京三元记》和《种玉记》5 种作品在各种戏曲选本中选收频率都相对较低；相反，《破窑记》《跃鲤记》《卧冰记》《商辂三元记》《金印记》等剧目出现的频率更高。因此，后者较之前者更受观众欢迎的情况

---

① 陈栋：《北泾草堂曲论》，《新曲苑》本册六，第 2 页。
② 陆萼庭：《昆剧演出史稿》，第 167 页。

不言自明。当然，《六十种曲》所选皆为全本戏，《破窑记》《跃鲤记》《卧冰记》等多选收于《乐府万象新》《大明天下春》《群音类选》《词林逸响》等零出或零曲选本之中，是典型的折子戏，二者之间在可比性上本有差异。但是，考虑到至迟自明代嘉靖年间以后，统治城乡舞台的几为折子戏而不是全本戏的情况，将《杀狗记》等视为深受观众欢迎之作的不合理性更大。所以，在排除《琵琶记》《荆钗记》《拜月亭》《白兔记》和《南西厢记》这 4 部久负盛名的南戏作品之后，以现存的明清各种戏曲选本选收的剧目来观照，以下作品才是明清时期舞台的活跃之作：

1. 《破窑记》。（共有《盛世新声》等 29 种零出选本以及《吴歈萃雅》等 5 种零曲选本分别选收）

2. 《三国记》。（共有 30 种零出选本以及《增订珊珊集》1 种零曲选本分别选收）

3. 《金印记》。（共有《摘锦奇音》等 21 种零出选本以及《南音三籁》等 6 种零曲选本分别选收）

4. 《千金记》。（共有《盛世新声》等 20 种零出选本以及《吴歈萃雅》等 5 种零曲选本分别选收）

5. 《绣襦记》。（共有《八能奏锦》等 17 种零出选本以及《吴歈萃雅》等 6 种零曲选本分别选收）

6. 《香囊记》。（共有《八能奏锦》等 14 种零出选本以及《吴歈萃雅》等 6 种零曲选本分别选收）

7. 《寻亲记》。（共有《词林一枝》等 15 种零出选本以及《吴歈萃雅》等 4 种零曲选本分别选收）

8. 《四节记》。（共有《词林一枝》等 15 种零出选本以及《吴歈萃雅》4 种零曲选本分别选收）

9. 《连环记》。（共有《乐府玉树英》等 13 种零出选本以及《吴歈萃雅》等 5 种零曲选本分别选收）

10. 《跃鲤记》。（共有《八能奏锦》等 15 种零出选本以及《月露音》1 种零曲选本分别选收）

11. 《投笔记》。（共有《词林一枝》等 11 种零出选本以及《吴歈萃雅》等 5 种零曲选本分别选收）

12. 《劝善记》。（共有《群音类选》等 16 种零出选本分别选收）

13.《和戎记》。(共有《词林一枝》等14种零出选本以及《月露音》1种零曲选本分别选收)

14.《妆盒记》。(共有《词林一枝》等15种零出选本分别选收)

15.《商辂三元记》。(共有《词林一枝》等15种零出选本分别选收)

16.《宝剑记》。(共有《乐府红珊》等6种零出选本以及《吴歈萃雅》等7种零曲选本分别选收)

17.《还带记》。(共有《乐府万象新》等7种零出选本以及《吴歈萃雅》等5种零曲选本分别选收)

18.《明珠记》。(共有《万壑清音》等6种零出选本以及《吴歈萃雅》等6种零曲选本分别选收)

19.《断发记》。(共有《乐府菁华》等11种零出、零曲选本分别选收)

20.《牧羊记》。(共有《尧天乐》等7种零出选本以及《吴歈萃雅》等4种零曲选本分别选收)

21.《玉玦记》。(共有《怡春锦》等3种零出选本以及《吴歈萃雅》等5种零曲选本分别选收)

22.《同窗记》。(共有《大明天下春》等7种零出选本和《群音类选》1种零曲选本分别选收)

23.《升仙记》。(共有《词林一枝》等7种零出选本以及《月露音》1种零曲选本分别选收)

24.《十义记》。(共有《大明天下春》等6种零出选本以及《群音类选》1种零曲分别选收)

25.《织绢记》。(共有《八能奏锦》等7种零出选本选收)

26.《米糷记》。(共有《八能奏锦》等6种零出选本以及《南音三籁》1种零曲选本分别选收)

27.《精忠记》。(共有《大明天下春》等6种零出选本分别选收)

28.《胭脂记》。(共有《词林一枝》等6种零出选本分别选收)

29.《卧冰记》。(共有《词林摘艳》等6种零出选本分别选收)

30.《长城记》。(共有《词林一枝》等5种零出选本分别选收)

案:上述统计结果为明清时期现存的零出和零曲选本选录5种以

上的南戏剧目。为了便于统计，拙著将同题异名之类的剧目归于一类。如《破窑记》《彩楼记》《丝鞭记》和《绣球记》等4剧，因为它们的剧情基本相同，故把这4部剧作都归于《破窑记》名下。《三国记》的情况比《破窑记》还要复杂一些，如《古城记》《草庐记》《桃园记》《单刀记》《兴刘记》和《结义记》等剧都是以三国的人物和故事为主干，其中部分出目或为《三国记》析出，或者独立成篇。但是，究竟何者为《三国记》析出，今已难考，出于简便的考虑，除了《连环记》单独统计之外，余皆归入《三国记》。这种取巧的做法肯定不科学，考虑到《风月锦囊》有《三国故事大全》一目，拙著现今权且如此，姑俟后日一一厘定。《劝善记》的情况也是如此，只要关于目连戏的剧目，拙著也将它们归于一类。其余如《织绢记》和《织锦记》其实为同剧异名，不再单独说明。况且，上述剧目多为下层观众津津乐道之作，文化层次较差的此期观众会不会斤斤计较何出为何剧析出，现在也无从考释。

另外，根据受众的文化层次和审美趋向，不妨将零曲选本所收剧目视为文人士大夫为主要接受群体；零出选本则因科白俱全，最能展现该剧的生活场景和人物风貌，故不论文人士大夫还是一般观众都乐意接受。考虑到上述统计结果中的30种剧目既被零出选本所选，又被零曲选本收录，以致如《宝剑记》这样的作品，两类选本所收频率几至相醑，和《同窗记》《十义记》《米糷记》乃至《劝善记》等作品没有或只有一种零曲选本予以选收，以及再根据吕天成的《曲品》、祁彪佳的《远山堂曲品》等文人著述对它们的评语综合分析，前者的接受主体为文人士大夫，后者的接受主体为一般市井细民无疑。如《劝善记》，祁彪佳认为是"全不知音调，第效乞食瞽儿沿门叫唱耳。无奈愚民佞佛，凡百有九折，以三日夜演之，哄动村社"。

仅以选本所选的频率高低判断一剧的流行程度难有说服力，如果将上述统计结果和下述或采自文人的笔记著述，或曲话不经意的演出史料记载再作综合排比，确定上述剧作即为此期南戏之盛演作品的合理性更大。

首先，上列之30种剧目，几乎全被《曲品》和《远山堂曲品》著录并一一加以题评。虽然其中大部分作品被认为是艺术成就最差的具品或不入文人法眼的杂调，但在"曲海词山，于今为烈"的晚明时期，能够跻身其间的作品即使在艺术上多有不成功之处，亦非泛泛之作。另外，以这些剧作在案头或场上引起评论界的注目来推测它们的流行程度，说服力同样很大。其次，结合其中部分作品在《曲品》等曲话中的评语和演出记录的多寡，最能证明选本选收频率的高低和这些作品所受的欢迎程度成正比例关系。如《远山堂曲品》认为《十义记》中的"'父子相认'一出，弋优演之，能令观者出涕"；《投笔记》之"'无语倚南楼'一曲，歌者盛习之"；《金丸记》"闻作于成化年间，曾感动宫阙"；《寻亲记》"词之能动人者，惟在真切，故古本必直写苦境，偏于琐屑中传出苦情。如作《寻亲》者之手，断是《荆》《杀》一流人"；《跃鲤记》"任质之词，字句恰好；即一节生情，能辗转写出"等评语和史料就是如此。像《金丸记》竟然也和《琵琶记》一样，上达天听，如果不是因为在民间的风行，它在宫闱中被接受的状况绝难发生。此外，根据吕天成的观点，《投笔记》虽然"词平常，韵不叶"，它的流行是因为"俱以事佳而传耳"；《寻亲记》"古本尽佳，今已两改。真情苦境，亦甚可观"；《千金记》"韩信事，佳。写得豪畅"等评语来看（以上评语俱见《曲品》），此类剧本不但在民间非常流行，因为"事"佳，就连文人士大夫对此也津津乐道。本来，戏曲之为戏曲的主要原因就是因为它能"合歌舞以演一事"，① 无"事"则无今之所谓戏曲。如果一部剧作能达到"事"佳的标准，其场上之盛则可以想见。最后，以上剧作以"事"佳而传，却也说明了民间接受偏于"事"，弱于"词"或"律"的特点。

　　如前所言，文人士大夫与民间观众的审美趋向本来就以交融为主要特质，剧之"事"的佳与不佳即为这种交融的关键。很多文辞鄙俚之作之所以能引起文人的注意，恰恰因为"事佳"才风行场上。也正是因为"事"佳，很多文人又根据自身的审美经验，对这些剧作加以雅化的改造。如吕天成因为《杀狗记》"事俚，词质"，便为之"校正"。② 不过，不仅文人染指深受观众欢迎之作，大批的艺人为了生存之需，更是经常将这些作品变换面目，取悦观众。如《金印记》的演出情况是"俗优所演者，较原本十改五六"；③《赵氏孤儿记》也面临着"今刻者、演者，辄自

---

① 王国维：《宋元戏曲史》，上海古籍出版社 1998 年版，第 6 页。
② 吕天成：《曲品》，《中国古典戏曲论著集成》（六），第 225 页。
③ 祁彪佳：《远山堂曲品》，《中国古典戏曲论著集成》（六），第 80 页。

改窜，益失其真面目矣"① 的传播状况。

当然，明清时期的戏曲评点也可以证明一部剧作是否受欢迎，与受欢迎程度的大小。在上述 30 种剧目中，除了《胭脂记》《卧冰记》《妆盒记》等没有被纳入本期的文人评点视野，《琵琶记》《荆钗记》《拜月亭》《白兔记》以及《明珠记》《破窑记》《还带记》等十余种南戏剧目都有评点本存世。这又在很大程度上印证了这 30 种剧作的受欢迎程度。

第三节　《破窑记》等 30 种剧作的活跃成因述论

根据上文的统计结果，在上述 30 种颇为活跃的南戏作品中，《破窑记》《金印记》和《千金记》分别以 29、22 和 20 种零出选本和《破窑记》的 5 种零曲选本的入选频率位列三甲，（《三国记》因为包括的剧目较泛，于此略而不论）这就意味着除了《琵琶记》和"四大南戏"之《荆钗记》《白兔记》《拜月亭》等久负盛名的南戏作品外，上述三种南戏也是明清时期各类舞台上最为活跃的剧作。《琵琶记》等四部作品之所以盛演不衰，除了事涉伦常、有益教化等主题取向以外，"动人"和"乐人"等舞台效果以及融合本色、文采于一体的语言艺术等原因都是最根本因素之一。如果泛泛地以此概括《破窑记》等三种剧作当然未为不可，不过，正如以此方式泛泛概括《琵琶记》等四剧的活跃成因未免简单一样，这三种南戏作品长期风行于明、清时期的各地舞台之上，还有更多的深层原因。

首先，这三部剧作都以发迹变泰为剧情主干，以吕蒙正、苏秦和韩信在始困终亨过程中冰火两重天的遭际作为戏剧冲突的基点，全面而真实地反映了当时各个阶层的人民渴望幸福生活的美好愿望。尽管这种愿望在多数情境中有颇多白日梦的情结，但从"富与贵，是人之所欲也"（《论语·八佾》）与"贫与贱，是人之所恶也"（《论语·里仁》）这个普遍心理层面来说，《破窑记》等三剧恰恰是抓住观众的这种普遍心理并予以大肆渲染而获得观众的欢迎。其次，正如《琵琶记》《荆钗记》《白兔记》等经典南戏藉赵五娘、王十朋、钱玉莲和李三娘等人物大肆渲染现实生活的不足来完成"动人"的舞台效果一样，《破窑记》等三剧也以此为生发

---

① 祁彪佳：《远山堂曲品》，《中国古典戏曲论著集成》（六），第 24 页。

点，着力刻画吕蒙正、苏秦、韩信等人未发迹之前的困苦，感染并唤起受众的心理共鸣。以《破窑记》为例：主人公吕蒙正原本为下层贫寒书生，彩楼招婿之后，贵为宰相的岳父嫌贫爱富，不仅将他们夫妻俩赶出府门，还将女儿的"头面"等值钱之物尽数剥去。只能栖身破窑的年轻夫妻生活困顿无比，"十度逻斋九度空，恼恨阇黎饭后钟"以及"拨尽寒炉一夜灰"就是这种困顿生活的真实写照。《金印记》的主角苏秦的物质生活状况虽然较吕蒙正稍好，但是落第归家后所遭受的妻不下机、嫂不为炊、母不共语、兄不通情、父无好言的精神羞辱，就使苏秦的凄惨遭遇较吕蒙正有过之而无不及。有所不同的是，苏秦的凄惨是精神层面上的，而吕蒙正则更多是物质层面上的。《千金记》中的韩信的生存状态直似吕蒙正、苏秦二人屈辱之和：家贫无以自存，因见怜于漂母才得以获一餐之食；受辱于淮阴少年，竟忍受常人难以忍受的胯下之辱；投军项羽，位不过执戟郎；转投刘邦，不仅再次屈为仓官这样的闲散微职，更因为楚军焚烧粮仓，差一点被刘邦治罪。但是，困踬的现实生活却是促成吕蒙正等三人向上的动力，最后，吕蒙正以状元及第、苏秦身佩六国相印、韩信登坛拜将等美满结局使得主人公扬眉吐气，荣归故里。

客观地说，尽管吕蒙正、苏秦和韩信的最终归宿于史有征，但历史上吕蒙正等人的生活际遇却并不像《破窑记》等渲染的那样贫困不堪。据《宋史》卷 265《吕蒙正传》可知，吕蒙正相府招赘、夫妻被逐、困居破窑等情节皆系杜撰。另据孙光宪的《北梦琐言》或王定保的《唐摭言》等记载来看，民间久传的"斋后撞钟"一事，也系出段文昌或王播，与吕蒙正无涉。《金印记》虽然大率据史敷演，但秦妻典当钗梳，助夫游学，乃至典卖衣服首饰以供姑嫜以及苏秦穷途几欲投井自尽等剧情，亦为剧作家根据民间传说的增饰，于史无考。但是，不论《破窑记》《金印记》还是《千金记》，它们的创作过程都有别于《五伦全备记》《香囊记》等文人独创之作，属于世代累积型作品范畴。从元代关汉卿的《吕蒙正风雪破窑记》和马致远的《吕蒙正风雪斋后钟》等北曲杂剧，以及《永乐大典》卷 13984 和《南词叙录·宋元旧篇》收录的《破窑记》等宋、元南戏名目，直到明代的南戏《破窑记》或《彩楼记》来看，足以印证这部作品属于世代累积型的范畴。至于《金印记》和《千金记》，元代也有无名氏的《冻苏秦》、金仁杰的《萧何月夜追韩信》等杂剧和《苏秦衣锦还乡》等戏文流传。徐复祚的《曲论》甚至明确指出，"《韩信登坛记》，即《千金记》，本元金志甫《追韩信》来，今《北追》《点将》全用之"，更能证明其世代累积性质。无须细观全剧，仅从上述剧作的名目即可看出，《破窑记》等三剧的世代累积过程似乎从未偏离过始困终亨这一基本主题。由此可见，在自元而明的这段漫长时期内，各个阶层受众也一直对各种发迹变泰剧钟情有加。

　　题材的好坏固然和接受群体的多寡有着直接的关系，但是，如果上佳的题材缺少与之适应的艺术表现，则该作品也不会在接受过程中产生如此大的反响。例如，从内容构成上看，《琵琶记》和《张协状元》无疑具有高度的一致性，但兴旺的《琵琶记》接受促成了无班不演的盛况，而《张协状元》则在流传的过程中逐渐湮灭就是最好的例证。正如金宁芬先生所言，"封建统治阶级对于不利于他们统治的作品从来都是想方设法要把它们除尽灭绝。但是，《西厢记》《牡丹亭》《水浒传》《红楼梦》等作品不也都遭到过封建统治阶级的攻击、诅咒和三令五申的禁毁吗？却为何仍然流传下来，且至家传户诵呢？而《王祥卧冰》《楚昭王》《看钱奴买冤家债主》等颂扬封建道德、宣传轮回果报的戏文并未遭到封建统治者的禁毁，却为何也未能流传下来呢？这就不能不涉及作品的艺术水平"①。因为上文所列的南戏选本基本是明人选刻，而且这些选本涵盖了当时最为风行的零出和零曲两种选本，在曲情与文意并重的明代，《破窑记》等三种南戏作品能取得如此佳绩，只能说明这三种作品不仅具有强势的戏的功能，同时它们还具备便于花间筵前清唱的歌曲功能。以《大明天下春》本所选的《破窑记》为例，该选本共选收《破窑劝女》《宫花报捷》《破窑闻捷》《夫妻游寺》4 出。在冗长散漫成为南戏和传奇普遍特点的情况下，上述四个折子戏形态不特具有强烈的"动人"情感要素，同时也不乏机趣横生的戏剧冲突。即便在剧曲语言的雅俗构成方面，它也因为文而不晦、俗而不陋的表现方式同时被文人受众和下层观众接纳。另外，在作品的主题取向上，《破窑记》等作品更在感叹人生伦常之余，又借伦理道德自重，从而完全符合观众日常的道德标准，因而广受欢迎。如在《破窑劝女》这一折子戏中，当吕蒙正外出赴举，刘千金独守破窑之时，刘的母亲偕同丫鬟梅香亲赴破窑看望女儿，从而引发了一场人生价值所在的冲突。在这场冲突中，《破窑记》所体现的平民道德标准被渲染得淋漓

---

　　①　金宁芬：《南戏研究变迁》，天津教育出版社 1992 年版，第 119 页。

尽致:

【前腔】你当初一貌如花娇俊，到如今鬓蓬松丑陋形。小姐，你是公相、夫人掌上珍珠，采楼高结配佳姻。谁知凤与寒鸡对，终朝空倚着破窑门。你本是千金贵体，守着一介寒儒。小姐，自古道：青春易过，岁月难留。少年光景，岂宜虚度？似这等苦中虚度青春景。梅香固知愚不谏贤，请说个比方与小姐听着。岂不闻卓氏文君私听琴声。（旦）丫头好大胆。吕官人非相如之辈，我亦非卓文君之私。（贴）你可随时应变，休得要执性痴心。（旦）贱人，你晓得甚的？我岂是那等失节之妇。（贴）我这里忠言，你那里逆耳全不听。不记得《论语》云三思而行，再思可矣。你须当三省，（重）再加详审。（旦）贱人，只管絮絮叨叨，在此胡说怎的？（贴）岂胡云，你本是碧纱窗下红颜女，到做个破瓦窑中薄命人。（旦）你语四言三论短长，贫穷富贵岂能量。眼前任你鱼虾戏，只怕思前悔后难。贱人呵。

【前腔】你出言全不思忖，这言辞岂可闻？我是个昆山洁玉无瑕玷，那火炼的黄金性不移。我本是无瑕白璧，赤色黄金，任你千磨百炼难移性。自古道：久耐岁寒松与柏，幽谷生香蕙共兰。比松柏凝形，蕙兰风韵。诗云：颠狂柳絮随风舞，轻薄桃花逐水流。决不学颠狂飞絮，轻薄残英，怎做那随风逐浪萍。（夫）儿，到此回头犹未晚，寒鸡别后凤来仪。依娘劝，回去罢。（旦）娘，嫁夫为主靠终身，一与之醮结同心。若还改嫁非良妇，宁做糟糠庶廖人。缔姻盟，难负初心。我若是亏心短倖，反被傍人谈论。我决不肯负初心。娘，我只做得齐眉举案，怎做得那覆水难收。我本是坚心立志全节女，不做那败俗易风薄倖人。（夫）儿，今日幸喜你爹爹进朝，老身潜自到此看你，指望劝你回去，谁知你执性不从，教老娘如何舍得你去？（哭介）（旦）娘，不须啼哭，孩儿决然不回。若还吕秀才得中，那时又作区处。

【催拍】（夫）幼年间父怜母惜，为婚姻父逐母弃。到如今荒村寂寞，无依无倚。（重）我今日一时间要来看你，忙迫了，不曾带得银米来相助你。我看你衣衫这等褴褛呵，只得脱下衫儿，取下金钗，周济你身衣口食。（合）辞别去，母子东西，肠寸断，泪双垂。肠寸断，泪双垂。（旦）娘，容女孩儿拜谢了，待我送一程。

《破窑记》是这样，《金印记》也不例外，如同被《大明天下春》选收的《金印记》之《周氏当钗》这一出，非但具备上述《破窑记》的上述特点，而且它还与《琵琶记》的第八出《赵五娘忆夫》和第十六出

《五娘请粮被抢》（拙著所引的出目系出钱南扬先生的《元本琵琶记校注》，这两出在《六十种曲》本中分别为第九出《临妆感叹》和第十七出《义仓赈济》）的情节在精神上非常相似。如当苏秦游学在外，其妻周氏无力供奉公婆之时，周氏便有如下的感叹：

【前腔】九秋丹桂芳，三月桃花浪，少甚英雄，一跳龙门上。我丈夫今日苦苦要去求名，岂是不自安分，他大丈夫事业当如此。也只为亲老家贫，图寸禄来供养。夫，只怕你功名不就呵，枉被傍人说短长。古语云：朱门生饿莩，白屋出公卿。常言道白屋出朝郎，休把人轻逆相。天下人皆了料，惟有读书人不可量。比如沧海之深，汪洋莫测，岂斗升所能计乎！海水难将升斗量。穷通得丧皆由命，富贵荣华总在天。望天怜念，怜念儿夫名显扬，管取改换门闾，衣锦还乡党。梳妆已罢，明日公婆该奴供膳，厨中无柴无米，怎生是好。思量起来，向日卖钗，尚留下一股，今日没奈何，将这钗到姆姆家去换些钱米，归家供奉公婆，又作道理。卖尽钗梳往帝邦，教奴独自奉姑嫜。柴米两无何所措，思量谁似我惝惶。

【前腔】人间做媳妇，谁似奴受苦？亲老家贫，甘旨难措。典尽金钗吃早膳，还愁暮。夫，奴家为你吃尽了万苦千辛。你在天涯知也无？试把菱花照，容颜已非初，枉被儿夫耽误。姆姆也是苏门媳妇，我周氏也是苏门媳妇，他怎的这等富，我怎的这等贫？今日奴家拿这股金钗问他当钱。正是开口告人羞怎当。他若念妯娌之情，慨然应允也罢；倘若推故，我岂不汗颜？又未知肯否。意踌躇。奴家欲待不去，公婆甘旨怎生区处？好一似触藩羝羊，进退难移步。来此乃姆姆门首，不免高叫一声：姆姆有请。

正如所有发迹变泰剧，《破窑记》和《金印记》之所以备述刘千金和周氏物质生活的困顿之苦，原本就是为了吕蒙正和苏秦科举高中后的扬眉吐气张本。倘若缺乏对困踬生活的描述，吕蒙正和苏秦这两个舞台人物第一没有扬眉吐气的原因，第二也失去了发迹变泰后自豪的基础。仅从心理学的角度来看，上文所引的情景交融的曲词不过是为了激发观众情感共鸣。看来，《破窑记》《千金记》和《金印记》一样，不仅"事"佳，而且确实"写世态炎凉曲尽，真足令人感喟发愤"①。

在上文所统计的 30 种南戏作品中，《三国记》《连环记》《投笔记》

---

① 吕天成：《曲品》，《中国古典戏曲论著集成》（六），第 225 页。

等为历史题材剧。在一个深受史学传统浸润的国度,各类历史题材的南戏作品无疑拥有数量众多的观众。早在宋、元时期,像《乔风魔豫让吞炭》《磨勒盗红绡》《黑旋风乔坐衙》《吴加亮智赚朱排军》等相对质朴简陋的历史剧都能在那个时期的南戏接受中占有分量颇重的一席之地,难怪艺术形式不断精进的《连环记》《投笔记》《三国记》等深受明清时期各类受众的欢迎。如《投笔记》的"词虽平实,局亦正大。投笔出关处,想见古人慷慨之概"。因此,该剧的"'无语倚南楼'一曲,歌者盛习之";①《连环记》的"词多佳句,事亦可喜"②。另外,据明人叶盛的《水东日记》记载,当时的戏曲观众特别是南方各地的观众很早就有历史题材的文艺接受惯性:

> 今书坊相传射利之徒,伪为小说杂书,南人喜谈如《汉小王》(光武)、《蔡伯喈》(邕)、《杨六使》(文广),北人喜谈如《继母大贤》等事甚多。农工商贩,钞写绘画,家畜而人有之。痴呆妇女,尤所酷好;好事者因目为《女通鉴》;有以也。③

在这样的接受惯性指引下,《三国记》《连环记》《投笔记》等历史题材的南戏深受观众的欢迎便无足为怪。另据,无碍居士的《警世通言·序》谈及的《三国志》评话的接受效果看,各类历史题材的南戏的接受效果当不会差于下述的生活场景:

> 里中儿代庖而创其指,不呼痛。或怪之,曰:"吾顷从玄妙观听说《三国志》来,关云长刮骨疗毒,且谈笑自若,我何痛为?"④

还有,清代的长篇小说《歧路灯》也描写了一个"素以看戏为命"的小家碧玉巫翠姐,据小说所述,巫翠姐的几乎所有历史和文化知识都来自于观戏所得。她自小就经常串庙会看戏,在戏场上看戏之时和谭绍

---

① 祁彪佳:《远山堂曲品》,《中国古典戏曲论著集成》(六),第68页。
② 吕天成:《曲品》,《中国古典戏曲论著集成》(六),第225页。
③ 叶盛:《水东日记》,中华书局1980年版,第213—214页。
④ 无碍居士:《警世通言·序》,三秦出版社1993年版,第1页。

闻一见钟情，并成就了他们的婚事。婚后，当她与谭之间的交流与论事的时候，每每引戏文为据和丈夫谈古论今。当谭的"义仆"王中反对谭结交一些不求上进的朋友。巫翠姐就说："你看唱戏的结拜朋友，柴世宗、赵大舍，郑恩他们结拜兄弟，都许下骂人么？秦琼、程咬金、徐勣、史大奈，也是结拜兄弟，见了别人母亲，也是叫娘的。"（56回）有一次谭在山东遇盗，回来说起此事，她说："这些是没有下场的强贼。像瓦岗寨、梁山泊，才是正经贼哩。"（73回）小说不仅比较详细地写出了巫翠姐为人处世的准则大都来自于各种从戏文，而且她的文化知识也大都从戏文、唱本中学来，甚至这位小家碧玉在观剧之时的喜怒哀乐皆因戏而感。当然，巫翠姐的生活地域为北方的开封，她所观看的大部分剧目也不是南戏。不过，在南戏盛行之地的广大观众想必也有不少类似巫翠姐者。

虽然从上述30种南戏剧目的具体内容看，简单将《三国记》《连环记》或者《投笔记》等列为历史剧似有不妥之处。如《投笔记》一方面叙写班超投笔从戎终于封侯，另一方面则详尽地刻画了班妻割股疗亲等种种忠孝节义的关目，因此将这部剧作视为教化剧也自有道理。在这个层面上说，既有颇为奇特的历史故事可以娱人，又有不经意之间不少历史知识的获取，同时还有传统伦理道德的弘扬等，致使上述历史剧出现了想不风行也难的接受局面；这可能也是《三国记》《连环记》《投笔记》深受明清时期各类观众欢迎的主要原因之一。

因为传统的南戏既以弘扬传统伦理道德为主要生发点，又有《琵琶记》《荆钗记》《白兔记》等经典剧作广受欢迎的客观局势，在此基础上，便有《寻亲记》《跃鲤记》《卧冰记》《断发记》《十义记》等忠孝节义剧的频频被搬演。与《琵琶记》颇多"怨"的成分有所不同，《寻亲记》《跃鲤记》《卧冰记》的主题表现更近于《荆钗记》和《白兔记》，它们基本表现出无条件遵依传统伦理道德的主题取向。至于《香囊记》《断发记》和《十义记》等，更有传统伦理道德和封建教化思想已经深入时人脊髓的感觉。姑且不论这些剧作是否有违历史潮流，当我们站在历史的门槛之内来探究这些剧作时，不能不感叹上述剧作在当时产生的巨大影响。以《跃鲤记》为例，这部剧作以民间常见的婆媳之间的矛盾为主要线索，以夫妻、母子之间的亲情为次要关目构成，"虽粗浅，然填词亦真切有味，且甚能感到人，似有裨风化，不可以其肤浅而弃之"。[①] 特别是明清时期的很多戏曲选本常加选收的《安安送米》《芦林相会》等出，因为具有不同于《琵琶记》的另一种"动人"倾向，更是深受各类观众群体的普遍欢迎。另据焦循《剧说》记载，当时有一位名叫赵希乾的孝子，乃南丰河东人，"家人尝观优为剧，见安安事，即用呼希乾小字安安"[②]。民间看戏，常把剧中人或事用来远譬近指现实生活，但被用于远譬近指的人或事则多出于为时人耳熟能详之剧，《跃鲤记》及其中的人物安安即属于此。现将其中的部分曲词选录如下，以此作为上述观点的一个较为妥帖的注脚：

> 【一封书】(小) 娘亲听拜启，非是安安别母亲。孩儿几番要来看你，怎奈婆婆不与我来。朝思暮想无由见，孩儿看起书来，那一篇不是教人行孝？我夏清冬温礼数违。不孝儿今日不为别的来，积攒得此米，与娘亲充饥馁。娘亲、姑姑在上，安安在学堂攻书，那学堂门首有一株大松树，上有乌鸦作巢，生子哺雏。那老的打食养大小的，那老的羽毛退落，那小的仍旧打食供那老的。无教乌鸦皆是如此？慈乌尚且怀恩义。安安今日不能学古人之大孝，愿效慈乌反哺恩。(合) 好伤悲，痛伤悲，就是铁石人闻也泪垂。
>
> 【前腔】(旦) 忽然见我儿，裂碎肝肠痛割心。儿，我娘在家，你也不穿着这般衣衫。身上衣衫谁褙补？腹中饥寒娘怎知？谩忖起，此米他敢是背婆婆私窃与？(贴) 三娘，你问他，便知端的。(旦) 安安，我问你：这米是婆婆与爹爹叫你送来？(小) 都不是。(旦) 既不是，好好拿回去便罢，不然我这里一顿乱打。你若还不告婆婆命，婆若闻此米，将来加罪我。(合前)
>
> 【前腔】(小) 娘休忧虑此米，听我从头说详细。姑姑，自从我母亲别后，孩儿不在家吃饭，在书馆中起爨。婆婆一日与我七合米，我每日吃四合，积下三合。这是我每日三餐积攒下，伏望休疑权受取。(占) 三娘子，听他说来，真可怜你。(旦) 姑姑，这娃子原来早会吊谎，将米来看，便知明白。(占) 原来早晚米，三娘，果然是真了。(旦) 娘看起，此米万苦千辛亏我儿。(小) 娘，你在此将何度活？(旦) 儿，我撚麻绩苎权为活，纺织机杼来度日。(合) 好伤情，痛伤情，子母团圆知甚日？
>
> ……

① 焦循：《剧说》，《中国古典戏曲论著集成》（八），第159页。
② 同上书，第209页。

【前腔】拜辞母转书帏。娘，我两脚力软，回去不得。意欲行时怎移步？（旦）儿，你既脚软行不得，我送几步。娘送子在途路里。（小哭云）娘，亏你舍得我，不回去。（旦）前后相挺怎忍离？（小）娘回去，不要你送。（旦）儿，你回去，我明日央姑来看你。（占）安安，回去不曾？（旦）姑姑，不知这娃子去了否？同你门首去看一看。（占）三娘子，安安还在那里啼哭。（小抱旦哭介）欲去离又回。（旦）儿，你怎不去，又转来？（小）娘，教孩儿怎么舍得你回去？两眼睁……（摘自《大明天下春》本《跃鲤记》）

通过上述转引的四段曲文，很容易发现这个折子戏的戏剧冲突发生于家家皆有的母子之间：当年幼的儿子为了能使母亲解决衣食之忧，将婆婆每日给予的七合米省下三合出来供养母亲；而深爱儿子的母亲则怀疑安安私自偷米，意欲责打。当事实澄清之后，顿使本剧产生了"好伤情，痛伤情，子母团圆知甚日"的动人的艺术效果。

最后，从这30种颇为风行的南戏剧目构成情况来看，宋、元南戏习见的婚姻爱情剧竟然只占据较为次要的位置。毋庸讳言，在成百上千种南戏作品到处传唱的时候，《胭脂记》《同窗记》《明珠记》和《织绢记》《米糷记》等婚姻爱情剧能够位列30种最受观众欢迎的南戏作品之内，本身就是它们自身价值的直接体现。当然，因为宋元时期占据半壁江山的婚姻爱情剧的惯性影响以及"传奇十部九相思"的普遍创作倾向，使这类剧作诞生之初就有深受观众欢迎的因素。不过，当我们把明清时期舞台上的婚姻爱情剧类和同等题材的宋元南戏纵向相比之后，很容易发现虽然宋元时期的婚姻爱情剧甚为风行，可是它们却在明清时期风光不再。应该说，明清时期的婚姻爱情剧还是占据舞台表演的主流位置，除了"四大南戏"之《拜月亭》之外，《牡丹亭》《西楼记》《玉簪记》《长生殿》等言情作品所到之处，均受各地观众追捧。特别是《拜月亭》《牡丹亭》和《长生殿》，基本呈现各个戏班必备等演出特点，如"余于燕会之间，时听唱《长生殿》乐府"[1] 和"一时朱门绮席，酒社歌楼，非此曲不奏，缠头为之增价"[2]。但是，当南戏、传奇、南杂剧和部分北杂剧并行于舞台之时，各类受众还是在南戏剧目的择取上更倾向于发迹变泰、历史题材和伦理教化题材剧。那么，究竟是什么原因促使上述现象的形成呢？或许不

---

① 朱襄：《〈长生殿〉序》，蔡毅：《中国古典戏曲序跋汇编》，第1586页。

② 徐麟：《〈长生殿〉序》，蔡毅：《中国古典戏曲序跋汇编》，第1583页。

够"动人"是解释这种现象的主要因素。当"生生死死为情多"的《牡丹亭》唱彻寰宇之时,《胭脂记》的郭华和王月英等那些青年男女之间的琐屑之情实在颇有为传奇而传奇的倾向。杜丽娘和柳梦梅虽然未曾谋面,但那种与生俱来的对真挚爱情的渴望和追求在历经生死之后,并未使观众产生荒诞的感觉;而《胭脂记》的郭华却在与情人约会的当日吃醉酒、醒来之后又吞下王月英遗留下来的绣鞋而命赴黄泉,显然违背了生活真实。《明珠记》的表现手法虽然可以开启了《牡丹亭》的构思之门,一则前者的艺术表现无法匹敌后者,二则因为题材的某些近似之处,使观众在鱼和熊掌不可兼得的情况下,宁愿选择《牡丹亭》而不是《明珠记》。《同窗记》的情况也和《胭脂记》有些相似,同窗三载却不辨男女的剧情本身就使人顿生疑窦,何况还有梁、祝分别之时,祝英台一再通过具体可感的实物向梁山伯暗示她的女儿身份。于是,当祝英台在正常的情况下嫁给马文才之后,梁山伯的殉情就不免缺少感人的因素。另外,《胭脂记》《明珠记》和《同窗记》不仅无法比拟《牡丹亭》《长生殿》,就是和落入二流的明传奇《西楼记》之间也有不小的距离有待跨越。在《西楼记》中,当于鹃得知心上人穆素徽的不得已分别之后,立即摆脱父亲的拘禁连夜启程追赶,"饶伊走上焰摩天,腾云驾雾要追上"的热切心理,怎么也比郭华、梁山伯等形象让人为之心动。当然,在文人士大夫普遍热衷文辞的情况下,产生于民间的《胭脂记》和《同窗记》更未表现出高于《牡丹亭》《长生殿》甚至《西楼记》的艺术因素。因此,先天不足的这两种南戏作品并没有受到观众追捧的条件。简言之,《明珠记》虽然在文辞的典雅程度上未必弱于《西楼记》,但在"动人"的情感上却输于后者不少。

第三章

南戏的钞行和刊刻

从明代嘉靖年间开始，随着雕版印刷术的进一步发展，南戏剧本也和诗文、小说一样，不断被纳入出版商的刊刻视野。万历至崇祯年间是南戏刊刻的顶峰时期，"刻者无虑千百家"① 便是这种顶峰状态的最佳标志。此后，除了《琵琶记》等少数作品，南戏剧本的刊刻一直不温不火，而且这种现象一直持续到民国时期。刻本与钞本数量的多寡既是当时南戏案头接受繁荣与否的重要标志，也是舞台接受是否繁荣的最重要参照物。越是在舞台上深受欢迎的作品，越容易引起读者和出版商的重视；反之亦然。这或许既是解释《琵琶记》等越是经典的南戏，它们的刊刻频率越高，版本形态也越多样化的主要原因之一，又是解释清代南戏无论在舞台还是案头都集体衰落的主要原因之一。另外，舞台接受还对案头的文本形态产生重要影响，举凡流行于舞台之上的各种演出形式，均有与之对应的文本形态。例如，一部剧本全部内容的刊刻或钞行对应着它在舞台上的全本戏演出，零出选本对应着折子戏，零曲选本则对应着支曲清唱。不过，与舞台演出形态相比，南戏文本的刊刻方式更加多样化，白文本、插图本、点评本、注音释义本等常见形式之外，更将每页的栏目设置得摇曳生姿。除了习见的两栏式页面设置，三栏式的页面也随处可见。更值得注意的是，三栏式的文本内容不仅涵盖了南戏、杂剧、传奇三大戏曲门类，而且还把中栏作为专门版面，印刷理调时曲、酒令、灯谜、笑话以及地域名称等百科全书式的内容或知识。如《乐府玉树英》《玉谷新簧》等便是典型页面三栏的明代刻本，是一种略似杂志的戏曲文本，极具版本学意义。

既然与舞台演出方式关系密切，南戏的文本刊刻便只有全本戏、零出选本和零曲选本三种版本形态。与舞台上的全本戏相比，折子戏直到明代

---

① 陆贻典：《旧题校本琵琶记后》，《新刊元本蔡伯喈琵琶记》，明嘉靖刊本。

中后期才大行其道，故而零出选本的南戏刊刻也只能诞生并繁荣于这个时期。零曲选本也不例外，只有当支曲清唱蔚为风气的时候，出版商才能将刊刻视野集中于零曲选本。由此看来，除了受制于印刷术等客观条件，明清时期的南戏案头接受轨迹基本与舞台接受相同，甚至表现出明显的正比例关系。即使《张协状元》等3种曾经入选《永乐大典》的南戏作品，也因为长久绝迹舞台而遭到出版商的摒弃。

第一节　南戏案头接受的发展轨迹

与舞台接受相比，较大规模南戏案头接受的时代明显要晚得多。从现有的文献记载来看，几乎所有的南戏作品都是因为舞台的广泛成功，它们的剧本阅读才逐渐被提及案头接受的议程。另外，从北曲杂剧的案头接受的发生、发展态势看，文人的广泛参与是不论北曲杂剧还是南戏案头接受发生、发展的唯一前提。以南戏的案头接受而论，文人广泛参与的结果不仅使此后的南戏创作摆脱了质木无文的鄙俚状态，也造成了以传统诗文接受为惯性的广大文人受众就此向南戏接受分流。客观地说，尽管元代以前的南戏案头接受无法比肩在剧本文学上更加雅训的北曲杂剧，但是促使南戏案头接受形成的时代却未必晚于北曲杂剧很久。根据现有的文献来看，早在元代，邓聚德的南戏作品《金鼠银猫李宝》曾在北京隆福寺得以刊行，就昭示当时南戏有被案头接受的趋势。另外，虽然《琵琶记》的现存刻本以嘉靖年间苏州的巾箱本最古，但是，据傅惜华先生所言，嘉靖本《琵琶记》的底本为元刊本。倘若傅惜华先生所言非虚，那至少可以这样推测，刊刻于元代的南戏剧本当不止邓聚德的《金鼠银猫李宝》一种。遗憾的是，这些刻本不仅于世无存，就连这些被刊刻的南戏作品的存目也难以在现存文献中得到征引。甚至被后世尊为"曲祖"的《琵琶记》，直到明代的嘉靖年间之前都绝少全本刊刻的记录。与之相反的是，元代的北曲杂剧的出版景象则相对繁盛得多，如现存最古老的北曲杂剧刻本《元刊杂剧三十种》中所收的30种剧目，都刊刻于元代。正如难以确指元代究竟刊刻了多少种南戏一样，元代北曲杂剧的刊行情况至今依然模糊不清。可以肯定的是，元代北杂剧的不仅在出版种类和数量上远远超出南戏的刊行情况，梓行于各地书坊以及纳入出版商视野的北杂剧作品也远较《元刊杂剧三十种》所收篇目为多。另外，据《元刊杂剧三十种》中一些剧目的题前标注，未标明刊刻地点有 18 种；标明"大都新刊"的 1 种，即孔文卿的《东窗事犯》；标明"大都新编"的有以下 3 种：关汉卿的《关张双赴西蜀梦》、郑廷玉的《楚昭王疏者下船》和张国宾的《公孙汗衫记》；而标明"古杭新刊"的数量最多，共有关汉卿的《关大王单刀会》、石君宝的《诸宫调风月紫云亭》、尚仲贤的《尉迟恭三夺槊》等 8 种。（案：孟汉卿的《张鼎智勘魔合罗》题前虽然未标"古杭"二字，但卷末有"古杭新刊《张鼎智勘魔合罗》终"的字样，故本剧梓行于杭州无疑）

当然，即便在南戏的大本营杭州，元代北杂剧的刊刻数量远远多于南戏也不足为奇，这是因为南方的出版印刷一向繁荣于北方，而北杂剧又在当时的杭州颇为盛行。如前所言，宋元时期的南戏创作原本专为场上之设，加之它的创作主体基本为当时的书会才人，故而其舞台价值远远大于案头文学价值。北杂剧则不同，它的创作主体不仅有位卑名微的书会才人，更有大批仕途无路的著名文人。因此，同为舞台演出本，北杂剧可资案头接受的文学因素明显超出南戏很多。另外，北杂剧的剧本体制短小，仅为四折一个楔子，在出版技术比较落后的宋元时期，长达几十出的南戏剧本当然没有北杂剧的刊刻便利。再则，直到明代初年，南戏尚未在文人受众中引起大规模的关注，它的接受群体还是主要以南方的下层市民百姓为主。所以，只有当南戏在舞台上彻底压倒北杂剧之后，南戏剧本才具备大规模刊刻的有利条件。这也许就是为什么现存的南戏剧本基本都刊刻于明代中、后期的主要原因。

一　发生阶段：元末明初的南戏案头接受和刊刻

尽管南戏直到明代中、后期才得到文人士大夫的彻底认同，但是它的勃兴之路却是自元末明初就开始的。以供案头接受的南戏刊刻为例，"曲祖"《琵琶记》早在元代就曾有书商为之梓行，如现存的《琵琶记》刻本就是以元刊巾箱本为最早。就现有的文献记载来看，元末明初尚未出现大规模南戏的刊刻记录。《琵琶记》而外，仅有大都剧作家邓聚德的《金鼠银猫李宝》在北京隆福寺刊行，而且这个刻本也和巾箱本的《琵琶记》一样散佚无存。此后，较大规模的南戏刊刻则始于明初的嘉靖、隆庆年间，现存最早的《琵琶记》刻本系嘉靖年间的产物可以为证。不过，尽管元末明初并无很多南戏刊刻的记载，但是各种钞本南戏作品的数量应当不少，如《永乐大典》至少选收了 33 种南戏作品，这 33 种南戏作品应当都是出于民间钞本无疑。另外据李开先的《张小山小令后序》记载，明初"亲王之国，必以词曲千七百本赐之"。① 这一千七百余种词曲脚本，应当包含不少南戏作品。再根据元末明初通俗文学的实际刊刻情况分析，朱元璋所赐之南戏剧本肯定多为钞本，刻本极少或者根本没有。万历年间，国子监祭酒陆可教曾上《刻书疏》，建议各省合作分刻《永乐大典》，万历帝虽然表示同意，但是《永乐大典》的刊刻却实未成行。终明一世，《永乐大典》的刊刻也只有也只有《日食卷》在崇祯年间得以刊行。可以肯定的是，即使《永乐大典》所收的 33 种南戏作品在万历年间得以刊刻，其数量既少，一般读者也根本无缘阅读。而且从案头接受的角度上看，这 33 种南戏剧本即使得到刊刻，《永乐大典》也无法以较大规模的方式走上一般受众案头之上的原因，这种刊刻形态不过是聊胜于无。也就是说，直到明代的永乐年间，出于传播需要的南戏刊刻依然等同于宋元时期。但是，根据明初的舞台接受情况来看，尽管本期的南戏刊刻尚未出现，但是北杂剧在这个阶段的刊刻情形也和南戏差不多，这也可以从明初并无北杂剧刊本流存见其一端。当然，也可能有少数南戏作品已经在本期得到刊行，或者出于散佚，或者这些作品依然没有引起当时文人的关注而已。另外，孙崇涛先生认为现藏西班牙圣·劳伦佐皇家图书馆的《风月（全家）锦囊》的"最早成书和初刻，至迟当在明永乐十九年（1421）以前"。② 对于这个观点，因为尚缺确凿材料证实，拙著暂不采用。因为根据《明代出版综录》的统计结果，该书"共著录图书 7740 种，其中洪武、弘治时期出版的只有 766 种，嘉靖、隆庆时期出版的 2237 种，万历以后出版的 4720 种，未标明出版年代的 17 种"③。显然，如此衰败的出版事业很难会有剧本体制粗糙、文辞相对质朴的南戏刊本出现。即使孙崇涛先生的上述观点合理有据，它也只能证明拙著明初已有南戏刊刻推测的成立。

　　既然本期南戏的刊刻因为各种原因未能突破性地超越元末，但就是这种并不兴旺的刊刻局面却促使了此后繁荣的南戏案头接受局面的形成。如

---

　　① 李开先：《张小山小令后序》，俞为民、孙蓉蓉：《历代曲话汇编》（明代编）第一集，第403 页。

　　② 孙崇涛：《风月锦囊考释》，中华书局 2000 年版，第 1 页。

　　③ 缪咏禾：《明代出版史稿》，江苏人民出版社 2000 年版，第 15 页。

果根据明清时期尚有不少凭借钞本形式流传的南戏作品分析，本期的南戏刊刻虽然和案头接受有着直接而主要的关系，但这种关系却并不唯一。既然刻本和钞本是明清时期不论戏曲还是小说得以被案头接受的两种主要形式，以及明代前期大批南戏被当时的舞台频频搬演等情况分析，则大致可以得出这个时期南戏的案头接受虽然远逊于舞台接受，但潜龙在渊的发展趋势却为明代中、后期的大规模刊刻打下了健康的基础和准备了先决条件，从而使这种原本为文人士大夫鄙视的戏剧形式和深受明清时期文人推崇的北曲杂剧在各个阶层受众的案头上并驾齐驱。

二　发展和高潮阶段：明代中、后期的南戏案头接受和刊刻

与其他各体通俗文学差不多，明代的南戏刊刻大约始于嘉靖年间。虽然将嘉靖年间作为南戏刊刻的起始点未免武断，如现存的成化本《白兔记》便是于成化年间有北京的书坊永顺堂刊刻而成，但考虑到不论是现存的各种戏曲还是小说版本，其最早的刊本形态时间大致都出现在嘉靖年间这样的实际情况，不妨将明代南戏刊刻的初始年代定于嘉靖年间。另以明代的通俗小说刊刻为例，如《三国演义》刊于嘉靖壬午年（1552）；今知最早的100卷本《忠义水浒传》也是在本期由武定侯郭勋梓行的；更不要说在现存的近百种南戏单剧以及选本作品中，除了《琵琶记》《宝剑记》《白兔记》和《风月锦囊》等寥寥数种外，其余都梓行于万历年间以后。即便后世最为推崇的《王西厢》，尽管它有二十余种刊本存世，但其现存最早的明刊本也不过是弘治十一年（1498）的金台岳家刻本。这个刻本的梓行年代距离嘉靖年间也仅仅二十余年。另外，倘若从接受学的角度出发，即使嘉靖以前或有少量南戏作品刊行于世，它们的流播范围也必定狭小。因此，未能在较大范围内引起文人受众广泛关注的南戏刊刻，很难将它纳入完全意义上的案头接受范畴。

晚明曲家沈崇绥在言及当时的戏曲创作时说："曲海词山，于今为烈。"① 值得注意的是，沈氏认为明代戏曲的创作之盛乃是《琵琶记》《拜月亭》等一批优秀南戏作品在当时受众中造成巨大影响的结果："名人才子，踵《琵琶》《拜月》之武，竟以传奇鸣。"② 其实，何止彼时的戏曲

① 沈宠绥：《度曲须知》，《中国古典戏曲论著集成》（五），第198页。
② 同上。

创作，如果用这句话来比拟当时的各体戏曲接受特别是案头接受的情形同样很恰当。只要考索一下明代南戏接受的原因和现状，很容易得出当时红火的场上和案头接受局面也是"踵《琵琶》《拜月》之武"的结果之类的结论。和舞台演出有所不同的是，尽管促成当时南戏受众案头接受的主观条件基本具备，但相对落后的印刷出版技术等客观因素却并没有促使较大规模南戏的案头接受形成于万历年间之前。不仅南戏，现存各种通俗文学的出版物几乎都刊刻于万历年间以后，也最能证明上述客观原因的成立。如现存二十余种的《琵琶记》和《西厢记》明刊单行本，分别只有一种刊行于此前的嘉靖和隆庆年间；现存近四十种各类南戏选本，也只有《风月锦囊》一种刊行于嘉靖年间之前。包括南戏在内的各种体式出版物纷纷在这个时期大量的出现，最能说明当时各种通俗文学案头接受的如火如荼。更能说明问题的是，自嘉靖年间开始风行的各种南戏剧本，也基本都是在当时的舞台上非常流行之作。以南、北二曲而论，明代之所以仅有《琵琶记》和《西厢记》才能开后世剧本刊刻的先河，原因恰恰在于它们具有无班不备的舞台优势。另外，频频有演出记载的其他南戏作品也正是各个出版商青眼有加的牟利工具。也可以这么认为，晚明各种南戏刊本并非仅仅体现为红火的案头阅读，交相辉映的场上和案头接受才是它们被广泛接受的真实情景。如果说单剧南戏的刊刻尚有剧作家本人的刻意促成，各种体式的南戏选本刊刻则体现了当时受众的客观喜好。如《宝剑记》这部作品，可称文采斐然，但身为山东章丘人的李开先似乎并不很熟悉昆曲的格律，故吕天成说他乃"生扭吴中之拍"。[1] 是以本剧除了《夜奔》一出被《怡春锦》等多种选本选录外，其余各出少有选家关注。但是，作为致仕朝臣的李开先却有足够的经济力量、比较容易地让《宝剑记》得到了刊刻。当然，即便作者本人再有经济能力，如果他们的作品实力不够，也很难在后世流传。尽管全本《宝剑记》的场上流播范围多在李氏的故乡章丘一带，但是这部作品的文学价值还是不容忽视，就连对《宝剑记》的场上缺陷多有指摘的吕天成，也不得不承认作者"词坛之飞将，曲部之美才"[2] 等文学才能。不过，《宝剑记》无论场上还是案头功能毕竟逊于《琵琶记》和"四大南戏"之《荆钗记》《白兔记》《拜月亭》等

---

① 吕天成：《曲品》，《中国古典戏曲论著集成》（六），第214页。

② 同上。

很多，故而前者仅有一种的全本刊刻的版本数量也远远无法比拟后者。

　　明代全本南戏的刊刻情形大致和它们的舞台演出现状成正比，即在舞台上越是深受观众欢迎的作品被刊刻的频率也越高。如《琵琶记》在场上几乎无班不演，它的现存版本在万历年间已经就也多达24种。其他诸如《荆钗记》《白兔记》《拜月亭》以及《千金记》《还带记》和《三元记》等作品的覆刻次数，也基本和它们的演出频率对等。另一个颇具说服力的现象是，现存南戏全本形态的多寡还和它们被选家关注的频率呈现较大的因果关系。《琵琶记》等著名作品而外，全本单行刊刻的《明珠记》现存5种不同版本，它的选本零出或零曲刊刻同样达到11种之多。《投笔记》的现存版本也有5种，它的选收频率同样高达12种之多。上述现象足以说明万历时期南戏刊刻是以它们场上的受欢迎程度为基础的。正如《琵琶记》、"四大南戏"等许多南戏作品一样，"哄动村社"的《劝善记》，"感动宫闱"的《金丸记》以及"写世态炎凉曲尽，真足令人感喟发愤"[1] 的《金印记》等，都是出版商和选家青睐有加之作。当然，在以为牟利为主的出版商和选家心目中，此类剧作即为受众期待之作，如果没有经过比较严谨的市场调查，这个群体想必不会拿自己的经济利益冒险。毕竟，现存的各种南戏作品基本都以坊刻和家刻为主，而把印刷品作为商品出售、以牟利为目的的不是坊刻，便是家刻。如金陵唐绣谷的世德堂、唐氏的文林阁、陈大来的继志斋、汪廷讷的环翠堂以及周居易的万卷楼等，分别刊刻了11、20、23、16和16种戏曲作品。可以想见，如果没有比较丰厚的经济利益驱使，上述私家刻书团体很难以这种方式自娱自乐。苏州的家刻和坊刻团体出于牟利的目的更为明显，他们"则刻了各种各样的畅销书，如科举、医药、童蒙、通俗类书、戏剧、小说等，满足了社会各阶层的多种需求"。[2] 明代最著名的出版商毛晋及其汲古阁也是这样。有学者以毛晋的学术素养非常深厚，经济基础又好，他所刊刻的书籍校对严谨，印刷质量精美，故明代万历年间最著名的汲古阁系毛晋本人斥资的家刻。也有的学者认为汲古阁编、印、发齐全，体制完整且人员众多。他们的出版物不仅品种、数量繁多，而且远销海外，当是非常完备的大型出版企业，因而属于典型的坊刻。不过，不论汲古阁所系家刻还是坊刻，经

---

① 吕天成：《曲品》，《中国古典戏曲论著集成》（六），第228页。

② 缪咏禾：《明代出版史稿》，第79页。

济上的自负盈亏仍是这两类出版商的共同特点。虽然毛晋的汲古阁及其出版事业不仅在明代，即使在中国古代图书的出版史上也享有鼎鼎大名，但是就是这个最著名的明代出版集团，也因为经营不善大约在清代乾隆年间便宣告破产。最能说明问题的是，明代的各类家刻和坊刻基本都是自己编辑、出版和发行，所以他们对当时社会各阶层的阅读需求最有发言权。可见，凡是经过各家出版社筛选的南戏作品，基本都是深受当时受众的欢迎之作。

明代南戏总的出版情形是，不论嘉靖年间之前还是万历以后的南戏，基本都被刊刻于江苏的南京、苏州，福建的建阳等地区，浙江的杭州、湖州以及安徽的徽州等南方广大地区。北京地区虽然因为首都的地位也成为出版业的中心，但其家刻和坊刻的兴旺程度远不能和南京、杭州、闽北的建阳相比。这是因为北京地区基本不生产纸、墨等基本印刷工具，就连官府刻书所需的纸张和油墨等都不得不仰赖苏、徽、浙、闽等南方广大地区。故胡应麟有"今海内书，凡聚集之地有四，燕市也，金陵也，阊阖也，临安也"①之说。以纸张的价格而论，北京与苏州、杭州两地之间的价格差距竟有二三倍之巨："诸方所集者每一当吴中二，道远故也；辇下所雕者每一当当越中三，纸贵故也"。②也就是说，江浙以外地区书籍刊刻的成本要贵得多，用其他地区刻印一本书的耗费，在苏州却能刊刻两本；而用杭州刻印三本书的耗费，在北京却只能刊刻一本。这或许是为什么北京地区的民间私人刻书家很少，其出版机构大都隶属于朝廷各个部门的主要原因。不过，既然隶属于官方，那么这些官方出版机构当然应该和唐、宋、元等王朝一样，以各种政务书籍、佛道藏经和经史重典为主要出版对象。官方出版机构而外，北京的少数坊刻或家刻等民间出版机构也主要以刊刻《史记》、"杜诗"、《韩诗外传》等需求量更大的经典诗文为主。几乎文献可以证明北京有南戏刊刻的记录。当然，即便在南方的家刻和坊刻集中地区，万历年间的南戏还是主要以南京为主要刊刻地。在拙著统计的40余种现存南戏刊本中，大约有40种南戏作品曾经至少有一次以上刊刻于南京的经历，只有《宝剑记》《四贤记》《精忠记》等不足五种南戏作品未见刊刻于金陵的记载。而在金陵诸刻家中，又以富春堂对南戏刊刻

---

① 胡应麟：《少室山房笔丛·经籍会通》，上海书店出版社 2001 年版，第 41 页。

② 同上书，第 41—42 页。

最热心。粗略统计一下，在现存的 40 余种明代全本单行的南戏刻本中，刊行于富春堂的就有《琵琶记》《荆钗记》《白兔记》《千金记》等近 25 种。富春堂之外，世德堂和文林阁等书坊也是南戏的重要刊行场所，它们和富春堂一起，完成了万历时期大半的南戏刊刻。

单行全本的南戏刊刻如此，零出以及零曲选本的南戏被刊刻时间和地区同样如此。一如全本南戏，今传明代嘉靖年间之前的南戏选本只有《风月锦囊》一种，其余 37 种均梓行于万历年间前后。选本形态的南戏刊刻更与当时的舞台接受密切关联，毕竟，"在某种意义上，戏曲选本即为戏曲舞台传播实况的文字载体"①。关于戏曲选本和舞台演出的关系，郑振铎先生也曾有过精辟的论述："我们在这些选本中，便可以看出近三百年来，'最流行于剧场上的剧本，究竟有多少种，究竟是什么性质的东西'，更可以知道'究竟某一种传奇中最常为伶人演唱者是那几出'。"② 郑振铎先生所言不虚，现存的多数戏曲选本不仅反映了一些剧作在舞台上所受到的欢迎程度，而且还约略地体现了这些剧作的主要接受群体和区域。如前所言，在明代的万历年间，风行于各地舞台之上的南戏作品多非全璧，而是折子戏这种独特的演出形式。正如观众可以通过折子戏这种演出形式在很短的时间内即可欣赏多种剧作一样，和折子戏演出互为表里的各种戏曲选本也可以使受众在较小的经济负担下管窥更多不同作品的风貌。另外，不论南戏还是文人传奇，它们的折子戏形态必定是经过传播和接受这两大群体严格筛选的精华所在。尽管有些折子戏的文学价值并非很高，甚至有些还是纯粹依靠演员独具魅力的艺术表演才赢得演出市场，但不能不说绝大多数折子戏基本具有案头、场上双美兼善的特质。以最符合上述双美标准的《琵琶记》为例，虽然本剧的篇幅长达 42 出，但明清时期的各个南戏选本也仅仅收录 30 出，其余 12 出俱被摒弃。即使在上述 30 出《琵琶记》的折子戏形态中，《杏园春宴》《义仓济赈》等 5 出仅被一种选本收录；《丞相教女》《再报佳期》等 4 出也不过被选收两次。客观地说，尽管上述出目在《琵琶记》的全本形态中已经显示了不可或缺的价值，但是苛刻的受众还是更对《南浦嘱别》《乞丐寻夫》和《书馆悲逢》等不到

---

① 朱崇志：《中国古代戏曲选本研究》，第 7 页。

② 郑振铎：《中国戏曲的选本》，《郑振铎文集》（第七卷），人民文学出版社 1988 年版，第 246 页。

10 出的剧情特别垂青。这就是说，优中选优既为折子戏发生、发展的最主要缘由，也是晚明各种类型的南戏选本得以成批刊刻的现实基础。其次，万历时期的南戏刊刻不仅品种众多，而且它们的版式也比单独刊行的全本南戏更加多样化。为了吸引读者购买和阅读其出版物，万历时期的众多出版商已经把他们刊行的书籍配有相当精美的插图，这些插图甚至由当时最著名的画家完成的。著名画家陈洪绶、仇英等就曾给各类南戏刊本绘图多幅，如万历年间仇英的《仇实父绘像千金记》的绘像本等就是如此。毕竟，"曲之有像，售者之巧也"①。再次，为了帮助文化素养相对较低的一般读者顺利完成其出版物的阅读和欣赏，单行全本南戏推出了注音、释词、评点再加插图等活泼生动的文本，如万历年间金陵世德堂所刊的《新刊重订出相附释标注千金记》、万历九年（1581）金陵富春堂的刻本《新刻出像音注释义王商忠节癸灵庙玉玦记》以及万历三十八年（1610）三槐堂的刻本《新镌徽版音释评林全像班超投笔记》等俱可为实证。最后，选本南戏的刊刻比全本南戏的刊刻更具特色，这种特色首先表现在版式的新颖独特上，即很多南戏选本多分为上、下或上、中、下等二至三栏，并以上中下三栏版式最为常见。一页多栏当然无助于文字内容的增加，但是如《乐府玉树英》《词林一枝》和《玉谷新簧》等为代表的三栏版式选本则可以将南戏、杂剧、传奇、散曲、时调、灯谜、酒令以及地名等本不相干的内容有机地融为一体。只要读者喜欢其中的任何一个类型，它的潜在购买和阅读动机瞬间就可能被激发。同时，上述多种文艺形式并存于一体的案头读物、则比较明确地透露出彼时南戏案头接受的多元化特点。

　　一个值得注意的现象是，不论本期还是此后各种选本的南戏刊刻，众多的南戏作品总是多与杂剧、传奇汇为一体，使之事实上和其他戏剧形式以相互比较的形态呈现在读者的面前，如著名的《六十种曲》本的现存形态即是这样。在《六十种曲》本中，最著名的杂剧、南戏、传奇作品如《西厢记》《琵琶记》和《牡丹亭》能有机地融为一体并前后辉映，本身就足以说明本期南戏的案头接受不仅风行于世，而且丝毫不逊色于其他戏剧形式的案头接受。正如本期的南戏刊刻为中国古代南戏刊刻的顶峰阶段一样，这个时期的南戏案头接受也处于其发展过程中的高潮期。

---

　　① 谢国：《蝴蝶梦·凡例》，俞为民、孙蓉蓉：《历代曲话汇编》（明代编第三集），第 2 页。

三 渐次衰颓阶段：清代的南戏刊刻

明清易代之后，饱受战火和兵燹袭扰的无辜民众很快就恢复了期待中的平静生活。的确，在满汉两大贵族的皇权之争中，本无多少期待的下层民众不仅一无所获，而且丧失了很多既得利益。更有甚者，就连他们最基本的生存权利都无法在战乱中得到保证。谓之洞悉生活真谛也好，谴责他们麻木不仁也罢，反正，相对安宁的生活环境使这个无论在明代还是清代都永远处于被剥削地位的群体又重新看到生活的希望，他们于是以野草一般的茂盛和不屈日复一日地迎接明天的阳光。虽然在清初很长一段历史时期内，南方各地的广大人民还因为不愿改变某些既成的生活习俗，遭受到远远大于北地民众的创伤和屈辱，但这些磨难同样没有改变他们健康而快乐的生活习惯。赌博、看戏、听说书这晚明时期普通市民离不开的三件事也在不同程度得到恢复。当然，明清易代的社会动乱毕竟震撼了广大汉族人民特别是文人的心灵，像吴伟业、丁耀亢、王夫之等很多学养、诗艺俱高的文人，在诗文之余又选择了戏曲创作来寄托心志。另外，在明末已经非常活跃的苏州派剧作家则站在普通市民的立场上，借戏曲委婉地表达了他们的黍离之悲。正是在这种特定的环境影响下，清初的戏曲创作很快重新驰向健康发展的快车道，并最终为康熙年间的两大传奇《长生殿》和《桃花扇》的诞生创造了有利的条件。同飞速发展的戏曲创作相辉映，清初的各体戏曲传播和接受同样延续明末的健康发展势头。不过，正如《长生殿》与《桃花扇》的出现标志着此后文人传奇创作的辉煌不再一样，清初的南戏不论是舞台还是案头接受也都在康熙年间之后沿着衰落的道路上越滑越远。

从现存的南戏版本的刊刻情况来看，清代不论是单行全本还是选本南戏的梓行远没有晚明时期繁荣。仅仅在万历前后，现存单行全本被刊刻的南戏剧目即有 40 余种之多；而在有清一代，全部留存的全本南戏刊本却仅有 4 种。全本南戏的刊刻情形大致如此，选本南戏的刊刻情况亦复如是，如在明代的万历年间前后，包括零出和零曲选本在内的各种南戏剧目的刊刻有约 16 种之多，占现存 40 余种南戏的零出和零曲选本的一半左右，而这些选本在清代的覆刻数也仅仅 4 种左右。较之明末，清代南戏接受特别是案头接受的颓势由此可见一斑。当然，由于明末清初在时间上相去不远，刊刻于明末的很多南戏剧本极有可能仍在清人案头上发挥着不逊于明代的接受功能，这也可以在一定程度上抵消清代逐渐衰微的南戏出版所带来的消极影响。

同样值得注意的是，尽管清代的南戏案头接受远不如晚明为盛，但这个时期的南戏案头接受却依然朝气蓬勃，依然是广大读者的首选。例如，在《红楼梦》第42回中，宝钗告诉黛玉说："你当我是谁？我也是个淘气的，从小七八岁上，也够个人缠的。我们家也算是个读书人家，祖父手里也爱藏书。先时人口多，姐妹兄弟都在一起，都怕看正经书。弟兄们也有爱诗的，也有爱词的，诸如这些《西厢》《琵琶》，以及《元人百种》，无所不有。他们是偷背着我们看，我们却也偷背着他们看。后来大人知道了，打的打，骂的骂，烧的烧，才丢开了"所反映的情况即大致如是。再以评点本的南戏刊刻为例，明代不论是徐渭、李卓吾还是汤显祖的南戏评点本，都基本以舞台接受为基础有感而发，很少将剧本视为一种特殊的文学样式，着眼于作法、谋篇布局和人物形象的生动性以及像诗文、小说一样在语言表达等方面展开归纳、总结和批评。自金圣叹将《西厢记》基本从舞台割裂而专注于剧本的文学性评点之后，这种几令文人受众心醉的诗文或小说等案头接受惯性又在南戏的案头接受中进一步得到加强，毛声山父子的《琵琶记》评点本便是这种接受惯性的最有力注脚。大约在毛声山之后，案头的南戏接受和舞台的南戏不仅分道扬镳，而且这种现象至今仍余绪绵延。

第二节　繁荣的全本南戏案头接受

与繁荣的南戏舞台接受相表里，明清时期南戏的案头接受也在嘉靖年间之后逐渐呈现日趋活跃的态势。尽管缺少更多必要的文献记载，但是根据本期拥有近40种全本刊本存世的"曲祖"《琵琶记》、现存总量为19种的"四大南戏"的刊本以及分别在万历三十八年（1610）被三槐堂、万历年间被存诚堂、文林阁以及罗懋登注释后得以刊刻的《投笔记》等全本南戏和近40种选收各种南戏精华的选本一度或反复被刊刻（传钞）等情况分析，约有100种的南戏作品在案头上分别以全本或选本的形式深受本期文人受众的欢迎。正如经常被舞台搬演的南戏可以视为观众最为欢迎的剧作一样，那些刊刻或复刻频率较高的南戏剧作也是在案头、场上都深受各阶层受众欢迎的作品。像因为深受观众欢迎并构成了明清时期舞台演出的"江湖十八本"一样，《琵琶记》《荆钗记》《白兔记》和《拜月亭》等著名的南戏作品也都是当时案头接受最为活跃之作。上述作品而外，《绣襦记》《千金记》《明珠记》等众多分属不同题材领域的南戏作品同样在案头上深受欢迎。根据现有的各种南戏的文本构成来看，至少有40余种全本南戏分别在明清时期得到不下百余次的刊刻和印行。刊本的繁多固然可以在一定程度上体现了南戏案头接受的繁荣，但灵活多变的南戏版本形态则表露了出版商追求经济利益最大化的牟利心理，同时也约略地透露出彼时彼地各个阶层南戏受众的文化素养和教育背景。一般说来，主要从事白文本南戏阅读的读者大都具有相对深厚的文化素养，而主要从事评点本南戏阅读的受众虽然大多基本不存在阅读障碍，但他们还是更希望从名家的评点中窥见这些作品真正的主旨以及对该作品艺术美的深入发掘。当然，像《新刊重订附释标注出相伍伦全备记》这样的注音释义本南戏作品的主要读者即为那些粗具阅读能力的一般受众。显然，文化层次不均的读者构成又在另一个层面上反映了此时南戏案头接受的某种盛况。

南戏案头接受的繁荣不仅体现在全本刊刻，选本系统的南戏刊刻和印行同样反映了广大受众对南戏剧本的喜爱。一方面，现存明清时期印（钞）行的各种选录南戏的版本名目也有近50种之多，这一版本数量已经稍稍超出全本南戏的刊（钞）行情况；另一方面，现存全本刊（钞）行的南戏剧目不过仅仅40余种，而零出或零曲选本中的南戏剧目则达到200余种之多。200余种的南戏作品不断、反复地出现于各类文人受众的案头之上，繁荣的南戏案头接受状况在选本领域再一次得到印证。倘若将用于案头接受的选本系统南戏和北杂剧、明清时期的文人传奇相比，上述南戏剧目受到的欢迎情况不仅不弱于后两种戏剧形式，而且它还表现出与后两种戏剧形式分庭抗礼的趋势。因为在剧曲的形式和创作心态上更多地与此前的诗词接轨，明清时期文人津津艳赏的北曲杂剧和仍然在如火如荼的创作进程中的文人传奇，它们能在案头上受到很多文人受众的欢迎毫不足怪。但如《鱼篮记》《高文举珍珠记》《目连救母劝善记》之类于词于调都有鄙俚不堪之嫌的民间南戏也大规模地走上文人受众的案头，则不能不说此时的南戏案头接受在繁荣程度上和已经北杂剧、文人传奇几无二致。

另外，一如当时的舞台接受，被用于案头接受的南戏出版物也可以分为类似于全本戏、折子戏和零曲清唱这三种常见形式的全本刊刻、零出选本刊刻和零曲选本刊刻。而从这种出版形态上看，全本南戏的案头接受又可以分为以下三种形式。

一　白文本全本南戏的刊刻和接受

在上述三种常见的南戏刊刻形态中，尽管选本系统的南戏刊刻以灵活多变的版式、尽取精华的内容构成占据了当时的半壁江山，但真正能体现南戏案头接受风貌的还是全本南戏的阅读和欣赏。另外，选本形态虽然也在案头接受功能上发挥着至关重要的作用，但这种作用几乎是建立在较为熟悉和理解全本南戏内容的基础上。还有，就现存各种南戏刊本的内容和难易程度来看，选本系统也没有像全本南戏那样的，可以约略地体现出彼时南戏受众的文化层次和教育背景。

从版本形态上说，为了照顾不同文化层次读者的接受之需，全本南戏的刊刻可以分为白文本（案：为了简便起见，拙著将校注、释义本和评点本之外的所有南戏版本均归于白文本范畴。这种分类方法肯定不妥，因为无论从哪个层面上看，插图本都应该作为一个独立而重要的分支。另外，鉴于多数南戏剧本都属于不折不扣的插图本等原因，但这些插图本的图像功能并不强，更不是读者案头接受的重点。更重要的是，下文校注、释义本、评点本和舞台演出本也每每具有点缀性的插图。因此，拙著只能将近于作品原貌的南戏剧本统称为白文本。最后，因为《琵琶记》和"四大南戏"的版本归类已经在下文中另立名目，故上述五种剧作则不包括在下文的统计范畴中）、校注、释义本、评点本和舞台演出本四个系统。具体说来，属于白文本系统的南戏刊刻大致有如下刊（钞）本：

1.《绣襦记》

现有明末刻朱墨套印本，4 卷，《古本戏曲丛刊》据之影印；明末汲古阁原刻初印本；《六十种曲》本。

2.《千金记》

现有万历年间仇英绘像本，题《仇实父绘像千金记》，2 卷；明末汲古阁原刻初印本，2 卷；汲古阁刻《六十种曲》所收本。

3.《冯京三元记》

现有汲古阁原刻初印本，《古本戏曲丛刊》据之影印；汲古阁刻《六十种曲》所收本，2 卷。

4.《玉玦记》

现有明末汲古阁原刻初印本，2 卷；《六十种曲》所收本。

5.《明珠记》

现有万历间刻本，为日本神田喜一郎所藏；明刻《宝晋斋明珠记》本；明末吴兴闵齐伋校刻朱墨套印本；汲古阁原刻初印本，《古本戏曲丛刊》初集据之影印；汲古阁刻《六十种曲》所收本，2卷。

6.《怀香记》

现有明末汲古阁原刻初印本，《古本戏曲丛刊》初集据之影印；汲古阁刻《六十种曲》所收本，2卷。

7. 陆采《南西厢记》

现有万历间周居易刻本，题《新刊合并陆天池西厢记》，《古本戏曲丛刊》初集据之影印；明末闵遇五校刻《六幻西厢记》所收本，2卷。

8.《宝剑记》

现有嘉靖二十六年原刻本，2卷，《古本戏曲丛刊》据之影印。

9.《目连救母劝善记》

现有万历间高石山房原刻本，3卷；《古本戏曲丛刊》初集据之影印；万历间金陵富春堂刻本，3卷；清会文堂本，3卷；道光间刻本3卷；光绪二十年（1894）上海书局石印本，4卷。

10. 李日华《南西厢记》

现有万历间周居易校刻本，题《新刊合并李日华西厢记》；明闵遇五校刻《六幻西厢记》所收本；明末汲古阁原刻初印本；汲古阁刻《六十种曲》所收本，2卷。

11.《投笔记》

现有万历间金陵文林阁刻本。

12.《赵氏孤儿记》

现有金陵唐氏世德堂本。

13.《绨袍记》

现有万历间金陵富春堂刻本，4卷，《古本戏曲丛刊》二集据之影印。

14.《金印记》

万历间刻本，题《重校金印记》；《古本戏曲丛刊》初集据之影印；万历年间金陵继志斋刻本，题《重校苏季子金印记》。（本刊本虽然题曰"重校"，因其有校无注，故本文将其列入白文本系统）

15.《牧羊记》

现有咸丰八年（1858）宝善堂抄本，《古本戏曲丛刊》初集据之影印。

16. 《跃鲤记》

现有万历金陵富春堂刻本，4卷，《古本戏曲丛刊》初集据之影印。

17. 《古城记》

现有万历间金陵文林阁刻本，题《新刻全像古城记》，2卷；万历间刻本，题《新刻全像古城记》，2卷，《古本戏曲丛刊》初集据之影印。

18. 《玉环记》

现有万历年间慎余馆刻本，题《韦凤翔古玉环记》（玉峰如如子校），《古本戏曲丛刊》初集据之影印；汲古阁原刻初印本；汲古阁刻《六十种曲》所收本。

19. 《十义记》

现有万历十四年新安余氏自新斋刻本，题《韩朋十义记》。

20. 《破窑记》

现有金陵富春堂刊本；《古本戏曲丛刊》初集据之影印。

21. 《鱼篮记》

现有万历金陵文林阁本，题《新刻全像观音鱼篮记》，2卷32出，《古本戏曲丛刊》二集据之影印。

22. 《精忠记》

现有明末汲古阁原刻初印本，《古本戏曲丛刊》初集据之影印；汲古阁刻《六十种曲》所收本。

23. 《四贤记》

现有明末汲古阁原刊本，《六十种曲》本。

24. 《商辂三元记》

现有万历间金陵富春堂刻本，《古本戏曲丛刊》初集据之影印。

25. 《香囊记》

现有万历年间金陵富春堂刻本，4卷；万历年间金陵继志斋刻本，题《重校五伦传香囊记》，2卷，《古本戏曲丛刊》初集据之影印；明末汲古阁原刻初印本；汲古阁刻《六十种曲》所收本。

26. 《胭脂记》

现有万历年间金陵文林阁刻本，题《新刻全像胭脂记》，2卷41出，《古本戏曲丛刊》初集据之影印。

原文本南戏作品虽然对读者的学养要求更高，但白文本的出版乃是自古至今出版界最常见的形态，从事各类白文本作品阅读乃为各个阶层读者的阅读惯性等因素分析，仅仅将白文本南戏作品的案头接受群体界定为学养较高者明显有违事实的本身。正如多数观众在从事南戏的舞台欣赏时因为无法完全领会每一句曲、白，也不会导致其接受进程中断一样，一些颇多阅读障碍的读者依然可以进入白文本南戏剧本的案头接受行列，如前述《红楼梦》第 42 回薛宝钗告诉林黛玉所说的"从小七八岁上……姐妹兄弟都在一起，都怕看正经书。弟兄们也有爱诗的，也有爱词的，诸如这些《西厢》《琵琶》，以及《元人百种》，无所不有。他们是偷背着我们看，我们却也偷背着他们看。后来大人知道了，打的打，骂的骂，烧的烧，才丢开了"等情形，就颇能反映出甚多读者在不求甚解、囫囵吞枣式的接受状况下从事白文本戏曲欣赏的事实。当然，像颇有类书迹象的《玉玦记》等作品，如果没有音释句解作为补充，一般读者真的很难领悟作品的妙味。另外，即使词句平实的作品如《还带记》，其中一些典雅的语句在没有音释句解的情况下，也颇令一般读者费解。正是源于这些南戏作品实际存在的难题，为了满足大部分颇多阅读障碍的受众的实际需求，明清时期才会有不少校注、释义本的南戏作品得以刊刻。

二　校注、释义本的南戏刊刻和接受

如果仅从被刊刻（钞行）剧目的总量以及其覆刻的频率来看，白文本南戏无疑以 26 种南戏的刊刻数量占据上风。以校注、释义等形式存在的南戏刻本虽然无法与原文本匹敌，但这种刊刻形式也以 19 种剧目的总量的数目紧随其后。这就意味着白文本虽然在明清时期的案头接受中独占鳌头，但校注、释义本却是阻止它一枝独秀的主力军。和舞台接受的效果有所不同，缺少歌舞、动作这样的辅助因素和直观、形象表演等暗示性场景，每每引经据典的南戏剧本显然让那些有阅读障碍的受众无法完全理解作品的主旨和妙味。虽然校注、释义本刊刻的主要目的是服务于那些力有不逮，难以真正领会作品所传递的确切意蕴的读者群，但在这些作品被具体接受的过程中，却很难界定此类作品究竟是被名家耆宿还是未窥孔门者所阅读。恰如李渔在关于《牡丹亭》的舞台接受所言，像"袅晴丝吹来闲庭院，摇漾春如线"等典雅的语言，即便很多学术素养深厚者，也未必能完全、贴切地领会这种言语的言内和言外之意——"则恐索解人不易得矣"。① 为了配合读者消除类似现象的出现，一些颇有经营理念的出版商便较大规模地出版校注、释义本戏曲作品。下文即现存校注、释义本南戏刊刻的大致名目和数量种类。

1.《双忠记》

现有万历年间金陵富春堂刻本，题《新刻出像音注唐朝张巡许远双忠记》，《古本戏曲丛刊》据之影印。

2.《千金记》

现有万历年间金陵世德堂刊本，题《新刊重订出相附释标注千金记》，4卷；万历年间金陵富春堂刊本，题《新刻出像音注花栏韩信千金记》，4卷，《古本戏曲丛刊》据之影印。

3.《还带记》

现有万历十四年金陵世德堂刻本，《古本戏曲丛刊》初集据之影印，题《新刊重订出像附释标注裴度香山还带记》，2卷；万历金陵富春堂刊本，题《新刻出像音注花栏裴度香山还带记》，2卷。

4.《玉玦记》

现有万历九年金陵富春堂刻本，题《新刻出像音注释义王商忠节癸灵庙玉玦记》，4卷，《古本戏曲丛刊》初集据之影印。

5.《断发记》

现有万历十四年（1586）春月金陵唐氏世德堂刻本，题《新刊重订出相附释标注裴淑英断发记》，《古本戏曲丛刊》五集据之影印。

6. 李日华《南西厢记》

现有万历金陵富春堂刻本，题《新刻出像音注花栏南调西厢记》，《古本戏曲丛刊》初集据之影印。

7.《投笔记》

现有万历三十八年（1610）三槐堂刻本，题《新镌徽版音释评林全像班超投笔记》。

8.《草庐记》

万历金陵富春堂刻本，题《新刻出像音注刘玄德三顾草庐记》，4卷，

---

① 李渔：《闲情偶寄·词曲部·词采第二·贵浅显》，俞为民、孙蓉蓉：《历代曲话汇编》（清代编）第一集，第249页。

《古本戏曲丛刊》初集初据之影印。

9. 《白袍记》

现有万历间金陵富春堂刻本，题《新刻出像音注薛仁贵跨海征东白袍记》，2卷，《古本戏曲丛刊》初集据之影印。

10. 《升仙记》

现有万历金陵富春堂刻本，题《新刻出像音注韩湘子九度文公升仙记》，2卷，《古本戏曲丛刊》二集据之影印。

11. 《玉环记》

现有万历间金陵富春堂刻本，《新刻出像音注唐韦皋玉环记》，4卷。

12. 《十义记》

现有万历金陵富春堂刻本，题《新刊音注出像韩朋十义记》，2卷，《古本戏曲丛刊》初集据之影印。

13. 《鹦鹉记》

现有万历金陵富春堂刻本，题《新刻出像音注苏皇后鹦鹉记》，2卷，《古本戏曲丛刊》初集据之影印。

14. 《东窗记》

现有明金陵富春堂本，题《新刻出像音注岳飞颇虏房东窗记》，2卷40折，《古本戏曲丛刊》初集据之影印。

15. 《刘汉卿白蛇记》

现有万历年间金陵富春堂刻本，题《新刻出像音注刘汉卿白蛇记》，2卷36出，《古本戏曲丛刊》初集据之影印。

16. 《五伦全备记》

现有万历年间金陵富春堂刻本，题《新刊重订附释标注出相五伦全备忠孝记》，4卷29出，《古本戏曲丛刊》初集据之影印。

17. 《和戎记》

现有万历年间金陵富春堂刻本，题《新刻出像音注王昭君出塞和戎记》，2卷36折，《古本戏曲丛刊》二集据之影印。

18. 《金貂记》

现有万历金陵富春堂刻本，题《新刻出像音注薛平辽金貂记》，4卷，《古本戏曲丛刊》初集据之影印。

19. 《投笔记》

现有万历间罗懋登注释本。

三　评点本的南戏刊刻和接受

尽管"一千个读者有一千个哈姆雷特",但仍有不少读者比较迷信名家耆宿的接受理念和观点。这种不惜抛弃个人的一得之见而屈从前哲时贤的态度或有不少悲剧色彩,可在颂圣文化非常流行的明清时期,这种源于个人的悲剧却早已转化为民族的不幸了。尽管像李卓吾这样本人以"异端"自居,众人也多以"异端"目之的时贤,把竭力扭转时人以圣人之是非为自己之是非观为己任,却依然无法避免在众人的仰视下在戏曲接受领域中被抬上圣贤宝座的尴尬。如现存的《李卓吾先生批评西厢记》《李卓吾先生批评琵琶记》和《李卓吾先生批评幽闺记》等李评系统的各种戏曲评点本,几乎都是凭借带有某种崇拜性质的"李卓吾先生"大名为号召。比比皆是的这类戏曲评点本一方面体现了书商精明的经营之道,另一方面也昭示了很多受众的膜拜接受心态。即使一些很少膜拜心理的受众,也因长期的生活经验和优良的教育背景使之养成了兼容并蓄的接受习惯。参阅他人接受见解、完善自己的一得之见,评点本的南戏刊行的确有着自己合理的生存背景。当然,明清时期诸戏曲评点本主要集中于名家名著等个例上,众多艺术成就稍逊的南戏剧本根本无缘进入评点者的视野。质言之,除了《琵琶记》、"四大南戏"的评点本而外,现存其他南戏评点本仅有以下三种:

1. 《绣襦记》

现有万历间刻本,题《宝晋斋绣襦记》,2 卷;万历间萧腾鸿原刻本,题《陈眉公批评绣襦记》,2 卷。

2. 《投笔记》

现有万历三十八年(1610)三槐堂刻本,题《新镌徽版音释评林全像班超投笔记》;明万历间存诚堂刻本,题《新刻魏仲雪先生批评投笔记》,《古本戏曲丛刊》初集据之影印。

3. 《破窑记》

现有《李九我先生批评破窑记》,此本系明书林陈含初所刻上卷,与詹林我刻下卷合成。

四　舞台演出本的南戏刊刻和接受

根据现存各种文献的记载来看,中国古代戏曲剧本创作的终极目的是在最大范围和最大数量的受众群体内获得频率最高的舞台接受机会，南戏剧本的创作尤其如此。但是，因为各种主、客观条件的限制，相当多的南戏剧本没有机会实现剧作家的上述创作动因。虽然《琵琶记》、"四大南戏"之类的优秀剧作已经完全符合上述条件，但因为其他客观条件所限，这些优秀剧作也不可能随时随地都再现于受众的面前。于是，一种对粗通曲学者很有帮助的舞台演出本南戏刊刻和传抄便应时而生，如《新刻全像点板珍珠米糷记》等。虽然现存此类版本系统只此一种，但就是这种唯一的版本形态明白无疑地表达了明清时期南戏的案头接受并非仅仅可以作为文字观，它同样可以在案头接受形态下完成某些舞台接受的功能。《新刻全像点板珍珠米糷记》现有万历间金陵文林阁刻本和《绣像演剧》本两个版本形态，尽管后者还属于选本系统的范畴，这种有两次被刊刻经历的民间南戏却反映了时人对这种版本的喜爱。更值得注意的是，直接对舞台表演有所帮助的点板不仅把南戏的案头接受群体扩大到职业或业余戏班的成员中，它还起到引领着广大业余串客和业余南戏表演爱好者近距离地感悟职业戏曲表演的种种妙味。看来，将本属于案头接受范畴的南戏扩大到舞台接受的层面，《新刻全像点板珍珠米糷记》居功至伟。

第三节　选本系统的南戏案头接受

比中国古代长篇小说更具优势的是，中国古代戏曲的案头接受除了有前述的全本接受，它还有一种占据当时半壁河山的选本系统的案头接受形态。尽管中国古代小说也有稍近于选录性质的小说集"三言二拍"，但"三言二拍"所收录的俱为故事结构有始有终的短篇小说，这就和专以撷取全本精华为目的的各种零出或零曲戏曲选本有着质的区别。当然，即便是明人所编的最著名唐传奇选本《虞初志》，也不能和明清时期的各种零出戏曲选本等量齐观。另外，虽然明人在秉承宋元习惯的基础上，有编选历代名诗、名词、名文和科举时文的热衷，但这种历代名诗、名词、名文和科举时文选本最多也只能和戏曲选本中的零曲选相似，它们仍然和当时最为盛行的各种零出选本有着较大的差别。

一般说来，戏曲中的各种零出选本的发生、发展和彼时折子戏的勃兴历程紧密相关。也就是说，如果没有为深受欢迎的折子戏，中国古代戏曲的案头接受过程和形式至多和当时的长篇小说差不多，压根就不会有零出选本之类的版本形态。零曲选本的发生、发展过程稍异于零出选本，这是因为中国古代不少受众原本就有零曲清唱的娱乐和接受习惯，再加上至迟始于宋元的名诗、名词选本如《唐诗品汇》《瀛奎律髓》等已经较大规模地出现，促使零曲选本的诞生或者早已摆在明人的议事日程之中。何况，元人杨朝英的散曲选集《阳春白雪》《太平乐府》和无名氏的《乐府新声》《乐府群玉》等已经为明清时期各种零曲选本的出现做出了必要的发轫工作。如《阳春白雪》至少收录了张可久、马致远、关汉卿、白朴等50余位曲家的小令约500首，套曲约60篇；《太平乐府》也选收了80余位散曲家的小令1070首，套曲140篇。

　　另外，由折子戏和零曲清唱等表演习惯生发的各种零出和零曲选本虽然也有部分舞台接受的功能，但当这两种选本系统的出版物印行之后，更多的受众则把它当作案头读本予以接受。如乾隆二十八年（1763）苏州宝仁堂书坊主人钱德苍袭用"缀白裘"旧名，开始新编流行剧目《时兴雅调缀白裘新集初编》的工作之后，这部由宝仁堂在乾隆三十九年（1774）出齐全部12编的皇皇巨著，因为具有"实用歌本"的性质以致"剧场中几乎人手一编"。[1] 宝仁堂本《缀白裘》的风行于世，引发了众多书坊竞相翻刻，四教堂的翻刻本别出心裁，它在宝仁堂本的基础上调整排序，删补选目，简明目次，淡化了宝仁堂本《缀白裘》的"舞台声腔的色彩，强化了文学读本的功能"，[2] 因而更受读者的欢迎。"自乾隆年间至清末民初，各书坊出版了数十种《缀白裘》，其中一部分是据宝仁堂本翻印，大部分则是以四教堂本为母本的。"[3] 看来，赵万里先生所谓"明、清戏曲之有《缀白裘》，正如明朝短篇小说之有《今古奇观》"[4] 之说非虚。零出选本如此，零曲选本也没有太多的差异，如前述之《阳春白雪》《太平乐府》《乐府新声》和《乐府群玉》四种元代散曲选本，当其出现之初，或者很多受众主要以便于清唱为目的，但随着时世的变迁，它们越来越具有类似唐诗宋词那单纯的案头功能。可以推测的是，明、清时期几乎没有人会把各种唐诗宋词的选本作为演唱的手段为之接受，而是以案头

---

① 中华书局编辑部：《〈缀白裘〉再版说明》，钱德苍编撰，汪协如点校，《缀白裘》（第一册），中华书局2005年版，第1页。
② 同上书，第2页。
③ 胡适：《〈缀白裘〉序》，钱德苍编撰，汪协如点校：《缀白裘》（第一册），第2页。
④ 同上书，第5—6页。

读物的方式购买和阅读。但明清时期的各类零曲选本却在编选之初，便存在着案头接受为主，舞台接受为辅的动机。例如，《吴歈萃雅》等以"寓彼咏歌，抒吾胸中忧生失路之感"①为要义的零曲选本，最后仍不免具有"学士家虽谓读烂时文，不如读真时曲也可"②之类的编选心态。

尽管存在上述或较明确或语焉不详的文献记载，但要具体考释明清时期诸多受众对选本系统南戏的接受态度，详细梳理这些南戏选本不仅必要，或者也是捷径之一。具体说来，现存各种此期的零出选本的刊（钞）行及情况其约略的版本形态大致如下。

一　零出选本南戏的案头接受和刊（钞）本形态一览

1. 《风月（全家）锦囊》（案：本选本大致相当于后世小本戏的演出情形，与拙著下述之零出选本的实际情况并不符合，考虑到现存与之相近的南戏选本唯此一种，为了便于统计和说明问题，姑以零出选本目之）

元明杂剧、南戏、传奇零出选本。明徐文昭辑。有嘉靖三十二年（1553）重刊本。

本书共有甲、乙、丙三编：甲编《风月锦囊》为戏曲杂曲合选，收10种南戏、3种杂剧；乙编为《全家锦囊》；丙编为《全家锦囊续编》。乙、丙两编的上栏为剧情插图，下栏为各种戏曲曲文的摘选。全书实收剧目49种，其中南戏44种，这44种南戏的具体剧目如下：

（1）《蔡伯皆》；（2）《荆钗记》；（3）《苏秦》；（4）《拜月亭》；（5）《孤儿》；（6）《吕蒙正》；（7）《刘智远》；（8）《三元登科记》；（9）《杀狗》；（10）《姜诗》；（11）《郭华》；（12）《王祥》；（13）《祝英台记》；（14）《薛仁贵》；（15）《江天暮雪》；（16）《沉香》；（17）《双兰花记》；（18）《还带记》；（19）《薛荣清风亭记》；（20）《张王计西瓜记》；（21）《姜女寒衣记》；（22）《张仪解纵记》；（23）《留题金山记》；（24）《节妇金钱记》；（25）《窦滔回文记》；（26）《王昭君》；（27）《木兰记》；（28）《四节记》；（29）《东窗记》；（30）《忠义苏武牧羊记》；（31）《陈奎红绒记》（原阙）；（32）《周羽寻亲记》；（33）《宋子京指腹成亲记》（原阙）；（34）《林招得黄莺记》；（35）《高文举登科

---

① 周之标：《吴歈萃雅·自序》，《中国古典戏曲序跋汇编》，第433页。

② 周之标：《吴歈萃雅·题词》，同上书，第435页。

记》；（36）《萧（肖）山邹知县湘湖记》；（37）《金印记》；（38）《王阳明平逆记》；（39）《僧尼会》；（40）《吴舜英》；（41）《新增鲁秋胡戏妻》；（42）邵灿《香囊记》；（43）《伍伦全》；（44）《三国志大全》。

2.《盛世群贤雍熙乐府》

南戏零出选本，明无名氏编，今佚。据《寒山堂曲谱》卷首《谱选古今传奇散曲集总目》，可知本选本计选以下 6 种南戏：

（1）《萧淑贞祭坟重会鸳鸯记》；（2）《王十朋荆钗记》；（3）《吕蒙正风雪破窑记》；（4）《风流李勉三负心记》；（5）《风风雨雨莺燕争春记》；（6）《郑将军红白蜘蛛记》。

3.《词林一枝》

元明杂剧、南戏、传奇零出选本。全称《新刻京版青阳时调词林一枝》，明黄文华选辑，郜希甫同纂。有明万历新岁（1573）福建书林叶志元刻本、1984 年《善本戏曲丛刊》第一辑影印本。

本选本为戏曲、散曲和时调的合选，共四卷。全书的版式分为上、中、下三栏，上、下两栏及卷四中层收元明南戏、传奇，中栏除卷四外选收散曲和时调。全书计收戏曲 39 种 53 出，其中南戏 23 种 30 出。这 23 种南戏的具体剧目如下：

（1）《胭脂记》；（2）《三桂记》；（3）《罗帕记》；（4）《奇逢记》（即《拜月亭》）；（5）《三元记》；（6）《教子记》；（7）《古城记》；（8）《金貂记》；（9）《荆钗记》；（10）《破窑记》；（11）《长城记》；（12）《升仙记》；（13）《投笔记》；（14）《琵琶记》；（15）《断发记》；（16）《易鞋记》；（17）《四节记》；（18）《金印记》；（19）《白兔记》；（20）《妆盒记》；（21）《千金记》；（22）《卖水记》；（23）《和戎记》。

4.《乐府玉树英》

元明杂剧、南戏、传奇零出选本。明汝川黄文华辑，书林余绍崖绣梓。全名《新锲精选古今乐府滚调新词玉树英》，系戏曲、时调合选，原书共五卷，版式分为上、中、下三栏，上、下两栏收戏曲，中栏收时调。上栏 11 行，曲词单排大字，行 10 字；宾白双排小字，行 20 字。下栏 9 行，曲词单排大字，行 16 字，宾白双排小字，行 32 字。有原刻残本、上海古籍出版社 1993 年本。

全书计收戏曲 52 种 107 出，现存 9 种 21 出，其中南戏作品 32 种 71 出。这 32 种南戏的具体作品如下：

（1）《珍珠记》；（2）《牡丹记》；（3）《玉环记》；（4）《还带记》；
（5）《琵琶记》；（6）《投笔记》；（7）《妆□记》；（8）《香囊记》；
（9）《跃鲤记》；（10）《织绢记》；（11）《鹦哥记》；（12）《和戎记》；
（13）《破窑记》；（14）《荆钗记》；（15）《四节记》；（16）《□□□》；
（17）《拜月亭》；（18）《胭脂记》；（19）《偷香记》；（20）《剔目记》；
（21）《咬脐记》；（22）《断发记》；（23）《金印记》；（24）《三元记》；
（25）《十义记》；（26）《千金记》；（27）《劝善记》；（28）《绨袍记》；
（29）《同窗记》；（30）《护国记》；（31）《连环计》；（32）《三国志》。

5.《乐府菁华》

元明杂剧、南戏、传奇零出选本。全名《新锲梨园摘锦乐府菁华》，
明豫章刘君锡辑。有万历二十八年（1600）三槐堂王会云绣梓本、1984
年《善本戏曲丛刊》第一辑影印本。

全书共 6 卷，版式分为上、下两栏，计收戏曲 34 种 72 出，其中南戏
作品 23 种 42 出。这 23 种南戏作品的具体剧目如下：

（1）《香囊记》；（2）《还带记》；（3）《鹦鹉记》；（4）《琵琶记》；
（5）《和戎记》；（6）《剔目记》；（7）《跃鲤记》；（8）《玉环记》（原
缺）；（9）《投笔记》；（10）《妆盒记》；（11）《织绢记》；（12）《牡丹
记》；（13）《破窑记》；（14）《荆钗记》；（15）《十义记》；（16）《四节
记》；（17）《护国记》；（18）《拜月亭》；（19）《胭脂记》；（20）《金印
记》；（21）《目连记》；（22）《三元记》；（23）《断发记》。

6.《乐府红珊》

元明杂剧、南戏、传奇零出选本，全名《精刻绣像乐府红珊》，明秦
淮墨客（纪振伦）辑选。全书计 16 卷，分别以适合庆寿、伉俪、诞育、
训诲等 16 个接受情境划定选收剧目的范围，具有很强的舞台实用性。该
选本现存明万历三十年（1602）唐振吾刻本、嘉庆八年（1800）积秀堂
覆刻本和 1984《善本戏曲丛刊》第二辑影印本等。

全书计收戏曲 61 种 102 出，其中南戏作品 30 种 55 出。这 30 种南戏
的剧目如下：

（1）《单刀记》；（2）《投笔记》；（3）《琵琶记》；（4）《香囊记》；
（5）《玉环记》；（6）《断机记》；（7）《妆盒记》；（8）《白兔记》；
（9）《桃园记》；（10）《宝剑记》；（11）《绣襦记》；（12）《断发记》；
（13）《千金记》；（14）《玉玦记》；（15）《和戎记》；（16）《荆钗记》；

（17）《金印记》；（18）《丝鞭记》；（19）《米糷记》；（20）《拜月亭》；
（21）《四节记》；（22）《草庐记》；（23）《合璧记》；（24）《三国志》；
（25）《偷香记》；（26）《连环计》；（27）《还带记》；（28）《十义记》；
（29）《金弹记》；（30）《茶船记》。

7. 《玉谷新簧》

元明杂剧、南戏、传奇零出选本，明吉州景居士选辑，为戏曲、散曲和时调的合选本。本书的版式分为上、中、下三栏，上、下两栏选收戏曲，中栏则或选时调、散曲，或选酒令、灯谜，或选滚调、新词。有万历三十八年（1610）刻本，1984《善本戏曲丛刊》第一辑影印本。

全书计收戏曲作品27种，其中南戏作品21种。这21种南戏作品的具体剧目如下：

（1）《升天记》；（2）《香囊记》；（3）《三国记》；（4）《琵琶记》；
（5）《金印记》；（6）《思婚记》；（7）《投笔记》；（8）《三元记》；
（9）《米糷记》；（10）《妆盒记》；（11）《白兔记》；（12）《继缘记》；
（13）《玉环记》；（14）《破窑记》；（15）《金钗记》；（16）《还魂记》；
（17）《连环计》；（18）《冯京三元记》；（19）《四节记》；（20）《独行千里》；（21）《白袍记》。

8. 《摘锦奇音》

元明杂剧、南戏、传奇零出选本，全名《新刊徽调合像滚调乐府官腔摘锦奇音》，明龚正我选辑。本书共六卷，为戏曲、小曲和时调的合选本，其版式分为上、下两栏，上栏为小曲、酒令、灯谜等，下栏为戏曲之零出。该选本存有万历三十九年（1611）书林敦睦堂张三怀刻本和1984年《善本戏曲丛刊》第一辑影印本。

全书计收戏曲33种66出，其中南戏作品20种47出。这20种南戏作品的具体剧目如下：

（1）《琵琶记》；（2）《白兔记》；（3）《幽闺记》；（4）《千金记》；
（5）《寻亲记》；（6）《和戎记》；（7）《长城记》；（8）《断发记》；
（9）《跃鲤记》；（10）《升仙记》；（11）《荆钗记》；（12）《白袍记》；
（13）《破窑记》；（14）《同窗记》；（15）《三元记》；（16）《投笔记》；
（17）《金印记》；（18）《跃鲤记》；（20）（原阙19）《招（昭）关记》。

9. 《乐府万象新》

元明杂剧、南戏、传奇零出选本，全称《新编万家汇锦乐府万象新》，或《梨园会选古今传奇滚调新词乐府万象新》，或《类纂今古传奇梨园正式乐府万象新》，或《正选今古传奇乐府万象新》，或《类纂古今传奇词林满腔春乐府万象新》，明安成阮祥宇编。本书分前后二集，每集四卷，其版式分为上、中、下三栏，上、下两栏选收戏曲诸零出，中栏为时调俗曲，计收戏曲 60 种 125 出，现存 67 出。该选本为书林刘龄甫梓行，现有明万历间刻本、上海古籍出版社 1993 年影印本。

全书计收戏曲 60 种 125 出（现存 67 出），其中南戏作品 31 种 63 出。这 31 种南戏作品的具体剧目如下：

（1）《窃香记》；（2）《破窑记》；（3）《鹦哥记》；（4）《琵琶记》；（5）《和戎记》；（6）《织绢记》；（7）《拜月亭》；（8）《胭脂记》；（9）《千金记》；（10）《出玄记》；（11）《申生》、《娇红记》；（12）《断发记》；（13）《三国记》；（14）《跃鲤记》；（15）《玉环记》；（16）《荆钗记》；（17）《还带记》；（18）《白兔记》；（19）《十义记》；（20）《班超》；（21）《护国记》；（22）《孟宗泣竹》；（23）《鲤鱼记》；（24）《四节记》；（25）《三元记》；（26）《金印记》；（27）《绨袍记》；（28）《西天记》；（29）《香囊记》；（30）《绣襦记》；（31）《昭关记》。

10.《大明春》

元明杂剧、南戏、传奇零出选本，又名《万曲长春》《万曲明春》，全名《鼎镌徽池雅调南北官腔乐府点板曲响大明春》，或《新镌徽池雅调官腔海盐青阳点板万曲明春》。一般以为此曲系程万里编选。全书共六卷，版式分为上、中、下三栏，上、下两栏为戏曲诸零出汇选，中栏则辑选江湖方语、离别诗词、劈破玉等俗曲。现存明万历间福建书林金魁刻本、《善本戏曲丛刊》本。

全书计收戏曲 29 种 50 出，其中南戏作品 18 种 37 出。这 18 种的南戏作品的具体剧目如下：

（1）《米糷记》；（2）《玉环记》；（3）《鲤鱼记》；（4）《天缘记》；（5）《妆盒记》；（6）《和戎记》；（7）《金印记》、《卖钗记》；（8）《琵琶记》；（9）《阴德记》（《三元记》）；（10）《织绢记》；（11）《救母记》；（12）《刺瞽记》；（13）《三国记》；（14）《兴刘记》；（15）《结义记》；（16）《寒衣记》；（17）《破窑记》；（18）《复仇记》。

11.《赛征歌集》

元明杂剧、南戏、传奇零出选本，明无名氏辑。原书六卷，版式为一栏7行，曲词单排大字，行17字；宾白则小字双排，行34字。该选本共辑选戏曲24种53出。现有万历巾箱本、《善本戏曲丛刊》第四辑影印本。原书六卷，以剧出为序。

全书计收戏曲24种53出，其中南戏作品15种28出。这15种南戏作品的具体剧目如下：

（1）《琵琶记》；（2）《金印记》；（3）《四节记》；（4）《投笔记》；（5）《千金记》；（6）《荆钗记》；（7）《玉环记》；（8）《连环计》；（9）《金弹记》；（10）《明珠记》；（11）《绣襦记》；（12）《香囊记》；（13）《彩楼记》；（14）《四喜记》；（15）《幽闺记》。

12.《大明天下春》

元明杂剧、南戏、传奇零出选本，全称《精刻汇编新声雅杂乐府大明天下春》或《新锲精编杂乐府艳曲雅调大明天下春》，辑选者不详，或疑为江西人。本书的版式为上、中、下三栏，上、下两栏为戏曲，中栏为俗曲时调。上栏曲词大字单排，13行，行12字，宾白则为小字双排，字数倍于曲词；下栏12行，曲词、宾白一仍上栏，唯字数分别为16和32字。现有明刻本（李平谓早于万历中期，《曲学大辞典》谓明末刻本）、上海古籍出版社1993年《海外孤本晚明戏剧选集三种》影印本。

全书计收戏曲44种96出，其中南戏作品28种68出。这28种南戏作品的具体剧目如下：

（1）《四节记》；（2）《阳春记》；（3）《刘孝女金钗记》；（4）《苏秦》；（5）《剔目记》；（6）《寻亲记》；（7）《白袍记》；（8）《玉环记》；（9）《绯袍记》；（10）《吕蒙正》；（11）《同窗记》；（12）《香囊记》；（13）《□□□》：刘昔路会神女；（14）《岳飞记》；（15）《和戎记》；（16）《千金记》；（17）《劝善记》；（18）《胭脂记》；（19）《三国志》；（20）《还带记》；（21）《断发记》；（22）《跃鲤记》；（23）《十义记》（标"韩朋"）；（24）《三元记》；（25）《咬脐记》；（26）《绣襦记》；（27）《荆钗记》；（28）《拜月亭》。

13.《万壑清音》

杂剧、南戏、传奇零出选本，全称《新镌出像点板北调万壑清音》，明止云居士选辑，白雪山人校点。全书共8卷，版式为一栏9行，曲词单排大字，行20字；宾白小字双排，行38字。现有明抄本及《善本戏曲丛刊》影印本。

全书计收戏曲 37 种 68 出，其中南戏作品 9 种 15 出。这 9 种南戏作品的具体剧目如下：

（1）《连环计》；（2）《草庐记》；（3）《绣球记》；（4）《妆盒记》；（5）《千金记》；（6）《三国记》；（7）《宝剑记》；（8）《精忠记》；（9）《明珠记》。

14. 《怡春锦》

杂剧、南戏、传奇零出选本，全称《新镌出像点板怡春锦曲》，又称《新镌出像点板缠头百练》。明冲和居士编选。本书共 6 集，为戏曲、散曲合选本，其版式为一栏 9 行，行 20 字。现有明崇祯间刻本、清乾隆间刻本、1984 年《善本戏曲丛刊》影印本、《四库未收书辑刊》第九辑第 30 册影印本。

全书计收戏曲 55 种 74 出，其中南戏作品 21 种 30 出，这 21 种南戏作品的具体剧目如下：

（1）《琵琶记》；（2）《拜月亭记》；（3）《荆钗记》；（4）《寻亲记》；（5）《金印记》；（6）《千金记》；（7）《连环计》；（8）《四郡记》；（9）《青塚记》；（10）《长城记》；（11）《跃鲤记》；（12）《断发记》；（13）《青琐记》；（14）《明珠记》；（15）《玉玦记》；（16）《绣襦记》；（17）《双珠记》；（18）《彩楼记》；（19）《宝剑记》；（20）《四喜记》；（21）《南西厢记》。

15. 《玄雪谱》

杂剧、南戏、传奇零出选本，明锄兰忍人编选，媚花香史批评，全称《新镌绣像评点玄雪谱》。全书 6 卷，版式为一栏 9 行，曲词行 20 字，宾白 19 字。现有明崇祯刊本、1984 年《善本戏曲丛刊》影印本。

全书计收戏曲 39 种 81 出，其中南戏作品 11 种 20 出。这 11 种南戏作品的具体剧目如下：

（1）《琵琶记》；（2）《幽闺记》；（3）《三国记》；（4）《白兔记》；（5）《荆钗记》；（6）《连环计》；（7）《明珠记》；（8）《彩楼记》；（9）《绣襦记》；（11）《（南）西厢记》。

16. 《尧天乐》

杂剧、南戏、传奇零出选本，全称《新锓天下时尚南北新调尧天乐》，明末豫章绕安殷启圣汇辑，福建书林熊稔寰绣梓。本书的版式为上、下两栏，均选收各种戏曲诸零出，唯上栏附《时尚笑谈》、下栏附

《时尚酒令》。现有明末刊本、明末《秋月夜》本。

全书计收戏曲43种64出，其中南戏作品24种34出。这24种南戏作品的具体剧目如下：

（1）《妆盒记》；（2）《宝剑记》；（3）《阳春记》；（4）《同窗记》；（5）《卧冰记》；（6）《升仙记》；（7）《和蕃记》；（8）《琵琶记》；（9）《槐阴记》；（10）《荆钗记》；（11）《四节记》；（12）《罗帕记》；（13）《长城记》；（14）《香囊记》；（15）《十义记》；（16）《古城记》；（17）《投笔记》；（18）《鹦鹉记》；（19）《三元记》；（20）《拜月亭》；（21）《金印记》；（22）《烈女记》；（23）《千金记》；（24）《牧羊记》。

17.《徽池雅调》

南戏、传奇零出选本，全称《新锓天下时尚南北徽池雅调》，明福建书林熊稔寰汇辑，潭水燕石居主人刊梓。本书的版式分为上、下两栏，均选戏曲诸零出。现有明末刊本，明末《秋月夜》本。

全书计收戏曲27种36出，其中南戏作品19种27出。这19种南戏作品的具体剧目如下：

（1）《拜月亭》；（2）《白兔记》；（3）《荆钗记》；（4）《三元记》；（5）《和戎记》；（6）《妆盒记》；（7）《四节记》；（8）《同窗记》；（9）《罗帕记》；（10）《古城记》；（11）《破窑记》；（12）《升仙记》；（13）《胭脂记》；（14）《卧冰记》；（15）《琵琶记》；（16）《救母记》；（17）《寻亲记》；（18）《跃鲤记》；（19）《（南）西厢记》。

18.《醉怡情》

杂剧、南戏、传奇零出选本，全称《新刻出像点板时尚昆腔杂出醉怡情》，明末青溪菰芦钓叟点次。有明崇祯刻本、清乾隆间古吴致和堂重刻本。

全书计收戏曲44种164出，其中南戏作品18种66出。这18种南戏作品的具体剧目如下：

（1）《双珠记》；（2）《跃鲤记》；（3）《金丸记》；（4）《牧羊记》；（5）《琵琶记》；（6）《荆钗记》；（7）《教子记》；（8）《绣襦记》；（9）《连环计》；（10）《千金记》；（11）《精忠记》；（12）《白兔记》；（13）《幽闺记》；（14）《擎海记》；（15）《（南）西厢记》；（16）《青塚记》；（17）《节孝记》。

19.《乐府歌舞台》

杂剧、南戏、传奇零出选本，全称《新镌南北时尚青昆合选乐府歌舞台》，明无名氏编选。全书共四卷，分风、花、雪、月四集，版式为一栏9行。有清顺治金陵奎璧斋郑元美刊本、《善本戏曲丛刊》影印本。

本选本共收戏曲 29 种 59 出，其中南戏 14 种 29 出。这 14 种南戏的具体剧目如下：

（1）《琵琶记》；（2）《三元记》；（3）《千金记》；（4）《鹦鹉记》；（5）《三国志》；（6）《白兔记》；（7）《寻亲记》；（8）《玉环记》；（9）《跃鲤记》；（10）《冯商三元记》；（11）《精忠记》；（12）《幽闺记》；（13）《彩楼记》；（14）《断发记》。

20.《时调青昆》

杂剧、南戏、传奇零出选本，全称《新选南北乐府时调青昆》，明江湖黄儒卿汇选。现有书林四知馆刊本、《善本戏曲丛刊》影印本。

全书共四卷，版式分为上、中、下三栏，每栏9行。上、下两栏收戏曲，中栏收酒令、笑话等。上栏曲词为单排大字，每行9字，宾白为双排小字，行18字；下栏曲词亦为单排大字，行14字，宾白为双排小字，行28字。共收戏曲 31 种 50 出，其中南戏 18 种 35 出。这 18 种南戏的具体剧目如下：

（1）《琵琶》；（2）《古城》；（3）《三元》；（4）《金印》；（5）《断发》；（6）《破窑》；（7）《教子》；（8）《同窗》；（9）《织绢》；（10）《还魂》；（11）《赤壁》；（12）《救母记》；（13）《荆钗记》；（14）《白兔记》；（15）《跃鲤记》；（16）《鹦鹉记》；（17）《彩楼记》；（18）《招关记》。

21.《歌林拾翠》

杂剧、南戏、传奇零出选本，全称《新镌乐府清音歌林拾翠》，明无名氏编。有清金陵奎璧斋、宝圣楼、大有堂合刊本、《善本戏曲丛刊》影印本。全书分一、二集，版式为一栏9行，曲词为单排大字，行17字；宾白为双排小字，行34字。全书共收戏曲 29 种 215 出，其中南戏 15 种 103 出。这 15 种南戏的具体剧目如下：

（1）《寻亲记》；（2）《荆钗记》；（3）《千金记》；（4）《牧羊记》；（5）《连环计》；（6）《幽闺记》；（7）《破窑记》；（8）《琵琶记》；（9）《白袍记》；（10）《古城记》；（11）《白兔记》；（12）《三元记》；（13）《金印记》；（14）《绣襦记》；（15）《目连记》。

22.《万锦娇丽》

元明南戏零出选本。全称《听秋轩精选乐府万锦娇丽传奇》，署名

"玉茗堂主人点辑"。有明末刻本、《善本戏曲丛刊》影印本。全书共收南戏 4 种 13 出。这 4 种南戏的具体剧目如下：

(1)《琵琶记》；(2)《金印记》；(3)《寻亲记》；(4)《荆钗记》。

23.《万壑清音》

杂剧、南戏、传奇零出选本，全称《新镌出像点板北调万壑清音》。明止云居士选辑，白雪山人校点。有明钞本、《善本戏曲丛刊》影印本。全书 8 卷，版式为一栏 9 行，曲辞单排大字，行 20 字；宾白小字双排，行 38 字。有"黄光宇镌"标识。

该选本共收戏曲 37 种 68 出，其中南戏 9 种 15 出。这 9 种南戏的具体剧目如下：

(1)《连环计》；(2)《草庐记》；(3)《绣球记》（或即《破窑记》）；(4)《妆盒记》；(5)《千金记》；(6)《三国记》；(7)《宝剑记》；(8)《精忠记》；(9)《明珠记》。

24.《玄雪谱》

杂剧、南戏、传奇零出选本，明锄兰忍人编选，媚花香史批评，全称《新镌绣像评点玄雪谱》。有明崇祯刊本、1984 年《善本戏曲丛刊》影印本。全书四卷，版式一栏 9 行，行曲辞 20 字，宾白 19 字。每剧有插图 2 幅。

全书共收戏曲 39 种 81 出，其中南戏 11 种 20 出。这 11 种南戏的具体剧目如下：

(1)《琵琶记》；(2)《幽闺记》；(3)《三国记》；(4)《白兔记》；(5)《荆钗记》；(6)《连环计》；(7)《明珠记》；(8)《彩楼记》；(9)《绣襦记》；(11)《（南）西厢记》。

25.《缀白裘合选》

杂剧、南戏、传奇单出选本，全称《新镌缀白裘合选》，清秦淮舟子审音、郁岗樵隐辑古、积金山人采新。有清康熙二十七年（1608）金陵翼圣堂刊本。

全书四卷，版式为二栏 10 行，曲文单排大字，行 10 子；宾白双排小字，行 20 字。该选本共收戏曲 40 种，其中南戏 22 种 52 出。

这 22 种南戏的具体剧目如下：

(1)《琵琶记》；(2)《荆钗记》；(3)《白兔记》；(4)《草庐记》；(5)《寻亲记》；(6)《五伦记》；(7)《香囊记》；(8)《彩楼记》；

（9）《金印记》；（10）《四喜记》；（11）《连环计》；（12）《千金记》；（13）《幽闺记》；（14）《四节记》；（15）《南西厢记》；（16）《绣襦记》；（17）《玉环记》；（18）《投笔记》；（19）《还带记》；（20）《金丸记》；（21）《玉玦记》；（22）《明珠记》。

26.《缀白裘全集》

杂剧、南戏、传奇单出选本，全称《新刻校正点板昆腔杂剧缀白裘全集》，清慈水陈二球参定，玩花楼主人重辑。有乾隆四年序刻本。

全书分元、亨、利、贞四集，共收戏曲 36 种 106 出，其中南戏 12 种 45。这 12 种南戏的具体剧目如下：

（1）《琵琶记》；（2）《荆钗记》；（3）《寻亲记》；（4）《白兔记》；（5）《绣襦记》；（6）《牧羊记》；（7）《双珠记》；（8）《跃鲤记》；（9）《千金记》；（10）《精忠记》；（11）《摩海记》；（12）《节孝记》。

27.《千家合锦》

南戏、传奇单出选本，全称《新镌时尚乐府千家合锦》，清无名氏编选。有乾隆间姑苏王君甫梓行本、《善本戏曲丛刊》影印本。

原书正文版式为一栏 7 行，行 15 字，宾白较曲文字体稍小。全书共收戏曲 10 种 10 出，其中南戏 4 种 4 出。这 4 种南戏的具体剧目如下：

（1）《荆钗记》；（2）《琵琶记》；（3）《三国记》；（4）《彩楼记》。

28.《万家合锦》

杂剧、南戏、传奇单出选本，又称《新镌时尚乐府新声》，清无名氏编。有乾隆间姑苏王君甫梓行本、《善本戏曲丛刊》影印本。

原书正文版式为一栏 7 行，行 15 字；宾白较曲文字体稍小。全书共收戏曲 10 种 10 出，其中南戏 3 种 3 出。这 3 种南戏的具体剧目如下：

（1）《金印记》；（2）《荆钗记》；（3）《宝剑记》。

29. 钱编《缀白裘》

杂剧、戏文、传奇、花部单出选本，清钱德苍编选。有宝仁堂初刻单行本、四教堂、鸿文堂本、共赏斋本、集古堂本、学耕堂本、增利堂本、汪协如校点本等多种版本。

本选本所收的南戏具体剧目如下：

（1）《牧羊记》；（2）《单刀会》；（3）《琵琶记》；（4）《荆钗记》；（5）《寻亲记》；（6）《金印记》；（7）《精忠记》；（8）《双珠记》；（9）《四节记》；（10）《连环计》；（11）《绣襦记》；（12）《千金记》；

（13）《白兔记》；（14）《彩楼记》；（15）《幽闺记》；（16）《孽海记》；（17）《鲛绡记》；（18）《香囊记》；（19）《跃鲤记》；（20）《（南）西厢记》。

30.《审音鉴古录》

南戏、传奇单出选本，清无名氏编选。有清嘉庆间刻道光十四年（1834）王继善补刻本、咸丰重刻本、《善本戏曲丛刊》影印本。该选本分正选、续选，每出皆有一幅插图，正文有评点。全书共收戏曲9种64出，其中南戏3种30出。

这3种南戏的具体剧目如下：

（1）《琵琶记》；（2）《荆钗记》；（3）《（南）西厢记》。

二　零曲选本南戏的案头接受和刊（钞）本形态一览

1.《盛世新声》

元明杂剧、南戏零曲选本，明戴贤辑。有明正德十二年戴贤刻本、嘉靖刻本、万历二十四年（1517）刻本、1955年文学古籍刊行社影印本等。

该选本共收戏曲40种，其中南戏2种。这2种南戏的具体剧目如下：

（1）《千金记》；（2）《彩楼记》。

2.《词林摘艳》

元明南戏、杂剧零曲选本，系《盛世新声》的增删改编本。明张禄辑。有嘉靖四年（1525）原刊本、嘉靖三十年（1551）徽藩月轩道人重刊本、万历二十四五年（1597）内府刻本、1936年石印本、1935年文学古籍刊行社影印原刊本。

该选本共收戏曲39种，其中南戏6种。这6种南戏的具体剧目如下：

（1）《下江南》；（2）《诗酒玩江楼》；（3）《拜月亭》；（4）《西厢记》；（5）《王祥卧冰》；（6）《彩楼记》。

3.《雍熙乐府》

元明杂剧、南戏零曲选本，系《词林摘艳》的改编本，明郭勋辑。有明嘉靖十年（1531）王言序刻本、嘉靖十九年楚藩刻本、嘉靖四十五年（1566）春山居士序刻本、《四部丛刊》影印本，均20卷；又有"海西广氏编"14卷本，万历内府刻本。

该选本共收戏曲102种，其中南戏18种。这18种南戏的具体剧目如下：

（1）《拜月亭》；（2）《下江南》；（3）《子母冤家》；（4）《金鼠银猫李宝》；（5）《陈巡检》；（6）《江流和尚》；（7）《南西厢记》；（8）《王祥卧冰》；（9）《破窑记》；（10）《破镜重圆》；（11）《调风月》；（12）《诗酒玩江镂》；（13）《东墙记》；（14）《千金记》；（15）《孟月梅锦香亭》；（16）《彩楼记》；（17）《荆钗记》；（18）《琵琶记》。

4.《吴歈萃雅》

南戏、传奇零曲选本，明茂苑梯月主人（周之标）选辑，古吴隐道民标点。有万历四十四年（1616）长洲周氏刻本、1984 年《善本戏曲丛刊》影印本。

原书四卷，为散曲、剧曲合选本。共收戏曲 40 种，其中南戏 26 种。这 26 种南戏的具体剧目如下：

（1）《荆钗记》；（2）《四节记》；（3）《明珠记》；（4）《琵琶记》；（5）《罗囊记》；（6）《玩江楼》；（7）《白兔记》；（8）《彩楼记》；（9）《幽闺记》；（10）《投笔记》；（11）《还带记》；（12）《五伦记》；（13）《金印记》；（14）《绣襦记》；（15）《宝剑记》；（16）《玉玦记》；（17）《牧羊记》；（18）《寻亲记》；（19）《千金记》；（20）《□□》（正文未标出处，据《群音类选》当为《江天暮雪记》）；（21）《连环计》；（22）《四喜记》；（23）《龙泉记》；（24）《香囊记》；（25）《高文举》；（26）《（南）西厢记》。

5.《月露音》

元明杂剧、南戏、传奇零曲选本，一般认为明李郁尔选辑。原书共四卷，以《庄》《骚》《愤》《乐》为各集之名。本选本共收戏曲 90 种，其中南戏 20 种。这 20 种南戏的具体剧目如下：

（1）《投笔记》；（2）《琵琶记》；（3）《升仙记》；（4）《玉环记》；（5）《罗囊记》；（6）《连环计》；（7）《四节记》；（8）《幽闺记》；（9）《合璧记》；（10）《椒觞记》；（11）《五伦记》；（12）《香囊记》；（13）《四喜记》；（14）《明珠记》；《玉玦记》；《宝剑记》；（17）《分鞋记》；（18）《绣襦记》；（19）《双珠记》；（20）《（南）西厢记》。

6.《群音类选》

元明杂剧、南戏、传奇零曲选本，明胡文焕辑。原书疑为 46 卷，其中官腔类 26 卷，北腔类 6 卷，清腔类 8 卷，计收戏曲 159 种，散曲 227 套，小令 334 支。版式为一栏 10 行，行 20 字。今有约于明万历二十一年至二十四年刊本。（因为本选本所选杂剧、传奇仅系曲文，但于部分南戏却曲白俱全，故又可以以零出选本目之）全书共收戏曲 159 种，散曲 227 套，小令 334 支，其中南戏作品 51 种。这 51 种南戏作品的具体剧目如下：

（1）《绣襦记》；（2）《还带记》；（3）《玉环记》；（4）《玉玦记》；（5）《龙泉记》；（6）《四喜记》；（7）《千金记》；（8）《投笔记》；（9）《牧羊记》；（10）《绨袍记》；（11）《升仙记》；（12）《桃园记》；（13）《草庐记》；（14）《双忠记》；（15）《明珠记》；（16）《椒觞记》；（17）《罗囊记》；（18）《鲛绡记》；（19）《分鞋记》；（20）《举鼎记》（一名《昭关记》）；（21）《合璧记》；（22）《双珠记》；（23）《宝剑记》；（24）《青琐记》；（25）《娇红记》；（26）《四贤记》；（27）《南西厢记》；（28）《金印记》（苏秦）；（29）《破窑记》（吕蒙正）；（30）《白兔记》（刘知远）；（31）《跃鲤记》（姜诗）；（32）《织锦记》（董永）；（33）《卧冰记》（王祥）；（34）《劝善记》（目连）；（35）《东窗记》（秦桧）；（36）《十义记》（韩朋）；（37）《断发记》（裴淑英）；（38）《断机记》（商辂）；（39）《鹦鹉记》（苏皇后）；（40）《白袍记》（薛仁贵）；（41）《访友记》（梁山伯）；（42）《胭脂记》（郭华）；（43）《长城记》（范杞良）；（44）《□□□》（王昭君）；（45）《四节记》；（46）《江天暮雪记》；（47）《琵琶记》；（48）《连环计》；（49）《香囊记》；（50）《罗囊记》；（51）《茶船记》。

（案：《群音类选》虽然在主要形态上表现为零曲选本，但这部现存选录散曲、戏曲最为丰富的选本在选收某些南戏作品如《绣襦记》《玉环记》《玉玦记》等作为官腔的南戏作品时，仅收曲文，不及宾白；而在选收一些如《金印记》《破窑记》和《白兔记》等所谓诸腔作品时，又曲白皆收，已经呈现出明显的零出选本形态。不过，因为该选本的南戏零出和零曲两种选收类型的比例分别为 53% 和 47%，故拙著于此将之归为零曲一类。虽有不妥之处，然简便之意存焉）

7.《南音三籁》

南戏、传奇单出曲文选本，明凌濛初辑。有明崇祯刻本、清康熙七年（1668）袁园客重刻增益本、1953 年上海古籍书店影印明刊本、1987 年《善本戏曲丛刊》第四辑影印本。

本选本为戏曲、散曲合选，版式为一栏 9 行，行 22 字。有插图 16 幅。全书共收戏曲 40 种，其中南戏 28 种。这 28 种南戏的具体剧目如下：

（1）《琵琶记》；（2）《荆钗记》；（3）《牧羊记》；（4）《拜月亭》；
（5）《寻亲记》；（6）《寻母记》；（7）《投笔记》；（8）《金印记》；
（9）《连环计》、《白兔记》；（11）《高文举》；（12）《玉环记》；
（13）《崔君瑞》；（14）《绣襦记》；（15）《玩江楼记》；（16）《还带记》；
（17）《锦香亭》；（18）《古还魂记》；（19）《千金记》；（20）《韩玉筝》；
（21）《郑孔目》；（22）《罗囊记》；（23）《明珠记》；（24）《宝剑记》；
（25）《彩楼记》；（26）《香囊记》；（27）《四节记》；（28）《西厢记》。

8. 《词林逸响》

南戏、传奇零曲选集，明许宇编。有明天启 3 年（1623）刻本、翠锦堂刻本、书业堂刻本、1984 年《善本戏曲丛刊》影印本、《四库未收书辑刊》第八辑第 30 册影印本。

全书分风、花、雪、月四卷，风、花收散曲，雪、月收戏曲。版式为一栏 9 行，行 22 字。有插图 12 幅。本选本共收戏曲 45 种，其中南戏 26 种。这 26 种南戏的具体剧目如下：

（1）《琵琶记》；（2）《荆钗记》；（3）《白兔记》；（4）《千金记》；
（5）《金印记》；（6）《牧羊记》；（7）《寻亲记》；（8）《跃鲤记》；
（9）《投笔记》；（10）《还带记》；（11）《四节记》；（12）《连环计》；
（14）《玩江楼记》；（15）《崔君瑞传》；（16）《昭君出塞》；（17）《幽闺记》；（18）《明珠记》；（19）《香囊记》；（20）《彩楼记》；（21）《五伦记》；（22）《龙泉记》；（23）《绣襦记》；（24）《玉玦记》；（25）《宝剑记》；（26）《西厢记》。

9. 《增订珊珊集》

南戏、传奇零曲选本，全称《新刻出像点板增订乐府珊珊集》，明吴中宛瑜子（周之标）编选。有明末刊本、《善本戏曲丛刊》影印本。

本选本为戏曲、散曲合选，分文、行、忠、信四卷，前两卷为散曲，后两卷为戏曲。全书共收戏曲 40 种，其中南戏 19 种。这 19 种南戏的具体剧目如下：

（1）《琵琶记》；（2）《金印记》；（3）《寻亲记》；（4）《牧羊记》；
（5）《三国记》；（6）《千金记》；（7）《连环计》；（8）《荆钗记》；
（9）《玉环记》；（10）《投笔记》；（11）《四节记》；（12）《拜月亭记》；
（13）《香囊记》；（14）《彩楼记》；（15）《明珠记》；（16）《宝剑记》；
（17）《五伦记》；（18）《绣襦记》；（19）《（南）西厢记》。

10. 《乐府南音》

南戏、传奇零曲选本，全称《新刻点板乐府南音》，明洞庭萧士选辑，湖南主人校点。有明万历刻本、《善本戏曲丛刊》影印本。

本选本为戏曲、散曲合选，分日、月二集，日集为戏曲，月集为散曲。版式为一栏 10 行，行 22 字。全书共收戏曲 11 种，其中南戏 6 种。这 6 种南戏的具体剧目如下：

（1）《三国记》；（2）《千金记》；（3）《拜月亭》；（4）《宝剑记》；（5）《五伦记》；（6）《绣襦记》。

11. 《乐府遏云编》

杂剧、南戏、传奇零曲选本，全称《彩云承新镌乐府遏云编》，明古吴楚间生槐鼎、钟誉生吴之俊选定。有明末刻本、《续修四库全书》影印本。

全书分上、中、下三卷，版式为上、下两栏，一栏 9 行，行 25 字。本选本共收戏曲 55 种，其中南戏 21 种，这 21 种南戏的具体剧目如下：

（1）《琵琶记》；（2）《幽闺记》；（3）《绣襦记》；（4）《千金记》；（5）《香囊记》；（6）《彩楼记》；（7）《寻亲记》；（8）《牧羊记》；（9）《连环计》；（10）《明珠记》；（11）《三国记》；（12）《四节记》；（13）《玩江楼》；（14）《金印记》；（15）《玉玦记》；（16）《金丸记》；（17）《玉环记》；（18）《精忠记》；（19）《白兔记》；（20）《五伦记》；（21）《罗囊记》。

12. 《南北词广韵选》

杂剧、南戏、传奇零出选本，明徐复祚编选。有清初抄本、《续修四库全书》影印本。

原书 19 卷，共收戏曲 64 种，其中南戏 16 种。这 16 种南戏的具体剧目如下：

（1）《拜月记》；（2）《琵琶记》；（3）《荆钗记》；（4）《香囊记》；（5）《柳仙记》；（6）《玉玦记》；（7）《五伦记》；（8）《连环计》；（9）《白兔记》；（10）《彩楼记》；（11）《明珠记》；（12）《黄孝子》；（13）《千金记》；（14）《宝剑记》；（15）《绣襦记》；（16）《龙泉记》。

（案：拙著在上述各类南戏选本的归纳和统计过程中，参阅了朱崇志先生的《中国古代戏曲选本研究》之附录《中国古代戏曲选本叙录》。另外，拙著其他著作所涉及的选本内容，也多对其有所参阅，未能一一标注为憾）

第四章

明清时期南戏接受的审美趋向

从教育背景上看，明清时期庞大的戏曲受众大致可以分为文人和普通民众两个阶层。一般来说，受众的文化水平越高，就越容易追求精致的文化生活；反之亦然。因此，明清时期文人士大夫之于南戏接受明显表现出迥异于普通观众的审美趋向。以曲词而论，文人阶层追求诗化的语言风格，普通观众却可能对粗鄙的舞台言语津津乐道。从音乐的角度来看，文人阶层对曲律的要求可谓精益求精；只要悦耳动听，即便顺口可歌式的"随心令"也在普通观众中市场很大。

凡事都有两面性。正是某些文人近乎偏执的审美追求，南戏才从村坊小戏一跃为艺术精品；也正是这种偏执的审美追求，导致雅部昆腔最终不敌花部地方戏。当然，如果没有才华横溢的文人参与，南戏虽然不乏生活情趣，但它却几乎不可能走出狭小的原产地，更不可能发展为多数人熟知的主要戏剧形式。可以肯定的是，即便永久处于永嘉一隅，即使它的受众都是徐渭所说的"畸农市女"，南戏艺术也会随着这个阶层的审美标准的提高而不断精进。需要说明的是，南戏在剧情建构、关目设置、戏剧冲突以及机趣的舞台风格等方面不断发展，其实是文人和普通观众合力推进的结果，绝不能过分夸大某一个阶层的贡献。另外，在肯定普通观众主要审美趋向的同时，更不能因此肯定他们打着通俗的幌子，粗鄙化地改编《南西厢记》等优秀作品。

第一节　文人受众南戏接受的审美趋向

宋、元时期，南戏因为平民的艺术视角和与底层民众生活相表里的艺术表现而未能引起文人士大夫的足够重视，因此本期南戏的受众鲜有文人士大夫。明、清时期，若以文化素养和审美趋向的差异为界，那么这个时期南戏的接受群体便可以简单地分为文人士大夫和市井细民两大类。尽管前者的数量远不如后者庞大，因为话语权的掌握和缺失等因素带来的巨大影响，文化层次更高的文人士大夫无疑在中国戏曲史上所占的权重更大，在这个层面上说，重新缕析文人受众的审美接受心理仍然别具意义。

因为文化素养的差异，文人和普通民众之间对戏曲、小说等俗文学的接受往往表现出不同的审美特质。一般来说，基于对该文体的基本特征即该文体传情达意等表现方式的认识，无论是文化层次较高的文人还是较少教育背景的一般市民百姓，都不会表现出超越这种文体范畴的审美期待。在戏曲、小说等通俗叙事文学的审美期待上，故事情节的曲折性和人物风貌的生动性以及演员舞台艺术表现的可观性等方面无疑是全体受众的主要关注点。另外，既然歌舞也是构成中国古代戏曲的另一个不可或缺的重要因素，因此无论文人士大夫还是一般观众都不会轻易漠视。再则，作为代言体的戏曲艺术，舞台和演员是沟通剧作家和观众之间的最重要桥梁，故而这两大传播因素水到渠成地成为观众臧否所接受剧目的重要客体和缘由。不过，由于文化层次的差异性，文人士大夫和一般下层民众之间还是明显地呈现鲜明有别的审美诉求。粗略地看，上述不同的审美诉求大致表现如下。

一　对典雅曲词的追求

中国古代戏曲之所以风行宇内，独特的言语表现便是主因之一。与西方的话剧或歌剧迥然有别的是，中国古代戏曲在曲词的择取上基本以诗化的生活语言为主，在宾白的使用上则尽量向原生态的生活语言靠拢。倘若将二者之间的关系倒置，不唯文化素养较深厚的文人受众嗤之以鼻，即便没有任何教育背景的下层观众也会索然无味。如历来以典雅的为尚多数晚明文人，就明确地对这种现象表示不满："至于效颦《香囊》而作者，一味孜孜汲汲，无一句非前场语，无一处无故事，无复毛发宋元之旧。三吴俗子，以为文雅，翕然以教其奴婢，遂至盛行。南戏之厄，莫甚于今。"① 如果说徐渭的上述言语尚有本色派曲家的某些印记，那么晚明的曲学大师王骥德的观点则在温婉而科学的态度下间接认同徐渭。王骥德认为，曲之宾白，可分"定场白"和"对口白"两种，"定场白"不妨稍雅，"对口

---

① 徐渭：《南词叙录》，《中国古典戏曲论著集成》（三），第246页。

白"则必须用"各人散语"。即便这样，"定场白"还要"不可深晦"，至于"对口白"则更"须明白简质，用不得太文字；凡用之、乎、者、也，俱非当家"。① 需要指出的是，无论徐渭还是王骥德所谓的"散语"对白多么通俗浅显，但它们毕竟和日常生活用语存在着很大的差别，这种"散语"的实质乃是经过加工提炼的生活用语。

宾白的言语表现尚且如此，作为诗之流变的剧曲的被雅化程度当然更高。即使在剧曲的接受上分为本色和文采两派，明清时期的文人士大夫对包括南戏在内的各体戏曲的接受却没有势同冰炭的本质区别。在这些文人的心目中，曲体乃诗体之一种，没有词家大学问则无力为之。为了更好地满足观众的欣赏需求，剧作家必须多读书。王骥德的下述观点虽然直接针对剧作家而言，其实也在某种程度上道出了当时文人受众的一些接受心态：

> 词曲非小道哉，然非多读书，以博其见闻，发其旨趣，终非大雅。须自《国风》《离骚》、古乐府及汉魏六朝、三唐诸诗，下迨《花间》《草堂》诸词，金、元杂剧诸曲，又至诸古今部类书，俱博蒐精采，蓄之胸中，于抽毫时，掇取其神情标韵，写之律吕，令声乐自肥肠满脑中流出，自然纵横该洽，与剿袭口耳者不同。胜国诸贤，及实甫、则诚辈，皆读书人，其笔下有许多典故，许多好语衬副，所以其制作千古不磨。②

王骥德论曲，自是本色派之属，不过，王氏所谓本色，也非邱濬、沈璟等人可为同党。正如万历年间汤、沈之争彼此各执一端的偏见相似，邱、沈二氏和邵灿、郑若庸等人在本色和文采这一端点上也都存在着矫枉过正之嫌，很难代表当时文人士大夫的普遍创作和接受心态。如沈璟在《南九宫谱》中常常把很多近于生活俚语、俗语的曲文交口称赞，即使对"三十哥央你"以及"理合敬我哥哥"这类难登大雅之堂的语言也不吝赞美之词。他的这种"本色"追求观就连一向对其非常服膺的王骥德也难以接受："庸俗俚俗之曲……极口赞美，辄曰'可爱、可爱'，自是'认

---

① 王骥德：《曲律》，《中国古典戏曲论著集成》（四），第140—141页。
② 同上书，第121页。

错路头'"。① 可见，即便对戏曲语言的本色追求，文人士大夫也是力避质木无文。由此看来王骥德等辈所持的俗而不鄙、雅而不晦的"本色"观，应该是广大文人受众对南戏语言风格的普遍诉求。

明清时期的文人受众对经过雅化的南戏剧曲的关注和喜爱还可以从更多的曲话中找到更加有力的佐证，这些曲话的作者毫不隐讳地表达了他们对文采的欣赏和追求。如吕天成在《曲品》中即奉其舅祖孙鑛所说的戏剧观奉为圭臬并予以转引，可见吕天成对词采的喜爱。孙鑛的这段话如下："凡南剧，第一要事佳，第二要关目好，第三要搬出来好，第四要按宫调、协音律，第五要使人易晓，第六要词采，第七要善敷演——淡处做得浓，闲处做得热闹，第八要各角色派得匀妥，第九要脱套，第十要合世情、关风化。"另外，更能体现吕天成对词采偏嗜的是他在《曲品》中对所论之作的具体评述。如被吕天成目为"神""妙"二品的南戏作品共九种，而主要以"词"之优劣来定"剧"之高下的竟有七种之多：

> 《琵琶》：蔡邕之托名无论矣，其词之高绝处，在布景写情，真有运斤成风之妙。
>
> 《拜月》：元人词手，制为南词，天然本色之句，往往见宝，遂开临川玉茗之派。何元朗绝赏之，以为胜《琵琶》。
>
> 《荆钗》：以真切之调，写真切之情，情文相生，最不易及。
>
> 《牧羊》：此词亦古质可喜，令人想念子卿时节。梨园演之，最可玩。
>
> 《香囊》：词工，白整。此派从《琵琶》来，是前辈最佳传奇也。
>
> 《孤儿》：事佳，搬演亦可。但其词太质，每欲如《杀狗》一校正之，而棘于手，故存其古色而已。
>
> 《白兔》：词极古质，味亦恬然，古色可挹。世称《蔡》《荆》《刘》《杀》，虽不敢望《蔡》《荆》，然断非今人所能作。②

虽然吕天成本人在《曲品》中声言"传奇定品，颇费筹量"，③ 但他

---

① 王骥德：《曲律·杂论·第三十九下》，《中国古典戏曲论著集成》（四），第160页。

② 参见吕天成《曲品》，《中国古典戏曲论著集成》（六），第224—225页。

③ 同上书，第223页。

对"词"的喜爱和推重并以之作为衡量一部戏曲作品价值高低的主要准则，不言自明地表露了曲辞是否优美就是一种无须"筹量"的标准。据赵山林先生统计，《曲品》所"品"的种包括杂剧、南戏和传奇在内213种剧作，因为词采的原因受到吕天成褒贬的作品共有86种和28种，这一统计结果约略等于不论文人受众还在下层观众有非常计较的"事佳"标准的99种和12种。①

　　另外，以"词"评"剧"的曲品观，不仅在《曲品》中随处可见，即使祁彪佳、王骥德、徐复祚、王世贞、张琦、凌濛初等观点不尽相同的明代文人多少都具有尚曲文、黜剧情的情结。如王骥德说："古曲自《琵琶》《香囊》《连环》而外，如《荆钗》《白兔》《破窑》《金印》《跃鲤》《牧羊》《杀狗劝夫》等记，其鄙俚浅近，若出一手。岂其时兵革孔棘，人士流离，皆村儒野老塗歌巷咏之作耶？《杀狗》，顷吾友郁蓝生为釐韵以饬，而整然就理也，盖一幸矣。"② 王骥德所列诸剧，都是元明以来民间广为传诵的南戏佳作，深受下层民众的喜爱。它们的剧情结构、关目设置以及戏剧性等可指摘之处甚少，但仅仅因为文辞的"鄙俚浅近"，就被他讥之为"皆村儒野老涂歌巷咏之作"。《杀狗记》因为吕天成的"釐韵以饬，而整然就理"，则为"一幸"。事实证明，上述诸剧除了《杀狗记》以外，全部受到上至文人士大夫、下至贩夫走卒的喜爱。现存的几乎明代所有戏曲选本，除了《六十种曲》等极少数选本外，很少有选家愿意选录这部剧作就是明证。王世贞比以上诸家更注重曲文的典雅，他在评论北曲《西厢记》时分别将"雪浪拍长空，天际秋云卷，竹索缆浮桥，水上苍龙偃"等妙词佳曲分类为"骈俪中景语""骈俪中情语""骈俪中诨语"和"单语中佳语"等类项，并因此认为"只此数条，他传奇不能及"。③ 比王世贞还注重曲辞的是何良俊，就连明清文人最为推许的北曲《西厢记》也有些难入他的法眼：

　　　　《西厢》内如"魂灵儿飞在半天""我将你做心肝儿看待""魂飞在九霄云外""少可有一万声长吁短叹，无千遍捣枕椎床"，语意

━━━━━━━━━━

① 参见赵山林《中国戏剧学通论》，第814页。
② 王骥德：《曲律》，《中国古典戏曲论著集成》（四），第151页。
③ 王世贞：《曲藻》，《中国古典戏曲论著集成》（四），第29页。

皆露，殊无蕴藉。如"太行山高仰望，东洋海深思渴"，则全部成语。①

　　再则，更能体现明代文人对曲辞喜爱程度的，还是一些产生于这个时期的零曲剧选。这类戏曲选本可能出于清唱的目的，也可能因为编选者认为宾白的繁杂不雅，故只选其曲而不及宾白。不管出于何种目的，如此多的零出剧曲选本的出现，或许只能说明这一接受群体对戏曲曲文的重视。以下是现存的明代零出剧曲选本：《盛世新声》《雍熙乐府》《吴歈萃雅》《月露音》《南音三籁》《词林逸响》《增订珊珊集》《乐府遏云编》《南北词广韵选》。从上述零曲选本的选收标准来看，曲文的雅驯与否是一部南戏剧作能否入选的先决条件。如《盛世新声》所收的《千金记》戏文，该选本仅选录了【仙吕·点绛唇】"天淡云孤"和【双调·新水令】"恨天涯流落客孤寒"两套曲文。《月露音》所收的《琵琶记》，选本的标目也是以"帘幕风柔""新篁池阁""长空万里""春闺催赴"等雅致而富于诗意的曲子相号召。和《琵琶记》相比，《胭脂记》则有些不幸，该剧在明清时期曾被广为接受，不论文人受众还是一般市民，大都对其偏爱有加，这从《群音类选》《乐府玉树英》《乐府菁华》《大明天下春》《徽池雅调》以及《绣刻演剧》等多种戏曲选本都选录了其中的一些精彩出、折可见一斑。但是，苛刻的祁彪佳等上层文人依然嗤之以鼻，如祁彪佳在《远山堂曲品》中就明确地予以讥笑并生发感慨："词句长短尚不识，吾何以观之哉？"②

　　不要以为以剧评为主的王骥德、吕天成、祁彪佳乃至王世贞和张琦、凌濛初、何良俊等文人才具有上述苛刻的接受心态，即使一些戏曲作家也对曲词的好坏十分看重。下面的一段逸事也许就是当时文人受众接受心理的最真实反映：

　　　　昆山梁伯龙辰鱼，亦称词家，有盛名，所作《浣纱记》，至传海外，然止此，不复续笔。……《浣纱》初出时，梁游青浦，屠纬真为令，以上客礼之，即命优人演其新剧为寿。每遇佳句，辄浮大白酬

①　何良俊：《曲论》，《中国古典戏曲论著集成》（四），第8页。
②　祁彪佳：《远山堂曲品》，《中国古典戏曲论著集成》（六），第119页。

之，梁亦豪饮自快。演至《出猎》，有所谓"摆开摆开"者，屠厉声曰："此恶语，当受罚！"盖已预储浇水，以酒海灌三大盂。梁气索，强尽之，大吐委顿，次日不别竟去。屠每言及，必大笑，以为得意事。①

推想起来，明代文人对曲词喜爱的主要原因大致如下：

首先，明代文人在接受心理上，更倾向于对曲的推崇，而不是对剧之"事"的看重。几乎所有明代戏曲批评家和文人在溯及戏曲的源流时，宁愿将它视为诗词之流变，而不愿认祖古之"优孟衣冠""踏摇娘"乃至唐之参军戏和宋金杂剧。在他们看来，戏曲的远祖就是"诗三百"，如果将"优梦衣冠"作为曲祖，不免名不正、言不顺。王世贞的观点很有代表性："三百篇亡而后有骚、赋，骚、赋难入乐而后有古乐府，古乐府不入俗而后以唐绝句为乐府，绝句少宛转而后有词，词不快北耳而后有北曲，北曲不谐南耳而后有南曲。"② 当然，王氏所言是一种文体进化论，这种进化观还直接开启清代的焦循、近人王国维等"一代有一代之文学"观的先声，本无错讹，且严谨、科学。不可否认的是，当王世贞等明代文人将这种文学进化论局限于戏曲这一领域时，不免犯有将戏曲概念的外延和内涵缩小的错误。众所周知，所谓中国古代戏曲，乃是一种"合言语、动作、歌唱，以演一故事"③ 的综合艺术，如果仅仅从"词"的这一文学层面溯源，确乎失之偏狭。这也许只能说明一个问题，那就是明代文人或许于"戏曲"这一名词中更愿意解构为"曲"，至于"戏"，那是下层民众所关注之处。虽然到晚明时期，曲体分类概念已经具有一定的清晰性和条理性，对戏剧不同于诗词、散曲的艺术特质也有了较明确的认识，但文人阶层的戏曲接受者还是不自觉地以"戏"和"曲"的"两体"观与双重意识对待戏曲。诚如今人李昌集所言："从明中叶到晚明，除了为数不多的曲学家较清晰地把握了戏剧的本质，大部分曲家还只是初步、朦胧地触摸到戏剧的本性，以'曲文学'的眼光视戏曲的现象还相当普遍。""大

---

① 沈德符：《顾曲杂言》，《中国古典戏曲论著集成》（四），第 209 页。

② 王世贞：《曲藻》，《中国古典戏曲论著集成》（四），第 27 页。

③ 王国维：《宋元戏曲史》，上海古籍出版社 1998 年版，第 32 页。

部分论者只言其'曲'而不及其'剧'。"①

　　其次，与元代的北杂剧作家既写杂剧，也作诗文、散曲的情形相类似，明代不少南戏作家也是戏曲、诗文、散曲兼善。剧作家尚然如此，遑论一般文人受众。倘若从元明清散曲的创作情况上看，散曲的创作甚至比戏曲还要兴盛，受众对这种艺术样式的喜爱由此可见。因为体制短小，且长于抒情达意，故在广大文人的樽边花前，散曲清唱已不可或缺。否则，《青楼集》中所记载的不少演员不可能戏曲小令兼善，更不可能出现如李心心、杨奈儿、袁当儿等专事小唱的艺伎。另外，从体制上看，包括南戏在内的中国古代戏曲俱由曲、白两部分构成，加之剧曲的演出形式和表现特点与散曲几无二致，所以众多的南戏接受者便将剧曲从独立出来单独接受。从现存的 34 种明代南戏零出和零曲选本的构成来看，零曲选本即占 11 种之多，这也同样可以管窥零曲清唱之风在明代的盛行。再从《吴歈萃雅》《月露音》和《南音三籁》等选本的特质和文辞的优雅程度看，这类零曲选本的接受群体应当也是多由文人士大夫构成。一般而言，零曲清唱的接受指向不在文辞的优雅，便为音律的中节合拍，更多情况是二者兼擅。如前所言，因为文人接受心理的苛刻，篇幅汗漫、动辄几十出南戏乃至传奇剧本不可能俱为全璧，类似诗文之有句无篇等现象在南戏中表现得更为明显。如邱濬的《五伦全备记》和邵灿的《香囊记》，明代文人对其的整体评价普遍不高，但《五伦记》之《祖饯》的"步蹑云霄"曲等却被《吴歈萃雅》《月露音》等 5 种选本收录；《香囊记》因为曲文的典雅程度和故事结构较之《五伦记》更为出色，故有《吴歈萃雅》《月露音》等 8 种零曲选本和《八能奏锦》《群音类选》等 12 种零出选本收录，其中徐复祚的《南北词广韵选》更收 12 支曲子之多。颇遭时人非议的《五伦记》和《香囊记》尚然如此，《琵琶记》《南西厢记》、"四大南戏"等文律甚佳、影响极大的南戏作品在这方面的成就更为突出。现存 11 种明代零曲选本，除了《盛世新声》没有选录上述作品外，其余 10 种都以最大的篇幅选收。如《吴歈萃雅》选《琵琶记》【双调·锦堂月】（祝寿）"帘幕风柔"、【黄钟调·画眉序】（成亲）"攀桂步蟾宫"等 36 支曲文；《荆钗记》寿宴"华发斑斑"、忆别"长安四月花飞飞"等 14 支曲文；《拜月亭》（泣歧）"天不念去国愁人最惨凄"、（错认）"自惊疑相呼厮唤"等

---

① 李昌集：《中国古代曲学史》，华东师范大学出版社 1997 年版，第 296 页。

10 支曲文;《南西厢记》:(写怀)"晴空云敛"、(酬和)"良宵静看玉宇无尘"等 16 支曲文。其他如《投笔记》《还带记》《金印记》以及《绣襦记》等深受观众喜欢、各种零出选本选收频率很高的作品,也分别有 11 支曲文入选。文人受众对南戏传统名作的喜爱,由此可见一斑。另外,零曲选本选收南戏剧目的数量也不比零出选本少,如《吴歈萃雅》选录南戏 26 种,《月露音》20 种,《南音三籁》28 种,《词林逸响》26 种,而差不多同时的零出选本《大明天下春》选 28 种,《赛征歌集》15 种,《乐府万象新》31 种,《大明春》18 种,这也反映了明代文人之于零曲南戏的热爱。

　　清代文人的南戏接受情况则有所不同,尽管"嘉道之际,海内宴安,士绅宴会,非音不樽",① 但他们对南戏的热爱已经不再主要表现为对曲词的津津乐道,这从清代现存的七种南戏选本中无一零曲选本可见端倪。当然,清代的中、后期毕竟是传统戏曲接受的转型时期,包括南戏在内的传统的戏曲演出已经从以剧本为主体的文学性抒发转向以演员为主体的表演性追求,在这种情况下,文人士大夫对戏曲语言的好尚基本体现在案头接受方面。例如,《琵琶记》第二十八出《中秋望月》的曲文之妙,明人已经非常激赏,此不赘述。可能是在前人的基础上作文章,毛声山的《琵琶记》评点本又重新对这些曲文予以形象的阐释:

　　　　"琴诉荷池"之末有"只恐西风又惊秋"一语,于是便生出"中秋望月"一篇文字来。可见才子之文,随风起浪,皆成妙致。当其前闲闲下得一笔,并未计及后文将借作波澜,而数幅之后,妙笔所至,却已不觉遥遥接着。正如善丹青者,墨沉泼纸,偶成微痕,初似无关轻重,而少顷点染所及,更借势写作云山烟树,竟成一幅绝妙图画,斯真化工之手。(《镜香园毛声山评第七才子书》卷之五眉批,清三益堂印本,现藏上海图书馆)

　　如果说毛声山面对的尚为案头读本,还可以比较容易地把握曲文的句法之妙,那么,明代的王世贞竟在舞台接受的情况下发现演员的曲文表演错误,尤为不易。如果不是对曲词的偏嗜和斤斤计较,一般观众很难在偶然间注意到该段曲文的前后牴牾和句意的不连贯。现将王氏的这段话转引如下:

----

　　① 徐珂:《清稗类钞选:文学·艺术·戏剧·音乐》,第 346 页。

偶见歌《伯喈》者云："浪暖桃香欲化鱼，期逼春闱，诏赴春闱。郡中空有辟贤书，心恋亲闱，难舍亲闱。"颇疑两下句意各重，而不知其故。又曰"诏"、曰"书"，都无轻重。后得一善本，其下句乃："浪暖桃香欲化鱼，期逼春闱，难舍亲闱。郡中空有辟贤书，心恋亲闱，难赴春闱。"意即不重，而"期逼"与上句"欲化鱼"字应，"难赴"与"空有"字应，益见作者之工。[1]

二　对精审音律的执着

正如很多文人士大夫斤斤于曲词的典雅一样，合律依腔的音韵美也是他们审美趋向中的一个最重要方面。当然，并非仅仅文人受众斤斤于曲词的旋律美，一般受众同样偏嗜于音律的悦耳动听，否则，高明便不会特意指出其《琵琶记》的创作倾向为"也不寻宫数调"。

既然旋律优美的音乐是构成中国古代戏曲传情达意的最重要因素之一，各个阶层的观众当然有充足的理由将其纳入接受视野并予以必要的审美期待。也正是因为教育背景和文化素养的差异，一般观众之于故事结构的音乐表现，只要能传情达意，"顺口可歌"或者说音律基本协谐即可。文人士大夫则会在上述要求的基础上提出更为苛刻的要求，个别精通音律者甚至会于一字一律的得失方面以偏概全，进而因此判断一部剧作价值的高低。如郑之珍的《目连救母劝善记》，盖以民间传说与民间戏剧为基础编纂而成，所以在民间很有演出市场："以三日夜演之，哄动村社。"明初以降，安徽、江苏、浙江、江西、湖南、四川、山西等地一直盛演目连戏，甚至由此派生目连戏这个新剧种。即便近世京剧、昆曲、秦腔、豫剧、川剧、莆仙戏等皆有目连戏或目连戏之折子戏，但祁彪佳还是将其讥为"全不知音调，第效乞食瞽儿沿门叫唱耳"。[2] 客观地说，认为《劝善记》"全不知音调"未免不公，如果事实真的如此，仅仅依赖观众的佞佛心理和凭借故事结构的新颖奇特，这部剧作可能不足以产生"哄动村社"的接受效果。尽管祁彪佳的上述言论不免苛刻，不过，和众多产生于民间并经过文人加工、改编的南戏作品一样，《劝善记》的音律事实上却不免

---

① 王世贞：《曲藻》，《中国古典戏曲论著集成》（四），第33—34页。
② 同上。

相对粗疏。因此，这类作品难入祁彪佳等精通音律者的文人法眼便无足为怪。民间接受的厚爱和文人阶层的不屑一顾，由《劝善记》而体现的上述两大阶层南戏接受鲜明有异的审美趋向可见一斑。下述诸剧，也都是明清时期盛演之作，但是，根据祁彪佳对这些剧目的评述情况来看，足以说明文人士大夫对南戏音律的要求普遍高于市井细民：

> 《三国传》散为诸传奇，无一不是鄙俚。如此记通本不脱《新水令》数调，调复不伦，真村儿信口胡嘲者。
> 　　　　　　　——祁彪佳《远山堂曲品·古城（记）》品评
> 传商文毅全不覈实。将自拟《彩楼》之传文穆乎？然境入酸楚，曲无一字合拍。
> 　　　　　　　——祁彪佳《远山堂曲品·三元（记）》品评
> 传湘子，不及《蟾蜍记》。若删其俚调，或可收之具品中。
> 　　　　　　　——祁彪佳《远山堂曲品·升仙（记）》品评
> 明妃青冢，自江淹《恨赋》而外，谱之诗歌，衮衮不绝。乃被滥恶词曲，占此佳境，几使文人绝笔。惜哉！
> 　　　　　　　——祁彪佳《远山堂曲品·和戎（记）》品评
> ……

吕天成的曲律观和祁彪佳基本一样，因为这两个人的曲学功底甚为深厚，所以很多哪怕微小的失韵之处也难逃他们的法眼。另外，既然《曲品》和《远山堂曲品》是以学术著作的面目展现在时人的面前，他们两人当然也有责任通过一些具体戏曲作品音律的得失来维护曲学的严谨。而且，既然这两部著作都以"品"字命名，则难免寓有祁、吕二氏主观的审美接受趋向于其中。只要这种个体的接受观一旦广为读者接受，本属主观的审美接受趋向就会变成客观的时代接受主流。况且，自南戏接受的诞生之日起，对音律的执着追求就一直如影随形，它并非起源于晚明，也并非原创自祁彪佳和吕天成等少数学者文人。早在宋代，张炎即有"词以协音为先"[①] 审美趋向；在张炎的基础上，元代的胡祗遹进一步提出了"女

---

① 张炎：《词源·音谱》，俞为民、孙蓉蓉：《历代曲话汇编·唐宋元编》，第205页。

乐之百伎，唯唱说焉"① 的观剧主张。胡氏还站在观众的立场上要求演员在各体戏曲表演时务必做到"一唱一说，轻重疾徐，中节合度"。② 考虑到元代的南戏接受尚以下层观众为主，鲜有文人士大夫参与其中，故而除了胡祗遹等少数文人之外，其他如作《中原音韵》的周德清、撰有《唱论》的芝庵等，便没有专门提及南戏表演中的音律是否"中节合度"。因为在这个时期的文人士大夫看来，本期南戏的音乐形式"本无宫调，亦罕节奏"，仅系"畸农市女顺口可歌"的民间小调，难以挂诸齿颊。明代则不同，当南戏的创作和接受在元代末期呈现复兴之势后，其接受群体涵盖的范围越来越广。除了下层民众，就连贵为帝王的朱元璋都对《琵琶记》等南戏也赞不绝口。当然，朱元璋也是较早公开对此期南戏音乐表示不满者之一。在朱元璋看来，《琵琶记》教化的主题指向鲜明，对当时上层建筑的维护作用巨大，但就是这样优秀的一部剧作，它的音律却没有北曲悦耳动听，实在属于"以宫锦制鞋"式的浪费。尽管朱元璋的上述言论有喜欢北曲，不习惯南曲的地域性偏见，但是明初的南戏依然没有摆脱相对简陋的音乐形式却是不争之实。如《绨袍记》即使流变到晚明时期，它的"失韵处"还是"不可指屈"；③ 颇受民间推崇的《三国记》诸作，也不过是"犹能窥音律一二"。④ 但是，自明代中期以后，随着沈采、王济、姚茂良特别是徐霖、陆采、郑若庸等文人参与南戏的创作和改编之后，南戏的舞台演出就越来越重视对词律谐协的锤炼，否则，这些多为民间产品的剧作不可能得到吕天成、祁彪佳等精通曲学的文人士大夫的首肯。从另一个角度来看，这些相对比较协律的南戏作品，也体现出此时文人受众对音律谐协的执着追求。祁彪佳在《远山堂曲品》中，特地单列音律批评一项，也可以反证这一观点的成立。

> 虽庸笔，亦不失音韵。
> ——祁彪佳《远山堂曲品·精忠记》题评

是记虽无隽冷之趣，而局面正大，词调庄炼，其《金印》《孤

---

① 胡祗遹：《黄氏诗卷序》，俞为民、孙蓉蓉：《历代曲话汇编·唐宋元编》，第215页。

② 同上。

③ 祁彪佳：《远山堂曲品》，《中国古典戏曲论著集成》（六），第84页。

④ 同上书，第85页。

儿》之亚流乎？

——祁彪佳《远山堂曲品·还带记》题评

事重节烈。词亦佳，非草草者，且多能守韵，尤不易得。

——吕天成《曲品·断发记》题评

事以俚琐，而吴下盛演之。内【二犯江儿水】作南词，最是，可以正今曲之误也。

——吕天成《曲品·银瓶记》题评

……

　　比祁彪佳更甚的是，部分文人士大夫对音律的追求几达舍此无他的地步，沈璟就是这类接受者的代表。在明代的那场著名的汤、沈之争中，有些意气用事的沈璟竟然以"名为乐府，须教合律依腔。宁使时人不鉴赏，无使人挠喉捩嗓"① 的偏执态度过分强调音律对于演员和观众的重要作用。尽管在汤显祖从事传奇创作的时期，恰逢文人传奇的创作由为南戏转向为昆山腔，当沈璟以吴音吴韵的昆山腔为标准僵硬地判断传统南戏的音律是否中节合拍时，难怪向来对其非常服膺的王骥德、吕天成等晚学后辈都只能持以中庸的态度。

　　如果说沈璟、吕天成以及祁彪佳等文人的曲律观尚有不少求全求美的学理性倾向，那么，晚明的另一位以嗜曲闻名的文人潘之恒的音乐观点明显更科学，也更具现实的操作性。和很多晚明的文人士大夫一样，潘之恒的一生几乎是在"宴游、征逐、征歌、选伎"以及"品胜、品艳、品艺、品剧"② 之中度过的。尽管嗜曲如命，但潘之恒一生却从未参与任何戏曲的创作或改编，因此，根据潘之恒的生活经历，把他看作晚明时期一般文人受众的代表并无多少不妥。在潘之恒的戏曲接受过程中，南戏接受为不可或缺的重要一极。如他的"《琵琶》之为思也，《拜月》之为错也，《荆钗》之为亡也，《西厢》（案：潘之恒所观看的《西厢记》舞台演出即《南西厢记》）之为梦也"③ 的接受感言就非常有见地。另外，和其他很多文人受众一样，潘之恒也对曲的音乐表现特别重视。例如，他认为："知

---

① 沈璟：【商调·二郎神】，《沈璟集》，上海古籍出版社1991年版，第849页。

② 黄居中：《潘鸾翁戊己新集序》，《潘之恒曲话》，中国戏剧出版社1988年版，第330页。

③ 潘之恒：《潘之恒曲话·曲余》，《潘之恒曲话》，中国戏剧出版社1988年版，第13页。

声而不知音，不能识曲；知音而不知乐，不能宣情。""故为剧必自调音始。"① 当然，潘之恒所言之"音"，并非完全等同于沈璟、吕天成和祁彪佳等学究性质的曲律说，后者虽然以戏曲接受为基础，却未免带有某种穷幽探微的理论色彩。这种理性的曲律分析肯定可以作为受众舞台接受的指南车，当然也可以视之为曲家创作的经验或教训。潘之恒则不然，在他看来，不论一部剧作如何合律中式，倘若演员在表演之时未能尽发其微，这种接受效果难免大打折扣。如他的《与杨超超评剧五则》云"曲引之有呼韵，呼发于思，自赵五娘之呼蔡伯喈始也。而无双之呼王家哥哥，西施之呼范大夫，皆有凄然之韵，仙度能得其微矣"② 等韵律的接受趋向，就是直接和演员的舞台表现结合在一起，最能体现文人受众雅好音律的审美追求。因此，不论剧作家所作之曲多么符合音律学的标准，如果演员在表演的时候缺乏必要的"才、慧、致"，这样的接受效果也难以吸引观众全身心的投入。只有将上述两个方面的因素结合在一起，才能收到"一座尽狂"的最佳效果。例如，万历年间南京名优傅瑜的一双儿女傅卯和傅寿，因为亲承傅瑜"口传音调"，他们的"锵金戛玉之韵"，立刻收到了"一座尽狂，若交甫逢汉上姝，不知其捐佩而忽失也"③ 的神迷效应。此外，在潘之恒的《亘史》和《鸾啸小品》中，不止一次记载了那些精通音律且有表演天赋的演员及其事迹，由此可见以潘氏为代表的文人受众对音律的喜爱和偏嗜。当然，有关文人受众雅好音律的明确记载确乎不多，但是，根据现存明清时期众多零曲南戏选本以及这些选本所收的词律尽佳的曲文等现实来看，还是可以很容易地发现这个接受群体对完美音律执着追求的趋向。

三　对教化内容的热衷

可能是因为起源于民间的缘故，早期南戏对事涉千家万户的伦理题材特别热衷，即使那些以言情为主旨的婚姻爱情剧，也多以家庭伦理道德为载体。当然，因为受众的审美情趣不一，宋元时期的南戏作品涵盖了非常广大的题材领域，举凡后世常见的如言情、历史、神仙道化、隐逸等诸项内容，此期的南戏靡不该备。不过，当南戏这种艺术形式流变到元末明初

---

① 潘之恒：《潘之恒曲话·曲余》，《潘之恒曲话》，中国戏剧出版社1988年版，第13页。
② 潘之恒：《鸾啸小品·与杨超超评剧五则》，汪效倚辑注：《潘之恒曲话》，第44页。
③ 潘之恒：《鸾啸小品·傅灵修传》，汪效倚辑注：《潘之恒曲话》，第126页。

之时，大量题材可取，但艺术价值不高的南戏作品也很少有和文人士大夫见面的机会。另外，当南方广大地区的文人受众从北杂剧接受的热潮中转向南戏接受的时候，却恰值社会动荡、改朝换代的历史转型时期。根据中国古代的历史发展规律和现存的相关文献记载来看，朱明王朝在立国之初即非常重视上层建筑的巩固和加强。姑且不论朱元璋、朱棣父子的有意提倡，就连其后的以打破程朱理学的僵化统治和冲击儒家经典神圣地位为己任的王学左派，也发自内心地要求各阶层人士从"致良知"开始，潜移默化地遵依各种封建伦理道德。在这种情况下，原本就凭借对传统伦理恪守著称的众多南戏作品当即率先进入文人士大夫的接受视域之内。从明前期盛演的一些南戏作品及这些作品被文人改编等情况上看，除了苏复之的《金印记》、沈采的《千金记》等宣扬发迹变泰之作和王济的《连环记》、无名氏的《古城记》《桃园记》《草庐记》等历史题材之外，其他诸如陈罴斋的《跃鲤记》、沈采的《三元记》、姚茂良的《精忠记》、无名氏的《珍珠记》《荔枝记》等，都沿袭《琵琶记》和"四大南戏"的旧路，津津于家庭伦理而不能自拔。《琵琶记》姑且不论，就连以歌颂青年男女真挚爱情为主旨的《荆钗记》和《拜月亭》，其戏剧冲突也基本在局限于是否遵依"父母之命，媒妁之言"的框架内。《白兔记》和《杀狗记》的主题取向更不待言，充斥其中的除了不越传统伦理之雷池半步的道德说教外，剧作家的主观创作意图很难对后世起到多少积极意义。正是在《琵琶记》等教化型南戏的影响下，不仅上述剧作在明初得到文人剧作家不同程度的加工修改，馆阁大佬邱濬以及宜兴老生员邵灿更借题发挥，致使《五伦全备记》和《香囊记》等文人独立结撰、充满赤裸裸道德说教的南戏新作不断出现。直到嘉靖年间，李开先等文人剧作家兀自紧抓忠孝节烈不放，创作了《宝剑记》《断发记》等剧。

　　也正是在嘉靖年间以后，随着梁辰鱼的昆腔新作《浣纱记》的出现，南戏正式让位于文人传奇。南戏的让位于文人传奇，不仅不是南戏接受的消亡，而是南戏接受高峰的逐渐形成。从嘉靖、万历年间开始，文人南戏接受的热情前所未有，大批南戏作品或从舞台，或凭案头的优势全面走入文人的接受视野之内。尽管此期盛行于舞台和案头的各类戏曲作品可以用"曲海词山"来形容，但文人士大夫这一接受群体还是对教化类南戏情有独钟。如《投笔记》"词平常，音不叶"，按理说这样的作品很难入文人受众的法眼。但是，该剧在明清时期之所以颇受文人士大夫的喜爱，或许仅仅就是因为"俱以事佳而传耳"。① 姑且不论吕天成的上述观点是否正确，晚明胡文焕选辑的颇合文人受众口味的戏曲选本《群音类选》，就选录了《投笔记》的 21 出曲文，这部剧作所受的欢迎程度由此可见。无论从哪个方面来看，《投笔记》都属于非常典型的教化剧，它不仅以班超忠于国家为主线，更以班超之妻、妹和朋友等脚色为副线，穿插了很多家庭伦理冲突，进一步宣扬对孝悌等封建伦理的遵从。如《群音类选》所收的"班超庆寿""别母求试""姑媳忆超""割股救姑"等出曲文，即为演述母子、婆媳之间感情纠葛；而"夫妻分别""驿馆相逢""封赠团圆"等内容，不仅在关目上，就连情节架构都和《琵琶记》的相关出目区别无多；至于"姑嫂相会""任尚见超"等，也几乎和班超报效国家这一主线无涉，仅以姑嫂或朋侪之间的伦理关系生发剧情，打动观众。《投笔记》之所以在文既不佳、曲亦不叶的情况下获得吕天成等文人受众的喜爱，"事佳"的确是不可或缺的最主要原因。在这部剧作中，班超舍身报国和班母、班妻各自牺牲自己以成全班超事业等故事情节，也和邵灿《香囊记》的故事主干非常相似。众所周知，《香囊记》是一部赤裸裸的以伦理道德为主的典型教化剧，而且《香囊记》的发生、发展过程又直接和《琵琶记》特别是《五伦全备记》的流行密切相关。倘若再结合明太祖朱元璋遗憾地认为《琵琶记》教化主题虽然上佳，但该剧却是被文人士大夫视为"小道"的南戏的当家之作，因而是一种以"宫锦制鞋"式的浪费等因素分析，吕天成所言《投笔记》为文人受众欢迎的最主要原因为"事佳"倒也合情合理。不特吕天成的《曲品》以符合伦理道德的故事架构为"事佳"的主要标准，晚明另一位著名曲家祁彪佳在《远山堂曲品》中，也一再将这类题材定性为是否可以被接受的主要标准之一。如《十义记》的关目极佳，但是剧作家并未大手笔地将教化内容淋漓尽致地展现出来，不免令人遗憾。祁彪佳说："李、郑救韩朋父子，程婴、公孙之后，千古一人而已，惜传之尚未尽致。"②

在明代的初、中期，因为特定的时代背景特别是明王朝的政治高压，很多即使颇有离经叛道情怀的文人除了伦理教化剧外，很少有其他完全无涉伦理的南戏可供选择。而在礼崩乐坏的晚明时期，《琵琶记》《香囊记》

---

① 吕天成：《曲品》，《中国古典戏曲论著集成》（六），第 228 页。
② 祁彪佳：《远山堂曲品》，《中国古典戏曲论著集成》（六），第 114 页。

《投笔记》《双忠记》等依然风行于舞台，则说明了文人士大夫很少真正地离经叛道，他们对伦理道德剧的接受其实是由衷喜爱的结果。不仅吕天成、祁彪佳、王骥德等曲学功底深厚者以伦理教化剧为首选，即便那些粗识音律的一般文人受众也往往非此不彼。随便打开一部明清时期的南戏选本，充斥其中的不是《琵琶记》《香囊记》，便是《卧冰记》《十义记》《商辂三元记》以及《断发记》《精忠记》《双忠记》。即使如潘之恒、张岱等风流放荡的文人群体，也会故作姿态地明确表示反对淫邪、崇尚伦理教化。

明清时期的文人受众之所以对伦理教化之作心仪不衰，主要原因可能起于接受过程中的共鸣或净化心理。诚如下文所言："夫亦谓学士大夫当傀儡场中酒酣耳热时，见忠臣孝子则敛容而起，见义士仁人则慷慨情深，见奸雄谗佞则怏怏若疾，见芳草王孙、美人君子又不禁神怡而心醉焉。"[1]在这个接受群体看来，"文字无干风教者，虽炳耀艺林，脍炙人口，皆为苟作，填词其一体也"。[2]在这样的接受心态影响下，倘若上述伦理教化剧再能符合文、律俱佳的审美标准，其风行于舞台便成为自然。

四 对发迹变泰的心仪

诚如孔子所谓，"富与贵，是人之所欲也"（《论语·八佾》）；"贫与贱，是人之所恶也"（《论语·里仁》）。的确，不论哪个阶层的人士，不论他们的生存状况如何，无不希望名贵身荣。只不过生活于下层的一般民众，原本就生存艰难，故而他们的这种希望几同白日梦。而在"朝为田舍郎，暮登天子堂"的现实确实可以实现的文人心目中，发迹变泰就从心理的渴望转变为现实的可能性。倘若一些才高运蹇文人的现实生活也像下层民众一般困踬不堪，那么这个群体渴望发迹变泰的情感将更加强烈。另外，即使每天都在为生存挣扎的下层民众，也很少有甘于困顿的现状，虽然他们发迹变泰的可能性永远虚无缥缈，多数人也不会停下追求的脚步。由此看来，舞台上始困终亨的剧情，不过是多数人追求美好生活的潜意识在现实中反映。于是，在自元迄清的舞台上，发迹变泰剧始终承载着观众的梦想，热演不衰。因为些许的现实可能性，多数发迹变泰剧的主人公便

---

① 菰芦钓叟：《醉怡情杂剧·序》，吴毓华：《中国古代戏曲序跋集》，第331页。

② 张三礼：《空谷香·序》，吴毓华：《中国古代戏曲序跋集》，第511页。

被固化为下层文人，而不是贩夫牛走之类的市井细民。而这或许也是《千金记》《破窑记》《金印记》等南戏更受明清时期的文人热捧的另一个主因。

元明两代，颇受文人士大夫喜爱的南戏发迹变泰之作当以《破窑记》《金印记》《千金记》等最为著名。《破窑记》的故事主干是以贫寒书生吕蒙正被宰相之女刘千金抛绣球招婿之后，便惨遭嫌贫爱富的岳父母赶逐而不得不栖身破窑。贫无所依的吕蒙正于是发愤读书，最终高中状元，一洗此前种种羞辱来展开具体戏剧冲突。为了在情感上打动观众，《破窑记》极渲染吕蒙正夫妻的落魄之苦：被赶出相府时的净身出户、"拨尽寒炉一夜灰"的苦难生活、逻斋不遇且遭羞辱的精神打击等，使得一旦"宫花报捷"的吕氏夫妇顿感扬眉吐气。吕氏夫妇的上述生活经历，虽然多系艺术加工而高于现实，但依然可以视为困踬的下层士人的生活实录，故而非常容易激发文士阶层的共鸣。另外，该剧语言本色质朴，但这种质朴的语言却更能唤起观众的现实亲切感。正如祁彪佳所谓"词之能动人者，惟在真切，故古本必直写苦境，偏于琐屑中传出苦情"。① 下面的这一段曲子，选自《大明天下春》本《破窑记》，正可验证祁彪佳观点的正确：

> 【江头金桂】你当初不从父命，则落得破窑中栖此身。儿，往日在家住的是堂堂相府，高楼大厦，香闺绣阁，翠户朱门。到今日住的是泥房土壁，荐牖席门。似这等风吹雨打谁怜悯？儿，你床铺在那里？（贴）这些稻草就是床铺。（夫）儿，你在家做女儿，睡的是牙床锦被，罗帐纱帏，鸳鸯绣枕，叠褥重裀，娘心尚不足。今日呵，睡的是乱草铺茵，断砖作枕。儿，你三餐饭食在那里炊煮？（贴）这瓦罐儿就是锅灶了。（夫）儿，你昔日在家，吃的是肥羊美酒，鲜品佳肴。你今日怎受得这等苦楚呵！到如今吃的是青刍淡饭，野菜山芹，如何苟活残生命？儿，你往日玉貌轻盈，真个似一朵解语花。如今呵，脸如飘秋败叶，发似暮垂杨。容枯貌朽可惊伤，教娘如何不惨？见你容貌瘦，（重）衣衫破损。儿，我爹娘上无男子，单生一女，把你做掌上珠看待。今日这等狼狈呵，好伤情。你本是花容月貌多娇女，到做个垢面蓬头下贱人。

但是，如果《破窑记》仅仅偏于"琐屑中传出苦情"，这部作品可能

---

① 祁彪佳：《远山堂曲品》，《中国古典戏曲论著集成》（六），第24页。

也就不会如此受到各阶层受从的喜爱。同所有发迹变泰剧一样，《破窑记》之所以于"琐屑中传出苦情"，不过是为了吕蒙正夫妇日后的扬眉吐气做铺垫，为受众过山车一样的心理感受埋下伏笔。下面所引的两段曲文，既能在"琐屑中传出苦情"，又可以受从在心理上得到最大满足。

【前腔】十度谒朱门，九度谁偢问？那日相公冒雪归窑，正值夫人睡着。我捡得几枝芦柴，意欲燃起火，叫醒夫人一同向火。谁知那火也烧不着。下官即吟诗一首。（旦）那诗怎么道？（生）十谒朱门九不开，满头风雪却回来。归家羞睹妻儿面，拨尽寒炉一夜灰。那时节羞脸睹妻容，寒炉灰拨尽，尘生空甑，枯枝燃尽，举目无亲谁念贫？去到天津桥，感老丈特把瓜儿赠。幸遇天开文运，黄榜征贤。喜得春闱已动选场开，禹门平地雷声震，独占鳌头第一名。那苍天岂肯把男儿困？今日里驷马高车方重人。俺只见前呼后拥，谁不畏钦？今朝恩赐还乡井，破瓦窑中气象新。（丑）禀老爹，和尚迎接。

【前腔】忽听得乐声频。（贴）禀相公、夫人得知，老公相着小男女，领着车马乐人，迎接状元与夫人回府。（生）原来是梅香、院子来接请。你二人回去，拜上老公相，说道我羞脸转江东，想我不是风流婿。梅香，昔日彩楼之下也是我吕官人，今日也是我吕官人。昔年蒙正，今日蒙正，苏秦还是旧苏秦，想循环反覆由天运。院子，我说个古人你听。不记得耕莘伊尹，也有时来至，八十岁姜公遇圣君。

无独有偶，《金印记》和《千金记》的情感宣泄方式基本和《破窑记》一样，也是先于"琐屑中传出苦情"，然后极尽渲染苏秦和韩信二人春风得意之情形来激发观众的心理共鸣。因此，吕天成在《曲品》中不仅将《金印记》列之于"妙品"之中，而且还结合观众的接受心境作出了很高的评价："季子事，佳。写世态炎凉曲尽，真足令人感喟发愤。"①看来，明清时期的文人受众普遍乐意接受《破窑记》《千金记》和《金印记》等的主要原因，恰恰在于他们时怀发迹变泰之想。苏秦下面的这一段唱词，应当是这个观剧群体多具上述审美动机的最佳解释："一朝侥幸为丞相，衣锦还乡党。父母兄嫂自含羞，难将我旧恨，都付水东流。"（《大明天下春》本《金印记·苏秦为相团圆》之【虞美人】）

① 吕天成：《曲品》，《中国古典戏曲论著集成》（六），第225页。

五　人性弱点的反映

中国古代文人原本就不是圣贤，尽管在童蒙时期便受到孔孟儒学的濡染，但与生俱来的声色之逐不仅难以革除，相反，却因为良好的政治、经济条件终身不改。曲学大师吕天成虽然并没有在相关著作中明确提及这类戏曲的接受情形。但从其创作《绣榻野史》等色情小说的心理上看，他不仅不是圣人，而且极易产生低俗的接受心理。吕天成之前，邱濬、李开先等正统文人的接受情形可能也是大致如此。妻妾成群的馆阁大佬原本就是声色场所的常客，何况在邱氏的少年时代，"或谓'文庄有《锺情丽集》，自述少年所遇。或有讥之者，遂令门客促成此记（案：即《五伦全备记》)'，以节孝掩风情耳"。① 同理，即使《金瓶梅》的作者真的不是徐朔方、卜健等人所说的李开先，但李氏的私生活也未必如柳下惠，只要机会合适，他参与低级趣味剧接受的可能依然较大。当然，以假设的方式推测李开先的生活态度肯定不妥，但作为致仕之臣，李开先的私生活绝非无可可诉。即使李开先的《宝剑记》是以忠孝节义的面目出现，但在其接受过程中多少都会产生上述低俗的心理动机。吕天成之前有邱濬、李开先等，那么在其身后，李渔等风流文人更是不乏。在李渔的戏曲和小说等通俗文学的创作中，姑且不论《肉蒲团》是不是真的出自他的手笔，即便那些以劝善为主旨的作品，其中的低级趣味之处也是时时缠绕笔端。尽管潘之恒在《鸾啸小品》中表示："猥亵不可为庭陈；淫荡不可为筵媚。"② 不知这位一生在犬马声色中度过的文人之言究竟有多大的说服力。另外，虽然很多文人士大夫对观看低级趣味之作讳莫如深，但是只要考索一下《劝善记》之《尼姑下山》《僧尼相调》等被各种戏曲选本的选收情况，即可管窥明清时期文人受众不自觉的低级审美追求。《劝善记》而外，《大明天下春》选录的《刘昔路会神女》，《乐府玉树英》等选收的《偷香记》以及《六十种曲》等选收的《绣襦记》等，都有不同程度的色情表演。如在《绣襦记》的第十四出《试马调琴》中，当郑元和的仆从来兴听到主人命他杀五花马以取马板肠为羹汤讨好妓女李亚仙时，便有以下粗口：

---

① 祁彪佳：《远山堂曲品》，《中国古典戏曲论著集成》（六），第46—47页。
② 潘之恒：《鸾啸小品·致节》，汪效倚辑注：《潘之恒曲话》，第54页。

（丑）这五花马，日日与相公骑，大姐夜夜与相公骑。你骑了他一夜，大块银子与他；五花马终日骑他，何曾有半个钱与他？

如果说来兴之言尚属插科打诨，难以佐证文人受众的低级趣味，那么，在《刘昔路会神女》中，下面一段曲词足以说明《绣襦记》中的插科打诨并非偶然：

【前腔】（生）欢欣，双双携手入销金。脱下罗衫露琼肌，玉肤温润，解下湘裙，氤氲麝兰香喷。任从我颠鸾倒凤频无定，看他云浓雨密全无靳。（旦）鱼水和顺贴酥胸，春情美意。柳腰款摆，花枝轻折，露滴牡丹，心情已尽。东方犹恐灿阳明。

【尾声】揽衣推枕徘徊起，难舍风流得意人。（生）不想中途结下凤世姻。

虽然《刘昔路会神女》存有追求自主爱情的因素，但在《尼姑下山》和《僧尼相调》中，赤裸裸的色情描写则很难让人辨明剧作家和演员究竟是在理性地反对宗教的禁欲，还是感性地对观众予以感官刺激。或许，包括传播和接受群体在内的各个阶层人士都有意借反对禁欲的外衣，遮掩传播和接受低级趣味的真实动机吧。现将《尼姑下山》中部分曲文转录如下：

（旦）这和尚去了。天那天，我看那和尚真个生得伶俐乖觉，称奴之意。此间一所古庙，假做在此烧香，谅他还转来。（小）忽见优尼容貌，倾城倾国堪夸，霎时遍体尽酥麻，心痒教人怎抓？可惜他去了，若不曾去，将他搂倒在山窝，权（取）一时快活。如今不免赶去，缠他讲话片时，多少是好。（赶介）优尼，优尼！原来在此。（旦）叫我怎的？（小）后面有个小尼姑，来得甚忙，想是赶你的。（旦）敢莫没有？（小）你才说有个小尼姑在后来，怎么说没有？（旦）我那小尼姑是谎你这和尚的。（小）我那小和尚是弄你这师姑的。（旦）呸！我说谎你，你就说什么弄师姑？（小）喏，你小尼姑谎得我和尚，我小和尚怎么弄不得你师姑？（旦）守戒之人，休说此话。（小）师姑，师姑，我是逃下山的和尚。（旦）和尚，和尚，我也是逃下山的师姑。（小）这等，你仙桃也是逃，我碧桃也是逃。（旦）和尚与师姑，都是桃之夭夭。（小）既晓得桃之夭夭，当认得其叶蓁蓁。你做个之子于归，我做个宜其家人，宜其家人。（小抱旦介）（旦）地方！地方！（小）此乃古庙堂，那有地方？

【一江风】（旦）怎轻狂，敢把春心荡，真个是色胆如天样。你是个人面兽心肠，不怕三光，不畏四知，五戒何曾讲？笑伊家不量。

（重）料此事焉能强？施主来了。（小惊念介）阿弥陀佛。（旦）可不羞杀你这骚和尚！（小跪唱介）

【前腔】见娇娘，顿使我神魂丧。（旦）你也不是好人。（小）论神仙，自古多情况。（旦）那有这等神仙？（小）那巫山神女，梦会襄王，暮暮朝朝，为云为雨在阳台上，他到今名显扬。（重）你何须苦自防？（旦）只怕菩萨不肯容你。（净）那菩萨也都是爹娘养。（内云砍柴）（旦）砍柴的来了！（小）有人来只说是夫妻。（旦）我和你都是光头，谁不晓得是和尚师姑？你向庙前过水，我往庙后过山，待夕阳西下，来此庙中相会便了。（小）隔了远水高山，怕又难了。

【尾声】（旦）男有心，女有心，何怕山高水又深。（合）约定夕阳西下处，有心人会有心人。

从《尼姑下山》和《僧尼相调》等在明清时期非常流行等情况看，人性的弱点似乎无处不在。更能说明问题的是，像《琵琶记》这样的家庭伦理剧，竟然也有借插科打诨中迎合受从低级趣味的场景。如在清代的戏曲选本《缀白裘》五集之《琵琶记·训女》，净扮的老姥姥与生、末两位演员之间也有如下对白：

> （净）老爷在上，老婢在下。（生、末）什么上下！（净）分子上下好说，我也弗知个老爷长短，你也弗晓得我个深浅。（生、末）什么话！

看来，正是因为类似的人性弱点无处不在，因此，即使再庄重的剧本，也会凭空生出不少庸俗的舞台表现。虽然清代著名演员魏长生擅长以《滚楼》等色情剧取悦观众，倘若追究其所造成的不良影响，板子也不能完全打在魏长生一个人身上。

需要说明的是，在明清时期的舞台上并非只有上述南戏作品才有色情等不良倾向，玉阳仙史在《古杂剧序》中曾说"新声代变，古乐几亡。今传奇之家，无虑充栋，然率多猥鄙，每令见者掩口"①。还须说明的是，下层观众对低级趣味的追求虽然较之文人士大夫更明显，但这并不能证明

---

① 玉阳仙史：《古杂剧序》，吴毓华：《中国古代戏曲序跋集》，第138页。

后者精神境界因此高于前者。毕竟，在政治和经济条件的便利程度上，文人士大夫更具优势，下层观众很少有妻妾成群者。深宅高院，往往也是藏污纳垢的最好场所。

第二节　下层受众南戏接受的情感指向

宋、元时期，南戏的创作和接受以下层市民百姓为主。因此，考释本期南戏接受的情感指向，便不得不从下层观众的审美趣味入手。明初以降，南戏与杂剧、传奇等戏剧形式虽然同样引起文人士大夫的密切关注，但是，如果以观剧群体的数量多寡为参数，下层观众无疑占据了最重要一极。虽然这个庞大的受众群体因为政治、经济和文化等原因而导致话语权缺失，并因此遭到当时乃至后世学者的普遍漠视，但是，倘若没有这个最主要观剧群体的存在，包括南戏在内的各种戏曲形式决不会呈现如此健康发展的势头。当然，下层观众也因为文化素养的不足，很难在没有文人参与的情况下将《赵贞女蔡二郎》演变为《琵琶记》。同理，"四大南戏"以及《破窑记》《金印记》《投笔记》等长期占据舞台的经典南戏之所以在民间非常流行，文人剧作家同样功不可没。另外，不论这些文人剧作家怀着何种创作动机参与民间南戏的改编，他们的创作指向却不得不随着下层民众的接受情趣为转移。再则，即使一些南戏作品得到很多文人受众的热捧，多数剧作家也依然以下层观众的审美情趣为创作基点。毕竟，"戏文做与读书人与不读书人同看，又与不读书之妇人小儿同看"。[①]在这个层面上看，即便简单地将中国古代戏曲的受众划分为文人士大夫和下层民众两大群体，这两大群体之间南戏接受的情感指向也并非冰炭不融。就情感指向而言，两者之间的共性显然大于个性，而且这种共性在明清时期特别是清代的乾隆、嘉庆年间之后表现得尤为明显。因此，即使以文人士大夫南戏接受的情感指向为主要关注对象，也应当把下层观众的审美趣味视为重要参照物；反之亦然。

虽然南戏和杂剧都起源于民间，但南戏在下层社会徘徊的时间显然更长。当北杂剧受到王实甫、关汉卿、马致远、白朴、郑光祖等中、上层文

---

① 李渔：《闲情偶寄·词曲部·词采第二·忌填塞》，《中国古典戏曲论著集成》（七），第28页。

人以及大批饱学之士的广泛关注和参与之后，南戏兀自局限于以书会才人为主要创作主体，以下层市民百姓为主要受众的狭小的范围之内。这种创作和接受情形不仅在宋、元时期表现得特别明显，即使在南曲声腔普遍受到文人士大夫青睐的明代初、中期，除了《琵琶记》以及"四大南戏"等部分作品而外，如《张协状元》《小孙屠》《宦门子弟错立身》等被辑入《永乐大典》的南戏作品依然混迹于民间，似乎从未引起文人士大夫阶层的留意和关注。上述作品并《刘锡沉香太子》等虽然至今仍被莆仙戏不时被搬上舞台，但是直至中国古代封建社会的终结，它们始终没有在文人的各类曲话或其他著述中留下任何演出和刊刻的记录。即便在南戏、传奇合为一体的中、晚明时期，那些带有更多下层市井细民审美特质的南戏作品，也一直很少进入文人士大夫的接受视野。更有甚者，在没有确切史料记载的前提下，后世很多学者还建立了根据作品的内容以及语言风格的典雅或粗鄙等外在形式来划分受众群体的研究方式。由此可见，将文人士大夫与一般市民百姓审美趣味分而论之就显得很有必要。

就接受形态而言，和文人士大夫一样，下层观众的南戏接受也可以分为直接接受和间接接受两种形式。有所不同的是，下层观众的南戏直接接受，在更大的层面上表现出以舞台接受为主、案头接受为辅的观剧倾向。另外，即使同为舞台接受，下层观众关注的焦点也和以文人士大夫为主体的上层观众有着明显的区别。这种区别大致可以细分如下。

一　对剧情的热切与曲律的宽疏

与文人士大夫多以文辞和音律之好坏来评价一部作品的优劣不同，以市民为主体的下层观众更多地表现出将剧情，以及因之传达出来的情感因素和插科打诨等机趣的舞台效果作为审美标准；至于音律，或许只要顺口可歌即无不可。如徐复祚在《曲论》中所说的"《荆钗》以情节关目胜，然纯是倭巷俚语，粗鄙之极"[1] 等情况，就是下层观众在南戏接受过程中表现出来的对剧情更热切的例证。另外，根据李渔的见闻，明末清初很多文人和下层受众在观看《南西厢记》时，也表现出了两种截然相反的接受观念："见法聪口中所说科诨，迂奇妄诞，不知何处生来，真令人欲逃、欲呕，而观者、听者绝无厌倦之色，岂文章一道，俗则争取，雅则共

---

① 徐复祚：《曲论》，《中国古典戏曲论著集成》（四），第236页。

弃乎？"① 看来，津津有味地观看此等《南西厢记》者多不出下层观众之列，因为他们只求戏的好看与否，对于这些科诨是否契合全剧的整体构成则不会斤斤计较。再如，根据赵山林先生统计，吕天成在《曲品》中将包括南戏在内的、符合其"神、妙、能、具"四品以及自"上上至下下"九品审美观念的213种剧作，从剧情（符合吕天成"事佳"和"关目好"标准的）的角度予以褒贬的分别有99、12和29、32种作品；而根据音律予以表扬或批评的却仅仅只有19种和7种作品②之类的情况，也颇能说明下层南戏观众热切于剧情而宽疏于曲律的接受状况。

对曲律的宽疏并不等于下层观众完全漠视曲律，否则孙鑛所言的"凡南戏……第四要按宫调，协音律"等标准也不会被普遍遵奉。也就是说，即使那些苛刻一点的下层观众，也大多只讲求音乐的旋律优美，并无文人士大夫群体那种按字模腔等学术层面上的斤斤计较。清代王懋昭在《三星圆·例言》所说的最低标准，也是上述观点的最佳注脚。王懋昭说："观俗优所演，白文甚是粗浅，词调不按宫谱，大抵惟求顺口，不顾文理。兹集却不徒为梨园演习起见，故与诸同志惨淡经营，欲求无弊。"③ 再如汤显祖的《牡丹亭》，其文辞之雅不仅令一般观众望而却步，而且它还是一部典型的不合昆曲音律之作。倘若不是因为文、律难融，中国戏曲史上那场著名的汤、沈之争或许根本不会发生。但是，以李渔为代表的站在普通观众立场上的文人曲家并未对此非议过多，相反，《闲情偶寄》却从文人士大夫津津乐道的雅化曲辞入手，指出"袅晴丝，吹来闲庭院，摇漾春如线"等语，"止可作文字观，不得作传奇观"；"瞥见游丝，不妨直说，何须曲而又曲，由晴丝而说及春，由春与晴丝而悟其如线也？……索解人既不易得，又何必奏之歌筵，俾雅人俗子同闻而共见乎？"④ 由此可见，李渔的上述见解正与一般市民百姓相去不远。《牡丹亭》的文辞之雅自不必说，但是汤显祖只是以之为载体来传达他的以情反理和"生生死死为情多"等进步思想观念，多数受众即便颇有微词，却也难以割舍对这部剧作的喜爱；他们绝不会像沈璟等一样，苛刻地指摘它在音律上的些许失误。

①　李渔：《闲情偶寄·词曲部·科诨第五·贵自然》，《中国古典戏曲论著集成》（七），第64页。

②　参见赵山林《中国戏剧学通论》，第814页。

③　王懋昭：《三星圆例言》，蔡毅：《中国古典戏曲序跋汇编》，第2060页。

④　李渔：《闲情偶寄·词曲部·贵浅显》，《中国古典戏曲论著集成》（七），第23页。

更能说明上述两大接受群体对音律不同追求的是，李渔又站在文人的立场上，认为"词曲中音律之坏，坏于《南西厢》，凡有作者，当以之为戒，不当取之为法"。① 即使如此，李渔同时也认为《南西厢》虽然"不便奏诸场上，但宜于弋阳、四平等俗优，不便强施于昆调"。② 昆山腔虽然雅俗皆宜，但弋阳腔在明代中、后期则渐渐沦为典型的民间戏曲，它的观众来源和构成也主要以市井细民为主。文人士大夫不仅很少留心弋阳腔演出，"平生最恶弋阳、四平等剧"③ 者却大有人在。再从《南西厢》在明清两代的场上之盛情况来看，一般观众对它的音律显然并不苛求。当然，市民百姓疏于音律的现象并非明代才有，从南戏诞生之日起，这种现象就一直存在。不特《南词叙录》谓宋元时期南戏"本无宫调，亦罕节奏"，就连高明的《琵琶记》，都直接表述了"也不寻宫数调"的创作宗旨。"不寻宫数调"并不说明《琵琶记》音律不协，相反，这部作品的音律之谐协甚至堪称典范。只要随便打开一部梓行于明清时期的曲谱，很容易发现因为音律谐协而入选的《琵琶记》剧曲满篇皆是。例如，在《九宫正始》《九宫大成》和《南词新谱》等许多曲谱中，《琵琶记》的曲词入选率即使不是最大，但绝对名列前茅。当然，高明"也不寻宫数调"的创作宣言也说明了不少观众非常专注于曲律的接受，只不过这些观众数量绝对没有基本不计较曲律者多。否则，高明绝不会舍大就小，以"子孝共妻贤"的剧情作为最主要的着眼点。还有，高明"也不寻宫数调"之类的宣言可能主要针对当时创作上的舍本逐末，而不是下层受众的审美趋向。否则，如果连多数下层受众真的像中、晚明时期的文人受众那样苛求音律，高明还会有类似的宣言吗？

当然，即使绝大多数下层观众的南戏接受主要表现在"戏"，即故事性的叙说而不是表现在"曲"，即按字模腔的音乐情感表现方面，也并不等于这个接受群体将音律看得很轻。虽然他们不会像文人受众那样斤斤计较一词一句的合律依腔与否，但始终密切关注音乐是否悦耳动听、旋律是否优美等。以《牡丹亭》为例，李渔虽然认为绝大多数受众都无法确切理解该剧曲词的真正含义，可很多下层观众照样乐此不疲。显然，令这些

---

① 李渔：《闲情偶寄·词曲部·音律第三》，《中国古典戏曲论著集成》（七），第33页。

② 同上。

③ 同上书，第34页。

观众身心俱醉的并不是对曲意的明晰理解，而是对剧情和旋律优美的音乐的喜爱。《琵琶记》也是这样，虽然该剧的文辞较之《牡丹亭》浅显易懂，但像牛氏所唱的【梁州序】"新篁池阁，槐阴庭院，日永红尘隔断。碧栏杆外，空飞漱玉清泉。只见香肌无暑，惠质生风，小簟琅玕展。昼长人困也，好清闲，忽听棋声惊昼眠。(合) 金缕唱，碧筒劝。向冰山雪槛开华筵，清世界能有几人见"（第十八出《书馆弹琴》，见《风月锦囊》本《琵琶记》。下同）以及【本序】"长空万里，见婵娟可爱，全无一点纤凝。十二栏杆，光满庭，凉侵珠箔银屏。偏称，身在瑶台，笑斟王斝，人生几见此佳景？(合) 惟愿取年年此夜，人月双清"（第二十四出《中秋玩月》）等曲词，显然也超出多数观众的理解范围。这也意味着颇具典丽色彩的《琵琶记》，除了感人的故事性叙说之外，优美的音乐旋律应该也是导致该剧深受各个阶层受众欢迎的另一个主要原因。

下层观众对曲律的关注或许并不止乎此，遗憾的是，在现存的各类文人著述中，很少可以发现直接相关的文献为之证明。不过，如果宋元时期的下层观众一点儿也不关心音律的尽善尽美，那么，"曲（南曲）之次第，须用声相邻以为一套，其间亦自有类辈，不可乱也。如【黄莺儿】则继之以【簇御林】，【画眉序】则继之以【滴溜子】之类，自有一定之序，作者观于旧曲而遵之可也"[1] 之类比较严谨的用韵规则似乎很难产生。何况早在元代，胡祗遹就明确要求包括南戏演员在内的演出群体必须具备"歌喉清和圆转，累累然如贯珠"等基本素质。由此可见，即便文化素养不足的观众群体，也会以曲律的标准与否来褒贬一部剧作，很可能，此类褒贬多以感性的形态出现，较少理性思辨色彩。

二　对本色通俗的语言追求

除了文化素养的差异而外，下层民众的日常接受惯性也是导致这个观众群体渴望接受通俗易懂戏曲语言的主要原因之一。和日日沉浸于诗词歌赋等典籍的文人不同，很多下层观众几乎没有多少教育背景。不仅如此，在这类观众的日常生活中，口传文学可能就是很多南戏受众文化接受的唯一。相比较书面文学，口传文学基本以浅显易懂、活泼生动的语言为特质。正如文人观众主要依据传统诗词的接受惯性来对待戏曲一样，下层观

---

① 　徐渭：《南词叙录》，《中国古典戏曲论著集成》（三），第 241 页。

众当然会以山歌、俚调的审美指向要求戏曲。宋、元时期，因为南戏的创作主体也是文化程度相对较差的书会才人，故而其语言体式基本以邻里对白式的日常语言为主。如现存最早的南戏《张协状元》第十二出【字字双】的曲词几同山歌、俚调：

> 一石两石米和谷，也一担担。两桶三桶臭物事，也一担担。四把五把大栎柴，也一担担。豆腐一头酒一头，也一担担。

而第十八出旦脚扮演的贫女和生脚张协所唱的两支【荷叶铺水面】则全系日常口语：

> 【荷叶铺水面】才郎到此处时，奴家正生怜念心。雪若晴，君家定着出庙门。(合) 谁知先世，已曾结定。您困穷，何时免得日系萦？
> 【同前】张协到感我妻，同谐已约百岁期。困此间，不若上国夺桂枝。(合) 身荣那时，也争得气。没裹足，如何便得身会起？

可以想见，《琵琶记》的原型、早期南戏《赵贞女》的曲词大致和《张协状元》差不多。但是，即使以清丽见长的《琵琶记》，其语言体式也是基本建立在下层观众易懂易晓的基础上，否则，《琵琶记》在民间的影响可能要小得多。如《风月锦囊》本所选的《琵琶记》第四出《强伯皆应试》中【宜春令】等几支曲子，文而不晦，雅中见俗。现将这几支曲子转录如下：

> 【宜春令】虽然读书万卷，论功名非吾意。儿只愁亲老，梦魂不到亲帏里。便教我做到九荆三槐，怎撇得萱花椿树？我这衷肠，一点孝心，对谁人语？
> 【似娘儿】亲年老光阴有几？行孝正是今日。终不然为着一领蓝袍，却落后了戏綵班 (斑) 衣。此行荣贵虽可拟，怕亲老等不得荣贵。
> 【太师引】(外) 他意儿难提起，这其间就里我自知。(末) 他为甚么？(外) 他恋着被窝中恩爱，舍不得离海角天涯。你是个读书人，说个比方与你。塗山四日离大禹，你直恁的舍不得分离！(末) 秀才，你敢定如此么？

你贪鸳侣守着亲帏，多误了鹏程鹗荐的消息。

【三学士】（生）谢得公公意甚美，凡事仗托扶持。假饶一举登科日，难道是双亲未老时。只恐锦衣归故里，双亲的不见儿。

但是，文人的南戏原创或改编之作毕竟有别于书会才人，他们在诗词等雅文学的接受惯性下，想方设法化俗为雅，以致很多下层观众难以真正地理解曲意。在这样的客观条件下，不少戏班为了让下层观众轻松接受，便采取化雅为俗的方式迎合这个接受群体。倘若有些作品因为经典或约定俗成等原因不便作本质性的改动，弋阳腔等剧种则采用"加滚"的方法使曲牌词句通俗化。加滚即增加滚调，而所谓滚调，就是明代弋阳腔、青阳腔等剧种在剧本曲词的前后或中间增加一些近乎口语的韵文或便于朗诵的短句，以使曲词明白易晓易。在念白处加滚称为滚白，在唱词处加滚称为滚唱。如本出《琵琶记》赵五娘告诉丈夫自己并非思虑山遥路远，而是担心无力供养公婆时，便加入了一段滚白："自古男儿志四方，何须妻子碎肝肠。不虑山遥并水远，惟愿你衣锦早还乡。"可见，弋阳腔之"加滚"的演出形式最能体现下层观众对本色通俗的语言追求。如明代黄文华选辑的《新锲精选古今乐府滚调新词玉树英》本《琵琶记》中的《书馆思亲》之【前腔】便是如此：

【前腔】几回梦里，忽闻鸡唱。悲哀出于离别，真情发于梦寐。忙惊觉错呼旧妇，同问寝高堂上。待朦胧觉来时，那见我的爹娘？依然新人鸳帏凤衾和象床。牛氏夫人，下官被你逗留不得回去。教我怎不怨香愁玉无心绪？我怎么埋怨夫人？若对他说破，一同回去，必然肯从。争奈岳父势压朝班，威倾京国。更思想，被他拦挡。一生光景他乡老，谩洒西风泪两行。教我，怎不悲伤？下官在此，我牛氏夫人呵，未热有扇动齐纨，未冷有锦帐重帏。俺这里欢娱夜宿芙蓉帐，我五娘在家，上有暮景之桑榆，下无孙技之兰玉。耳闻四壁之蛩声，眼对残灯之孤影。独枕凄凉，孤单漏永。他那里寂寞偏嫌更漏长。差矣，伯皆思父母，礼之本。然怎么想着五娘身上去？我少年夫妻，合欢有日；老景爹娘，报答无时。谩悒怏，把欢娱翻成闷肠。我爹娘在家，只靠五娘侍奉。他是女流之辈，那有肥甘之养？他菽水既清凉，夫人见下官不乐，朝夕追欢强饮。夫人，你纵有百味珍馐，我伯皆心不及此。我何心贪恋着美酒肥羊？父母见我不归，说我固宠忘亲；五娘见我不归，说我恋新弃旧。怎知我辞官辞婚，二封奏章皆不允？闪杀人花烛洞房，愁杀我挂名金榜。蓦地里自思量，且揾了眼泪，少时夫人瞧见，不当稳便。正是，在家不敢高声哭，今日将我衷肠说来，只好下官自嗟自叹。倘闻之于外，莫说人呵，就是那猿闻也断肠。

应该指出的是，尽管下层观众大多都具有浅显易懂的语言，但是这种浅显易懂并不完全等于质木无文。从创作手法上看，即使早期南戏的大多直白而质朴，相比现实生活，这种语言也是被雅化后的结果。晚近的文人南戏创作和改编也同样如此，一方面，文人剧作家不愿意失去下层民众这个最为广大的接受群体，于是他们不失文人本意的前提下，通过有意俗化的方式迁就下层受众；另一方面，即便文化修养不那么深厚的书会才人，也大多带有几分卖弄文采的清高心理，不断将原生态的生活语言转化为文采斐然的书面用语。虽然雅化生活语言的难度很大，但化雅为俗的难度同样不小，好在白居易、柳永等文人诗词作者已经有过非常成功的范例，"凡有井水饮处，即能歌柳词"① 等接受情况，说明了柳永等文人作者已经实现了歌词与民间燕乐杂曲的完美结合。白居易甚至在理论层面上关注被俗化了的诗歌和上述接受者之间的重要关系："其辞质而径，欲见之者易谕也；其体顺而肆，可以播于乐章歌曲也。"② 诗词之类的雅文学尚然这样，戏曲、小说等以下层市民百姓为接受主体的俗文学更是如此。郭英德先生认为，自明代中期开始，因为"社会文化格局逐渐发生了划时代的转型：文人从依附贵族转向倾慕平民，或者更准确地说，从附贵族之骥尾转向借平民以自重。文人自我意识的高涨和主体精神的张扬，促成了不可抑止的文化权力下移的趋势，以文人为主角的社会文化模式逐渐取代了以贵族为主角的社会文化模式"。③ 如果从现存北曲杂剧的发展与接受轨迹上看，郭英德先生所言具有相当大的合理性；倘以南戏作为参照物，郭英德先生则难免有削足适履之嫌。因为南戏本来就是起源于民间，在相当长的时期之内，它并未登上文人、贵族的红氍毹。如果说此前的南戏作品基本出自书会才人之手，那么当高明及其创作的《琵琶记》出现之后，南

① （清）王奕清：《避暑录话》，《历代词话》卷四，唐圭璋：《词话丛编》（二），中华书局1986年版，第1162页。

② 白居易：《新乐府序》，《白居易集》，中华书局1979年版，第522页。

③ 郭英德：《明清传奇史》，江苏古籍出版社1999年版，第26页。

戏的衍变轨迹恰好与郭英德先生所言相反。南戏本为书会才人借平民自重的一个不可或缺的媒介，正是因为高明的《琵琶记》，南戏才逐渐成为更多文人借包括帝王将相等贵族和文人士大夫自重的重要手段。另外，再根据《五伦全备记》和《香囊记》等作品的创作和接受背景分析，上述观点的合理性不言自明。明代中期以后，随着南戏向文人传奇的演变，较之先前，越来越多的文人剧作家也是越来越以贵族、文人的审美趋向为旨归，较少顾及下层观众的欣赏习惯。这样，南戏的创作和接受便从早期借平民自重部分地转向依附贵族的骥尾。从根本上说，积习难改的两大接受群体必然导致近乎截然不同的审美趋向，这种近乎截然不同的审美趋向在某种层面上又加大了这两大接受群体的稳定性，这也使依附贵族骥尾的南戏接受直到晚清时期依然生命力顽强。因此，也正是因为文人士大夫并不愿意彻底抛弃典雅的言语表述，弋阳腔等以下层观众为主体南曲系统才会有"加滚"这种俗化方式的探索和产生。

三　对机趣的看重

机趣即风趣，是戏曲表演中令观众忍俊不禁的语言、动作或情景。中国古代戏曲之所以专设净、丑两类脚色，主要是出于机趣的舞台需要。例如，当《琵琶记》中净脚扮演的媒婆刚一出场时，其自言自语式的唱词不仅入骨地揭示了自身的本质，而且立即饶有趣味地引导观众入戏："【字字双】我做媒婆甚妖娆，谈笑；说开说合口如刀，波俏。合婚问卜若都好，有钞；只怕假做庚帖被人告，吃拷。"（《六十种曲》本《琵琶记》第六出《丞相教女》）上述场景在《琵琶记》中不仅并非个例，而且比比皆是。如第三出《牛氏规奴》中净脚扮演的老姥姥、丑脚扮演的惜春和末脚扮演的院公在后花园打秋千的戏，因为笑点很多，以致剧情轻松，大大减轻了观众的审美疲劳。由此可见，在中国古代戏曲的表演中，机趣的地位重要到几乎必不可少。难怪李渔认为："'机趣'二字，传奇家必不可少。机者，传奇之精神；趣者，传奇之风致。少此二物，则如泥人、土马，有生形而无生气。"[1] 如前所言，因为文化素养较差以及重"戏"重于"曲"等审美习惯，下层观众对所有南戏作品都表现出强烈的重机趣的审美期待。虽然现有的史料很少直接记载，但是，只要结合被接

---

① 李渔：《闲情偶寄·重机趣》，《中国古典戏曲论著集成》（七），第24页。

受南戏作品的人物形象与语言特色等，下层观众"重机趣"的心理还是不言自明。

以声腔而论，自明代中叶以来，弋阳腔已经逐渐沦为民间戏曲的代名词。可能是因为"其节以鼓，其调喧"① 等舞台效果迥然不同于海盐、昆山等声腔的清丽婉转，因此弋阳腔遭到文人士大夫的普遍厌恶。也可能因为非常适合高台旷野等民间舞台演出场所，所以弋阳腔又被称为高腔。不特如此，据顾起元《客座赘语》所云："弋阳则错用乡语"，故"四方土客喜闻之"；② 同时，弋阳腔还具有"句调长短，声音高下，可以随心入腔"③ 等优势，非常容易和各地自成机趣的地方曲调相结合，所以生命力极强，并最终形成了"数十年来，又有弋阳、义乌、青阳、徽州、乐平诸腔之出，今则石台、太平梨园几遍天下，苏州不能与角什之二三"④ 的繁荣局面。

尽管很少有史料可以直接证明下层观众具有明显的重机趣的接受心理，但是一些相关的曲话和笔记还是不经意地把这种审美趋向表露无遗。前述李渔关于"机趣"的理解和认识，即可视为下层观众这种接受理念的外现。和吕天成、王骥德、祁彪佳等文人曲家不同，李渔及其《闲情偶寄》所传达的种种戏曲创作和接受思想，几乎无一不是站在下层观众的立场上有感而发的。如果说李渔及其《闲情偶寄》更具理性色彩，那么，明清时期的许多戏班和演员别具一格的舞台表现却感性十足地将下层受众重视机趣的心理表露无遗。例如，成化年间的散曲作家陈铎作有《嘲川戏》和《嘲南戏》两套散曲，其中描写的内容不仅可视为民间南戏的演出情形，而且也颇能直观地体现出下层观众重机趣等接受特点。现将《嘲川戏》这一散套的部分内容转录如下：

> 【七煞】黄昏头唱到明，早辰间叫到黑，穷言杂语诸般记。把那骨牌名尽数说一遍，生药名从头数一回，有会家又把花名对。称呼也称呼的改样，礼数也礼数的蹊跷。

① 汤显祖：《宜黄县戏神清源师庙记》，徐朔方笺校：《汤显祖诗文集》（下），第1128页。

② 顾起元：《客座赘语》，《新曲苑》本册二，第8页。

③ 凌濛初：《谭曲杂札》，《中国古典戏曲论著集成》（四），第254页。

④ 王骥德：《曲律》，《中国古典戏曲论著集成》（四），第117页。

【六煞】《刘文斌》改了头，《辛文秀》换了尾，《刘电光》换和着《崔君瑞》。一声蛮了一声奋，一句高来一句低，异样的丧声气。妆生的道将身去长街看黄宣张挂，妆旦的说手打着马房门叫保子跟随。

【四煞】士大夫见了羞，村浊人看了喜，正是村里鼓儿村里擂。这等人专供市井歪衣饭，罕见官员大酒席。也弄的些歪乐器，筝琶儿乱弹乱矼，笙笛儿胡捏胡吹。

在【七煞】中，陈铎所谓"把那骨牌名尽数说一遍，生药名从头数一回"等戏曲表演样式并非仅仅出现在形式低劣、言语粗俗的下层民间舞台上，就连大名鼎鼎的《琵琶记》第十出（案：即《六十种曲》本《琵琶记》的第十出《杏园春宴》）也有大段展示演员念白功底的"黄门赋"。在这段"黄门赋"中，演员虽然不是"把那骨牌名尽数说一遍，生药名从头数一回"，却也将马的各种名称以及毛色等尽数说出。不仅如此，《琵琶记》还在对皇宫、寺院、书馆的描述中，一遍又一遍地重复着《黄门赋》的叙述手法。无独有偶，在颇受各个观众阶层欢迎的《金印记》中，也出现了展示演员辨利口才的"蛋赋"。从本质说，不论是川戏的"把那骨牌名尽数说一遍，生药名从头数一回"还是《琵琶记》《金印记》的"黄门赋"和"蛋赋"，学术素养再好的观众也没有必要一一知晓骨牌以及马匹等如此多的名称。从案头接受的角度看，似乎很少有读者会有兴趣将这些马以及马厩的别名一一读完，一目十行可能是这种文学体式的最佳读法。但是设想一下，如果演员真的能如胡祗遹所谓"语言辨利，字真句明"地将《黄门赋》等诵念出来，其舞台效果是不是机趣横生呢？另外，陈铎所谓的"有会家又把花名对"，从舞台效果上看，这不仅不是川戏的缺点，相反，它也是促成舞台效果充满机趣的重要表现手段之一。难怪在明代胡文焕所辑的《群音类选》中，也摘录了与"黄门赋""蛋赋"相似的"百花品评"等几支曲子。

从中国古代戏曲剧本所展示的演出实景推测，机趣的舞台效果最容易从净、丑两种脚色的插科打诨等中流露出来。如《琵琶记》第四出净扮的蔡母在蔡伯喈的婚姻问题上有下述一段台词：

我到不合娶媳妇与孩儿，只得六十日，便把我孩儿都累瘦了；若

更过三年，怕不做一个骷髅。（钱南扬：《元本琵琶记校注》）

这段话语虽然未免粗俗，但它同样可以生发无数舞台机趣。类似的例子在中国古代戏曲中并不鲜见，似乎净、丑两个脚色的语言，都和现实之间具有强烈的反差。可是，也正是这种强烈的反差，却恰到好处地调节了舞台场景冷热不均。再如《琵琶记》第十一出，在丑脚扮演的媒婆和末脚扮演的牛府堂候官以及外脚扮演的牛丞相之间，也各有一段妙趣横生的对白，只不过这两段对白较之前述蔡母之语未脱大雅而已：

> （末白）婆婆，我且问你，你挑着惹多鞋做甚么？（丑白）总领哥哥，你不知近日来宅院中小娘子要嫁得紧了，媒婆与他撺掇出门去，临行做对鞋谢媒婆。今年知他撺掇了多少亲事，鞋都穿不迭，有剩的都卖了。（末）有谁买？（丑）只是宅院小娘子买去。（末白）宅院里小娘子，脚都小小的，买这鞋做甚么用？（丑）魍魉贼！他要嫁得紧了，买来谢媒婆，省得做。
>
> （外白）媒婆，你挑着惹多东西做什么？（丑白）复相公：这个便是媒婆的招牌。（外白）且问他这斧头做什么？……（丑白）《毛诗》里面说得好，道是析薪如之何？匪斧弗克。娶妻如之何？匪媒不得。以此把斧头为招牌。……（末）婆婆，相公问你将称作何用？（丑）最要紧用这个，唤作量称人。凡做媒时节，先把新人新郎称过相似，方与说亲。去后夫妻便和顺不相嫌。若是轻重头了，夫妻只是相打骂了。老媳妇前日在张宅门前过，见一个小娘子在那里哭，老媳妇问那小娘子：你为甚哭？他道：嫁不得一个好人。老媳妇试把称来与他两个称一称看，可知不是对。（外末）如何？（丑）新郎称得二十八斤半，新人只称得二十三斤。……（外）且问他将绳子要做什么？（丑）这是赤绳。做夫妻须把绳系定他两个脚，方可做得夫妻。（末）如何系？（丑）我与你系看。（丑系末脚放自脚将来绊倒末介）（末叫介）（丑）可知不是姻缘，自系不得了……

除了通过言语辨利和插科打诨等舞台效果有机地传达颇具审美价值的机趣之外，很多戏班还在舞台设置上匠心独运。如张岱在《陶庵梦忆》之《刘晖吉女戏》中便提及这样的舞台布景：

　　刘晖吉奇情幻想，欲补从来梨园之缺陷。如《唐明皇游月宫》，叶法善作，场上一时黑魆地暗，手起剑落，霹雳一声，黑幔忽收，露出一月，其圆如规，四下以羊角染五色云气，中坐常仪，桂树吴刚，白兔捣药。轻纱幔之，内燃"赛明珠"数株，光焰青黎，色如初曙，撒布成梁，遂蹑月窟，境界神奇，忘其为戏也。其他如舞灯，十数人手携一灯，忽隐忽现，怪幻百出，匪夷所思，令唐明皇见之，亦必目睁口呆，谓氍毹场中那得如许光怪耶！①

　　《唐明皇游月宫》不是南戏，但张岱本人一直生活于江浙等南方地区，刘晖吉家的女乐家班所演诸剧作用的也是南曲声腔。因此，想必这个家班女乐在演出一些南戏剧目时，类似的奇情幻想等舞台设计定当不乏。同样，在追求声色之欢的家班发展史上，这种光怪陆离的舞台布景或设置也绝非仅见。

　　与上述奇情幻想相似，清代李绿园在长篇小说《歧路灯》中也描述了一种既充满机趣，又少有经济压力的滑稽场景。在小说的第十回中，宋云岫请客看戏，演的是《全本西游记》：

　　唐玄奘西天取经，路过女儿国。这唐玄奘头戴毗卢帽儿，身穿袈裟僧衣，引着三个徒弟——一个孙悟空，嘴脸身法，委的猿猴一般，眼睛闪灼，手脚捷便。若不是口吐人言，便真正是一只大玃猴。一个猪八戒，长喙大耳，身穿黑衣，手拿一柄十齿耙子。出语声带粗蠢，早已令人绝倒。一个沙僧，牵着一匹小白马，鞍屉鞦辔，金漆夺目。全不似下州县戏场，拿一条鞭子，看戏的便会意，能"指鞭为马"也。……这个猪八戒的科诨俳场，语言挑逗，故作挝耳挠腮之状。这众人的笑法，早已个个捧腹。

　　……再一出，更撩人轩渠处，乃是八戒渴了，曾吃了女儿国子母河的水，怀孕临盆。上场时，只见孙悟空揿着大肚母猪，移步蹒跚可笑，抱腹病楚可怜。……只见这孙悟空扶八戒坐在一个大马桶上，自己做个收生稳婆，左右抚摩，上下推敲，这八戒哭个不住。……少时肚子瘦了，悟空举起大马桶细看，因向戏台一倾，倾出三个小狗

<hr />

① 张岱：《陶庵梦忆》，第87页。

儿，在台子上乱跑。……那看戏的轰然一笑，几乎屋瓦皆震。

突破传统的演出习惯，将真正的马匹牵上舞台者已自不乏机趣；而猪八戒在吃了子母河水后，扮演孙悟空的演员竟然设计出类似魔术的手段，让猪八戒产下三只小狗满场乱跑的场景，难怪观众"轰然一笑，几乎屋瓦皆震"。看来，这种格调并不是很高且难免恶俗的机趣手段，也并非仅仅会出现在一时、一地或一个孤立的戏班中，它应当是明清时期下层民间演出的常态。

如果说此类插科打诨或者舞台效果设计难免恶俗，那么，不少深谙观众接受心理的剧作家便在剧情的设置和场面安排上突出舞台机趣。而且这样的机趣设置不仅下层观众喜闻乐见，即便文化素养深厚的文人受众也会为之倾倒。在这方面，最经典的莫过于《拜月亭》之《旷野奇逢》的由剧中人的台词设计而生发的一系列机趣。比如，当王瑞兰的母亲因呼唤"瑞兰"而引来蒋世隆的妹妹蒋瑞莲；王十朋寻找妹妹而把名字相近的王瑞兰呼唤到面前时，奇巧却符合常理的剧情就典雅有致地激发了观众机趣的接受心理。另外，当蒋世隆貌似忠厚，实有所图的言语表达更让多数观众感到了生机盎然的舞台效果。现将蒋、王二人的这一段转录如下：

> （生）娘子，我是孤儿，你是寡女，有人厮盘问，教咱猜疑。（旦）乱军中谁来问你？（生）缓急间，语言须是要支持。（旦）路中不拦当，可怜做兄弟。（生）做兄妹到好，奈面貌不同。有人盘问着，教咱甚言抵对？（旦）有个道理。（生）有甚道理？（旦）怕问时，权说做夫。（生）小娘子说话轻薄，小生是簧门中一秀才，怎叫我去做夫？（旦）夫字下面，还有一字。（生）夫字下面的，不知是夫子、是夫人？（旦）冤家，他明明知道，只要故意调戏我。怕问时，权说做夫妻。（生）夫妻便是夫妻，那有权说之理？恁的是方才事已，（合）便同行访踪穷迹去寻觅。（《乐府玉树英》本《拜月亭·旷野奇逢》）

不唯《拜月亭》的对白设计充满机趣，南戏《织锦记》和《同窗记》中七仙女和董永、祝英台与梁山伯在分别之际的言语对白，也和《拜月亭》有异曲同工之妙。如七仙女明知大限来临而又不便对董永明说，便以仙鸟和凡鸟的差别暗示他们之间的这种仙人两途的夫妻关系即将结束，但淳朴憨厚的董永竟然浑然不觉。祝英台也同样地以河中的雌雄鸳鸯向梁山伯暗示自己的女儿身份，后者的舞台表现也和董永几无二致，根本无法领会。更能体现上述三剧机趣的舞台效果设计的是，无论上面所说的插科打诨还是难免恶俗的舞台情节，编剧水准较为低下的剧作家多将喜剧性的场景或结局展现给观众，而《织锦记》和《同窗记》等则把悲剧性的氛围作为机趣的生发点。在这个层面上说，《织锦记》和《同窗记》尽管在文学价值上逊于《琵琶记》等经典南戏很多，但它们在把握观众的接受心理上却时露锋芒，灵光乍现。

四　对"动人"情感的心仪

"论传奇，乐人易，动人难"，这是高明在《琵琶记》第一出《副末开场》中所述的南戏创作与接受现状。的确，不论是"插科打诨"还是"寻宫数调"，都是剧作家和各戏曲演出团体的基本功之一，因而不难为之。但要从总体上把握剧情并在情感上彻底打动观众，剧作家与演员则必须具有潘之恒所谓的"才、慧、致"才能做到。如果将高明上述的不满引申到当时南戏接受的范畴内予以考察，也很容易得出一般南戏基本能做到既"寻宫数调"，又让观众从中得到乐趣的结论。还可以这样理解，在《琵琶记》以前的南戏创作中和接受中，很多剧作家与戏曲演出团体往往在"插科打诨"和"寻宫数调"等细枝末节上下功夫，他们创作的南戏虽然可看性较好，但却不能在情感上打动观众。或许主要受《琵琶记》的影响，多数观众于是将"动人"的情感作为南戏接受的第一要义。倘若再从现传的一些早期南戏如《赵贞女蔡二郎》《王魁》《祖杰》以及晚近的《卧冰记》《跃鲤记》《金印记》等作品来看，与其说这些作品是因为上佳的艺术质量，倒不如说它们是凭借可以感动观众的情感为后世所知。另外，根据下层百姓的生活状况及其对身外之事的关注程度，这个接受群体显然对身边的生活琐事比政治或者历史事件更具敏感性。虽然早期的南戏并不缺少对重大历史事件的关注，但宋元南戏和北杂剧的历史关注点却迥然有别。如《单刀会》《梧桐雨》和《汉宫秋》等北曲历史剧，基本以深沉的历史反思来体现剧作家对重大历史的态度，但《东窗记》《贾似道木棉庵记》《牧羊记》《投笔记》等历史题材的南戏则通过对日常生活现象的处理再现剧作家的历史体认。另外，北杂剧历史戏仅仅将善恶有报置于一些次要人物身上，而历史题材的南戏却将全剧最主要的人物放在因果报应的漩涡中予以轮回。甚至在情感指向上，《梧桐雨》《汉宫秋》等北杂剧展现的波澜壮阔的悲剧美并不适合下层南戏观众的审美趋向，倒是《东窗记》《贾似道木棉庵记》《牧羊记》《投笔记》等因为牵涉过多的悲欢离合而产生的凄婉的悲剧美，更容易在下层观众的心灵深处产生强烈的共鸣。甚至可以这么认为，《东窗记》《牧羊记》和《投笔记》等历史题材南戏恰恰因为近似苦难的现实生活实录，因而在情感上更能打动一般观众。而这些剧作的最佳情感传达渠道，并不是著名历史人物感天泣地的悲剧性历史事件，而是赵贞女、王魁等现实而普通的小人物的悲欢离合。

原创或改编于明代初中期的历史题材南戏也没有在情感指向上接受北杂剧的创作理念，而是继续沿着早期南戏特别是《琵琶记》《荆钗记》和《白兔记》等的路数继续朴素发展，并受到了下层观众的持续喜爱。如《大明天下春》本所收的《岳飞记》（即《东窗记》）散出，便是将家、国的不幸紧紧缠绕在一起，汇阳刚和阴柔两种悲剧美于一身，最能掀起观众心底的情感波澜。特别是《岳夫人收尸》这一出，岳夫人及其女儿的悲情倾诉和赵五娘、李三娘等下层妇女直面苦难时的心理活动非常相似，都是对生离死别的无奈和怨恨。这种心理活动，在战乱频仍的中国古代民间生活中，虽非身边的司空见惯，也绝不是稀见个案。因此，将下层民众对苦难生活的体验融入重大历史事件，以平民的视角透视位高权重的历史人物的日常生活，使《东窗记》《牧羊记》和《投笔记》等历史剧对多数观众具有极大的吸引力。而且剧情越悲苦，这种吸引力就越大。下面所选的岳夫人及其女儿的三支唱词，既可以见证悲苦的剧情在历史剧中的作用，又可以想见其中动人的情感表达：

【一剪梅】……（旦）不见孩儿与我夫，空教留我一身孤。（贴）月明只有身随影，父兄三人踪迹无。

【皂罗袍】此身全不由己，只得与孩儿离却深闺。为奔丧星夜往京畿，含羞忍辱辞归地。（合）魂飞魄散，登程恨迟。孤舟一叶，离愁万缕，悠悠望断江儿水。（贴）幼长深闺未适人，红颜薄命古来闻。终天冤枉何时报，共涉千山万水程。

【江儿水】仰面酬樽酒，枉自涕泪涟。相公呵，你昔日道大丈夫当扫平天

下，图像于凌烟阁上。你当初要把功名显，谁知道奸臣辄起如剑，使我骨
肉恩情中路断。提起教人伤感。

　　历史剧尚且如此，家家都必须直面的婚姻或家庭伦理剧更是打动观众
的最主要题材。这或许是为什么在宋元时期的南戏作品中，婚姻和家庭伦
理剧在数量上"约占已知南戏的二分之一"①主要原因。在婚姻剧中，
"弃妇"题材最受关注，甚至大有成为文艺作品永恒母题的趋势。虽然宋
元时期南方普遍因为妻大夫小等实情，致使越来越多年长色衰的妇女成为
弃妇。但是，无论这些妇女被抛弃的理由多么合理，都无法避免弃妇们令
人唏嘘的悲剧现实。更重要的是，弃妇现象产生的主要原因，竟然大多源
于丈夫在政治或经济上地位的暴发，这种现象无疑有违多数下层观众的道
德标准。以承传已久的道德标准来衡量弃妇现象，或愤慨或同情的心理便
油然地在受众内心激荡，动人的接受效果于是水到渠成。一个颇为值得研
究的现象是，很多南戏弃妇剧在塑造女主人公形象时，基本是沿着悲情的
道路越走越远，如《张协状元》中的贫女形象即是如此。在《张协状元》
中，当身遭抢劫的张协无以为生时，贫女采用婚姻的形式雪中送炭。而暂
时脱离饥馑之苦的张协非但没有表现应有的感激，反而不时恶语相加。一
旦高中状元，不认发妻仅是贫女的悲情之始，挥剑相砍则将这种悲情演绎
到了极致。在没有任何过失的情况下，这个类似邻家女孩的贫女所遭受到
的不幸命运自然而然地让观众的心理随着上述剧情的发展而失衡，强烈的
心理共鸣便顺理成章地油然产生。
　　在明清时期的南戏接受中，还存在一个值得关注的现象，这就是在现
存的南戏文本中（包括全本戏、零出折子戏和仅仅保存在各种曲谱中零散
支曲），类似《拜月亭》《明珠记》《绣襦记》等纯粹言情的作品并不多，
倒是《琵琶记》《白兔记》《香囊记》等以家庭伦理为主要反映对象的作
品比比皆是。钱南扬先生等前辈学者已经注意到了这种现象，但他们并没
有深入地探究现象背后的原因。不过，明清时期的学者虽然没有意识到这
种现象会作为一个独立问题存在，但他们却从剧情或文辞、曲律的角度，
为这个问题的探究开启了方便之门。例如，明代的王世贞曾说："《拜月
亭》之下，《荆钗》近俗而动人，《香囊》近雅而不动人，《五伦全备》

---

① 刘念兹：《南戏新证》，第10页。

是文庄元老大儒之作，不免腐烂。"① 在这里，王世贞所谓"雅""俗"的实质乃是专指《香囊记》和《荆钗记》的语言风格而言的。但是，如果站在受众的立场上，断章取义地将"雅""俗"作为文人和下层百姓两个受众群体的代称，合理性同样很大。另外，王世贞的上述言论似乎还可以这样阐释：只有符合"近俗"和"动人"标准的南戏，才能拥有最大数量的观众。或许，很多以青年男女的爱情为主要反映对象的南戏作品，正是因为不够"近俗"和"动人"，才湮没在历史的长河中。为什么南戏凭借《琵琶记》等在家庭伦理题材上独步江湖，爱情题材却鲜有佳作呢？看来，受众的审美趋向也是回答这个问题的最佳答案。毕竟，宋元时期南戏的创编者和受众多为下层文人与民众，他们不可能像北曲杂剧那样以文人士大夫为主要接受对象。即使越来越多的普通观众涌向了北杂剧的观众席，但身为名家的上层文人剧作家也比下层书会才人更容易借戏自娱，也更容易忽视下层受众的审美趋向。在上层文人剧作家的笔下，爱情是神圣高洁的，男女主人公不仅要郎才女貌，还得有一些不食人间烟火的味道才够浪漫。但在书会才人们的笔下，再神圣的爱情都必须建立在一定的物质基础上；而在多数下层受众的眼中，世界上根本没有不食人间烟火的爱情，所有青年男女都要切记人伦规范。就连大名鼎鼎的《牡丹亭》，不食人间烟火的爱情也只能发生在梦中，一旦杜丽娘还魂复活，他们还必须依靠金榜题名才能将此前的感情延续下去。质言之，超越现实是北曲《西厢记》攀上爱情题材顶峰的主因，而凛遵现实才是南曲《琵琶记》的成功之道。

另外，《香囊记》虽然总体上不如《荆钗记》动人，但它也绝非王世贞所谓的"近雅而不动人"。相反，从现存各种戏曲选本摘录的折子戏来看，《香囊记》恰恰是因为具有动人的情感而绵延不息，直到晚清时期仍然活跃在舞台上。也就是说，从各个戏曲选本摘录的折子戏的主要剧情来看，《香囊记》入选频率较高的《兄弟话别》《忆子平胡》和《舍生待友》等折子戏竟然也和《荆钗记》的《祭江》《哭鞋》与《舟会》等一样，是靠动人的情感才赢得观众的长期喜爱。再从《荆钗记》和《香囊记》的受众范围来看，前者在文人士大夫和下层民众中间都有庞大的接受市场，而后者的传播范围与受众数量明显较小。无论昆曲还是弋阳腔，无

---

① 王世贞：《曲藻》，《中国古典戏曲论著集成》（四），第34页。

论全本戏还是零出折子戏，《香囊记》都无法抗衡《荆钗记》。从现存各种戏曲选本对南戏的选收频率来看，也只有《琵琶记》情况稍好，但两部作品依然在伯仲之间。朱崇志曾从选本的角度，把所有杂剧（包括明清杂剧）、南戏和传奇作品放在一起考量，然后将被 15 种以上戏曲选本摘录过的作品逐一列出。从中可见，《荆钗记》所受到的欢迎程度远远大于《香囊记》。以下便是他的统计结果："选收频率在 15 次以上者有 15 种戏文，依其频率高低列举如次：《琵琶记》28，《荆钗记》26，《拜月亭》24，《金印记》23，《绣襦记》20，《千金记》20，《白兔记》19，《四节记》19，《香囊记》17，《连环记》16，《投笔记》16，《破窑记》16，《寻亲记》15，《三元记》15，《三国记》15。"[1] 如果将上述统计内容再加具体和细化，以这两部剧作被各种戏曲选本摘录的折子戏多寡为标准，更容易得出《香囊记》远远不敌《荆钗记》的结论。特别是清代著名戏曲选本《缀白裘》中，《香囊记》只有《看策》一个折子戏入选，而《荆钗记》竟然有《参相》《见娘》等 19 个折子戏入选。看来，《香囊记》在明清时期的戏曲接受市场中，总体剧情的确不如《荆钗记》更动人。

　　虽然《香囊记》和《荆钗记》分属不同的题材类型，但是这两部剧作在家庭伦理的道德指向上则表现出惊人的殊途同归。前者以张九成、九思兄弟、夫妇在家和国问题上如何处理忠孝两全为故事的生发点，后者以女子婚嫁前后对"三从四德"为主线展开戏剧冲突，尽管这两部剧作在明清时期各个阶层的受众范围内都广有市场，但《荆钗记》还是在悲情氛围的营造上近似于《琵琶记》《白兔记》等，远远领跑于《香囊记》。如《玉莲投江》《十朋祭玉莲》和《忆子平胡》《舍生待友》等四出分别是这两部剧作最为观众喜爱的经典折子戏。毋庸讳言，倘若孤立地欣赏这四出折子戏，那么它们悲情氛围的营造都取得了相当高的成就；但是，如果将这四出折子戏放在一起比较，前者无疑比后者更具感染力。无须亲临戏场，下面所引的几段曲词，即可使两者之间的"动人"情感高下立判：

　　【前腔】忙行数步我身孤。夫，我当初一心要嫁着你，为着那一件来？也只道你是个饱学秀才，异日成名，我一家望你抬举。谁知你今日龙门才点额，就写

　　① 朱崇志：《中国古代戏曲选本研究》，第 68 页。

休书弃了奴。只怨我的儿夫，才得成名不顾奴。书上写万俟丞相把女相招，夫，你若是不成其事则可，若是忘荆钗糟糠旧妇，恋锦屏绣褥新人，你读甚么书？做甚么官？管甚么百姓？是甚么好人？空读着圣贤书。我父亲接你一家在西廊居住，临行赠你白金十两，琴剑书箱，春衣夏服送你启程，你今才得身荣贵，不记当初贫贱时。全不记当初。钱玉莲本是贞洁之妇，被人嫉妒。夫，你果然入赘豪门，贪恋荣华辜负奴？此事未知真实，何须苦苦怨他？纵使他停妻再娶，妾岂肯改志从人？宁使夫纲而不正，焉可妇道而或乖。奴身守节溺江流，万古名传永不休。来到江边低首看，滔滔江水浪悠悠。（《大明天下春》本《荆钗记·玉莲投江》，下同）

【绵搭絮】滔滔江水浪悠悠。自古道：人生不认魂，死不知尸首。奴死一命归阴，相趁相随任意流。河伯、水官、水母娘娘，玉莲今日投江，万望你将尸骸沉在深渊之内。休流奴浅水滩头，见奴尸首。若是近方人知道我事情的，道奴本是贞洁之妇；有一等远人，不知我事情的，他道是这妇人有甚不周。奴只愿流落在深潭，万里长江尽处休。夫承宠渥，九重金阙拜龙颜；妾受凄凉，一纸诈书分凤侣。富室强媒希娶妇，惑乱人伦；萱堂逼勒成亲，毁伤风化。妾岂可从新而弃旧，为肯顺邪而失节？争如就死忘生，决不辜恩负义。一怕损夫之行，二惭污妾之名，三虑玷辱宗风，四恐乖违妇道，惟思全节，不为污浊名拴；原聘之荆钗，永随身伴。脱所穿之绣履，遗记江边。妾虽不能效引刀断鼻朱妙英，却慕抱石投江浣纱女。

【七贤过关】（夫）萱亲未老时，棠棣联登第。忠国大堂堂，片云天角遮红日。秦桧奸贼，你朝纲不整，边塞壅藏。九成的儿，比本是圣贤徒，耿耿全忠直。只因你话不投机，雾时间苍蝇点破无瑕玉。一戎千里，端的是雄威，怎知俺胜败兵家不可期。虽然是不测虏囚能剋地，也须要烈烈轰轰全纲义。几时得凯歌满路，甲兵尽洗，恩赐光闾里。那时节白马红缨昼锦归。（《大明天下春》本《香囊记·忆子平胡》，下同）

【前腔】（旦）男儿立世间，仁义扶纲纪；妇人不下堂，裙布糟糠辈。（夫）你读书怎的为官，怎的为功名生别离？到不如田舍翁，骨肉相完聚。若论着为臣道理，虽要葵心倾向日，切莫学柳絮因风作雪飞。论人生忠孝难全备，先要把礼义纲常紧扶持。怎奈是路途千里，无人寄与，俺这里望断天边雁，他那里难寄苏卿一纸书。

通过上面的四支曲子，不难发现，以曲词论，《香囊记》的确典雅有余；以"动人"论，《荆钗记》则独领风骚。如果说《香囊记》的这几支曲子尚可以通过文人士大夫的阅读经验期待视野引发某种共鸣的话，那么《荆钗记》的期待受众群体显然要大于《香囊记》。正如《香囊记》有引发文人受众感动的基础一样，《荆钗记》则最适宜生长在下层观众之间。另外，即使《香囊记》悲情氛围的营造一点也不输于《荆钗记》，恰如王世贞所言，典雅有余、本色不足的《香囊记》的语言障碍也会对广大下层观众无端产生只可远观、不可亵玩的空间距离。

第五章

接受学视域内的南戏评点

明清时期，随着南戏案头刊刻的日盛，评点这种中国古代独有的文学接受样式不仅随之出现，而且渐呈普及之势。从外在形态而言，明代戏曲评点直接表现为案头而非场上接受，但在内容上，明代的戏曲评点不仅多以场上接受为基点，而且评点用语也大多游离于案头接受，呈现向舞台接受靠拢的趋势。与明代的戏曲评点具有直接的舞台观剧指导功能有所不同，清代的戏曲评点更多地表现出探究剧作家创作得失等案头接受的特质。在这个层面上说，主要建立在舞台接受基点上明代的戏曲评点，其用语远较清代生动活泼。当然，主要建立在案头接受基础上的清代的戏曲评点也并非一无是处，更具理性思辨色彩就是它见长于明代戏曲评点的特色之一。另外，从明清时期戏曲评点的这种由场上而案头的风格转变过程，也大致可以推考和印证彼时南戏舞台接受由盛而衰的演进历程。简言之，从外在形态上看，明清两代的戏曲评点直接表现为案头接受；但从内容上看，多数戏曲评点都和场上接受密切关联。早期戏曲评点用语通俗活泼，具有直接而实际的观剧指导功能；后期的戏曲评点学理化倾向明显，以自觉归纳舞台艺术的创作和实践经验以及导引读者案头接受等功能为要义。不仅如此，明清时期戏曲评点的兴衰过程还是印证被评点剧作舞台传播和接受兴衰的有效手段之一。

第一节　接受学视域内的南戏评点

随着文学研究领域的开拓和研究工作的深入，戏曲评点已经引起越来越多的学者关注，吴新雷、齐森华、赵山林等先生都曾涉足其间，并且取得了阶段性的成果。但是，真正将戏曲评点视为一个独立、严谨体系并予以深入把握的，则是朱万曙先生及其《明代戏曲评点研究》。稍有遗憾的是，当今学界主要将评点纳入文学批评的范畴，以接受学的视角考释明清两代的戏曲评点特别是南戏评点的专门著作尚未出现。

粗稽一下现存的各种戏曲评点本，不难发现明清时期的南戏评点和当时文人南戏的舞台与案头接受之间关系非常密切。也可以这么认为，包括南戏在内的各体文学评点其实就是文人接受高潮的具体产物。当如鲠在喉的接受感言不得不发的时候，今之所谓严格意义上的文学评点就已经处于萌芽状态。所谓的戏曲评点，其实就是"我国传统的戏曲批评方式之一。通常是在剧本正文的有关地方予以圈点、短评，并与读法、总评和序跋合为有机整体，从而对文本进行阐释归纳与导引升华，充分体现评点家本人的基本思想、审美情趣和哲学观念"①。毋庸置疑，评点属于案头接受范畴，没有文本的广泛流传，评点这种产生于精细阅读的接受感言将很难有发生、发展的机会。元代以前，中国古代戏曲基本以场上传播为主，大量优秀的剧本无缘出版发行。况且，即使出版商愿意为之梓行，因为颇多名人题咏等原因，元代的北曲杂剧也比以书会才人为创作主体的南戏条件优越，现存北杂剧的刊本远远超出南戏即是明证。直到明代中叶以后，因为印刷术的发展，更因为繁荣的南戏接受市场吸引了高明、李开先、陆采等上层文人在创作和改编上的积极参与，提升了文化品位的南戏作品才获得和北杂剧及此后诞生的文人传奇相同的出版机遇。谭帆先生认为，中国古代的小说评点之所以发生、发展，必须以两个条件为基础：其一是小说创作与传播的相对繁盛；其二是文人对通俗小说的逐渐注目。② 在这里，谭帆先生不仅注意到小说的传播、接受和评点之间的密切关系，而且要言不烦地指出这种密切关系的契合点位于文人的案头接受之上。此说可谓切中肯綮。没有创作的繁荣和发展，传播的相对繁盛当然无从出现；同理，缺失相对繁盛的接受局面，创作的繁荣和健康发展肯定难以为继。当然，将谭帆先生的上述观点用来衡量包括南戏在内的中国古代戏曲评点的发生和发展，合理性同样很大。毕竟，没有繁荣的案头接受，无论戏曲还是小说的评点都将是空中楼阁。

但是，基于文体特征和接受方式的不同，戏曲与小说的评点方式以及发生、发展轨迹也各具特质。早在文学评点这种特殊的案头接受发生之

---

① 齐森华：《中国曲学大辞典》，浙江教育出版社 1997 年版，第 18 页。
② 参见谭帆《中国小说评点研究》，华东师范大学出版社 2001 年版，第 11—12 页。

前，很多位高名尊的文人已经积极投身于小说的创作，小说特别是文言小说这种文体因此相当成熟。如魏晋时期出现的《搜神记》和《世说新语》等，已经初具后世文言小说的基本规模。到了唐代，以《莺莺传》《李娃传》《南柯太守传》为代表的传奇彰显了文言小说创作与接受的第一个高峰来临。唐传奇创作的兴盛，同时也在侧面彰显出文言小说接受的繁荣。由此观之，早在唐前的文言小说就有呈现案头接受的趋向，它和后世的通俗小说先通过说书艺人的场上传播，然后才发展为案头接受的轨迹不同。和小说的接受情况鲜明有别的中国古代戏曲的案头接受要晚得多。当元代的南戏和杂剧的舞台传播已经遍及宇内的时候，这两种戏剧形式仍然主要表现为场上之曲，即便文化素养很高的文人士大夫，也很少主要通过案头而不是舞台接受它们。也就是说，当小说特别是文言小说的接受已经成为很多文人的案头读物时，明代中叶以前的文人南戏接受仍然主要局限在舞台上。

　　接受形式的差别必然导致评点的方式不同，主要作为案头文学的小说评点一开始就基本沿袭诗文评点的旧路，颇具理性思辨色彩。但是，初始期的戏曲评点则明显不同，评点者的评点用语大多表现为受众的观剧感言，随意性很大，因而在某种程度上显示了对诗文等传统评点原则的背离。如"读法"是小说评点的一个重要组成部分和主要形式，崇祯年间贯华堂所刊金圣叹的评点本《贯华堂第五才子书水浒传》、康熙三十四年梓行的张竹坡评点的《皋鹤堂批评第一奇书金瓶梅》等十余种小说，就是主要以"读法"为主要评点线索的代表。另外，在现存的两百余种小说评点本中，多数虽然未直接以"读法"相号召，但它们的精髓仍然体现在文本的解读中。这些评点本不仅在理论的创新和归结上没有超越金圣叹等人的"读法"范畴，而且在评点的格局上也亦步亦趋金圣叹等评点大家。这种评点格局的产生，显然是仅仅把小说作为案头文本，忽视了说书艺人场上相对形象的二度创作的结果。明代的戏曲评点明显不同于小说，尽管从明代中、后期开始，各种形式的剧本刊刻一点也不亚于小说，但是绝大多数的评点者依然将案头读物的剧本看作场上之曲予以评点，如《李卓吾先生批评琵琶记》等很多评点本就是这样。以容与堂刊刻的《琵琶记》第二出《高堂称庆》为例，当旦脚扮演的赵五娘唱至【锦堂月】"辐辏，获配鸾俦。深惭燕尔，持杯自觉娇羞"时，李卓吾的眉批为："像个两月新妇"；"持杯自觉娇羞"一语的夹批则更简洁，仅以一个

"妙"字就将旦脚身心俱用、眉目传情的舞台表现总括无遗。在第四出《蔡公逼试》的【前腔】曲后，外脚扮演的蔡公有如下一句念白："是以家贫亲老，不为禄仕，所以为不孝。"李卓吾的眉批为："难道做官就是大孝了？"凡此等等，就像受众的观剧感言一样随意，全无丝毫学究气息。特别是在《牛氏规奴》一出中，当丑脚惜春说出"花红柳绿，猫儿也动心；……鸟啼花落，狗儿也伤情"之语时，李卓吾的评语是："却原来动心的是猫，伤情的是狗，大家思量一思量？"从这条评语的语境来看，与其说李贽在进行剧本的案头评点，倒不如认为他伙同众人在一起看戏，随同看戏的可能既是年龄相仿的同辈好友，也可能是坐拥长者的晚生后学。如果是同辈好友，那么这条评语很可能产生于同辈相谑的情境之中；如果是晚生后学，这类因戏而生的评语则又体现出德隆望尊的长者语重心长地教诲晚生后辈的长者之风。

　　类似的例子不仅在容与堂刊刻的《琵琶记》评点本中通篇皆是，在署名陈继儒批评的师俭堂本《鼎镌琵琶记》中，其批语语气以及评点者的态度和容与堂本之间的差异不大，也颇具观剧感言的性质，全然不像理论总结。如第十二出《奉旨招婿》的出批为"到此娶亲已经年岁矣，尚说他青春年少，则古人三十而娶之语亦不可凭。缘何赴试之时，渠母已八十余矣，天下岂有妇人五六十岁生子之理？"第十四出的"老牛真俗气，有女岂无个人物，只管挨与状元，实是牛也"等出批，和一般受众的观剧感言基本没有多少差别。此外，诸如托名李贽、徐渭、汤显祖评点的《三先生合评古本琵琶记》、万历金陵世德堂本《新刊重订出相附释标注裴度香山还带记》等南戏评点模式基本和上述评点本也相差无几，这就很难令人产生"李卓吾的评本，汤显祖的评本，冯梦龙的评本，孔尚任的评本，吴趼人的评本，特别是金圣叹是评本，都是优秀的戏曲评点，其中包含着极丰富的戏曲理论资料，值得我们认真总结"[①] 之类的神圣感。相反，扑面而来的倒有几分那个自号"卓老"的大学者李贽以及徐渭、汤显祖、陈继儒等曲学大师和一群观众不时交换观剧意见的随意和滑稽身影。明末清初的著名戏剧家李渔认为，"小说乃无声之戏，戏曲乃有声小说"。在这样的创作思维指导下，他便将自己的一部小说集命名为《无声戏》。但是无论如何，明清时期把戏文看作"有声小说"者大有人在，把小说视

---

① 齐森华：《曲论初探》，华东师范大学出版社 1985 年版，第 8 页。

为无声戏曲的读者则很很少。可能正是没有把剧本仅仅看作孤立、僵化的文本,而是把案头剧本阅读当作不能亲临剧场观剧的一种弥补等原因,很多戏曲评点者抛弃评点学的传统手法,直接将自己或时人的观剧感言代替本应该具有的理性评语。可见,小说评点的注重"读法"分析,戏曲评点多具观剧感言性质产生的基础,应当和文人的接受方式密切相关。

以阅读剧本的方式弥补不能亲临剧场的缺憾,或者以读者对剧本的穷幽探微来印证演员场上二度创作的成功与否,这或许是明清时期戏曲案头接受者的普遍心态。但是,即使同为案头阅读,很多文人对南戏和杂剧、文人传奇的接受态度也不尽相同。北杂剧因为最早经过上层文人的积极参与,更因为它的剧本体制短小,仅仅四折并一个楔子,所以它们的剧本文学价值明显超过篇幅动辄长达几十出的南戏。另外,不论是元杂剧还是明清杂剧,抒情性强、叙事性弱是它们的普遍特点。南戏则不同,尽管它在元末明初也经过很多饱学之士的积极参与,但是南戏叙事性强、抒情性弱的特点一直没有质的改变。再则,杂剧特别是元代的北曲杂剧特别注重对曲词的锤炼,多数剧作家抱着创作散曲的态度精心结构曲词,优美而且极具抒情性的曲词特别符合文人诗词接受习惯,因而杂剧的案头接受就比南戏更接近诗词的欣赏。只要简单比照一下杂剧和南戏的评点,不难发现即使同一个评点者,他们的评点方式也有着较为明显的区别。这种区别主要表现为,杂剧评点更接近传统的诗文评点,而南戏的评点则直到在清代才基本脱离观剧感言的性质,回归到正统评点的潮流中来。如明代容与堂刻本《李卓吾先生批评北西厢记》第六出《红娘请宴》的一条出批是:"文已到自在地步矣";第八出《莺莺听琴》的出批为"无处不似画"等,就和诗文评点几无二致。特别是下面的这段评语,已经具有典型诗文评点的特质:

> 尝言吴道子、顾虎头只画得有形象的,至如相思情状,无形无象,《西厢记》画来的逼真,吴道子、顾虎头又退数十舍矣。千古来第一神物,千古来第一神物!
>
> 白易直,《西厢》之白能婉;曲易婉,《西厢》之曲能直。《西厢记》耶,曲耶?白耶?文章耶?红娘耶?莺莺耶?张生耶?读之者李卓吾耶?俱不能知也。倘有知之者耶?《西厢》曲文字如喉中褪出一般,不见有斧凿痕、笔墨迹也!

　　《西厢》文字一味以摹索为工，如莺张情事，则从红口中摹索之，老夫人与莺意中事则从张口中摹索之，且莺张及老夫人未必实有其事也。的是镜花水月，神品神品！（第十出《妆台窥简》出批，转引自朱万曙《明代戏曲评点研究》，第337页）

　　在李卓吾生活的时代，北调杂剧已经几为绝响，因此，明代中、后期的北《西厢》接受，只能通过案头的方式进行。尽管李日华易北为南，使《西厢记》在明清时期依然风行场上，但是，为了合乎南曲的演唱习惯，李日华不得不采取改词就调的方式。改词就调的改编方式一方面难免削足适履，另一方面极容易招致很多文人的普遍不满。于是，颇有挑剔眼光的文人一方面难抵南调《西厢》的场上诱惑，另一方面仍然沉溺于原汁原味的《王西厢》曲词不能自拔。再加上传统诗文欣赏的惯性使然，即使谙熟场上之曲的李卓吾也不能不把《西厢记》当作纯案头文本。只要比较一下他的《琵琶记》评点和北《西厢》评点，接受习惯决定评点方式之说越发凸显较大的合理性。

　　自明代中期以后，随着折子戏的风行，篇幅浩瀚的南戏和文人传奇已经逐渐缩小了全本戏的演出规模。即使是被时人尊为"曲祖"的《琵琶记》，也有不少戏班不能首尾完整地搬上舞台，这从嘉靖年间随驾北上的老曲师顿仁所说的"《伯喈》曲某都唱得"的自豪语气中，即可大致推测全本戏的沦落。此外，随着清代乾、嘉年间以后的花雅之争越来越激烈，更多的南戏作品也逐渐远离舞台。尽管南戏场上繁荣的局面难以为继，但是南戏剧本的案头阅读却未呈颓势。虽然花部最终赢得了这场花雅之争的最后胜利，但是直到今天花部剧本的案头接受依然无法匹敌渐趋衰亡的雅部昆曲。虽然文人对南戏剧本案头接受的兴致没有多少改变，但是这个群体对南戏剧本的阅读方式已经在明末清初发生了质的变化。尽管一部分文人仍然以场上之曲的阅读习惯接受南戏作品，更多的文人则从纯文本的角度审视案头的南戏脚本。和金圣叹将《庄子》《离骚》《史记》、"杜诗"、《水浒传》《西厢记》当作宇宙之内的"六才子书"一样，清代的毛声山则并在此基础上补充《琵琶记》，合为天下"七才子书"。这样，仍然风行场上的《琵琶记》便被人为地割裂为场上之曲和案头之书。在这种接受思维的影响下，明末清初以后的《琵琶记》评点也和《西厢记》等剧作一样，回归到传统诗文评点的轨范之中。如《毛声山评第七才子书琵琶记》的第二出《蔡公逼试》中，当扮演蔡婆的净色唱至"娶得媳妇才六十日"，毛氏评论说："八十岁老亲，方娶得六十日媳妇，必无之理也，而故写之，所以明其非真蔡邕事耳。"关于《琵琶记》的这段关目疏漏，明清时期的很多观众和读者都注意到了，徐渭、陈继儒、李渔等还分别对此予以指摘，如前述陈评之语和徐评之语即是。徐渭认为："看'八十余'三字太不通，人岂有五六十岁生子之理？"但是，徐评、陈评更似乎剧场接受，毛评明显带着案头学究的气质。尽管在《三先生合评琵琶记》中，短小的徐评因为语境的模糊难分场上、案头，只要结合本出汤显祖的评语，不难发现徐评还是有感场上而发。本出的汤评是："张老不过外人，如何絮絮叨叨要蔡生去，致使父母饿死，而成其为不孝之名，亦该以花面扮之。"另外，不论是《琵琶记》还是其他南戏，未脱离观戏感言的明人评点大多短小精悍，其评语的感性特质也远远大于理性的思辨。而清代植根于案头接受的南戏评点则不乏长篇大论，这些评语具有非常明显的阅读经验的总结性质。如毛评本《琵琶记》几乎每一出都附有短至数百、长达千言的出批，这些批语确实"包含着极丰富的戏曲理论资料，值得我们认真总结"。即使如此，毛评本《琵琶记》和金批本《西厢记》一样，过分重视创作和阅读经验的总结，反而使它们严谨有余，活泼不足。如果说李卓吾等南戏评点本将会使读者在增加阅读经验的同时，也提升了他们看戏的审美境界的话，那么毛评本和金评本等则更多体现出李渔所指出的那种遗憾："乃文人把玩之《西厢》，非优人搬弄之《西厢》也。文字之三昧，圣叹已得之；优人搬弄之三昧，圣叹犹有待焉。"①再如，前述旦脚赵五娘的唱词"持杯自觉娇羞"之语，李卓吾仅以一"妙"字夹批。毛评本则不然："两月矣，犹自娇羞。近有三日新妇，帐中私语，不畏属垣，人前称谓，竟如熟识者，抑又何也？"两相比较，李评更像彼时剧场观剧时习见的喝彩。但是，李评毕竟不如毛评成熟。因为即使文化素养再差的观众也会为演员的传神表演喝彩，并不是每个观众都能将这种由衷的赞美用条理清晰的语言表述出来。

当然，不论初始期的南戏评点还是回归到传统评点轨范之中的成熟期南戏评点，评点者在案头接受之始绝无截然割裂该剧本所具有的场上、案

---

① 李渔：《闲情偶寄·词曲部·格局第六·填词余论》，《中国古典戏曲论著集成》（七），第70页。

头两种功能的用意。这在明清时期南戏的评点形态表现上，那就是不论何种南戏评点，评点者都不自觉地将它们和诗文、小说等案头读物区别对待。如毛批本等即有一些批语和剧场结合得非常紧密，李评本等则也有很多专论读法或剧本作法的理论精华。在毛批本的第三出《牛氏规奴》中，在"丑扮惜春上"的舞台提示之后，毛氏的评语为"丑扮惜春妙"；在第七出《才俊登程》的"生唱【甘州歌】"的"日日思亲"旁，毛氏的评语为"前曲轻带妻房，此则专思父母"等，用语风格与李卓吾颇多类似。同样，在李评本的第二十一出《糟糠自厌》中，赵五娘的有一句说白是："天有不测风云，人有旦夕祸福"，李氏的评语为："无暇说此，删"；第二十六出《拐儿绐误》中蔡伯喈所唱【下山虎】"男邑百拜"的眉批是："曲至此都成自然，此是文章家第一流也，今人那得如此。"这类评语的不时出现，说明李卓吾并没有忘记自己在阅读剧本，而不是亲临剧场看戏。

第二节　南戏评点的发展轨迹及现存评点本述论

　　虽说汉代的章句点勘已经初步具备了后世评点学的某些要义，但是，完全意义上的文学评点则可能发端于北宋时期。据叶德辉《书林清话》卷二《刻书圈点之始》记载，"刻本书之有圈点，始于宋中叶以后"①。遗憾的是，叶氏所谓的评点本俱以不传，现存最早的评点本是南宋吕祖谦的《古文关键》。值得注意的是，早期文学评点并非仅仅体现在诗文等传统文学领域，南宋末年著名词人刘辰翁还开了小说评点的先河。在刘辰翁所评点的十余种作品中，就有对《世说新语》的评点。元代以后，评点之学渐兴，如谢枋得的《文章轨范》、方回的《瀛奎律髓》、真德秀的《文章正宗》等多种文学评点本皆已流传至今。不过，今知的小说评点本仍只有刘评《世说新语》。明代特别是明代中叶以后，随着印刷术的进一步发展，各体文学评点更趋兴盛，后世所谓的评点原则和评点形式至此靡不该备。就文学类型来说，传统的诗文评点依然保持强劲的发展势头，就连仍然不入许多文人士大夫法眼的通俗小说和戏曲也有多种评点本问世。特别是《水浒传》《西厢记》和《琵琶记》等通俗名作，现存明代评点本数量

---

① 叶德辉：《书林清话》，古籍出版社 1957 年版，第 33 页。

惊人。接承明代评点的余续，清代的文学评点强势依旧。微存憾意的是，清代的文学评点并没有在题材上突破前人的领域，经史、诗文、小说和戏曲的评点仍是诸位评点家的着力所在。尽管清人的评点态度较之明人更为严谨，但是，像戏曲、小说等通俗文学的评点还是表现出理性有余、感性不足的特征。以南戏评点为例，将评点学的范围从经史、诗文扩大到小说、戏曲并使之成为一种风气的李贽，紧扣受众的接受心态，以观众日常习见的剧场人语为生发手段展开评述。其中既有各种理论的阐发，也不乏生活的活泼情致。但是，以清代的金圣叹、毛声山等评点家为代表，依然在舞台流行的《西厢记》和《琵琶记》等经典名作，却几乎完全被变成了仅具案头功能的僵化文本。在他们的笔下，很难窥见诸如李贽、徐渭、汤显祖和陈继儒等明代评点家短小风趣的评点风格，代之而起的是长篇大论式的文章结构和人物鉴赏分析。虽然金、毛二氏的《西厢记》和《琵琶记》评点展示和保存了更多的珍贵戏曲创作和阅读经验，但不能不说他们二人关于《西厢记》和《琵琶记》的评点在很大程度割裂了这两部剧作的舞台和案头功能。

就产生的具体年代来说，始于明代中、后期的南戏评点并不落后于小说和北杂剧很多。不过，如果考释这三者之间的评点形态，不难发现南戏评点的发生、发展轨迹更接近于诗文，表现出一种自成一格的成长途径。宋代中叶以前，虽然评点本的诗文案头读物迄今未见，但是接受者未尝不以默思或言语的形式在整体和局部的范围内臧否所接受的对象。何况早在先秦时期，以书面形式对所接受对象展开评论之作已经并不鲜见，如《左传·襄公二十九年》所记载的："吴公子季札来聘……请观于周乐。使公为之歌《周南》《召南》，曰：'美哉！使基之矣，犹未也，然勤而不怨矣。'为之歌《邶》《鄘》《卫》，曰：'美哉，渊乎！忧而不困者也。'"等，就是典型的关于音乐和《诗经》的美学评论。只不过这类评论文字并没有出现在《诗经》之《周南》《召南》与《邶》《鄘》《卫》等眉头或首尾行间等处，而是出现在其他与之不相干的另一部著作中而已。另外，虽然吴公子季札当时并非以案头阅读的方式接受《诗经》，而是在观看形象的歌舞表演，但这一点也妨碍了他对所接受对象的批评。再则，吴公子季札所接受的歌舞表演，其实就是后世戏曲的源头之一，他的上述批评方式，在后世的剧场中不断地以观剧感言的方式在几乎每一位受众之间时有发生。最后，无论明清时期的南戏评点表现为鉴赏性、学术性还是演出性的评点，归根结底都具有和《左传》等一样的文学批评性质。当然，对《诗经》这部单一著作展开具体批评的，此前或以后也远非吴公子季札一人，最著名的如孔子、孟子、荀子等，都曾以类似的方式批评过这部著作。至于其他较为著名以及默默无闻的《诗》学批评家更是不计其数，只不过有些批评家的言论有幸流传，更多论《诗》之作不幸湮没而已。在这个层面上来说，如果吴公子季札、孔子、孟子等人将他们的论《诗》之语直接体现在《诗经》这部著作的相关地方，则这些人就可作为《诗经》的最早评点者重新引起后学的注意。同理，倘若后世的徐渭、李卓吾、金圣叹和毛声山等评点家把他们的论剧之语置之别的著作中，则这些大师级的人物同样可能也不会在后人的这一研究领域内占有一席之地。

如果说诗文的口头评点尚需一定的教育背景和文化素养作为支撑的话，那么，戏曲、小说的口头评点则相对容易得多，即使没有任何教育背景的一般受众也一样可以从事它们的评点。根据焦循的《花部农谭》记载，村野农夫在田事余暇，纷纷"群坐柳荫豆棚之下，侈谭故事"①。显然，这种群坐侈谈剧情，即可视为观众对所观之剧的口头评点。作为浅显易懂的通俗文学，早期南戏在东南沿海地区拥有数量庞大的观剧群体，虽然这个观剧群体多由文化程度不高的"畸农市女"构成，但这并不妨碍南戏口头评点的发生和发展。由此可见，萌芽期的各体文学评点不仅产生于接受者的心思口述，而且此类的心思口述已经非常符合后世所谓评点的要义，只是它们没有被形诸笔墨或者理性思辨色彩尚嫌不足而已。正如原始的口传文学被视为后世书面文学的源头一样，将各种文学的接受观感认为是评点的萌芽形态亦自有据。从这个角度出发，陆游的诗句"死后是非谁管得，满村听唱蔡中郎"当是最接近现存南戏评点的最早书面记录。遗憾的是，这两句话也并未被实录到当时南戏的演出脚本上，否则，南戏评点的渊源便可上溯到南宋时期。

正如后世剧作家可以根据书面的戏曲评点获取创作经验一样，原始形态的南戏口头评点也对该戏剧形式的健康发展起到至关重要的作用。众所周知，元代以前的南戏作品并无案头功能，它们都是专为场上之需才诞生于世的。另外，不论南戏还是杂剧、传奇等其他戏曲样式，他们的生存状况也并非呈现一成不变的凝固形态，剧作家和戏班、演员等创作和演出群

---

①　焦循：《花部农谭》，《中国古代戏曲论著集成》（八），第 225 页。

体随时根据观众与时地的不同调整、改变剧情和演出方式。说到底，这种剧情和演出方式的改变就是以观众的审美情趣为出发点，是剧作家和戏班趋同于受众审美心理的产物。早期南戏《赵贞女蔡二郎》之所以流变为《琵琶记》，"马踏赵贞女，雷轰蔡伯喈"等悲剧情节最终发展为一夫二妻的大团圆结局，当与之密不可分。"南戏作家将编撰剧作作为谋生营利的手段，他们为了获得较好的经济收益，必须要使自己所编撰的剧本能得到更多观众的喜爱。"① 不仅南戏的编撰如此，在流变过程中的南戏改编也同样是以这个前提为基础的。因为，"剧场的纵向整合功能，是把演员和戏的势能传达给观众，再从观众的反映中得到新的能量，从而达到互相认同的效果"②。从这个角度说，源于接受的南戏口头评点逆向复归于剧作家和戏班、演员，剧作家和戏班、演员再根据观众的反馈意见，适时调整创作、改编和演出思路，这是一个周而复始的批评、调整的过程。当然，即便如《琵琶记》的《吃糠》《描容》等经典出目，也无妨观众评点心态。如《琵琶记》的《高堂称庆》一出，李卓吾先生对演员的脚色配置甚为不满："妇人虽无远见，姑息之爱乃人常情。不合以净脚扮蔡婆，易以老旦为是。不然，因子辱母，为人子忍乎？"③ 上述言语虽然出自《琵琶记》的案头评点本，但是它却和久已存在的一般受众的剧场观感并无二致，充其量不过是南戏口头评点在剧本上的笔录而已。

明代中、后期，大量的南戏剧本被出版商作为牟利的手段刊刻出版，南戏的案头接受因之大行于世。或许是兴会所至，或许是受到相对成熟诗文评点的启发，将阅读感想和阅读经验的总结等内容形诸笔墨时代终于来临。现有史料证明，中国古代最早的戏曲评点者是徐渭，发评点之端的剧本为北杂剧最著名的作品《西厢记》。徐渭的评点本虽然今已不存，但现存较早的戏曲评点本仍为徐士范刊行的《重评元本题评音释西厢记》。④王实甫的《西厢记》乃北曲的扛鼎之作，它的演出场所不仅遍及海内，而且仅从其曲词的优美程度来说，就足以使明清时期几乎所有文人受众艳羡不已。可见，中国古代的戏曲评点诞生于《西厢记》原不足怪。随后，

---

① 俞为民：《论古代戏曲中的婚姻描写》，《南大戏剧论丛》（贰），中华书局2006年版，第302页。

② 董健、马俊山：《戏剧艺术十五讲》，北京大学出版社2004年版，第242页。

③ 李贽：《李卓吾先生批评琵琶记》，明容与堂刊本，第二出眉批。

④ 参见朱万曙《明代戏曲评点研究》第19—20页。

被称为"南曲之祖"的《琵琶记》也引发了南戏评点的热潮。据朱万曙先生统计，仅万历前期至明末短短的 70 年左右的时间之内，就有"各种戏曲评点本一百五十种左右"。① 而且这 150 种左右的评点本中，各种南戏的评点本就有 32 种之多。此外，在这 32 种南戏的评点者中，几乎所有人或者具有较为深厚的理论素养，或者具丰富的创作经验，有些评点者甚至就是当时的学界巨擘或曲学大师，前者如李卓吾，后者有汤显祖等。尽管一些评点者因为位卑名弱等原因而托名李卓吾、汤显祖等名家大师，但他们对当时的戏曲文体和舞台实践都非常谙熟却是不争之实。

　　一个值得深思的现象是，虽然南戏评点的发生之期晚近于北曲杂剧，但是此后南戏评点的发展轨迹却较之北杂剧更符合诗文评点的发展轨迹。以北《西厢》的评点为例，"谭帆《金圣叹与中国戏曲批评》一书对明代《西厢记》的评点系统予以论述，认为从'徐士范本'发端，经'王骥德本'、'凌濛初本'至清初'毛奇龄本'，构成了'学术性'的评点系统；从'徐文长批本'一系发端，经过'李卓吾批本'而到清初'金圣叹批本'，形成了'鉴赏性'的评点系统；而《槃过硕人增定改定本西厢记》和《西厢记演剧》则代表了'演剧性'的评点系统"。② 朱万曙先生的上述言语将《西厢记》的评点演进轨迹概述甚明。但是，如果将李卓吾的评点本《西厢记》和《琵琶记》之评语汇辑一下，不难发现北杂剧的评点发端更接近受到诗文评点的启发，而南戏诸评点本则沿袭具有口头评点性质的观剧感言。如李评《西厢记》的部分评语为："如见，如见"（第三出眉批）；"描写惠明处，令人色壮"（第五出眉批）；"文已到自在地步矣"（第六出眉批）；"无处不似画"（第八出眉批）等，仅系案头接受的结果，全与剧场无涉。而李批《琵琶记》的评语基本为"今世上只有蔡公，再无蔡婆也。如蔡婆者，真间生之大圣，特生之活佛"（第三出眉批）；"太婆、太公先去，夫妻复流连半晌，关目极妙"（第四出眉批）；"戏则戏矣，倒须似真，若真者反不妨似戏也。今戏者太真，真者亦太真，俱不是也"（第七出眉批。案：第五、第六出无批）等，虽则直接表现为案头接受的结果，其实它们也和萌芽期的南戏活泼有致的口头评点并没有多少差别。由此可见，如果从接受层面考释南戏和北杂剧的评点系

---

① 朱万曙：《明代戏曲评点研究》，第 11 页。
② 转引自朱万曙《明代戏曲评点研究》，第 201 页。

统，前者当发源于剧场受众的观剧感言，后者受到具有成熟形式的诗文评点的启发迹象则远比南戏明显。这从本期的南戏评点普遍显示出案头、舞台水乳交融的特点而北杂剧更多呈现案头接受的结果中即可显见。

更能显示评点和接受之间紧密关系或者说在具体形态上更能体现南戏评点从场上接受走向案头的轨迹是，明代不少南戏评点本还在一些文字生僻、词意难懂之处附加音注和释义。不仅如此，为了方便读者的形象思维，很多南戏评点本都配有精美的插图。从表面上看，直观的释义音注以及加配插图清晰地说明了评点者有意将其评点与一般的观剧感言区别开来，但是，要真正把当时的南戏评点从舞台上脱离出来却非易事。如《古本戏曲丛刊》初集选收的万历金陵世德堂刻本《新刊出相附释标注拜月亭记》《新刊重订出相附释标注裴度香山还带记》《新刊重订附释标注出相裴度香山还带记》以及《古本戏曲丛刊》五集所收的万历金陵世德堂刻本《新刊重订出相附释标注裴淑英断发记》等，虽然将评点、音注、释义或插图融为一体，但是上述评点本的精髓仍呈现较多的舞台接受特质。看来，即使将评点之外的内容和评点家的精思妙见融为一体，也不能认为明代的南戏评点在万历年间就已经迈入其发展的第三个阶段。这种换汤不换药式的南戏评点充其量不过是徐渭、李卓吾、汤显祖等评点原则向金圣叹或者说毛声山等清人的过渡阶段。

真正昭示南戏评点下一个阶段来临的评点者是金圣叹。虽然金氏本人并未直接参与南戏评点，但是清代最有成就的南戏评点家毛声山及其《琵琶记》品评却在总的方法上得益于金批《西厢记》。尽管毛声山在《琵琶记》的评点实践上大力肯定《琵琶记》的风化思想内容，和金圣叹力陈《西厢记》并非"诲淫"之作，而是天地妙文的进步思想有些背道而驰，但是毛批《琵琶记》的艺术分析却没有逊色金圣叹多少，自有其独到之处。毛声山之后，清代的诸多南戏评点者基本唯金圣叹的马首是瞻，未越雷池半步。因此，将金圣叹或者毛声山视为南戏评点第三个阶段的创始人和总结者极具合理性。

金圣叹和毛声山等评点者之所以将舞台和案头的《西厢记》或《琵琶记》等截然区别，主要原因当然与其接受视角密不可分。在金圣叹、毛声山等清人看来，《王西厢》《琵琶记》等剧本结构严密无间，人物形象饱满生动，曲词优美无伦，极富诗情画意，凡此等等，自是天地之间的一种妙文，故堪与《庄子》、屈原的《离骚》、司马迁的《史记》、杜甫的诗歌和施耐庵的《水浒传》并列为"六才子书"。如"《西厢记》不同小可，乃是天地妙文。自从有此天地，他中间便定然有此妙文，不是何人做得出来，是他天地直会自己劈空结撰而出，若定要说是一个人做出来，圣叹便说，此一个人即是天地现身"（《读第六才子书西厢记法》）。以此视角，《王西厢》就从舞台上依然活跃的艺术表现被金圣叹生硬地转变为案头僵化的定型文本。在这样的接受心态之下，金圣叹以文学而非艺术的视角批点《西厢记》也就不难理解。即使张君瑞、崔莺莺、红娘等在当时的舞台上频频出现的活生生的直观人物形象，金圣叹依然视而不见，专以抽象的眼光予以欣赏。无独有偶，清代另一位评点家毛声山遵依金圣叹的评点轨范，扩大了金圣叹的六才子书范畴，列《琵琶记》为"第七才子书"而予以评点。毛氏人为地把《琵琶记》的场上、案头割裂开来，似乎情有可原。这位"锦心绣肠，久为文坛推重"的著名学者，"不幸两目失视，乃更号声山，学左丘著书以自娱"。[①] 双目失明的毛声山单纯从文学的角度评点《琵琶记》，或出于兴趣使然，或为不得已而为之的客观条件所限，但据其评点形态与风格、内容，仍是遵依金圣叹评点学轨范的必然产物。

---

① 蒉溪浮云客子：《第七才子书序》，转引自侯百朋《琵琶记资料汇编》，第271页。

第六章

明清时期的《琵琶记》接受

在自宋迄清的南戏发展史上，高明的《琵琶记》可谓案头、场上两擅其美的典范。这部根据宋代《赵贞女蔡二郎》改编的南戏作品问世不久，立即获得了包括上至帝王将相、下至贩夫走卒在内的社会各阶层的一致首肯，一时间，"曲祖""传奇之祖"等美誉不期而至。一部剧作能在如此短的时间内就获得社会各阶层的一致喜爱，这在古今中外的戏剧史上实属罕见。虽然剧作家高明在本剧的第一出《副末开场》中曾自信地宣称"骅骝方独步，万马敢争先"，但能真正收到骅骝独步、莫与争锋接受效果的剧作，在中外戏曲史上却是少而又少。从《琵琶记》在某些区域的舞台演出情形上看，似乎就连明清时期最受文人推崇的《西厢记》也不能与之相酹："在浙江，在江南，或者在南方，无班不演《琵琶记》，无脚不做《琵琶》中人。"① 在体现案头接受的文本刊刻方面，《琵琶记》的版本之多，数量之大，也只有《西厢记》才能与之比肩。仅在明代的万历二十五年（1597）前，《琵琶记》的版本数量就达到 70 余种之多，② 这可能还不是其版本的全部。从现有的文献来看，明清时期的《琵琶记》几乎涵盖了当时的所有接受形式，这就是为什么自明中叶以后，曲学界几乎众口一词地崇尚以王实甫《西厢记》为代表的元代北曲杂剧，作为南曲的《琵琶记》仍被奉与《西厢记》同列的"曲祖"，并为"双美"的主要原因。

---

① 洛地：《戏曲与浙江》，浙江人民出版社 1991 年版，第 178 页。

② 玩虎轩主人：《琵琶记序》，吴毓华：《中国古典戏曲序跋集》，中国戏剧出版社 1990 年版，第 98 页。

第一节　《琵琶记》的舞台接受

由于文献的缺失，《琵琶记》诞生之后不久亦即元末明初的《琵琶记》舞台演出情形现在已经难以确考。不过，根据徐渭在《南词叙录》中记述的情况来看，这部剧作能够上达天听并获得明太祖朱元璋的"如山珍海错，贵富家不可无"之类的赞语，则可以在一定程度上说明本剧自诞生之后至明代开国不久的这一段时期，当有在包括南京在内南方各地的各种演出场合中深受欢迎的演出场景。除了徐渭的上述记载，明初以前的《琵琶记》舞台演出情形已经多不可考，不过，通过祝允明所谓"数十年来，所谓南戏盛行"① 之地域分布和陆采"吴优有为南戏于京师者"② 等情况看，自洪武至正统这个时期的南戏演出虽然还主要局限在南方广大地区，一些职业戏班已经将南戏的舞台搭建到北京等北方的广大地区。有理由推测，《琵琶记》是南戏北进的首批剧目之一。如果说此前北方舞台的《琵琶记》演出尚处于零星点缀阶段，那么在长江以南的广大地域，"曲祖"的身迹当是无处不在。据廖奔先生所述，明前期盛演的南戏剧目有《金印记》《连环记》《千金记》等数十种③，这数十种南戏作品的演出地点生虽然没有被廖奔先生一一考订，但除了如《金印记》作者苏复之、《跃鲤记》的作者陈黑斋、《三元记》的作者沈受先等生平不详外，根据《千金记》作者沈采的籍贯为嘉定，《精忠记》作者姚茂良的籍贯为武康（今浙江德清）等情况，也可以看出此时的南戏演出主要集中在南方的广大区域。再根据无名氏《珍珠记》和邵灿《香囊记》等产自南方的南戏作品的关目、剧情构造和人物形象的塑造等方面多有模仿《琵琶记》《荆钗记》或者《拜月亭》等情况分析，南方广大地区的《琵琶记》演出不仅非常活跃，而且这样的关目已经获得了彼时彼地广大观众的首肯。

去英宗正统年间不久，成化年间的北京书肆即有演出本的南戏《白兔

① （明）祝允明：《猥谈》，陶宗仪《说郛三种》，第 2099 页。

② 陆采：《都公谈纂》卷中，《明代笔记小说大观》（一），上海古籍出版社 2005 年版，第 584 页。

③ 参见廖奔、刘彦君《中国戏曲发展史》（三），第 229 页。

记》的刊刻和出售，则说明了此时北京一带的南戏演出较之此前有了很大的发展。也就是说，根据北京永顺堂刊刻的成化本《新编刘知远还乡白兔记》之质朴的文辞、章法全无的行文以及错、别字满篇等情况分析，至迟成化年间的北京一带南戏已经基本普及民间，《琵琶记》已经开始大规模进入本属于北曲地域的千家万户。逮至嘉靖年间，南方各地的演出市场已经呈现南戏一统天下、北曲基本衰绝的态势，而北方诸地域也因为此前的南戏不断北渐，即使一般市井乡民也出现了喜闻南戏等可喜情境。如《金瓶梅词话》曾经提及 10 种左右的南戏剧曲表演，其中不仅有《韩湘子升仙记》《王月英元夜留鞋记》《裴晋公还带记》等全本或零出的南戏表演，更有《琵琶记》的部分零曲演唱。还有，嘉靖年间的状元康海本是北曲大家，其所作《中山狼》院本，系明代一流的杂剧作品。出生于陕西武功、一个典型北方地区的康海虽然非常喜欢北曲，但他周围的观众则更倾向于南戏："康对山每赴席稍后，座间方唱南词，或扮戏文，见其入即更之。"① 有南戏的地方就有《琵琶记》，从这个接受层面推断，最迟在嘉靖年间《琵琶记》就已经风行宇内。众所周知，万历至明亡的这一段历史时期是中国戏曲史上继元代之后的又一个戏曲创作和接受的繁荣时代，与创作上的"曲海词山，与今为烈"兴旺情景相表里，本期的各体戏曲接受更是呈现欣欣向荣的景象。这就是说，在万历至清初这一段不长的历史时空内，《琵琶记》的舞台演出业已攀上顶峰。如明清时期职业戏班的"江湖十八本"之称，第一种便是《琵琶记》可为明证。所谓"江湖十八本"，就是当时几乎所有职业戏班必须掌握的 18 种剧目，倘若一个职业戏班不能演出如《琵琶记》等 18 种最受观众欢迎的戏曲，该戏班可能连生存的余地都不大。

虽然清初的南戏演出市场和明末区别不大，很多地区依然是南曲声腔一统天下的时代。尽管一些优秀的南曲传奇如《长生殿》《桃花扇》不断涌现，但《琵琶记》、"四大南戏"等经典南戏还是占据着当时演出市场相当大的份额，这从当时的一些如《缀白裘》之类的戏曲选本选收的南戏剧目中也可见一斑。当然，颇有柔缓拖沓之嫌的昆山腔毕竟不符合粗犷雄浑的多数北方观众的审美习惯，这才有潜流暗涌的花部声腔的逐渐兴

---

① 李开先：《李中麓闲居集·〈乔龙谿词〉序》，卜健《李开先全集》，文化艺术出版社 2004 年版，第 437 页。

起。在忠孝节义为其主要特点的花部诸剧目的冲击下，同以忠孝为主旨的《琵琶记》因为数百年来的不断搬演，在一些演出场所已经很难匹敌《清风亭》之类清新有致的花部剧曲，所以焦循的《花部农谭》中有乡民在"田事余闲，群坐柳荫豆棚之下，侈谭故事，多不出不花部所演"之类的记述。自清代的乾隆年间以后，随着花雅之争的愈演愈烈，南曲也和此前元代的北曲杂剧一样，不可避免地表露出"夕阳无限好，只是近黄昏"的颓势。在这种颓势的冲击下，《琵琶记》的舞台演出也不免从舞台演出的顶峰逐渐向下坡路迈进。需要说明的是，尽管南戏随着花雅之争而渐趋衰亡，但和北曲曲祖《西厢记》的舞台演出一样，《琵琶记》的舞台表现也并非一落千丈，它仍是各地戏班和观众的首选剧目之一，就连焦循本人也不否认"梨园共尚吴音"① 等现实的存在。再如，虽然道光朝的"京都剧场，犹以昆剧乱弹相互奏演，然唱昆曲时，观者辄外出小遗，故当时有以车前子讥昆剧者"②。但就在这个时期，《琵琶记》依然拥有数量不菲、热情不减的观众。徐珂在《清稗类钞》中同时记载了下述一段《琵琶记》的演出逸事，大有张岱在《陶庵梦忆·严助庙》所述之"唱《伯喈》《荆钗》，一老者坐台下对院本，一字脱落，群起噪之"的遗风。当然，这种遗风的存在本身也就表明了时人对这部经典作品的熟悉和喜爱：

> （《琵琶记》）剪发卖发一出，扮赵五娘者，例不得御珍饰。吴郡正旦某，一夕演此剧，偶未袒其常佩之金约指，台下私议戚戚，某即鬉鬆向台下曰："家贫如此，妾何人斯，敢怀宝以陷于不孝。"言次，袒约指掷诸台下曰："此铜质耳，苟真金者，何敢背古人发肤之训，剪而卖之乎？"私议乃息。③

徐珂生活于光绪前后，尽管他并未确切地指出上述逸事的大致演出年代，根据这段逸事的叙述语气分析，它当在徐珂本人的耳闻或目见之中，亦即清末的《琵琶记》演出实情。

---

① 李开先：《李中麓闲居集·〈乔龙谿词〉序》，卜健《李开先全集》，文化艺术出版社2004 年版，第 437 页。

② 徐珂：《清稗类钞选：文学·艺术·戏剧·音乐》，第 346 页。

③ 同上。

　　以上所述乃是明清时期《琵琶记》舞台演出的总体情况，当然，这个时期的《琵琶记》舞台演出尚有其他大量具体可感的文献为之佐证。明清时期的《琵琶记》舞台演出情形，大致可以从三个方面的相关记载推而知之：一是文人笔记关于《琵琶记》的各类演出情况记述；二是文学作品中关于《琵琶记》的演出描写；三是各类戏曲选本之于《琵琶记》的折子戏收录。通过上述三种演出情形的归纳和总结，明清时期《琵琶记》的大致演出情形即可一览无余。以下是《琵琶记》的上述三种演出情形的较详细记录。

一　文人笔记中的《琵琶记》演出情形概述

　　自明代中叶开始，各种关于《琵琶记》的演出记述就层出不穷，除了前述徐渭之《南词叙录》而外，雪蓑渔隐的《宝剑记·序》中也有"《琵琶记》冠绝诸戏文，自胜国已遍传宇内矣"[①] 的演出记载。《宝剑记·序》作于嘉靖丁未（十五年）年间，作者的籍贯为山东，其生平也多不出山东章丘等北方地区，是时恰为南曲声腔大举进占北方的黄金时期。雪蓑渔隐说《琵琶记》的"遍传宇内"，即使有夸张之嫌，却也比较符合当时南戏演出的实际情况。另外，同为嘉靖时人的何良俊也有"杂剧以王实甫之《西厢记》，戏文以高则诚之《琵琶记》为绝唱"[②] 之说。何氏所言，不仅针对当时《琵琶记》的案头接受而言，也是当时《琵琶记》舞台演出的实录。难能可贵的是，在这条文献中，何良俊还记述了当时曾"随驾至北京"的著名宫廷乐师顿仁可以演唱全本《琵琶记》的材料。顿仁说："《伯喈》曲，某都唱得。"以北曲名世的顿仁尚然可以演唱全本南曲《琵琶记》，"南曲之祖"的舞台演出之盛和影响由此可见一斑。否则，嘉靖年间颇多自负的著名剧作家李开先也不会将其代表作《宝剑记》和《琵琶记》相提并论。

　　不可否认，不论何时何地的《琵琶记》演出，职业戏班和演员都扮演着其中最重要的角色。另外如果将明清时期达官贵人豢养的家庭戏班排除在职业戏班和演员的范畴之外，那么缺失了这个最重要的角色，《琵琶记》的舞台搬演将不复存在。下述种种演出情形，都系职业戏班和演员

---

① 雪蓑渔隐：《宝剑记·序》，蔡毅《中国古典戏曲序跋汇编》，第611页。

② 何良俊：《曲论》，《中国古典戏曲论著集成》（四），第6页。

所为。

据陆萼庭先生统计，明代著名曲家祁彪佳在《祁忠敏公日记》记载了他七年中所看过的68种戏，第一种便是《琵琶记》；比祁彪佳生活年代稍早一点的上海豫园主人潘允端，也在《玉华堂日记》中记载了其豫园中频繁的戏曲演出活动，《琵琶记》也是他记录的观看最早的剧目之一："（万历十六年五月二十九日）小梨园串《伯皆》四折。"① 另据冯梦祯的《快雪堂日记》卷五十九"壬寅"条所述，万历三十年（1602）十一月二十六日，他和包袭明赴宴屠冲旸家，观看屠氏家乐演出《琵琶记》：

> 二十六日，晴。寒色稍和，……赴包鸣甫席，屠冲旸陪，包二叔公父子同陪，并邀黄近洲。屠氏梨园演《双珠记》，找《北西厢》二折，复奏《琵琶》，兼订三十日之约。②

达官贵人及其家乐的《琵琶记》演出尚且如此兴盛，民间的搬演情况更是如火如荼。如张岱在《陶庵梦忆》中实录了明代浙江绍兴陶堰上元严助庙会演出《琵琶记》的场景：

> ……夜在庙演剧，梨园必倩越中上三班，或雇自武林者，缠头日数万钱，唱《伯喈》《荆钗》。一老者坐台下对院本，一字脱落，群起噪之，又开场重做。越中有"全《伯喈》、全《荆钗》之名起此"③。

无独有偶，清代乾隆年间的李斗也在《扬州画舫录》中记载了同样的演出情形：

> 纳山胡翁，尝入城订老徐班下乡演关神戏。班头以其村人也，绐之曰："吾此班每日必食火腿及松萝茶，戏价被本非三百金不可。"胡公一一允之。班人无已，随之入山。翁故善词曲，尤精于《琵

① 潘允端：《玉华堂日记》，转引自侯百朋《琵琶记资料汇编》，第152页。
② 《四库全书存目丛书》集部第165册，第63页。
③ 张岱：《陶庵梦忆·严助庙》，第61—62页。

琶》。于是每日以三百金置戏台上，火腿、松萝茶之外，无它物。日
演《琵琶记》全部，错一工尺，则胡翁拍界尺斥之。班人乃大惭。①

　　上述两条材料所述之观众，皆非有深厚曲学造诣之名家师范，而是那
些执着于《琵琶记》的一般观众。出于对《琵琶记》等南戏的热爱，这
个相对苛刻的观剧群体虽然对《琵琶记》演出有着尽善尽美的要求，但
这个能把《琵琶记》舞台搬演的细枝末节都可以一一洞悉观众群体也是
最有资格为之严格要求此类具有势利色彩的戏班的。可能也正是因为绍兴
"老者"或者纳山胡翁这样要求严格的普通观众的存在，很多职业戏班的
演员都对《琵琶记》等南戏的演出持有精益求精的态度。否则，像清代
扬州地区的演员沈东标也不会把《琵琶记》表演到"即起高东嘉于地下，
亦当含毫邈然"②的妙境，也不会有如"二面钱云从，江湖十八本，无出
不习"；③ "老旦张廷元，小丑熊如山，精于江湖十八本"④ 这样优秀的演
员的出现。

　　潘之恒是明代南戏观众中颇为特殊的一个另类，尽管早年也有着由科
举而入仕等正当追求，但经过科举失败的打击之后，这个出生于世代经营
盐业，兼营布匹、典当家庭的阔公子便以犬马声色为尚，以诗文、戏曲为
门面和点缀。正因为日日浸淫于戏曲而不能自拔，潘氏的曲学功底似乎不
减另一位贵公子张岱，因此万历曲坛上汪道昆等很多著名剧作家和杨仙度
等优秀演员都视其为"赏音"和"独鉴"。这就意味着潘之恒这样的一个
特殊观剧群体除了对演员有着特别的要求而外，入其法眼的剧目也非泛泛
之作，而在这个并非泛泛之作的剧目范畴内，《琵琶记》《牡丹亭》等名
剧更是经常被提及。下述材料是为潘之恒在南京的观剧实录，《琵琶记》
深受彼时留都观众的喜爱也可见一斑：

　　　　戊午〔即万历四十六年（1618）〕中秋登虎丘，见月而思秦淮
　　也。……时善音者皆集金陵。子夜闻之，靡靡耳。……匝青溪夹岸，

① 李斗：《扬州画舫录》，第136页。
② 同上书，第126页。
③ 同上书，第123页。
④ 同上书，第125页。

竞传吴音。……其为剧，如《琵琶》《明珠》，更为奇绝。余悔其闻之晚，而娱耳浅也！①

　　与一般观众仅为耳目之娱不同，潘之恒除了为演员总结舞台的演出经验，以利于其事业的精进外，他还从观剧实践中总结出很多观剧体会和人生经验，如："《琵琶》之为思也，《拜月》之为错也，《荆钗》之为亡也，《西厢》之为梦也。"②

　　当然，最能体现《琵琶记》深受观众欢迎和其经典价值的，还是在于它在明清时期打破了地域、声腔等限制，从而以观众最热衷的艺术形式被纳入接受视野。如前述之明太祖既喜欢主题富于伦理教化色彩的《琵琶记》，又更希望这部剧作能被其喜欢的北曲演唱，于是才有"色长刘杲者，遂撰腔以献，南曲北调，可于筝琶被之"③的演出方式。如果说《琵琶记》仅仅因为帝王的个人爱好才可以"于筝琶被之"，则很难佐证上述观点存在的合理性。好在潘之恒在《鸾啸小品》卷三中也记述了以下以一则事例，可以前后互证：

　　麻城丘大（即丘长孺）语余：乙巳春，在京师，有老乐工过其寓，云："张媪者，嫁而归，先太守公旧人也。……今愿一见君也。"丘大闻而心喜，急上马造之。媪为陈前事，历历可听，皆丘大童稚时所记忆者。……因言"有姊，大归且老矣，故传父筝，擅长教坊，君不愿闻乎？"丘大曰："幸甚！"其姊出见，慷慨擎破筝，理弊甲而弹。歌以合节。丘大始未审，至二三句方悟，为【春闺催赴】。尽四阕。丘问曰："此南词，安得入弦索？"姊曰："妾父张禾，尝供奉武宗，推乐部第一人。口授数百套，如《琵琶记》尽入檀槽，习之皆合调，今忘矣。惟【四朝元】、【雁鱼锦】尚可弹也。"丘再怀忻，为再弹，则"思量那日离故乡也"。音毕，掷地曰："此亦《广陵散》矣！幸一遇君而弹，如隔世事。"④

① 潘之恒：《又思》，《亘史》杂篇卷之四，汪效倚辑注《潘之恒曲话》，第39页。
② 同上，《曲余》，《亘史》杂篇卷之四"文部"，第13页。
③ 徐渭：《南词叙录》，《中国古典戏曲论著集成》（三），第240页。
④ 潘之恒：《鸾啸小品·筝侠》，第87—88页。

　　上述材料不仅是《琵琶记》杂入其他声腔演出的一个佐证，同时还是一个有关该剧的宫廷演出的史料记载。不仅明代的宫廷热衷于《琵琶记》，清代之皇室亦然。如洛地先生说："昆剧名艺人周传瑛……业师沈月泉告诉他们，前辈艺人在清宫里演《琵琶记》及其中的某皇帝看（《辞朝》）时的故事。"[①] 可见，"南曲之祖"在上自明洪武、下迄清代的光绪年间都在帝王之家频频演出。宫廷王室的《琵琶记》演奏既然不绝于耳，那么在一些达官贵人的府邸，这部剧作也有着非同寻常的生命力。如明代的宰相李春芳为母祝寿演剧，所演的剧作即是《琵琶记》：

　　　　兴化李相君春芳为母太夫人张寿宴，奏《琵琶记》曲有"母死王陵归汉朝"语，而伶人易以"母在高堂子在朝"，阖座庆赏。相君大悦，以百金为缠头劳之。[②]

　　宰相如此，状元也不甘落后，据《枣林杂俎》记载，"燕伎马玉，擅美北里，山阴余状元煌欲娶之。偶朱锦衣席上侑饮，歌《琵琶》中'满城中许多公侯，何须羡状元？'余意顿沮"[③]。

　　和一般的南戏作品不同，《琵琶记》不仅为职业戏班擅长，更是广大业余串客经常揣摩的典范。所谓串客，就是不在乐籍的平民，爱好登场演戏，并非职业艺人。这个业余演出群体无衣食之忧，更无射利之求，他们的表演活动纯是兴趣和爱好使然。明代嘉靖以前的串客，除剧作家以外，大多都是具有特殊社会身份的人，平民串客的活动难以见到，如嘉靖年间擅演北杂剧的两位著名串客颜容和周诗。万历以后串客主要分为三类：第一类是剧作家，既写戏又演戏，如屠隆、张凤翼等；第二类是社会清客闲人，如张大复《梅花草堂笔谈》所记之金文甫、柳生、赵必达等人即是；第三类也是人数最多的一类：妓女。明代的一般妓女都会串戏，借助戏台排场增加风韵魅力，所以张岱在《陶庵梦忆》卷七有"妓以串戏为韵事，性命以之"等言语。明代以演《琵琶记》著称的曲家有张凤翼，据徐复祚所言，张氏"尝与仲郎演《琵琶记》，父为中郎，子扮赵氏。观者填

①　洛地：《戏曲与浙江》，第 177 页。
②　金埴：《不下带编》，转引自侯百朋《琵琶记资料汇编》，第 79 页。
③　《枣林杂俎》，转引自侯百朋《琵琶记资料汇编》，第 155 页。

门，夷然不屑意也"①。属于社会清客闲人范畴的串客有："金文甫好演《琵琶传》。或请为之，欣然便作。风雨之朝，窥户以候演者，沽酒作食，无吝于怀。问其年，亦六十余矣。"② 此外，万历前期的王渭台也善于串演《琵琶记》和《荆钗记》。明代有些文人酷嗜《琵琶记》，几乎到了不可思议的地步，据徐复祚的《花当阁丛谈》卷三记载："余友秦四麟为博士子弟，亦善歌金、元曲，无论酒间、兴到，辄引曼声。即独处一室，而呜呜不绝口。学使者行部至矣，所挟而入行笥者，唯《琵琶》《西厢》二传。或规之：'君不虞试耶？'公笑曰：'吾患曲不善耳，奚患文不佳也！'"③ 至于妓女串戏，则可以从侯方域的《壮悔堂集》中所述的李香君的事迹中可见一斑：

　　李姬名香君……十三岁从吴人周如松受歌，玉茗堂四种皆能尽其音节，尤工《琵琶》词，然不轻发也。雪苑侯生己卯来金陵，与相识……未几侯生下第。姬置酒桃叶渡，歌《琵琶》词以送之，曰："公子才名文藻，雅不减中郎，中郎学不补行，今《琵琶》所传词固妄然，尝昵董卓不可掩也。公子豪迈不羁，又失意，此去相见未期，愿终自爱，无忘妾所歌《琵琶》词也，妾亦不复歌矣！"④

　　有文献记载的虽然只有寥寥数条，未见诸记载的风流文人串演南戏特别是串演《琵琶记》的活动应该更多。他们或许不像张凤翼、金文甫、李香君那么痴迷，但兴到之处，潇洒一回的行为亦会时或有之。
　　明清时期还有一个演出《琵琶记》的群体，这个群体本是职业演员，但并不因为年老而退出演艺圈，相反，他们还以极大的热情集娱人和自娱于一身，将《琵琶记》的演出活动延续到生命的最后一息。如清代的"老外孙九皋，年九十余，演《琵琶记》'遗嘱'，令人欲死"⑤；金文甫到了六十多岁还对《琵琶记》如此热衷，已经非常令人感叹，更令人感叹的还是这位名叫孙九皋外脚，在90岁的时候尚能把《琵琶记》再现得

① 徐复祚：《曲论》，《中国古典戏曲论著集成》（四），第246页。
② 张大复：《梅花草堂笔谈》，《新曲苑》本册二，第4页。
③ 徐复祚：《曲论·附录》，《中国古典戏曲论著集成》（四），第243页。
④ 侯方域：《壮悔堂集》，转引自侯百朋《琵琶记资料汇编》，第163页。
⑤ 李斗：《扬州画舫录》，第126页。

"令人欲死"的地步。看来，除了演技的精深之外，孙九皋本人以及很多观众对这部剧作的热爱也是毋庸置疑的原因之一。不论是职业演员还是业余串客，如果不是因为对《琵琶记》的执着和热衷，肯定不会有如此精深的造诣；更不会像沈东标等那样，"即起高东嘉于地下，亦当含毫缈然"。另外，如果不是以《琵琶记》为主要射利手段，很多戏班也不会像清代扬州老徐班那样，"全本《琵琶记》，'请郎花烛'，则用红全堂；'风木余恨'则用白全堂，备极其盛"①。

二　反映在文学作品中的《琵琶记》演出情形概述

除了一些笔记著述而外，很多文学作品也对《琵琶记》的舞台搬演情况有着直接的描述，如沈璟的《博笑记》和孟称舜的《贞文记》两部作品，便是通过演员之间的问答，再现了明代后期堂会演出的某些具体情形：

> （净、小丑）请问足下记得多少戏文？（小旦唱【北仙吕寄生草】）
> 我记得《杀狗》和《白兔》。（众夹白："孙华与咬脐郎。"）
> 《荆钗记》《拜月亭》。（众夹白："都好。"）
> 《伯喈》《苏武》和《金印》。（众夹白："妙。"）
> ——（《博笑记·假妇人》）
> （丑）我到他家说亲，唱戏吃酒。……（小生）……唱甚么戏？
> （丑）唱的是《伯喈》《西厢》《金印》《荆钗》《白兔》《拜月》《牡丹》《娇红》，色色完全。（小生）怎么做得许多，敢是唱些杂剧？
> ——（《贞文记·谋夺》）

戏曲作品而外，明清时期的一些小说中也有《琵琶记》演出的相关描述，如万历年间著名的世情小说《金瓶梅》的第 27 回《李瓶儿私语翡翠轩　潘金莲醉闹葡萄架》中便有西门庆命孟玉楼弹唱《琵琶记》【梁州序】【节节高】曲子事：

---

① 李斗：《扬州画舫录》，第 135 页。

……于是取过月琴过来，教玉楼弹着，西门庆排手，众人齐唱【梁州序】"向晚来雨过南轩""柳阴中忽噪新蝉"；【节节高】"涟漪戏彩鸳"。

除了《金瓶梅》，中国古代最著名的长篇小说《红楼梦》也从不同的角度描述了《琵琶记》在贾府这样的深宅大院的演出情形。如该书的第 85 回："出场自然是一两出吉庆戏文……第四出是《吃糠》。"第 85 回而外，曹雪芹还在第 42 回和第 62 回中约略地提及了《琵琶记》的一些接受情形。看来，不论是在新近发迹的土豪西门庆宅第还是至少繁华两世之久的贾府之内，像《琵琶记》这样有着"曲祖"美誉的南戏作品都有频繁活动的身影。如西门庆或贾府这样的贵家宅第在大江南北还有很多，推而考之，《琵琶记》在这些地方的舞台搬演定当从未衰绝。再则，在清代徐述夔的小说《八洞天》卷二之《反芦花》中，如下的一段描写虽然和直接的《琵琶记》舞台接受没有多少关系，但从作者和小说中人对《琵琶记》的故事情节和一些曲词的熟悉程度上看，这部作品在徐述夔的生活时代肯定也是风行于当地的舞台之上：

于是孙去疾自为司户，长孙陈携着家眷，迁往司马署中，独留（儿子）胜哥在司户衙内，托与去疾抚养教训，免得在继母跟前，取其厌恶。此虽爱子之心，也是惧内之意，止因碍着枕边，只得权割膝下，正合着《琵琶记》上两句曲儿道："你爹行见得好偏，只一子不留在身畔。"

因为体制相对短小以及抒情多于叙事等特点，诗文中的《琵琶记》演出纪实往往没有戏曲、小说等通俗文学直观可感，不过，也有一些诗文著作所述的《琵琶记》演出情境具有不亚于戏曲、小说的特点。如清文昭《桧栖草》之《十七日长男第中观剧、看花烟火十首》之一即是："稗官小说演荒唐，牛相、张公尽渺茫；王四不知何代子，至今诬杀蔡中郎。"① 此外，清黄绍第在《瑞安百咏》中，也对《琵琶记》的演出作了

---

① 文昭：《桧栖草》，转引自侯百朋《琵琶记资料汇编》，第 81 页。

如下记载：

> 三杯亭下饯门生，一曲《琵琶》隐姓名。谁画驿官俎库象，中郎唱彻满村声。①

以散文的方式记述《琵琶记》演出情形的，如前引侯方域《壮悔堂集》中记载的李香君送别侯方域所唱之曲即是，此不赘言。

三　各类戏曲选本中隐含的《琵琶记》接受情形概述

明清时期的各种戏曲选本，非唯可以作文字观，更是当时这些戏曲演出形式最为明显的隐性记录。如著名的《六十种曲》虽然都是文理清晰的上佳剧本选辑，但它们更是当时场上频频再现的流行之作。《风月锦囊》也是这样，这部较早以南戏为主要选收目标的作品集，文字之整饬虽然不逮《六十种曲》等，但通过其所选的各个南戏剧目，却也可以显见当时的演出风貌。概言之，如果缺失对这些戏曲选本的演出情形的窥探，则包括《琵琶记》在内的中国古代戏曲演出场景必将黯然失色。有鉴于此，本书特将现传的各种戏曲选本予以归纳和总结，希冀从中总结一些《琵琶记》和其他南戏的演出规律和方式。

现存选收南戏的各种明清时期的戏曲选本的总量为47种。在这47种中，计有《雍熙乐府》《风月锦囊》等34种零出和零曲选本选收《琵琶记》的部分折子戏和曲词；另有《六十种曲》和《绣刻演剧》2种全本舞台演出本选收《琵琶记》，数量不可谓不多。倘若再根据陆萼庭统计的清代戏曲演出本《缀白裘》选收的各种戏曲出目的多寡分析，则不难发现成书于乾隆年间、记载当时场上折子戏演出本的选集《缀白裘》计收88本"本戏"中的429个折子（平均每本选收5个折子戏），其中收的最多的是《琵琶记》，达26个折子，相当于平均数的5.5倍。还有一个值得注意的现象是，在其他文人著述中很难产生直观印象的《琵琶记》改本或增补本的舞台演出风貌，大多只有通过上述各种戏曲选本才能得到最为明晰的答案。如《书馆托梦》等不见于各种全本《琵琶记》的折子戏，却在弋阳腔演出本《乐府玉树英》等中首先予以选录。再如《风月锦囊》

---

① 黄绍第：《瑞安百咏·咏琵琶记》，转引自侯百朋《琵琶记资料汇编》，第90页。

及其他一些选本都选录了赵五娘乞丐寻夫时弹唱的《琵琶词》，也不见于高明的《琵琶记》原作。《书馆托梦》和《琵琶词》的出现，用意和李渔意在弥补《琵琶记》关目之疏的改本完全不同，它们都是为了在情景交融的气氛下，增强本剧已有的"动人"的接受情感。这两类增出的剧情，文辞都极为质朴，具有鲜明的民间演出色彩。另外，李渔等文人受众所批评的"元曲之最疏者，莫过于《琵琶记》，无论大关节目，背谬甚多——如子中状元三载，而家人不知；身赘相府，享尽荣华，不能自遣一仆，而附家报于路人；赵五娘千里寻夫，只身无伴，未审果能全节与否，其谁证之"① 等情况，民间受众早已心知肚明，如《乐府玉树英》本《琵琶记》便以董卓作乱，因吕布把守三关口造成关隘不通才致使蔡伯喈不得不附家书于路人等情况便是。

　　众所周知，明末清初是一个南戏和传奇的折子戏演出大行于世的时代，也是文人士大夫极为热衷的零曲清唱最为活跃的时期。如果考释折子戏和零曲清唱之间的大致演出比例，文人的笔记著述和各种文学作品体现的《琵琶记》演出则不能明晰地显露其中的数量关系，而具有先天优势的各种戏曲选本就几乎成了探究这个答案唯一的途径。只要稍加浏览表 6 - 1，就可以发现，以折子戏演出的零出舞台选本有 25 种，而各类零曲清唱本仅有 9 种。这就是说，不论那些文人士大夫多么热衷《琵琶记》优美的曲词和动人的旋律，中国古代的《琵琶记》演出还是以故事性的构成为主，其他各类演出方式仅为辅助的接受手段。另外，在各种文人著述中也很难窥见的《琵琶记》最受欢迎的剧情或关目，似乎也只有通过这些选本才能明晰或略知一二。这就是说，只要根据表 6 - 2 所述的情况，明清时期《琵琶记》的哪些折子常被搬演、当时的受众最喜爱哪些折子戏等即可一目了然。另外，根据上述《琵琶记》的各类演出记载和下述诸选本中《琵琶记》的实际收录情形，胡应麟所说的"崔、蔡二传奇迭出，才情既富，节奏弥工，演习梨园，几半天下。上距都邑，下迄闾阎，每奏一剧，穷夕彻旦，虽有众乐，无暇杂陈"② 等语，虽然有不少夸张之嫌，但确实反映了这部剧作深受各个阶层受众欢

---

① 李渔：《闲情偶寄·词曲部·结构第一·密针线》，《中国古典戏曲论著集成》（七），第16 页。

② 胡应麟：《少室山房笔丛》，转引自侯百朋《琵琶记资料汇编》，第 124 页。

迎的实际情况。

表6-1　　《琵琶记》在明清时期各戏曲选本中的入选情况一览表

序号	选本名称	编选者及时代	选本性质	所选出目
1	雍熙乐府	明·郭勋	零曲选本	【红衲袄】"吃的是煮猩唇"
2	风月锦囊	明·徐文昭	零出选本	【水调歌】"秋灯明翠幔"、【瑞鹤仙】"十载亲灯火"、【祝英台】"把几分春三月景"、【一剪梅】"浪暖鱼香欲化鱼"、【谒金门】"春梦断"、【齐天乐】"凤凰池上归环佩"、【满庭芳】"飞絮沾衣"、【破齐阵】"翠减香鸾罗幌"、【新增清江引】（四首）、【忆秦娥】"长吁气"、【高阳台】"梦远亲帏"、【剔银灯】"忒过分爹行所为"、【北点绛辰（唇）】"夜色将阑"、【锁南枝】"儿夫去竟不还"、【金蕉叶】"恨多怨多"、【传言玉女】"烛影摇红"、【夜行船】"忍饿担饥何时了"、【山坡羊】"乱荒荒不丰稔的年岁"、【一枝花】"闲庭槐影转"、【霜天晓月】"难捱怎避"、【喜迁莺】"终朝思想"、【金珑璁】"饥荒先自窘"、【一封书】"一从你去离"、【挂真儿】"四顾青山静悄悄"、【生查子】"逢人曾寄书"、【朝（胡）捣练】"辞别去荒丘"、【菊花新】"封书远寄到亲帏"、【西地锦】"懊恨吾家门婿"、【四边静】"你去陈留虽仔细寻端的"、（七言四句无唱词）、【遶地游】"风餐水卧"、【天下乐】"一片花飞故苑空"、【解三酲】"叹双亲把儿指望"、【虞美人】"青山古木何时了"、【六幺令】"连枝异木新"
3	八能奏锦	明·黄文华	零出选本	长亭送别、途中自叹、书馆题诗（原阙）、华堂祝寿、临妆感叹、听女迎亲、扫墓遇使
4	群音类选	明·胡文焕	零出选本	赵五娘写真
5	乐府玉树英	明·黄文华	零出选本	书馆托梦、长亭送别、上表辞官、书馆思亲、剪发葬亲、中秋赏月、描画真容、诰询衷情、辞父问答、夫妻相会
6	乐府菁华	明·刘君锡	零出选本	长亭分别、中秋赏月、剪发送（正文作"葬"）亲、上表辞官、书馆相逢
7	乐府红珊	明·秦淮墨客（纪振伦）	零出选本	伯喈庆寿、牛府成亲、书馆思亲、临镜思夫、荷亭玩赏、描画真容
8	玉谷新簧	明·吉州景居士	零出选本	长亭分别（正文作"五娘长亭送别"）、书馆思亲、父母托梦（正文作"伯皆书馆梦亲"）、牛府成亲、上表辞官（二下）、（中栏题《伯皆弹琴》）、【桂枝香】生"危弦已断"（即第22出《琴诉荷池》）
9	摘锦奇音	明·龚正我	零出选本	高堂庆寿、辞亲赴选、长亭送别、别妻应举（原阙）、临妆感叹、待漏随朝、强就鸾凰、中秋赏月、途中自叹、琵琶词（原阙）、书馆相逢

序号	选本名称	编选者及时代	选本性质	所选出目
10	吴歈萃雅	明·茂苑梯月主人（周之标）	零曲选本	【双调·锦堂月】（祝寿）"帘幕风柔"、【黄钟调·画眉序】（成亲）"攀桂步蟾宫"、【正宫·雁过声】（忧思）"思量那月离故乡"、【南吕梁·州序】（赏荷）"新篁池阁"、【仙吕入双调·念奴娇序】（赏月）"长空万里"、【中吕·尾犯序】（叙别）"无限别离情"、【黄钟·狮子序】（大秦）"他媳妇虽有之"、【仙吕入双调·风云会四朝元】（自叹）"春闱催赴"、【商调·高阳台】（议姻）"宦海沉身"、【仙吕·甘州歌】（登程）"衷肠闷损叹路遥"、【南吕·香罗带】（剪发）"一从鸾凤分"、【中吕·山花子】（试宴）"玳筵开处游人拥"、【正宫·普天乐】（求济）"我儿夫一向留都下"（只曲）、【仙吕·风入松】（扫墓）"不须提起蔡伯喈"、【南吕·三换头】（请赴）"名缰利锁"、【双调·孝顺歌】（自厌）、【仙吕·桂枝香】（怨配）、【仙吕入双调·江头金桂】（讯情）、【南吕·太师引】（馆逢）、【商调·二郎神】（愁诉）、【仙吕入双调·园林好】（嘱别）、【南吕·绣带儿】（劝试）、【越调·祝英台】（规奴）、【商调·山坡羊】（吃糠）、【南吕·红衫儿】（嗟怨）、【过曲·三仙桥】（画容）、【南吕·二犯五更转】（筑坟）、【仙吕·月云高】（寻夫）、【商调·金落索】（埋怨）、【仙吕入双调·销金帐】（弹怨）、【过曲·犯胡兵】（煎药）、【南吕·香遍满】（吃药）、【越调·锣鼓令犯仙吕】（吃糠）、【仙吕入双调·朝元令】（行路）、【仙吕·醉扶归】（题真）、【仙吕·解三醒】（馆逢）
11	月露音	明·李郁尔	零曲选本	祝寿"帘幕风柔"、赏夏"新篁池阁"、赏月"长空万里"、对妆"春闱催赴"
12	乐府万象新	明·阮祥宇	零出本	伯皆荷亭涤闷、五娘侍奉汤药、五娘剪发送终、夫妻书馆相逢、上表辞官、长亭分别、书馆思亲、描画真容、拒父问答
13	大明春	明·程万里	零出选本	五娘描容、五娘祭画、五娘辞墓、五娘请粮、里（李）正抢粮、长亭分别、金门待漏、书馆思亲、为夫排闷、诘问幽情
14	词林一枝	明·黄文华	零出选本	赵五娘临妆感叹；蔡伯喈中秋赏月；赵五娘描画真容；牛氏诘问幽情；赵五娘书馆题诗
15	赛征歌集	明·无名氏	零曲选本	牛氏赏花、逼子赴选、凉亭赏夏、中秋望月

序号	选本名称	编选者及时代	选本性质	所选出目
16	南音三籁	明·凌蒙初	零曲选本	登程"衷肠闷损"、怨配"书生愚见"、路途"路途劳顿"、题真"有缘结发"、悲逢"叹双亲"、忧思"思量那日离乡井"、赏月"长空万里"、叙别"无限别离情"、赏荷"新篁池阁"、剪发"一从鸾凤飞"、逼试"虽读万卷书"、请赴"名缰利锁"、玩真"细端详"、劝试"亲年老"、相怨"你不信我"、筑坟"把土泥独抱"、(□)"论来汤药"、吃糠"终朝里受馁"、成亲"攀桂步蟾宫"、答亲"他媳妇虽有之"、规奴"把儿分春"、议姻"宦海沉身"、小相逢"容潇洒"、吃糠"乱荒荒不丰稔的年岁"、劝荒"区区一个儿"、祝寿"帘幕风柔"、自厌"呕得我"、自叹"春闱催赴"、扫墓"不须提起蔡伯喈"、送别"儿今去"、拜托"读书思量"、行路"晨星在天"、询情"怪不得年终朝"、画容"一从他每死后"、汤药"囊无半点"、请粮"儿夫一向留都下"
17	词林逸响	明·许宇	零曲选本	祝寿"帘幕风柔"、规奴"把儿分春"、强试"虽读万卷书"、劝试"亲年老"、嘱别"儿今去"、叙别"无限别离情"、自叹"春闱催赴"、试宴"玳筵开"、埋怨"区区一个儿"、议姻"宦海沉身"、求济"儿夫一向留都下"、请赴"名缰利锁"、成亲"攀桂步蟾宫"、疑餐"终朝里受馁"、吃糠"乱荒荒不丰稔的年岁"、自厌"呕得我"、赏荷"新篁池阁"、汤药"囊无半点"、忧思"思量那日离乡井"、剪发"一从鸾凤飞"、筑坟"把土泥独抱"、赏月"长空万里"、画容"一从他死后"、询情"怪不得你终朝"、答亲"他媳妇须有之"、嗟怨"年不信我"、寻夫"路途劳顿"、弹怨"听奴诉与"、愁诉"容潇洒"、题真"有缘结发"、馆逢"细端详"、扫墓"不须提起蔡伯喈"
18	怡春锦	明·冲和居士	零出选本	旅思、分别（附《琵琶词》）
19	玄雪谱	明·锄兰忍人	零出选本	糟糠、再议婚、描容、扫松
20	万锦娇丽	明·玉茗堂主人	零出选本	椿庭逼试、送别南浦、琴诉荷池、宦邸忧思、张公扫墓
21	尧天乐	明·殷启圣	零出选本	伯皆赏月、描容画真、五娘往京
22	徽池雅调	明·熊稔寰	零出选本	嘈闹饥荒、爹娘托梦
23	增订珊珊集	明·吴中宛瑜子(周之标)	零曲选本	赴试"儿今去"、嘱别"无限别离情"、赏荷"新篁池阁"、梳妆"翠减详鸾"、登程"衷肠闷损"

续表

序号	选本名称	编选者及时代	选本性质	所选出目
24	乐府遏云编	明·古吴楚槐钟吴间生生誉鼎、之俊	零曲选本	梳妆、分别、赏荷、玩月、忧思
25	南北词广韵选	明·徐复祚	零曲选本	【中吕·山花子】"玳筵开处游人拥"、【黄钟·传言玉女】"烛影摇红"、【仙吕·天下乐】"一片花飞故苑空"、【正宫·破齐阵】"翠减祥鸾"、【双调·步步娇】"只见黄叶飞"、【南吕·红衲祆】"你吃的是猩猩唇"、【仙吕·风入松】"不需提起蔡伯皆"、【中吕·满庭春】"飞絮沾衣"、【南吕·香罗带】"一从凤鸾飞"、【仙吕·月云高】"路途劳顿"、【黄钟·点绛唇】"月淡星稀"、【南吕·二犯五更转】"土泥独抱"、【越调·忆多娇】"他魂缥缈"、【大石调·念奴娇】"楚天过雨"、【中吕·尾犯】"懊恨别离情"、【双调·宝鼎现】"小门深巷春到"、【越调·祝英台近】"绿成阴红似雨"、【越调·犯胡兵】"囊无半点"、【双调·三仙桥】"一从他们死后"、【双调·江头金桂】"终朝颠窨"
26	醉怡情	明·青溪菰芦钓叟	零出选本	剪发、贤遘、馆逢、扫松
27	乐府歌舞台	明·无名氏	零出选本	书馆相逢、描容、玩月
28	时调青昆	明·江湖黄儒卿	零出选本	长亭分别、描画真容、伯皆思亲、书馆相逢、中秋赏月、临妆感叹
29	歌林拾翠	明·无名氏	零出选本	称庆、逼试、嘱别、感叹、辞朝、自揸、荷池、煎药、思乡、真容、衷情、相遘、悲逢
30	缀白裘合选	清·秦淮舟子审音、郁岗樵隐辑古、积金山人采新	零出选本	伯喈庆寿、蔡公逼试、南蒲嘱别、临妆感叹、琴诉荷池、中秋望月
31	缀白裘全集	清·慈水陈二球参定,玩花楼主人	零出选本	分别、咽糠、馆逢、扫松

续表

序号	选本名称	编选者及时代	选本性质	所选出目
32	千家合锦	清·无名氏	零出选本	宦邸忧思（伯皆思乡）
33	缀白裘	清·钱德苍	零出选本	辞朝、盘夫、逼试、规奴、赏荷、坠马、廊会、书馆、扫松、训女、剪发、卖发、称庆、谏父、描容、别坟、分别、长亭、别丈、思乡、饥荒、拐儿、请郎、花烛、吃饭、吃糠
34	审音鉴古录	清·无名氏	零出选本	称庆、规奴、嘱别、南浦、吃饭、喧糠、赏荷、思乡、盘夫、贤遘、书馆、扫松、训女、镜叹、辞朝、嗟儿

表 6－2　　　　　　　　　　舞台搬演的《琵琶记》折子戏一览

出数	出目	选入的戏曲选集
2	高堂称寿	《摘》《八》《歌》《乐红》《审》《缀》
3	牛氏规奴	《赛》《审》《缀》
4	蔡公逼试	《歌》《万》《赛》《缀》
5	南浦嘱别	《玉》《摘》《乐菁》《八》《时》《歌》《乐树》《怡》《万》《审》《缀》（《摘》《审》《缀》将本出分别析为两个折子戏）
6	丞相教女	《审》《缀》
9	临妆感叹	《摘》《八》《词》《时》《歌》《乐红》《审》
10	杏园春宴	《缀》
11	蔡母嗟儿	《徽》《审》《缀》
16	丹陛陈情	《玉》《摘》《乐菁》《大》《歌》《审》《缀》
17	义仓赈济	《大》
18	再报佳期	《玄》《缀》
19	强就鸾凤	《玉》《摘》《缀》
20	勉食姑嫜	《缀》
21	糟糠自厌	《歌》《玄》《审》《缀》
22	琴诉荷池	《玉》《歌》《乐红》《乐万》《万》《赛》《审》《缀》
23	代尝汤药	《歌》《乐万》
24	宦邸忧思	《玉》《大》《时》《歌》《乐红》《乐树》《怡》《万》《千》《审》《缀》
25	祝发买葬	《乐菁》《乐树》《乐万》《醉》《缀》＊＊《缀》分作两个出目
26	拐儿绐误	《缀》

续表

出数	出目	选入的戏曲选集
28	中秋望月	《摘》《乐菁》《尧》《词》《时》《乐树》《赛》《乐歌》《大》
29	乞丐寻夫	《大》《尧》《词》《时》《歌》《乐红》《乐树》《玄》《乐歌》《缀》
30	瞷询衷情	《大》《词》《歌》《乐树》《审》《缀》
31	几言谏父	《乐树》《缀》
32	路途劳顿	《尧》
33	听女迎亲	《八》
35	两贤相遘	《歌》《审》《缀》
37	书馆悲逢	《摘》《乐菁》《词》《时》《歌》《乐树》《乐万》《乐歌》《审》《缀》
38	张公遇使	《八》《万》《醉》《审》《缀》
39	散发归林	《缀》＊＊《缀》分作两个出目

案：表6-2系金英淑女士的统计结果，不过，金英淑并未将具有小本戏特征的《风月（全家）锦囊》归于选本的范畴内，也未将后人新增之《书馆托梦》和《琵琶词》列为原典。从选本的角度来看，似亦不妥。因为明清诸选本或系案头之物，或为舞台演出本的筛选，本身已经脱离了原本和部分已经定型了的通行本，自成体系。因此，本书从中国古代各类戏曲选本的实际情况出发，如实将这些选本的原貌托出，当无不可。另外，这个表格虽然经过金英淑的艰苦努力，《琵琶记》各出入选明清选本的情况已经一目了然，但金英淑的上述统计结果不免有误，至存缺憾。如《八能奏锦》共选《琵琶记》七出，表6-2只统计了五出，尚有《书馆题诗》（原阙）和《途中自叹》（汲本作《才俊登程》）两个折子戏未予统计。《群音类选》于杂剧、传奇基本只录曲文，但对于部分南戏却宾白、曲文俱全，这部分南戏系典型的零出选本，表6-2也未予列出。现补充如下：《赵五娘写真》（汲本作《孝妇题真》）。《乐府玉树英》选录九出，表6-2统计八出，其中《书馆托梦》系后人增出，原不属《琵琶记》的本体，未列入表6-2或自有道理。《乐府红珊》选录六出，表6-2五出，缺少《牛府成亲》（汲本作《强就鸾凰》）。《摘锦奇音》选录十一出（包括《琵琶词》），表6-2统计七出，可能因为该选本将《南浦嘱别》演为三出：《辞亲赴选》《长亭送别》《别妻应举》（原阙）的原因。

另《琵琶词》系赵五娘乞丐寻夫时新增之词，故未包括在汲本的出目内。《乐府万象新》共选收九出，表 6 - 2 仅统计四出，少统计以下五出：《长亭分别》（汲本作《南浦嘱别》）、《上表辞官》（汲本作《丹陛陈情》）、《描画真容》（汲本作《乞丐寻夫》）、《书馆思亲》（汲本作《宦邸忧思》）、《拒父问答》（汲本作《几言谏父》）。《大明春》选收十出，表 6 - 2 统计为六出，因《五娘描容》《五娘祭画》《五娘辞墓》实为汲本之《乞丐寻夫》一出，而《五娘请粮》《李正抢粮》则同属《义仓赈济》，《为夫排闷》和《诘问幽情》又为《瞷询衷情》出析出，故不为缺典。《玄雪谱》选收四出，表 6 - 2 统计三出，缺少《扫松》（汲本作《张公遇使》）出。《徽池雅调》选收二出，其中《爹娘托梦》系新增《书馆托梦》出，表 6 - 2 也未予统计。《醉怡情》选收四出，表 6 - 2 只统计二出，缺少《贤遘》（汲本作《两贤相遘》）、《馆逢》（汲本作《书馆悲逢》）。

第二节　《琵琶记》的案头接受

除了舞台接受而外，明清时期《琵琶记》的案头接受也非常红火。虽然案头接受的研究本身已经具有非常重要的学术价值，但如果将案头接受和上文的舞台接受结合起来综合考释，也可以对前文之舞台接受予以必要的补充和说明。正如经常被舞台搬演的南戏即可视为观众的欢迎之作一样，广为书商刊刻的剧作亦是当时案头风行的作品。有鉴于此，本书便在前人研究的基础上，将中国古代《琵琶记》诸版本情况逐一归纳、总结，作为窥视这部著名作品案头接受最重要的参照物。与当时的舞台演出情况相表里，明清时期《琵琶记》的刊刻也分为全本刊刻、类似于折子戏实录的零出选本刊刻和类似于清唱实录的零曲选本刊刻。另外，因为版本的繁多，举凡中国古代戏曲的各种版本体式，《琵琶记》靡不包括。从外在形态上说，全本系统的《琵琶记》包括评点本、注音释义本和非评点本、非注音释义本两种类型（无论全本还是选本系统，《琵琶记》的版本形态还可以分为插图本和白文本两种系统。由于插图不是本书关注的重点，更不是多数读者的接受重点，因此，为了简便起见，本书不再将这两种版本形态单列）；选本系统的《琵琶记》则可以分为零出选本、零曲选本两种类型；而零曲选本还可以再细分为主要供场上樽前清唱的清曲选本以及供作家、演员模范的曲谱选本两种。再则,《琵琶记》的版本,今人根据刊刻的先后,又分为古本系统和通行本系统两种。虽然古本系统最接近高明《琵琶记》的原貌,但各种通行本则是当时观众接受情况的最忠实记录。从版本学的角度来说,古本系统无疑价值很大;但从接受学的角度来说,通行本系统《琵琶记》的衍变则最能体现明清时期《琵琶记》接受的发展轨迹。虽然早在明代中叶就有人已经注意到上述版本之间较大的差别,但就是这个不免严谨、苛刻的观众群体却依然不得不接受通行本风行于舞台的现实。最后,从总的情况来看,不论是全本系统还是选本系统,明刊本《琵琶记》的数量都较清刊本为多,这也在一定程度上印证了明代《琵琶记》的舞台接受比清代更兴旺的事实。

一　明代《琵琶记》的全本刊、钞

明刊(钞)本的《琵琶记》主要集中在明代中、后期,并以万历年间为最。据现存的 30 种明刊(钞)本情况看,嘉靖及嘉靖以前的明刊(钞)全本《琵琶记》仅有 2 种,所占比例不到 1/10。而且这 2 种明刊(钞)本还是全部产自嘉靖年间:

1.《新刊巾箱蔡伯喈琵琶记》,嘉靖苏州坊刻本,现有南京图书馆藏影印本。

2.《蔡伯皆(喈)》,嘉靖钞本,现存广东省博物馆藏本。本钞本于 1985 年被广东人民出版社影印并收入《明本潮州戏文五种》出版。

上述两种版本虽然是现存最早的明刊本,却不是最接近《琵琶记》原貌的版本。据钱南扬先生考证,现存最接近原貌的版本,当是清康熙十三年陆贻典的钞校本《新刊元本蔡伯喈琵琶记》(以下简称“陆钞本”)。该本分为上、下两卷,不分出,现藏国家图书馆,《古本戏曲丛刊》初集据之影印。另外,钱南扬先生在陆钞本的基础上,参校巾箱本、《九宫正始》所引的元本曲文,于 1978 年完成了《元本琵琶记校注》(上海古籍出版社 1980 年版)一书,嘉惠后学颇多。《新刊巾箱蔡伯喈琵琶记》(以下简称“巾箱本”)和陆钞本同属一个系统,即古本系统。即便同属古本系统,当然也存在哪一个版本更接近原貌的问题。不过,钱先生已经将这个棘手的问题辨析甚明,几令后人无存置喙的空间。现转引钱先生的观点如下:“陆氏(陆贻典)虽时代稍晚,但他所依据的底本确是很古的:第一,它的形式,如不分出,前有题目等,完全与《永乐大典戏文三种》

同；第二，它的曲文与《九宫正始》所引元谱同；还保留着戏文的本来面目。"① 至于巾箱本，钱先生认为它虽然稍稍疏远于原貌，并且经过明人的初步加工，但其文献价值依然很大："两本（陆钞本和巾箱本）的署名，都作：'东嘉高先生编集，南溪斯干轩校正。'二者同出一源。唯巾箱本明人初步加工，已经把它分出。出是戏文本来有的，就是没有分写的习惯，分不分关系不大。所以它和《戏文三种》有同样的价值，使我们得以认识戏文的真面目。而且有些问题，单凭原本还不能解决。譬如说：戏文题目，明改本把它删去，而在第一出副末报告戏情完毕，却多了四句下场诗。这明是题目的变相，然苦无证据。并且明人乱改一通之后，又不肯承认，往往托为古本。现在本戏既有原本，又有改本，试对照一下，不难尽其发覆，不仅证明下场诗即题目而已。本戏的价值，就在于这种地方。"② 在陆钞本被发现之前，巾箱本甚至被认为此即"元本"，清代董氏诵芬室影印该本时，就曾以"元本"相号召。需要说明的是，尽管钱先生的观点已经获得当今学界较为普遍的认同，一些歧见却也难免。一种观点是将"元本"等同于高明的原作；另一种观点则否认前者的看法，认为所谓"元本"仅系陆贻典据嘉靖刻本的誊录之作；还有一种观点则有些牵强，认为陆钞本抄录的时间既晚，其底本不仅不是接近原貌之作，更非"元本"，而是和后来的一些通行本类似。

潮州出土本《蔡伯皆（喈）》系戏班的舞台演出本，这个钞本是1958年发现于广东潮州揭阳县的一座明代墓葬中，因本剧正文之一页出现"嘉靖"二字，故知其为嘉靖或以后的过录本。在未有确切的证据之前，姑称此本为嘉靖钞本，或无不可。因为是舞台演出本，且该本已经过艺人较大规模的删削，故本钞本距离高明《琵琶记》定本的原貌更远。虽然如此，该钞本却从另一个角度为后人提供了明代中期《琵琶记》舞台演出的原貌，这对于研究明代《琵琶记》舞台演出方面的价值非常大，因此它具有相当的研究价值。

万历至明末，《琵琶记》的刊刻呈现出前所未有的盛况。这种盛况，即使在明清两代漫长的历史时期内，都处于巅峰状态，《琵琶记》的案头接受之盛，由此可见一斑。具体说来，本期现存的《琵琶记》刊本，主

---

① 钱南扬：《元本琵琶记校注·前言》，上海古籍出版社1980年版，第2页。
② 同上。

要有以下主要特点。

（一）校注本的出现

《琵琶记》的语言虽然没有《牡丹亭》那么典雅，也不像《香囊记》那样，"习《诗经》，专学杜诗，遂以二书语句匀入曲中，宾白亦是文语，又好用故事作对子"①那样晦涩难懂，但它毕竟是文人作品，和早期南戏专注于下层民众顺口可歌的情况有着本质的区别，因此对于文化层次不高的受众而言，其中某些曲辞确有注释的必要。另外，《琵琶记》在长期的流传过程中不断遭到删削，虽然这种删削的目的主要是为了适应不同审美趣味的接受群体需要，但此类情况客观上造成了《琵琶记》版本的混乱。出于对接受者负责的态度，或者出于牟利的动机，出版商往往选择精良的底本刊刻出版。即使是比较完善的底本，出版商也还会邀请这方面的专家学者重新予以校注，以期精益求精。一般说来，倘若出于对接受者负责的目的，这类校注本就具有相当的质量；倘若牟利的动机更大，则一些欺世盗名之作必然和前者鱼龙混杂。具体地说，现存万历年间的《琵琶记》校注本大致有以下几种：

1.《重订元本评林点板琵琶记》，二卷，万历元年福建书林种德堂熊成冶刻本，现藏上海图书馆。

2.《校梓注释圈证蔡伯喈》，三卷，刘弘毅注，万历五年金陵唐对溪刻本，现藏河北保定图书馆。

3.《重校琵琶记》，四卷，万历二十六年陈氏继志斋刻本，现藏国家图书馆。

4.《新刻重订出像附释标注琵琶记》四卷，戴君赐注释，金陵唐晟刻本，现藏国家图书馆。

5.《蔡中郎忠孝传》，四卷，现藏国家图书馆。

6.《重校琵琶记》，三卷，集义堂刻本，现藏日本蓬左文库。

7.《三订琵琶记》，二卷，会泉余氏刻本，现藏日本蓬左文库。

8.《袁了凡释义琵琶记》，二卷，汪廷讷刻本，现藏日本东京大学图书馆。

9.《朱订琵琶记》，孙鑛批订，现藏日本静嘉堂文库。

10.《元本大板释义全像音释琵琶记》，三卷，云林别墅刻本，现藏

---

① 徐渭：《南词叙录》，《中国古代戏曲论著集成》（三），第243页。

国家图书馆。

上述版本，刊刻的动机虽然各个不同，适应时人的审美之需却是其共同的目的。而且这类版本多属通行本系统。所谓通行本，其意指与古本相对的、经过明人或多或少改动后而与"元本"存在较大差异的版本系统。虽然今人还以"明改本""时本""明本"等称谓指代通行本，名称不同，内涵和外延却非常相似。如钱南扬先生谓这类版本为"明改本"，钱先生的高足俞为民先生则以"时本"称之，且俞先生在对笔者的耳提面命过程中，经常将"时本""明改本"和"通行本"混用就是明证。既然通行本系《琵琶记》在流传过程中为了适应时人审美趣味而遭到的改动，那么这种改动本身就是为了接受者的更好接受。在舞台上，弋阳腔可以用滚调的演唱方式对文雅、晦涩的曲文加以解释，在案头上出版商当然可以更便捷的方式将晦涩难懂的曲文明了化。逐字逐句地解释某些曲文虽系场上所短，却是案头所长。况且，场上之作尚有演员直观的表意为补充，案头接受非得发挥接受者的抽象思维才能让剧本充分地传情达意。倘若接受者因为文字的障碍或粗劣的版本造成接受学所说的误解等现象发生，不合适或不良的版本就是误解的主要源头。更重要的是，即便经过严谨校订的精良版本，倘若没有方家的指点迷津，很难说文化层次稍差的读者可以完全理解剧作家的创作要旨。因此，一些方家对作者的创作旨意以及主题指向予以必要的阐释便是适时之需。上述版本中的 10 种通行本中有 4 种标名为"注释""释义"之作，可见这类版本在接受市场所受到的欢迎程度。简言之，所谓的"释义""注释""重订""重校""三订"等版本的适时而出，即以满足上述接受者的案头接受需要为要旨。凌濛初所刻的《琵琶记·凡例》有一段文字，可作上述观点的一个较好的注脚：

　　《琵琶》一记，世人推为南曲之祖，而特苦为妄庸人强作解事，大加改窜，至真面目竟蒙尘莫辨，大约起于昆本。上方所称"依古本改定"者，正其讹笔。所称"时本作云云者非"，则强半古本。颠倒讹谬，为罪之魁。厥后徽本盛行，则又取其本而更易一二处，然仍之者多，而世人遂不复睹元本矣。①

————————

① 凌濛初：《琵琶记·凡例》，蔡毅《中国古典戏曲序跋汇编》，第 593 页。

当然，从《琵琶记》的现存版本情况来看，所谓古本不一定就是高明的原本，即使被明人改得一塌糊涂之作，这种改动也总是围绕着原作波动。凌濛初说的"上方所称'依古本改定'者，正其讹笔。所称'时本作云云者非'，则强半古本"之语，不过证明了古本系统和通行本系统之间彼此交融、相互吸收、共同演化的复杂关系。

（二）评点本的出现

评点是中国古代诗、文、词特别是戏曲、小说批评的常见现象之一。和西方文论独立成篇、结构严谨的批评方式截然不同，中国古代文人特别喜欢在原作上圈点述评，发抒其接受心境。《中国曲学大辞典》之"戏曲评点"条云："我国传统的戏曲批评方式之一。通常是在剧本正文的有关地方予以圈点、短评，并与读法、总评和序跋合为有机整体，从而对文本进行阐释归纳与导引升华，充分体现评点家本人的基本思想、审美情趣和哲学观念。"① 如此看来，所谓的评点之作，上承校注本的曲、文、剧释义，下启戏曲批评的新思路，业已成为中国古代戏曲批评的重要形态之一，并卓然与诗、文、词及小说等文学体式的评点构成了具有鲜明民族特色文学批评形式。同校注、释义本《琵琶记》的刊刻目的几乎完全相同，评点本系统也是意在读者更好的接受。有所不同的是，评点者从对全剧的把握上着手，别具只眼地将剧作家的创作主旨以及剧本蕴含的要义有选择地一一阐释，意在将接受者的接受效果从对词、句的表象理解升华为对全局的体认，亦即使读者的接受境界从必然王国提升至理想王国。据朱万曙先生考证，明代的戏曲评点显得相对滞后，直到明代中叶它才开始崭露头角，并迅而于万历年间趋向勃兴。据其调查，在这段时期内，各种戏曲评点本即有 150 种左右。② 明代有三位著名的戏曲评点者，他们是李卓吾、汤显祖和陈继儒。因为所评最能切中肯綮，故其评点分别形成了"李评系统""汤评系统"和"陈评系统"三大评点系统。③ 颇能说明《琵琶记》成就的是，三大评点系统以及另一位极具影响的评点者徐渭都将它列入评点视野，从不同的角度分别予以述评。更有好事者将上述三位评点者中的李卓吾、汤显祖以及徐渭的评语辑汇一处，合刊为《三先生合评元本琵琶

① 《中国曲学大辞典》，浙江教育出版社 1997 年版，第 18 页。

② 参见朱万曙《明代戏曲评点研究》，第 11 页。

③ 参见朱万曙《明代戏曲评点研究》之第三章"明代评点的三大署名系统"。

记》二卷。要言之，明代的《琵琶记》评点系统不论是微言大义还是逐字校雠，都能鞭辟入里、时出新意，共同为明代戏曲接受的健康发展做出了应有的贡献。具体说来，万历至明末，现存《琵琶记》的评点本大致如下：

1. 《李卓吾先生琵琶记》二卷，虎林容与堂刻本，现藏上海图书馆。《古本戏曲丛刊》初集据之影印。

2. 《汤海若先生批评琵琶记》，万历刘次泉刻本，未知藏处。

3. 《鼎镌陈眉公先生批评琵琶记》二卷，书林萧腾鸿师俭堂刻本，现藏国家图书馆。

4. 《三先生合评琵琶记》二卷，李卓吾、汤显祖、徐渭评点，现藏国家图书馆。

5. 《新刻魏仲雪先生批评琵琶记》二卷，魏浣初评，书林余少江刻本，现藏首都图书馆。

6. 《新刻魏仲雪先生批评琵琶记》二卷，魏浣初评，李裔蕃注，现藏国家图书馆。

（三）白文本

上述两种版本之外，虽然曲、白俱全，却并无释义、评点之语的版本可以称之为白文本（案：本书所谓的白文本明显不太合理。通俗而科学的说法是，凡是没有插图，只有文字的版本才叫白文本。为了简便地分类，本书姑且如此）。另外，蒋星煜先生以《西厢记》为例，具体将白文本界定为"无序、无跋、无注音、无释义、无校勘记、无正衬标记、无眉评夹评、出评、总评、无凡例、无插图、无附录，是最标准的典型的白文本"①。当然，蒋先生的标准未免有些苛刻，本书认为，只要属于"无注音、无释义、无校勘记、无正衬标记、无眉评夹评、出评、总评"范畴的《琵琶记》刊本，都可列之白文本。否则，即使《六十种曲》本这样的版本都不能算严格的白文本。如果严格执行上述标准，那些有插图、附录、凡例、序跋等常见形式的版本都要予以重新归类，未免烦琐。白文本虽然不如释义、评点本的接受形式方便，但不论诗、文、词、曲等早期刊本，原本就没有上述形态；而且即便李卓吾、汤显祖、徐渭、陈继儒等所谓名

---

① 蒋星煜：《〈六十种曲〉本〈西厢记〉考略》，《〈西厢记〉的文献学研究》，上海古籍出版社 1997 年版，第 358 页。

家的释义评点，未见尽合读者的接受心境，可能还不如白文本更受某些读者的欢迎。另外，释义或评点本出现的原因是方便读者的案头阅读，而许多白文本则系舞台演出本。这类舞台演出本虽然没有方家的评点、释义，却有相当多更具体的舞台提示。这些舞台提示既方便了演员的演出，又为案头读者提供了必要的想象空间。汲古阁本《琵琶记》就是这方面的范例。因为系"绣刻演剧"本，汲古阁本《琵琶记》的舞台提示简约而不简单，举凡舞台演出容易被忽视的关节点，都一一要言不烦地予以列出。如陆钞本第二出【锦堂月】曲前的舞台提示仅为"生唱"；汲本则为"生进酒科，生（唱）"；第三出净扮的老姥姥与丑扮的丫鬟惜春花园戏耍时被牛小姐发现后遭责备的情景，陆钞本的舞台提示和说白也仅为"（丑）娘子可怜见，惜春心里闷，自这般说"；汲本则为"（丑跪科）小姐，可怜见惜春心里闷，因此这般说"。这类的例子汲本还有很多。当然，并非汲本的舞台提示一律好于陆钞本，陆钞本的第三出净、丑登场时的舞台提示为"净扮老姥姥丑扮惜春舞上唱"，而汲本仅为"净老姥姥丑惜春上"。这样的例子还有不少，拙著于此不具述。因此，虽然同为白文本，二者之间仍有不少的差别。现存明代刊刻的《琵琶记》白文本基本如下：

1.《琵琶记》三卷，万历二十五年汪光华玩虎轩刻本，现藏国家图书馆、上海图书馆。

2.《蔡中郎忠孝传》四卷，万历刻本，现藏国家图书馆。

3.《琵琶记》三卷，黄氏尊敬生馆刻本，未知藏处。

4.《琵琶记》四卷，凌濛初刻朱墨套印本，现藏南京图书馆、上海图书馆。

5.《元本南琵琶记》二卷，现藏日本静嘉堂文库。

6.《伯喈定本》，槃薖硕人改定，现藏国家图书馆。

7.《词坛清玩琵琶记》二卷，槃薖硕人改定钞本，现藏日本东京大学图书馆。

8.《绣刻琵琶记定本》，毛晋汲古阁《六十种曲》本。

上述诸白文本，以汲古阁《六十种曲》本最为通行，它是《琵琶记》各种版本中流行最广、影响最大的一个版本，至今学界仍将其视为通行本的代表。汲本的出目，一律是规范整饬的四字句，这种形式很容易使读者了解剧情，把握戏剧冲突的关键所在。此外，这种规整的出目非常合乎传奇的体制规范，颇具外在的形式美。再则，《琵琶记》在长期的流变过程中，不断遭到文人和戏班、演员的改窜。如果仅仅是文字的润色加工，还仅属于剧本形态的量变过程；有一些改本，如《乐府玉树英》所选的出目中竟然平添原本所无的《书馆托梦》一出，这种流变形态当属质变过程。所以，即便在通行本系统中，也需要有一个大家普遍认可的版本，汲古阁《六十种曲》本便不知不觉地扮演了这种角色。否则，一般观众或许搞不清楚究竟哪些曲文或出目系出高明原作，哪些曲文或出目经过戏班增删。还有一个原因，即使高明的原本随手可得，也未见得比经过改定的《六十种曲》本更受一般读者欢迎。毕竟汲古阁本采用的底本精良，曲文也比原本更加流畅，再加上为了增强舞台效果以及为了丰富人物形象而调整、补充的部分曲文、曲律，使作品的艺术效果更好。既然金圣叹改定的七十回本《水浒传》能在明清时期备受广大读者欢迎，汲古阁本《琵琶记》的接受效果当然不会很差。"（汲古阁本）是《琵琶记》各种版本中通行最广、影响最大的本子"①，就是这种类似金圣叹改定本《水浒传》接受效果的最好注脚。

　　上述通行本系统中还有一个版本值得注意，这就是四卷本《蔡中郎忠孝传》。虽然从"剧本本身来讲，《蔡中郎忠孝传》水平不算很高，但是，在《琵琶记》的研究中，它是一个非常重要的本子。它是《琵琶记》从古本到通行本转换过程中的一个过渡性版本，所以在《琵琶记》版本中占有一个特殊的位置。另外，这个本子包含的内容比较丰富，具体地反映了当时整个戏曲出版的趋向，因此，对于我们了解明中后期，尤其是万历前后的文化风尚，有很大的帮助"②。之所以说这个本子非常重要，并在不同程度上反映了万历前后的戏曲接受风貌，是因为《蔡中郎忠孝传》在部分关目上弥补了原剧关目的疏漏。王国维先生认为，"元剧关目之拙，固不待言。此由当日未尝重视此事，故往往互相蹈袭，或草草为之"③。明末清初的著名曲家李渔更具体批评了《琵琶记》关目设置的疏漏："若以针线论，元曲之最疏者莫过于《琵琶记》。无论大关目，背谬甚多，如子中状元三载而家人不知；身赘相府，享尽荣华，不能自遣一仆而附家报于路人；赵五娘千里寻夫，只身一人无伴，未审果能全节否，其

---

① 金英淑：《〈琵琶记〉版本流变研究》，第 109 页。
② 同上书，第 108 页。
③ 王国维：《宋元戏曲史》，岳麓书社 1998 年版，第 85 页。

谁证之。"对这些疏漏显然非常不满，李渔竟自将本出改为《寻夫》，而令赵五娘、张大公先虑独身寻夫不可，让张大公之家童小二和五娘作伴同去京师。《琵琶记》关目的另一个颇受关注的疏漏之处见于第二十六出之《拐儿绐误》。接近原貌的陆钞本中蔡伯喈对突然出现的拐儿及其所带来的家书丝毫不疑，贸然将回书和盘缠付与。汲古阁本及其他几乎所有的古本和通行本对此的处理方式都差不多，未见蔡伯喈及其家人的怀疑之处。难怪汤显祖、李卓吾和陈继儒等对此纷纷提出质疑："如此假书，绝无破绽，骗子也是高手。但父亲笔迹也不认得，竟以金珠付之，何疏略至是！"① 不过，《蔡中郎忠孝传》对此却做了比较合理的改动，它设置了蔡伯喈对拐儿盘问的细节。这个细节的曲文如下：

（生云）乡兄高姓？（净云）小人姓梅。（递书，生看云）乡兄，此书不是俺老相公写的。（净云）不是老相公写的，是鬼写的？（生云）字意相同，不是老相公的笔迹。（净云）真个不是。一时间老相公吃了早酒手振，有一个门馆先生替他写的。（生云）莫不是张大公写的？（净云）正是，正是。我一时间忘记了。（生云）你到此何干？（净云）贩卖药柴。因老相公有书，特来递书。（生云）你几时到我家来？（净云）腊月二十五日在老相公门首经过，老相公问道：你往哪里去？小人说京都里去。他说，你可与我带一封书去与小儿。我说，休道一封，百封也为你带去。（生云）起动，起动。乡兄，你在那些住？（净云）在老相公门首暮过一条大街，转个湾儿，便是小人家里。梅老官人便是小人的父亲。（生云）有个梅大哥是谁？（净云）正是小人的叔子。（生云）我一时间失记了。我怎么不认得你？（净云）相公而今做了官，如何认得小人？（生云）我家甚么模样境致？（净云）好境致。门首碧流流一湾溪水，两边都是大柳树。（生云）溪涧略有些，柳树不曾有。（净云）老相公说道，我儿子做官回来，要拴着马。而今都栽着大柳树。（生云）甚么样房子？（净云）好房子。东厂堂西厂堂，前面三间，后面三间，两边都是夹厢，门首另起一个八字墙门。（生云）我家是小房子。（净云）老相公说道，我儿

① 《三先生合评元本琵琶记》第二十六出汤显祖评语，转引自朱万曙《明代戏曲评点研究》之《附录二：明代戏曲评点本评语选辑》，第366页。

子做了官，有上司相访，而今改换门闾，都起着大房子。（生云）我老相公生得长矮？（净云）老相公长长的。（生云）我老相公生得矮。（净云）老相公发财发禄，上亭长，下亭短，坐了觉长，立了就矮。与我对坐，因此见他长长的。（生云）老相公有须无须？（净云）须有些。（生云）我老相公须多。（净云）小人不敢说。（生云）不妨，你说。（净云）老相公原来有须，牢房人恶，一时间和老相公厮闹，把老相公的须这边扯一把，那边扯一把，都扯掉了。（生云）都是胡说。院子，你请乡亲到后堂吃饭。（净云）不须得。小人就要起程回去，只望相公写一封回书与我覆报老相公便了。（生云）如此，院子，取纸笔过来。（末云）纸笔在此。（生写书科）……

上述改动，除了弥补其他版本关目的疏漏之外，舞台效果也相当好。拐儿的言语表情非常滑稽，颇具反讽色彩。所改之处"虽然不一定直接回应上述（汤显祖、李卓吾、陈继儒等）批评，但说它针对时人的非议而发，应无疑问"[1]。更确切地说，上述改动显然是戏班针对当时的受众需要而发，即上述改动具体反映了当时戏曲接受求全求美的趋向。

二 清刊《琵琶记》述要

清刊本《琵琶记》基本为评点本覆盖，且多数为毛声山的评点本。毛氏为清代著名的评点家，他评点的《三国演义》在评点史上占据非常重要的地位，和金圣叹评点的《水浒传》、脂砚斋评点的《红楼梦》等系统一样，非常人可及。毛氏的生活年代，昆曲正在走下坡路，花部崛起的势头无人可挡，而且折子戏经过长期的发展，几乎呈现一统天下的态势。全本戏既无戏班肯演，也乏观众的热情，若想了解各剧的全部情节，案头接受便是最为便捷的途径。另外，《琵琶记》在长期的衍变和接受过程中，观众对其的接受心态也是言人人殊。虽然"一千个读者有一千个哈姆雷特"是剧场不变的真理，但受众还是需要更接近"哈姆雷特"本来面目的阐释，方家的点评因此颇受欢迎。李卓吾、汤显祖、徐渭、陈继儒等明代著名的评点家又因为处于晚明特殊而狂放的思想时代，他们的审美观点显然不合百余年之后的清人口味，这也为毛声山的异军突起创造了有利条件。再

---

[1]　黄仕忠：《琵琶记研究》，广东高等教育出版社 1996 年版，第 241 页。

者，李卓吾、徐渭等明代评点家虽然不乏真知灼见，但他们的评点内容却有琐屑而缺乏系统之嫌，很难构建系统而严谨的理论体系。所有这些，都为毛声山等清代评点家留下了充分发力的空间。正如明人以李卓吾等诸家的评点为准一样，清人亦以毛氏的观点为矍矢，毛声山的评点本几至一统天下，就显得一点也不奇怪。具体说来，现存清人11种版本中，评点本占6种，且全为毛氏的评点本。以下是清代《琵琶记》版本的大致情况：

1. 《绘风亭评第七才子书琵琶记》六卷，毛声山评，映秀堂刻本，现藏中国社会科学院文学研究所图书馆、上海图书馆。

2. 《绘风亭评第七才子书琵琶记》六卷，毛声山评，映秀堂刻三多斋印本，现藏北京大学图书馆。

3. 《绘风亭评第七才子书琵琶记》六卷，毛声山评，书林龙文堂刻本，现藏郑州大学图书馆。

4. 《镜香园传奇第七才子书》十二卷，毛声山评，从周（西文）增订，天籁堂刻本，现藏中国社会科学院文学研究所图书馆。

5. 《镜香园毛声山评第七才子书》十二卷，毛声山评，金陵张元振刻，聚锦、三益堂印本，现藏上海图书馆。

6. 《声山先生原评第七才子书》，经纶堂刻本，卷数、藏地未知。

7. 《芥子园绘像七才子书琵琶记》，苏州坊刻巾箱本，未知藏处。

8. 《琴香堂绘像第七才子书》，刻本，未知藏处。

9. 《琵琶记》一卷，钞本，现藏国家图书馆。

10. 《琵琶记》五卷，宣统二年天一阁印本，未知藏处。

11. 《新刊元本蔡伯喈琵琶记》二卷，康熙十三年陆贻典钞本，现藏国家图书馆。《古本戏曲丛刊》据之影印。

以上诸版本，除了毛声山的评点本外，现今影响最大的当属陆钞本。与明刊本有所不同的是，清刊本之评点本的基本用意多为案头接受，绝少舞台演出本。虽然不能肯定明刊本的案头功能少于舞台功能，但就是像《六十种曲》本这样的非常接近案头读物的版本，都可能是舞台演出本的整理和加工。还可以肯定地说，明代的通行本《琵琶记》，就有不少戏班照单全录，几乎一字不差地据此演出。如何良俊《四友斋丛说》记载的嘉、隆年间的老曲师顿仁，曾自豪地宣称："《伯喈》曲，某都唱得"。又如张岱在《陶庵梦忆》中实录了明代浙江绍兴陶堰上元严助庙会演出《琵琶记》的场景：

　　……夜在庙演剧，梨园必倩越中上三班，或雇自武林者，缠头日数万钱，唱《伯喈》《荆钗》。一老者坐台下对院本，一字脱落，群起噪之，又开场重做。越中有"全《伯喈》、全《荆钗》之名起此"。

　　在这个场景中，虽然观众所对照的不知为何种版本，这个版本系《琵琶记》的舞台演出全本却也毋庸置疑。可能，它还就是与所谓"绣刻演剧"的汲古阁本相去不远的另一种通行本。当然，将清代《琵琶记》中的一些版本直接作为舞台演出本也未尝不可，事实证明，《琵琶记》的全本演出在清代也非个案。如前述之李斗在《扬州画舫录》记载的那次乡间《琵琶记》全本演出，即可看出某些观众对该演出要求的非常严格。

　　还有一个现象需要说明，清代的《琵琶记》刊刻远较明代为少，其中一个原因可能是因为明清时期戏曲接受的理念有所不同。一般说来，明人的戏曲接受尚然注重戏曲的文学性，清人则主要注重戏曲的舞台艺术性。即使是"爱文者喜其词，知音者赏其律"[1]的佳作《长生殿》，戏班也因其浩繁的体制、典雅有余、情致不足等原因，对其中一些场次多加删改。尽管洪昇本人对戏班的这种做法非常不满，但他还是不得不直面上述既成事实，默认并赞许其友人吴舒凫将《长生殿》缩编为28折的小本戏，以便戏班上演。另一个有趣而沉重的话题是，清代的曲坛全以舞台为中心，像汤显祖这样倔强地以文义大好、演出功能稍差之作跻身舞台并进而角胜的现象全然不见，即使戏曲的创作和演出过程中必须遵循的"双美说"，到此已悄然弱化了"清远道人之才情"，强化了"词隐先生之矩镬"。特别是花部兴起之后，京剧独尊之际，花部几无文学功能可言。文人剧也几乎沦为案头剧的代名词，舞台剧呈现的几乎是以粗鄙为本色的"本调"。到了晚清时期，观众的接受趋势迅而由元、明两代以剧本为中心转为以演员为中心的审美心态。

三　明清时期的《琵琶记》选本刊刻

　　选本系统的《琵琶记》刊刻虽然没有明显多于全本刊刻，但根据一些选本之于场上、案头的实际影响来看，很多选本的艺术价值明显超过了全本。在选本系统中，入选剧本多为受众喜闻乐见之作，而且入选的出目

---

①　吴舒凫：《〈长生殿〉序》，《中国古典戏曲序跋汇编》，第1582页。

也多系该剧的菁华，因而理所当然更受读者的欢迎，书商自然乐意为之出版刊刻。一如全本刊刻，明代《琵琶记》的选本数量也远远多于清刊本。另外，明刊全本如《蔡中郎忠孝传》为了弥补关目的疏漏，增曲增文的现象在选本系统中不仅时有发生，甚至出现了和原作毫不相干的增加额外出目等现象，这种现象的发生，既是《琵琶记》在流传过程中发生的变异，也和不同时期受众的审美情趣之变异息息相关。

（一）明代《琵琶记》选本概说

《琵琶记》的选本包括单剧选本、零出选本和零曲选本三种类型，在这三种类型中，零出选本系折子戏演出的脚本，零曲选本则是专供浅唱低吟的歌词选集。此外，上述两种选本还同时具有案头阅读功能，零出选本具有较强的故事情节自不必论，零曲选本所选的剧曲和诗词的文本功能几乎没有二致，故两种选本的案头实用功能很强，受到当时受众的普遍欢迎。至于单剧选本，因为形态和单行本没有多少差别，姑且存而不论。约略地说，明代选录《琵琶记》的零出选本情况大致如下。

1. 单剧选本

（1）《六合同春》

元明杂剧、戏文、传奇单剧选本，全名《陈眉公先生批评六合同春》，系陈继儒评点本。现存明万历年间师俭堂刻本、清乾隆十二年（1747）修文堂合订本。

（2）《六十种曲》，元明杂剧、南戏、传奇单剧选本，明末毛晋辑选，系中国古代最著名的戏曲选本。有汲古阁原刻初印本、清初重印本、重刻本、道光补刻本等。

（3）《绣刻演剧》

杂剧、南戏、传奇单剧选本，明无名氏编选。有明刊本。

2. 零出选本

（1）《风月（全家）锦囊》

徐文昭辑。有嘉靖三十二年（1553）重刊本。

此书包括三编：甲编《风月锦囊》为戏曲杂曲合选，收10种南戏文、3种杂剧；乙编《全家锦囊》、丙编《全家锦囊续编》。本选本实质上是摘汇本，属于小本戏选本类型，因归类的不便，姑置于零出选本范畴。

（2）《八能奏锦》

全名《鼎雕（镌）昆池新调乐府八能奏锦》，明黄文华编。有万历新岁书林爱日堂蔡正河刻本、1984 年《善本戏曲丛刊》第一辑影印本。

（3）《乐府玉树英》

元明杂剧、南戏、传奇零出选本。全名《新锲精选古今乐府滚调新词玉树英》，汝川黄文华辑，书林余绍崖绣梓。现存原刻残本、上海古籍出版社 1993 年本。

（4）《乐府菁华》

元明杂剧、南戏、传奇零出选本。全名《新锲梨园摘锦乐府菁华》，明豫章刘君锡辑。有万历二十八年（1600）三槐堂王会云绣梓本、1984 年《善本戏曲丛刊》第一辑影印本。

（5）《乐府红珊》

元明杂剧、南戏、传奇零出选本，全名《精刻绣像乐府红珊》，明秦淮墨客（纪振伦）编。有明万历三十年（1602）唐振吾刻本、嘉庆八年（1800）积秀堂覆刻本、1984《善本戏曲丛刊》第二辑影印本。

（6）《玉谷新簧》

别题《玉谷调簧》五卷，明吉州景居士编，有万历三十八年书林刘次泉刻本。《善本戏曲丛刊》据以影印。

（7）《摘锦奇音》

元明杂剧、南戏、传奇零出选本，全名《新刊徽调合像滚调乐府官腔摘锦奇音》，龚正我选辑。有万历三十九年（1611）书林敦睦堂张三怀刻本、1984 年《善本戏曲丛刊》第一辑影印本。

（8）《乐府万象新》

元明杂剧、南戏、传奇零出选本，全称《新编万家会锦乐府万象新》，或《梨园会选古今传奇滚调新词乐府万象新》，或《类纂今古传奇梨园正式乐府万象新》，或《正选今古传奇乐府万象新》，或《类纂古今传奇词林满腔春乐府万象新》，明安成阮祥宇编，书林刘龄甫梓。有明万历间刻本、上海古籍出版社 1993 年影印本。

（9）《大明春》

元明杂剧、南戏、传奇零出选本，又名《万曲长春》《万曲明春》，全名《鼎锲徽池雅调南北官腔乐府点板曲响大明春》，或《新锲徽池雅调官腔海盐青阳点板万曲明春》。一般以为此曲系程万里编选。有明万历间福建书林金魁刻本、《善本戏曲丛刊》本。

（10）《赛征歌集》

元明杂剧、南戏、传奇零出选本，明无名氏辑。有万历巾箱本、《善本戏曲丛刊》第四辑影印本。

（11）《大明天下春》

元明杂剧、南戏、传奇零出选本，全称《精刻汇编新声雅杂乐府大明天下春》，或《新锲精编杂乐府艳曲雅调大明天下春》，辑选者不详，或疑为江西人。有明刻本（李平谓早于万历中期，《曲学大辞典》谓明末刻本）、上海古籍出版社 1993 年《海外孤本晚明戏剧选集三种》影印本。

（12）《万壑清音》

杂剧、南戏、传奇零出选本，全称《新锲出像点板北调万壑清音》。止云居士选辑，白雪山人校点。现存明抄本、《善本戏曲丛刊》影印本。

（13）《怡春锦》

杂剧、南戏、传奇零出选本，全称《新锲出像点板怡春锦曲》，又称《新锲出像点板缠头百练》。冲和居士编选。现存明崇祯间刻本、清乾隆间刻本、1984 年《善本戏曲丛刊》影印本、《四库未收书辑刊》第九辑第 30 册影印本。

（14）《玄雪谱》

杂剧、南戏、传奇零出选本，锄兰忍人编选，媚花香史批评，全称《新锲绣像评点玄雪谱》。有明崇祯刊本、1984《善本戏曲丛刊》影印本。

（15）《万锦娇丽》

元明南戏、传奇零出选本，全称《听秋轩精选乐府万锦娇丽传奇》，署名"玉茗堂主人点辑"。有明末刻本、《善本戏曲丛刊》第二辑影印本。

（16）《尧天乐》

杂剧、南戏、传奇零出选本，全称《新锓天下时尚南北新调尧天乐》，明末豫章绕安殷启圣汇辑，福建书林熊稔寰绣梓。有明末刊本、明末《秋月夜》本。

（17）《徽池雅调》

南戏、传奇零出选本，全称《新锓天下时尚南北徽池雅调》，福建书林熊稔寰汇辑，潭水燕石居主人刊梓。有明末刊本，明末《秋月夜》本。

（18）《醉怡情》

杂剧、南戏、传奇零出选本，全称《新刻出像点板时尚昆腔杂出醉怡情》，明末青溪菰芦钓叟点次。有明崇祯刻本、清乾隆间古吴致和堂重刻本。

（19）《乐府歌舞台》

杂剧、南戏、传奇零出选本，全称《新锲南北时尚青昆合选乐府歌舞台》，无名氏编选。有清顺治金陵奎璧斋郑元美刊本、《善本戏曲丛刊》影印本。

（20）《时调青昆》

杂剧、南戏、传奇零出选本，全称《新选南北乐府时调青昆》，江湖黄儒卿汇选。有书林四知馆刊本、《善本戏曲丛刊》影印本。

（21）《歌林拾翠》

杂剧、南戏、传奇零出选本，全称《新镌乐府清音歌林拾翠》，无名氏编。有清金陵奎璧斋、宝圣楼、大有堂合刊本、《善本戏曲丛刊》影印本。

3. 明代《琵琶记》的零曲选本述要

（1）《雍熙乐府》

元明杂剧、南戏零曲选本，系《词林摘艳》的改编本。郭勋辑。有明嘉靖十年（1531）王言序刻本、嘉靖十九年楚藩刻本、嘉靖四十五年（1566）春山居士序刻本、《四部丛刊》影印本，均二十卷；又有"海西广氏编"十四卷本，万历内府刻本。

（2）《吴歈萃雅》

南戏、传奇零曲选本，茂苑梯月主人（周之标）选辑，古吴隐道民标点。有万历四十四年（1616）长洲周氏刻本、1984年《善本戏曲丛刊》影印本。

（3）《月露音》

元明杂剧、南戏、传奇零曲选本，一般以为李郁尔选辑。原书四卷，以《庄》《骚》《愤》《乐》名集。

（4）《群音类选》

元明杂剧、南戏、传奇零曲选本，明胡文焕辑。

（5）《南音三籁》

南戏、传奇零出选本，凌濛初辑。有明崇祯刻本、清康熙七年（1668）袁园客重刻增益本、1953年上海古籍书店影印明刊本、1987年《善本戏曲丛刊》第四辑影印本。

（6）《词林逸响》

南戏、传奇零曲选本，许宇编。有明天启三年刻本、翠锦堂刻本、书业堂刻本、1984年《善本戏曲丛刊》影印本、《四库未收书辑刊》第八辑第三十册影印本。

（7）《增订珊珊集》

南戏、传奇零曲选本，全称《新刻出像点板增订乐府珊珊集》，吴中宛瑜子（周之标）编选。有明末刊本、《善本戏曲丛刊》影印本。

（8）《乐府南音》

南戏、传奇零曲选本，全称《新刻点板乐府南音》，洞庭萧士选辑，湖南主人校点。有明万历刻本、《善本戏曲丛刊》影印本。

（9）《乐府遏云编》

杂剧、南戏、传奇零曲选本，全称《彩云承新镌乐府遏云编》，古吴楚间生槐鼎、钟誉生吴之俊选定。有明末刻本、《续修四库全书》影印本。

（10）《南北词广韵选》

杂剧、南戏、传奇零曲选本，徐复祚编选。有清初抄本、《续修四库全书》影印本。

（二）清代《琵琶记》选本述要

清代的《琵琶记》选本只有零出选本一种形式，单剧和零曲两种在明代习见的选本形态都没有出现。可以这么认为，明人对戏和曲的态度基本持衡，清人则减少了对曲的热衷，专注于戏的观赏。将戏与曲分离开来，将文学的戏曲还原为场上质朴的生活实录，这既是清人对明人戏曲接受观的反拨，也是花部所以战胜雅部的法宝之一。不可否认，明代一般受众的接受手段与清人原无二致，而且很多文人士大夫还导引普通观众戏、曲一体的接受观念；清代的文人士大夫只需屈从于一般受众，即可自然而然地完成对戏曲本质的体认。另外，晚清时期出现的以演员为中心的演出方式，也与明代戏曲舞台以剧本为中心的模式截然不同。以演员为中心，以量体裁衣的手段为演员选择或改变剧本，使更多南戏剧目富于极强的舞台观赏性。戏剧性的情节冲突、滑稽场景的凸显和演员高超的表演技艺方面，在《缀白裘》中的《琵琶记》选出中表现得非常明显。如《训女》出，人为地将牛丞相训斥老姥姥和惜春的场景加长，不仅平添了许多喜剧台词和滑稽动作，甚至不惜采用具有色情色彩的低级趣味诨语加强喜剧成分。《坠马》一出亦复如是，其插科打诨的场景比比皆是，而且很多插科打诨的场景是和戏剧冲突紧密联系在一起的。恶俗也好，趋从观众也罢，舞台的戏剧和喜剧因素明显增强则是不争之实。如上所言，在演员为主体的演出背景中，演员的舞台表现成了观众关注的主要环节之一。如果演员的功底欠佳，受众的观赏兴致肯定不高；如果系名家名角所演，即使是同一出戏，很多人也会乐此不疲；有些观众对演员表演的欣赏甚至超过欣赏剧情本身。基于这样的接受心态，很多演员特别注重自身素质的提高。如《辞朝》一出，明代的戏曲选本基本上将末脚上场念诵的《黄门赋》摒弃不录，而风格通俗的《缀白裘》和《审音鉴古录》却将它完整地保留下来。由此可见，当时的观众对《黄门赋》的接受并非表现在对内容的理解上，而是对演员高超念白功夫的欣赏。概括地说，清代戏曲选本的语言风格基本属于下层观众明白易懂的通俗白话，典雅的文学语言成分少而又少。清代的受众，显然较之明人少了几分浪漫，多了不少务实成分。难怪明人极为热衷的零曲选本，到清代几乎绝迹。具体说来，现存的清代《琵琶记》选本大致如下：

1. 《缀白裘合选》

杂剧、南戏、传奇单出选本，全称《新镌缀白裘合选》，清秦淮舟子审音、郁岗樵隐辑古、积金山人采新。有清康熙二十七年（1608）金陵翼圣堂刊本。

2. 《缀白裘全集》

杂剧、南戏、传奇单出选本，全称《新刻校正点板昆腔杂剧缀白裘全集》，清慈水陈二球参定，玩花楼主人重辑。有乾隆四年序刻本。

3. 《千家合锦》

南戏、传奇单出选本，全称《新镌时尚乐府千家合锦》，清无名氏编选。有乾隆间姑苏王君甫梓行本、《善本戏曲丛刊》影印本。

4. 钱编《缀白裘》

杂剧、南戏、传奇、花部单出选本，清钱德苍编选。有宝仁堂初刻单行本、四教堂本、鸿文堂本、共赏斋本、集古堂本、学耕堂本、增利堂本、汪协如校点本等多种版本。

5. 《审音鉴古录》

南戏、传奇单出选本，清无名氏编选。有清嘉庆间刻道光十四年（1834）王继善补刻本、咸丰重刻本、《善本戏曲丛刊》影印本。（案：虽然《审音鉴古录》的编选目的难以确考，但根据编选者琴隐翁的卷首序文，可知它是为了弥补《缀白裘》《纳书楹曲谱》和《闲情偶寄》的不足而编选。琴隐翁指出："玩花录剧而遗谱，怀庭谱曲而废白，笠翁又泛论而无词萃。"① 即指玩花主人编选的《缀白裘》只有文字，没有曲谱；怀庭居士编选的《纳书楹曲谱》也只是戏曲的演唱谱，且只存剧曲，不录科白；李渔的《闲情偶寄》，更是只有编剧、演出的指导原则，几乎没有曲、词或谱等具体事例。因此，该选本才"萃三长于一编"②，不仅曲文齐备，而且标明叶韵、板拍，在关键处又纠正容易错讹的读音，并配以工尺谱。另外，《审音鉴古录》还对"穿关""科介"详加规定和说明，直似演出教科书，非常便于教师指导和演员学习。更重要的是，《审音鉴古录》是现存唯一采用这种编选体例的戏曲选本，因此，《审音鉴古录》在中国古代戏曲选本中别具意义。

　　根据上述的《琵琶记》刊刻情况以及现存《西厢记》和《牡丹亭》的版本数量或版本形态分析，似乎很难比较《琵琶记》和《西厢记》这两部南、北"曲祖"案头接受的优劣。但是，只要将上述各个时期的《琵琶记》刊行情况和除了《西厢记》《牡丹亭》之外的任何一种戏剧形式中的任何一部剧作相比，就不难发现这些剧作只有望其项背的惨淡光景。另外，通过《琵琶记》拥有的白文本、校注本、评点本以及各种版式灵活的选本系统分析，构成这部著名剧作案头受众群体的范围则上自宿学老儒、下至粗识文义的一般读者或晚生后学。在这个层面上说，案头接受之盛的《琵琶记》则更加少有其比。难怪从明代开始就有如"衡州太守冯正伯，……五上公车，未尝挟笈，惟挟《琵琶记》而已"和"余友秦四麟……所挟而如行笥者，惟《琵琶》《西厢》二传"的记述。

第三节　《琵琶记》接受过程中的"正误"与"反误"现象述论

　　文学的接受过程就是读者对某一作品的阅读理解的过程，它既包括对作品的人物形象、艺术技巧、语言结构的认识，也包括对作品整体价值的把握和探索。在具体的接受过程中，当读者对作品的解构与作者的创作动机相符，一般称之为"正解"；当接受者的解构与作者的创作动机相悖，

---

① 琴隐翁：《审音鉴古录·序》，王秋桂《善本戏曲丛刊》（第五辑2），台湾学生书局1987年版，第3页。

② 同上。

则称之为"误解"。在具体的阅读现象中，误解又可分为"正误"和"反误"两种情况。所谓正误，是指接受者对作品的理解与创作者的创作本意虽然有所抵牾，但作品的客观反映却显示了接受者所理解的内涵，从而使这种误解看上去又切合作品的实际，令人信服，即"作者之用心未必然，而读者之用心何必不然"（谭献：《复堂词录序》）。反误则是指接受者自觉不自觉地对所接受的作品予以穿凿附会式的认知和评价，包括对作品非艺术视角的歪曲等。应当说，"误解"是文学接受过程中常见的现象之一，越是优秀作品，这种现象的发生频率越高，古今中外的文学作品概莫能免。如《红楼梦》的作者曹雪芹，本意可能是借宝、黛、钗三人爱情悲剧，反映封建大家族的大厦将倾的全过程，但后人根据作品描写的实际情况，推测出曹雪芹意在反映封建社会走向覆灭的全过程。这样的解释虽然不符合作者本意，却非常符合作品的实际，因此属于典型的"正误"现象。但是，如果作者本人并无类似的意指，作品描写丝毫反映不出接受者图解的观念，则称为"反误"。如《诗经》的《关雎》篇，无论怎样看，这都是一首反映青年男女爱情的恋歌，但朱熹却认为它是在"载后妃之德"，这就是典型的"反误"现象。另外，孔子所谓《诗经》可以"兴观群怨"，可能比较符合作品的实际，将之归于《诗经》的正解本无不可。但通过阅读《诗经》确实还可以"多识鸟兽草木之名"（《论语·阳货》），这虽然构成对《诗经》接受的"误解"，不过它也还属于正误的范畴。因为不论是何种文学体式，都不会将"多识鸟兽草木之名"作为创作的主要目的之一。

相当多的戏曲作品在接受过程中同样遭遇着"正解"和"误解"两种接受情形，《琵琶记》也不例外。概括地说，明清时期的《琵琶记》接受所体现的"误解"情况大致如下。

一　《琵琶记》接受过程中的"正误"现象解读

> 秋灯明翠幕，夜案览芸编。今来古往，其间故事几多般。少甚佳人才子，也有神仙幽怪，琐碎不堪观。正是：不关风化体，纵好也徒然。论传奇，乐人易，动人难。知音君子，这般另做眼儿看。休论插科打诨，也不寻宫数调，只看子孝与妻贤。骅骝方独步，万马敢争先。（第一出【水调歌头】）

以上这段曲文屡为论者征引，相信一般读者对此并不陌生。的确，这是剧作家高明的《琵琶记》创作宣言，也是后人理解本剧旨意的关键所在。这段话的核心是"不关风化体，纵好也徒然"，在作者看来，佳人才子、神仙幽怪之作俱系不堪观听的琐碎之作。即使对于像该剧这样的"关风化"之作，接受者也不应该津津于"插科打诨"和"寻宫数调"等细枝末节，注意力应该放在"子孝与妻贤"这样的大关目上。如果接受者依此理解，则可视为接受的正解，反之则没有"这般另做眼儿看"，应视为对本剧的"误解"。纵观明清时期的《琵琶记》接受状况，不难发现接受者对《琵琶记》的误解情形比比皆是，绝非个案。而在此期的各种误解的情形中，以下接受观念是为"正误"的典型。

1. "雪谤"说

将《琵琶记》的主旨看作为古人翻案的接受者在明清时期大有人在，比较典型的是徐渭在《南词叙录》中所持的观点："永嘉高经历明，避乱四明栎社，惜伯喈之被谤，乃作《琵琶记》雪之。"① 此外，明代的姚福在《青溪暇笔》中也认为高明"见陆放翁有'死后是非谁管得，满村听唱蔡中郎'之句，因编《琵琶记》，用雪伯喈之耻"②。清代著名诗人施闰章的《蠖斋诗话》也有"因刘后村有'身后是非谁管得，满村听唱蔡中郎'之句，乃编《琵琶记》，以雪伯喈之耻。按今《琵琶》仍是痛诋伯喈，舛悖不伦，不审何云雪耻?"不仅如此，明代著名的剧作家屠隆还把这种观点通过其剧作《修文记》予以传播和扩散，如"奈千载中郎，无端受毁，老夫孟浪，欲向词场一洗"等语即是。依此观点，高明作《琵琶记》的主要原因是蔡伯喈的形象因为《赵贞女蔡二郎》等早期南戏在民间的广泛流传，使历史上以忠孝闻名的蔡邕因此背上了不忠不孝的罪名，《琵琶记》创作或改编的目的就是要还原历史上蔡邕的本来面目。"雪谤"说在明清时期的影响很大，很多接受者对此都持认同的态度。《新刊元本蔡伯喈琵琶记》卷上题目云："极富极贵牛丞相，施仁施义张广才；有贞有烈赵贞女，全忠全孝蔡伯喈。"因为高明的《琵琶记》承自民间长期流传的南戏《赵贞女蔡二郎》这一母体，在《赵贞女蔡二郎》等剧中，因为"马踏赵贞女"等不忠不孝的行为，蔡伯喈最终人神共怒，

① 徐渭：《南词叙录》，《中国古典戏曲论著集成》（三），第239页。
② 转引自焦循《剧说》，《中国古典戏曲论著集成》（八），第107页。

遭雷轰而死。由早期南戏的不忠不孝而《琵琶记》的"全忠全孝",作品事实上在为蔡伯喈"雪谤"。虽然高明宣称本剧的主旨是为了"关风化",并嘱咐"知音君子"将"子孝妻贤"作为本剧的正解而"另做眼儿看",但将人神共怒的不孝之子描摹为人所共仰的孝子,"雪谤"之说无可厚非。可见,如果将【水调歌头】所体现出的宣言作为正解的话,那么"雪谤"之说即使是误解,也当属于"正误"的范畴。

2."怨谱"说

另一属于"正误"范畴的接受观念仍系徐渭对《琵琶记》主旨的阐释:"《琵琶》一书,纯是写怨,蔡婆怨蔡公,赵氏怨夫婿,牛氏怨严亲,伯喈怨试、怨婚、怨及第,殆极乎怨之致矣。"上文是徐渭对《琵琶记》的评点之语。通观《琵琶记》全传,蔡伯喈为了孝养年迈双亲,尽管自己学富五车,却不愿上京赴举;蔡之父及邻居张大公则以光宗耀祖为子之大孝为据,逼迫蔡伯喈赴选,进而认为他不愿赴选是因为他是贪恋新婚妻子并加以责备。以同样的理由,蔡伯喈在中了状元之后,辞婚、辞官都未获得许可,以致父母因无人供养,饥饿而死,所以全剧"怨"气颇浓,以故徐渭有上述之说。以上二说,同出徐渭之口,如果说"雪谤"说还可以列之高明的诸多创作动机之一的话,那么后一说明显有违高明的创作意图。不过,《琵琶记》关于"怨"情的描写,自始至终贯穿于全剧之中,系本剧的主线所在,可见"怨谱"说也是接受的"正误"现象之一。

虽然事实上蔡伯喈沦于不忠不孝的境地,但在事君大于事亲的古代社会,蔡伯喈的不忠不孝行为被一洗殆尽,摇身为全忠全孝的典型。不过相当多的接受者并不如此认为,在徐渭"怨谱"说的基础上,陈继儒则更进一步,认为该剧:"纯是嘲骂谱。赘牛府,嘲他是畜类;遇饥荒,骂他不顾养;厌糠、剪发,骂他撇下糟糠妻;裙包土,笑他不痊;抱琵琶,丑他乞儿行;受恩于广才,封他无仁义。操琴赏月,虽吐孝词,却是不孝题目;诉愁琵琶,题情书馆,庐墓旌表,骂到无可骂处矣。"① 这显然是"怨谱"说的进一步发展,也是有违高明创作主旨的另一种接受心态。

3."陈情"说

毛声山在《第七才子书琵琶记·前贤评语》中将《琵琶记》比之为

---

① 陈继儒:《陈眉公先生批评琵琶记》第42出尾批,明万历年间书林萧腾鸿师俭堂刻本。

《陈情表》："南曲以《琵琶》为冠，是一道《陈情表》，读之使人唏嘘欲涕。"① 这种观点虽然也是对作品的艺术视角的错误诠释之一，却道出了《琵琶记》主旨的某种真谛。《琵琶记》所体现的剧情，确实在很多地方与《陈情表》相似。在《陈情表》中，李密以祖母年迈为由，婉转谢绝了晋王的征聘："母孙二人，更相为命，是以区区不能废远"；而且祖母"日薄西山，气息奄奄，人命危浅，朝不虑夕"；更严峻的是，李密本人"既无伯叔，终鲜兄弟，门衰祚薄，晚有儿息。外无期功强近之亲，内无应门五尺之童，茕茕独立，形影相吊，而刘夙婴疾病，常在床蓐，臣侍汤药，未曾废离"。李密所面对的现实和蔡伯喈非常相似，有所不同的是，李密以孝亲为由，辞不就职，其祖母因此获得终养；而蔡伯喈的父母也是"年满八旬"，为了赡养父母，他才打消求取功名的念头。不过，"子虽念亲老孤单，亲须望孩儿荣贵"的现实，使他"欲尽子情，难拒亲命"，结果因为"宦海沉身，京尘迷目，名缰利锁难脱。目断家乡，空劳魂梦飞越"，造成了不可挽回的悲剧。李密通过《陈情表》将自己对祖母的感情表述得哀婉动人，令人有不胜唏嘘之叹。故苏轼有"读《出师表》不下泪者，其人必不忠；读《陈情表》不下泪者，其人必不孝"这样的说法。同样，《琵琶记》接受效果之于《陈情表》并无二致，不论观看这部剧作的舞台演出还是从事其案头阅读，本剧都有催人泪下的接受效果。也正因为这样，王世贞等受众认为，"歌演终场"并能"使人堕泪"是《琵琶记》之长，因此陈情说即使不符合高明的创作主旨，却因为《琵琶记》实有的接受效果而导致本说为该剧的正误现象之一。

二　《琵琶记》接受过程中的反误现象解读

《琵琶记》接受过程中的正误现象固然很多，但接受者持非艺术视角的反误观点者同样不少。以下就是明清时期比较典型的"反误"接受案例。

1. 讽刺王四说

讽刺王四说本属于下文之比附说的范畴，但因为此说在明清时期的影响很大，人多信之，故单列一目。据徐复祚《三家村老委谈》："有王四者，以学闻，则诚与之友善，劝之仕。登第，即弃其妻而赘于不花太师

---

① 毛声山：《绘风亭评第七才子书琵琶记·前贤评语》，清映秀堂刻本。

家。则诚恶之,故作此记以讽谏。名之曰《琵琶》者,取其头上四'王'为王四云尔。元人呼牛为'不花'故谓之牛太师。而伯喈曾附董卓,以之托名也。"① 焦循《剧说》卷二所引的《留青日札》:"高明……因感刘后村诗,作《琵琶记》。有王四者,以学闻。则诚与友善,劝之仕。登第后,弃妻周氏,赘太师不花家。则诚作此以讽,取琵琶上四字为王四云尔。元人呼牛为'不花',故谓牛太师;而伯喈附会董卓,乃以之托名焉。高祖微时,常奇此戏文;御极,召则诚,以疾辞。使者以记上,于是捕王四,置极刑。"② 毛声山评点《琵琶记》时引用《大圜索引》也认为系讽王四说。其他如《真细录》等也与《留青日札》的观点相同。朱彝尊《静志居诗话》"世传《琵琶记》为薄幸王四而作,此殆不然"。③ 清文昭《桧栖草》之《十七日长男第中观剧、看花烟火十首》中有"稗官小说演荒唐,牛相、张公尽渺茫;王四不知何代子,至今诬杀蔡中郎。"清郭钟岳《东瓯百咏》"高生才调本无伦,谩骂中郎事岂真?一曲《琵琶》传禁内,不知王四果何人?"就连清代无名氏的《传奇汇考标目》也持此说:"《琵琶》为王四而作。王四系卖菜人子,故托名蔡邕,盖隐喻'菜佣'人。"上述种种说法,大同小异;另有不少类似的记载,此不一一列出。如此多的接受者将艺术真实等同于生活真实,的确让人难以理解。难怪李渔对此颇为不满:"人谓《琵琶》一书,为讥王四而设,因其不孝于亲,故加以入赘豪门,致亲饿死之事。何以知之?因'琵琶'二字,有四'王'字冒于其上,则其寓意可知也。噫!此非君子之言,齐东野人之语也。……此显而易见之事,从无一人辨之,创为是说者,其不学无术可知矣!"④

2. 比附说

比附说的实质就是索引剧中的人物原型,将本属于文学范畴的人物形象在现实生活中对号入座。源于生活、高于生活是一切文学作品发生、发展的普遍规律。依此规律进而探究现实生活的原生形态,本不失为一种有

---

① 徐复祚:《三家村老委谈》,俞为民、孙蓉蓉《历代曲话汇编》(明代卷)第二集,第253页。

② 焦循:《剧说》,俞为民、孙蓉蓉《历代曲话汇编》(清代卷)第三集,第356页。

③ 朱彝尊:《静志居诗话》,人民文学出版社1990年版,第86页。

④ 李渔:《闲情偶寄·词曲部·结构第一·戒讽刺》,《中国古典戏曲论著集成》(七),第12页。

效、积极的接受方式，倘若狭隘地视文学作品反映的现象为生活实录，则不可避免地落入形式主义的泥沼不能自拔。遗憾的是，此类索引的接受方式在中国古代文学研究中屡见不鲜，各体文学的接受都有这种现象的发生，并以《红楼梦》的接受、研究为最。明清时期的许多有识之士早已明确指出"传奇无实，大半皆寓言耳"①但是，当时及此后的很多接受者并没有迷途知返，就连一些学界巨擘也不免误入歧途。如王世贞《曲藻》就如是认为："高则诚《琵琶记》，其意欲以讥当时一士大夫，而托名蔡伯喈，不知其说。偶阅《说郛》所载唐人小说：'牛相国僧儒之子繁，与同人蔡生邂逅文字交，寻同举进士，才蔡生，欲以女弟适之。蔡已有妻赵矣，力辞不得。后牛氏与赵处，能卑顺自将。蔡仕至节度副使。'其姓事相同，一至于此，则诚何不直举其人，而顾诬蔑贤者至此耶？"明代胡应麟，清代焦循的同乡徐坦菴的观点也与王世贞的观点相同。牛僧儒之子牛繁说以外，尚有学者将蔡伯喈比附为邓敞、蔡卞等。清梁绍壬在《两般秋雨盦随笔》中转引许宗彦的观点为："此指蔡卞事也。卞弃妻而娶荆公之女，故人作此以讥之。其曰牛相者，谓介甫性如牛也。"梁绍壬深以为然，并根据《琵琶记》的母题《赵贞女蔡二郎》得出"宋之《琵琶记》为刺蔡卞，元之《琵琶记》为指王四"②的结论。

3. 辨诬说

历史上的蔡邕本是于德于行皆可模范的道德典型，不知何故，早期书会才人偏偏将背亲弃妇的不忠不孝行为强加到他的身上。虽然李渔等一再以艺术形象不能等同历史或现实人物而加以纠正，但把艺术世界中的蔡伯喈等同于历史人物蔡邕者在现实中却依然大有人在。看来，只要有持"古事多实，近事多虚"③的受众的存在，辨诬说便不胫而走，相信者也会越来越多。即使一些学养深厚的文人如明代的蒋仲舒，也同样会认为"（高明）因感刘后村诗'死后是非谁管得，满村争唱蔡中郎'之句，乃作此《记》"④。学养深厚的文人受众都不免于此，很多历史知识基本来源于戏

---

① 李渔：《闲情偶寄·词曲部·结构第一·审虚实》，《中国古典戏曲论著集成》（七），第20页。

② 梁绍壬：《两般秋雨盦随笔》，《新曲苑》本册五，第1页。

③ 李渔：《闲情偶寄·词曲部·结构第一·审虚实》，《中国古典戏曲论著集成》（七），第20页。

④ 蒋仲舒：《尧山堂外纪》，《新曲苑》本册二，第17页。

文、小说等通俗文学的一般市井细民更坚信《琵琶记》之蔡伯喈就是历史上的孝子蔡邕。尽管李渔一再申明"凡阅传奇而必考其事从何来,人居何地者,皆说梦之痴"①,但辨诬说的接受理念还是在当时根深蒂固。

4. 诬陷说

与辨诬说截然相反,很多论者以为高明并非在为蔡邕翻案,而是重新诬陷历史上的名儒蔡邕。"蔡中郎赘入牛府一事,人知贤者受冤;但其被诬之故,始终未明。……但予观陆务观诗……则伯喈受谤,在宋时已不能伸雪,不始于高则诚造口业也。"②清周亮工之《书影》也认为:"高则诚传奇,即云有所讽刺,假借托讽,何不杜撰姓名,行其胸臆;乃一无影响,遂诬古名贤若是,诚所不解。"③清代著名诗人施闰章虽然承认《琵琶记》的原创作动机为蔡邕辩诬雪耻,但他却以"今《琵琶》仍是痛诋伯喈,舛悖不伦,不审何云雪耻"④之说,也是沿袭当时错误的接受方法而导致的结果。尽管很多持诬陷说的文人受众较为清楚历史真实和艺术真实之间的关系,但辨诬说之类的接受理念依然根深蒂固,因此它的影响也不可能在很短的时间内得到消除。据焦循的《剧说》记载,相传晚明因为坚决反对阉宦遇害的著名文人周顺昌,一次看演南戏《精忠记》,"至奸相东窗设计,先生不胜愤怒,将优人捶打而退。举座惊骇,疑有开罪。明日托友人问故,先生曰'昨偶不平打秦桧耳'"。⑤周顺昌不可能不知道艺术和现实之间的关系,但他还是忍不住把戏台上的"秦桧"当作历史现实中的秦桧而殴打。和周顺昌观看《精忠记》的接受心境类似,主观上宁愿混淆历史人物秦桧和艺术人物秦桧的观众还有不少。如"吴中一富翁宴客,演《精忠记》。客某见秦桧出,不胜愤恨,起而捶打,中其要害而毙";⑥在江、浙交界的枫泾镇,"一日,演秦桧杀岳武穆父子,曲尽其态。忽一人从众中跃登台,挟利刃直前,刺桧流血满地"。⑦最能说

---

① 李渔:《闲情偶寄·词曲部·结构第一·审虚实》,《中国古典戏曲论著集成》(七),第20—21页。

② 沈德符:《万历野获编》,中华书局1959,第639页。

③ 周亮工:《书影》,中华书局1957年版,第256页。

④ 施闰章:《蠖斋诗话》,丁福保《清诗话》,上海古籍出版社第401页。

⑤ 焦循:《剧说》,《中国古典戏曲论著集成》(八),第203页。

⑥ 同上。

⑦ 同上。

明问题的是，据顾彩的《髯樵传》记载，"明季吴县洞庭山乡有樵子者，……尝荷薪至演剧所观《精忠传》，所谓秦桧者出，髯怒，飞跃上台，捽秦桧殴，流血几毙。……众曰：'此戏也，非真桧。'髯曰：'吾亦知戏，故殴。若真桧，膏吾斧矣。'"① 明知是在演戏，但还是把戏中的角色创造等同于现实人物，看来，彻底消除很多观众的上述接受理念绝非易事。所以，无论辨诬说还是诬陷说，它们出现的原因，就和上述接受心理密切关联，只要类似的接受心理不消除，辨诬和诬陷两说就仍然有适合生存的土壤。

5. 朱教谕补足说

《琵琶记》和《西厢记》虽然明清时期的被接受者目之为南、北曲之"双璧"，仍有不少接受者对两剧颇有微词。这种现象本来不难理解，再优秀的作品也不会美轮美奂得令人无以置喙。难以理解的是，不少文人接受者将本属于艺术视角的文本解读归为非艺术视角的作者人身攻讦。如《西厢记》自《草桥惊梦》以后，剧情的发展颇令一些明人不满，因此生出第五本《张君瑞庆团圆》乃系关汉卿所补的说法。无独有偶，《琵琶记》自《书馆相逢》之后，因为语言不及以前各出的绮丽华美，故而也有很多明人认为《赏月》《扫松》等出不是高明所作，而是一个叫朱教谕的无名文人的狗尾续貂。明朱孟震在《河上楮谈》就振振有词地宣称："高则诚《琵琶记》止于'书馆相逢'，'赏月'、'扫松'为朱教谕所补。"② 徐复祚所言虽然更为详细，但他所得出的结论似乎是仅仅为了证明上述说法的可信度："《琵琶》之传，岂传其事与人哉，传其词耳，……或又以'赏荷'、'赏月'俱非东嘉作，乃朱教谕增入。朱教谕吾不知其人，'赏荷'之出其手有之，'赏月'之'楚天过雨'，雄奇艳丽，千古杰作，非东嘉谁能办此！'扫松'而后，粗鄙不足观，岂强弩之末力焉，抑真朱教谕所补耶？真狗尾矣！内有伯喈奔丧【朝元令】四阕，调颇协，吴江沈先生已辨其非矣。故余以为东嘉之作，断断自'扫松'折止，后俱不似其笔。"③ 王骥德亦谓："至后八折，真伧父语。或以为朱

---

① 焦循：《剧说》，《中国古典戏曲论著集成》（八），第203页。
② 转引自周贻白《中国戏剧史长编》，上海世纪出版集团2007年版，第257页。
③ 徐复祚：《曲论》，《中国古典戏曲论著集成》（四），第235页。

教谕所续，头巾之笔，当不诬也。"① 这种观点在今天看来当然不值得一晒，但在明清时期却很有市场。一个比较滑稽的事实是，明清多数接受者所看到的并非高明《琵琶记》的原本，而是经过后人不断增删的改写本。就连王世贞这样的大文人所读的版本，谬误之处可能也是比比皆是。王世贞曾将《糟糠自厌》的曲文引为"糠和米一处飞"，明代最为通行的《六十种曲》本为"糠和米，本是相依倚，被簸飏作两处飞。一贱与一贵，好似奴家与夫婿，终无见期"。今人认为最接近原本的陆钞本在文字上与《六十种曲》本也微有差别："糠和米，本是两依倚，谁人簸扬你作两处飞。一贱与一贵，好似奴家共夫婿，终无见期。"当然，王世贞的转述之语或有笔误，上述各种版本虽然文字多有出入，但其骨骼依然为高明所塑，说明这些变异仅仅是后人的文字润饰。不过，像《乐府玉树英》等选本却增入原本不存的《书馆托梦》、"琵琶词"等内容，就是《琵琶记》遭到面目全非改动的有力证据。如果将明代《琵琶记》的各种刊本放在一起，不难看出，它们的面貌虽非迥然不同，千差万别却是不争之实。徐复祚所看到的是哪种版本，今已不可知晓。但是，即使同一作者的同一作品，因为塑造人物的需要，语言风格也会截然不同。"赏月"之"楚天过雨"系牛小姐所唱，其全部曲文如下："楚天过雨，正波澄木落，秋容光净。谁驾玉轮来海底，辗破琉璃千顷。环佩风清，笙歌露冷，人在清虚境。(净丑合唱) 真珠帘卷，小楼无限佳兴。"（据《元本琵琶记校注》）相府千金之语，自当"雄奇艳丽"，微有知识的下层妇女赵五娘所唱的《吃糠》，虽然典雅有致，"雄奇艳丽"却不敢当。何况《扫松》出的曲文出自张太公这样的村老之口，如果同牛小姐一样"雄奇艳丽"，当然不符合特定的人物身份。这种说法因系作者的褒贬，在明代就有人为之辨诬："谓则诚元本止'书馆相逢'，又谓'赏月'、'扫松'二阕为朱教谕所补，亦好奇之谈，非实录也。"②

　　6. "传词"说

　　在《曲论》中，徐复祚认为："要之传奇皆是寓言，未有无所为者，正不必求其人与事以实之也。即今《琵琶》之传，岂传其事与人哉？传

　　① 王骥德：《曲律》，《中国古典戏曲论著集成》（四），第150页。
　　② 王世贞：《曲藻》，《中国古典戏曲论著集成》（四），第39页。

其词耳。"① "传词"说由此而生。为了说明其说的正确可信，徐复祚还通过不少具体事例为之补充："词如《庆寿》之【锦堂月】、《赏月》之【本序】、《剪发》之【香罗带】、《吃糠》之【孝顺儿】、《写真》之【三仙桥】、《看真》之【太师引】、《赐宴》之【山花子】、《成亲》之【画眉序】，富艳正如春花馥郁，目眩神惊；凄楚则啸月孤猿，肠催肝裂；高华则太华峰头，晴霞结绮；变换则海市蜃楼，顷刻万态。他如【雁鱼锦】、【二郎神】等折，委婉笃至，信口说出，略无扭捏，文章至此，真如九天咳唾，非食烟火人所能办矣。"② "传词"说在明代虽然仅见于徐复祚，但它却代表了明清时期戏曲接受的一种主潮。如清代的李渔也认为："高则诚、王实甫诸人，元之名士也，舍填词一无表见。使两人不撰有《西厢》《琵琶》，则沿至今日，谁复知其姓字？是则诚、实甫之传，《琵琶》《西厢》传之也。……使若士不草《还魂》，则当日之若士，已虽有而若无，况后代乎？是若士之传，《还魂》传之也。"③ 李渔的上述观点显然也是"传词"说的变体。虽然徐复祚、李渔等人的观点因为背离事实的真相而显得滑稽可笑，但清代的著名曲学大家李渔更在《闲情偶寄》中对"四大南戏"的流播情况作出归纳："《荆》《刘》《拜》《杀》之传，则全赖音律。文章一道，置之不论可矣。"④ 将这样的观点视为前述之"传词"说的一个补充和加强，也未为错。

如果按照受教育程度来划分，明代戏曲明显可以分为文人士大夫和一般市民百姓两大接受群体，这两大接受群体虽然时或交融为一，更多的时候则表现为泾渭分明的两种不同状态。前者在观赏戏曲作品时，不仅要考虑戏曲作品的思想内涵，还会明显地观照该作品文辞的雅俗与否，即使该作品的思想内涵有益于世，若其文辞不雅，也难入他们的法眼。另外，因为比一般市井细民具有更良好的接受条件，不论南戏还是传奇都可以在不同场合以不同形式予以观赏把玩。时间充裕则观赏全本戏，条件适合就观看折子戏，樽前花下更有零曲清唱供奉把玩。特别是零曲清唱，似乎只为文人的专供。明代现存的《琵琶记》选本中，专供

---

① 徐复祚：《曲论》，《中国古典戏曲论著集成》（四），第 234 页。

② 同上。

③ 李渔：《闲情偶寄·词曲部·结构第一》，《中国古典戏曲论著集成》（七），第 7—8 页。

④ 李渔：《闲情偶寄·词曲部·结构第一·减头绪》，《中国古典戏曲论著集成》（七），第 33—34 页。

零曲清唱的选本共 9 种,在全部的 29 种选本中约占 1/3 之多,由此可见明人对此的喜爱。较之零出选本,零曲选本更加注重曲词的优美典雅。明人之所以把戏与曲混淆不分,将剧曲、散曲等同为一体,除了接受习惯使然之外,最主要的原因是他们对曲词的过度热衷。将曲视为诗、词之流变,是明代文人的习惯性思维之一,在这种惯性思维的支配下,对曲词的过分推崇原属意料之中的事。虽然只有徐复祚明确指出《琵琶记》意在"传词",从众多的零曲选本可以看出,持有相同观点的明代文人的数量却极为庞大,故"传词"说在明代文人士大夫之间颇有市场。

上述诸说,就是《琵琶记》接受过程中一些较为典型的反误现象,这些反误现象不仅现在看来有滑稽可笑之嫌,即使在明、清两代,很多学者对此也持批判的态度。徐复祚在《曲论》中一方面《琵琶记》意在"传词",另一方面认为"传奇皆是寓言,未有无所为者,正不必求其人与事以实之也"。清人姚燮也认为:"传奇家托名寄志,其为子虚乌有者,十之七八。……纷纷之辨,直痴人说梦耳。"① 徐、姚两家,分别从戏曲的艺术规律着手,总结性地认为"传奇皆是寓言",传奇家不过是"托名寄志",如果对它们予以历史或现实的考证,不免陷入"痴人说梦"的泥沼。当然,不论寓言说还是"托名寄志"说,都指出了《琵琶记》等戏曲作品来源于生活并高于生活这一文学基本规律。但是,洞悉了某类作品的艺术规律并不等于自觉地在接受过程中实践这种艺术规律,因此,不自觉地以现实生活中某些类似现象来比附、考证《琵琶记》者即不足为怪。当然,上述现象之所以每每发生,也和彼时的接受思潮密不可分,虽然早在明代,著名文人谢肇淛就对这种现象提出了以下尖锐的批评:

> 近来作小说稍涉怪诞,人便笑其不经。而新出杂剧,若《浣纱》《青衫》《义乳》《孤儿》等作,必事事考之正史,年月不合,姓名不同,不敢作也。如此,则看史传足矣,何名为戏?②

但此后的南戏接受心态却并没有沿着谢肇淛等人指出的路数进行,各

---

① 姚燮:《今乐考证》,《中国古典戏曲论著集成》(十),第 190 页。
② 谢肇淛:《五杂俎》卷一五,中华书局 1959 年版,第 447 页。

种反误的《琵琶记》接受现象依然此起彼伏，前后因循。正如李渔所言："好事之家，犹有不尽相谅者，每观一剧，必问所指何人。"① 可是，像徐复祚、李渔等曲家一样，他们一方面振振有词地批评别人观点的荒谬，另一方面自己却不知不觉地陷入错误的接受泥沼而不能自拔者同样大有人在。"一千个读者有一千个哈姆雷特"，实然。

《琵琶记》如此受到社会各个阶层的厚爱，肯定和它的综合艺术水准密切相关，缺失了这一最重要的认知标准，则无所谓后人视野中的"南戏鼻祖"。但是，正如《西厢记》《牡丹亭》《长生殿》和《桃花扇》的综合艺术水准非常高，但它们却无法在某些特定场合匹敌《琵琶记》一样，风行了500余年之久的《琵琶记》还和它关风化的主题思想密切关联，或许，在大庭广众之下的《琵琶记》演出较之有"诲淫"之嫌的《西厢记》等剧作更能适合各个年龄阶段观众的脾胃。如祁彪佳在《祁忠敏公日记》中记载所观的60余种剧作中，竟然没有提及《西厢记》的名目，相反，颇多伦理教化色彩的《琵琶记》《香囊记》《绣襦记》《寻亲记》等则多次被提及可为一证。有提倡风化为先的文人士大夫是这样，发自内心遵依传统伦理的下层观众同样如此，据吴侬悔庵介绍，在清代的"一哄之市，十家之村，凡属子弟有登台而唱《琵琶》者，每至饥荒离别，剪发筑坟之事，则田夫里媪，牧童樵叟，无不颊赤耳热，涕泪覆面，呜咽咄嗟而不能已"②。看来，《琵琶记》已经超越一般意义上的耳目之娱，成为传统文化中不可或缺的教育因子。

---

① 李渔：《闲情偶寄·词曲部·结构第一·戒讽刺》，《中国古典戏曲论著集成》（七），第21页。

② 吴侬悔庵：《第七才子书》序，第353页。

附　从时本看明清时期《琵琶记》的舞台风貌

明代著名通俗文学家凌濛初在其《凌刻臞仙本〈琵琶记〉》中，将彼时留存的《琵琶记》大致分为古本、时本、俗本、昆本、徽本、弋阳腔本等几个版本类型。很显然，凌氏所谓的古本是最接近高明原创的版本，而时本则为《六十种曲》本之类的通行本。至于俗本、昆本、徽本等，不过是当时各个声腔的舞台演出本而已。从现存的文献看，虽然《琵琶记》一直是明清时期各个声腔争相搬演的剧目之一，但这些声腔所搬演的舞台本却基本涵盖在凌氏所谓的时本、俗本、昆本、徽本和弋阳腔本等的范畴内。再从上述版本的具体内容来看，上述版本虽然各具面目，但它们其实都是根据各自的舞台实际，纷纷对古本予以增删的结果。这或许是为什么上述版本既各具面目，又彼此交融、甚至难辨泾渭的主要原因之一。从这个层面出发，本书将凌氏所谓的上述版本系统径称古本和时本亦可。虽然这种分类方法并不妥当，考虑到无论时本、昆本、徽本和弋阳腔本都近似或纯是当时舞台演出脚本的实录，因此，将这些纳入时本的范畴，却也自有圆通之处。如晚清的陆贻典就曾采用过这种分类方法，将当时《琵琶记》的各种版本纳入"元本"和"时本"两个简单的系统内予以并列："时本'张太公'，元本皆作'大公'，'伯喈'多作'伯皆'……"①

——一——

可以佐证《琵琶记》深受明清观众欢迎的文献很多，如明代的雪蓑渔隐在《宝剑记·序》中说："《琵琶记》冠绝诸戏文，自胜国已遍传宇内矣。"② 今人陆萼庭、洛地等先生也纷纷撰文指出："著名的江湖十八本也不能真正首尾演全，全本戏面目保留得较多的恐怕要算《琵琶记》《荆钗记》《寻亲记》《连环记》等"。③ "在浙江，在江南，或者在南方，无班不演《琵琶记》，无脚不做《琵琶》中人"。④

① 陆贻典：《新刊元本蔡伯喈琵琶记·附录》，孙崇涛《古本琵琶记汇编》（四），中华书局2007年版，第64—65页。

② 雪蓑渔隐：《宝剑记·序》，蔡毅《中国古典戏曲序跋汇编》，第611页。

③ 陆萼庭：《昆剧演出史稿》，第167页。

④ 洛地：《戏曲与浙江》，第178页。

　　《琵琶记》在明清时期虽然风行海内舞台，但是，由于形象化文献的缺失，致使该剧当时具体的舞台形态一直难以确考。不过，无须遗憾的是，下述部分文字却可以为我们考察明清时期《琵琶记》的具体舞台形态提供方便之门。据载，在一则记载明代宰相李春芳演《琵琶记》为母祝寿的文献中，就无意间透露了该剧的某些演出情形："兴化李相君春芳为母太夫人张寿宴，奏《琵琶记》曲，有'母死王陵归汉朝'语，而伶人易以'母在高堂子在朝'，阖座庆赏。相君大悦，以百金为缠头劳之。"① 另据《凌刻臞仙本〈琵琶记〉凡例》记载，明清时期的时本《琵琶记》舞台形态是在基本保留原作风貌的情况下，不断因时因地地改变着原作的一些枝节。如"《琵琶》一记，世人推为南曲之祖，而特苦为妄庸人强作解事，大加改窜，至真面目竟蒙尘莫辨。大约起于昆本，上方所称依古本改定者，正其讹笔。所称时本作'云云'者非，则强半古本，颠倒讹谬，为罪之魁。厥后徽本盛行，即又取其本而以意更易一二处，然仍之者多，而世人遂不复睹元本矣。即今世所行古曲，如《荆钗》《拜月》，皆受改窜之冤。观《拜月》末折【尾声】云：'中山兔颖端溪砚，断处完成绝处联，从此梨园尽可搬。'则岂施君美之旧哉？故旧谱所载，多今《拜月》所无者，可为痛恨。"②

　　《凌刻臞仙本〈琵琶记〉》除了在《凡例》中总结性地概括了时本《琵琶记》流变的舞台形态之外，更在多出曲、白的眉批中具体发凡了此类舞台形态的具象。如第二折【醉公子】"(生) 回首，叹瞬息乌飞兔走"曲的眉批中，评点者便将时本《琵琶记》的舞台形态说得较为明了："时本此曲下有外与生一段白，且云'如此'，可接'卑陋'。不知古本'不谬'以下系生唱，而且唱'不谬'以下，则外语不可接，不得不增白矣。"再如，在第五折【犯尾序】"无限别离情"曲中，评点者又说："诸本'思省'下逐句增生问语，极似弋阳丑态。"在第七折的下场诗处，更有"此下诸本增入'考试'一折，古本所无"等语，确指时本与原本《琵琶记》之间的巨大差异。

　　《凌刻臞仙本〈琵琶记〉》的《凡例》和眉批虽然可以管窥时本《琵琶记》的某些演出情形，遗憾的是，这类资料还略显抽象和单薄。更能显

① 金埴：《不下带编》，转引自侯百朋《琵琶记资料汇编》，第79页。
② 凌濛初：《琵琶记·凡例》，蔡毅《中国古典戏曲序跋汇编》，第593页。

示彼时《琵琶记》舞台演出情形的，还须通过那些以文字流传下来的舞台演出本才能更为明了。先以明代的戏曲选本为例。在黄文华编选的零出选本《八能奏锦》中，《琵琶记》共入选七出，其中《途中自叹》等出目，便与当时更为通行的《六十种曲》本不同。在黄文华编选的另一零出选本《乐府玉树英》中，《琵琶记》也入选了如下九出：《五娘描容》《五娘祭画》《五娘辞墓》《五娘请粮》《李正抢粮》《长亭分别》《金门待漏》《书馆思亲》《为夫排闷》和《诘问幽情》。这九出的篇名，不仅无一例外地与《六十种曲》本、《八能奏锦》等全本、选本《琵琶记》的出目有异，而且《书馆托梦》一出，原不属于高明创作的《琵琶记》本体，纯系后人增出。龚正我编选零出选本《摘锦奇音》的《琵琶记》选录情形几乎完全等同于《乐府玉树英》。稍有不同的是，《乐府玉树英》新增的是后人编撰的《书馆托梦》，《摘锦奇音》既增出的是大段《琵琶词》，又将《南浦嘱别》一析为三：《辞亲赴选》《长亭送别》《别妻应举》。

明代的戏曲选本如此，清代更是有过之而无不及。例如，明末清初的著名戏剧家李渔认为，"赵五娘千里寻夫，只身无伴，未审果能全节与否"等舞台效果，会给观众带来"其谁证之"①之类的负面影响。于是，感觉原作不够细密的李渔便在这段内容中增加了张太公家童小二陪伴五娘同往的细节。

清代著名戏曲选本《缀白裘》所展示的《琵琶记》舞台具象较之李渔的细枝末节改动走得更远。例如，在《训女》一出中，不仅人为地将牛丞相训斥老姥姥和惜春的场景加长，而且还平添了许多喜剧台词和滑稽动作，甚至不惜采用具有色情色彩的低级趣味诨语来加强喜剧成分。《训女》如此，《坠马》一出亦复如此。在这出戏文中，逸出原本的插科打诨场景比比皆是。这些插科打诨的场景不仅和此时的戏剧冲突密切相关，而且呈现出与其余时本迥然不同的舞台风貌。还须说明的是，在演员为主体的演出背景中，演员的舞台表演成了观众关注的主要环节之一。如果演员的功底欠佳，受众的观赏兴致肯定不高；如果系名家名角所演，即使是同一出戏，很多人也会乐此不疲。甚至有些观众对演员表演的欣赏已经超过欣赏剧情的本身。如《辞朝》一出，明代的零出戏曲选本基本上将末脚上场念诵的"黄门赋"摒弃不录，而风格通俗的《缀白裘》和《审音鉴古录》却将它完整保留下来。由此可见，清代观众对《黄门赋》的接受

---

① 李渔：《闲情偶寄·词曲部·密针线》，《中国古典戏曲论著集成》（七），第16页。

并非表现在对内容的理解上，而是对演员高超念白功夫的欣赏。

二

　　明晰时本《琵琶记》的约略舞台形态，远不如将这些舞台形态更为直观地还原出来。既然《凌刻臞仙本〈琵琶记〉凡例》认为原本《琵琶记》已遭时人"大加改窜"，那么，除了上文所引的《凌刻臞仙本〈琵琶记〉》【醉公子】"（生）回首，叹瞬息乌飞兔走"和第五折【犯尾序】"无限别离情"曲等眉批之外，时本还有哪些地方呈现了"极似弋阳丑态"的舞台形态呢？另外，《凌刻臞仙本〈琵琶记〉》之第七折的下场诗之眉批"此下诸本增入'考试'一折，古本所无"等语，时本又怎样将这些改窜、增出之处圆通地搬上舞台的呢？

　　《凌刻臞仙本〈琵琶记〉》对所提出的问题虽然多有细微的指证，但不少地方还是语焉不详，倒是明清时期的一些零出戏曲选本能更具体、更直观地还原《琵琶记》当时的舞台形态。例如，在明代编选的零出选本《大明春》中，共选录了《蔡伯喈长亭分别》《蔡中郎上表辞官》《蔡中郎书馆思亲》《牛氏诘问幽情》等四个折子戏。从剧情的主干上看，这四出折子戏并未游离原本《琵琶记》。但是，在一些并不违背剧情发展的细枝末节上，这四个折子戏无一例外地多处增删原本。如在《蔡伯喈长亭分别》一折中，原本"持杯自觉娇羞"、端庄持正的新婚少妇赵五娘，似乎已然从旦脚走向为花旦的面目。非常巧妙的是，这一颇具颠覆性的形象转变，却并未改变原作的基本脉络，而是仅仅在部分曲词中间添加一些有助于增强舞台氛围的念白而已。诸如，在【本序】"无限别离情"与【前腔】"不念我芙蓉帐冷，也思亲桑榆暮景"曲后，时本增出的念白分别如下：

　　（生）五娘，诸友纷纷载道上京，不知他俱有妻子否？（旦）解元，前面众友岂无妻子不成？或有三年五载，也有周年半载。谁似我和你夫妻才两月，一旦成抛撒？才得凤鸾交，拆散同心结？**两月夫妻，一旦孤冷。**解元此去上京，还在几时回来？（生）若是功名成就，经年便回。（旦）**此去经年。**解元，这三条大路，从那一条而去？（生）卑人从中道而行。（旦）解元，今日上京，妾从中道相送；明年锦旋，妾从中道相迎。①
　　（内叫介）（生）五娘，诸友等候多时，待我回他就来。（旦）思想男子汉真个心歹。

———————

①　程万里：《大明春》，王秋桂《善本戏曲丛刊》（第一辑），台湾学生书局1984年版，第139—140页。

我为妻子的不忍分离，送他到十里长亭，他与朋友讲话去了，把妻子丢在一傍，不偢不采。在家尚且如此，何况去到京城？虽然公婆嘱付他许多的言语，未知他记否如何？①

赵五娘的形象如此，蔡伯喈也不例外。原本端正严肃的老成书生，在下述增出念白的烘托下，平添了不少活泼的青春气息。例如，在《蔡中郎上表辞官》一出中的【神仗儿】曲后在，时本增改的念白是：

（生）彤庭隐耀，（又）下官举目一看，忽然见有一朵祥云，就似我家乡一般。见祥云缥缈。下官今日进此两封奏章，我想将起来，本上写得十分严切。上写"八旬父母，两月妻房"。圣上若见，必然是准。如今想黄门到了。想黄门已到，料应重瞳看了。圣上看我辞官表章，还不紧要；若看到辞婚的表章，万岁乃仁慈之君。多应是念我私情乌鸟，颙望断九重霄。黄门将我奏章转达，未知圣意允否？不免在此祷告天地一番。②

当蔡伯喈得知辞官辞婚俱未获准后，悲愤难及。此情此景，无论原本还是时本都通过【归朝欢】一曲抒发怨愤，《大明春》本也不例外。不过，《大明春》本的蔡伯喈却更具少年书生意气。蔡伯喈在此展示这种的舞台形象，是现存其余戏曲选本罕见的。和上文塑造的颇具颠覆性质的赵五娘形象稍有不同的是，《大明春》本【归朝欢】不仅增加了一句承上启下的宾白，而且还添加了感情色彩极为强烈的唱词。现将《六十种曲》本和《大明春》本【归朝欢】曲、白分别誊录如下，以备比较：

【归朝欢】（生）冤家的，冤家的，苦苦见招，俺媳妇埋冤怎了？饥荒岁，饥荒岁，怕他怎熬，俺爹娘怕不做沟渠中饿殍？③（《六十种曲》本）

　　黄门大人，那穿紫袍系金带者是谁也？（末）状元，是你令岳丈牛太师了。

【归朝欢】（生）他名为冢宰，实为寇仇，恼得我怒气哼哼，悲悲切切。你就是

---

① 程万里：《大明春》，王秋桂《善本戏曲丛刊》（第一辑），台湾学生书局1984年版，第142—143页。

② 同上书，第151—152页。

③ 毛晋：《六十种曲》，中华书局1958年版，第60页。

冤家的，（又）苦苦见招。俺媳妇，（又）埋怨怎了？饥荒岁，（又）怕他怎熬？俺爹娘怕不做沟渠中饿殍？（《大明春》本）

很明显，《六十种曲》本【归朝欢】塑造的是怨而不怒的蔡伯喈，而《大明春》本塑造的是既怨又怒的蔡伯喈。

清代戏曲选本中的《琵琶记》既秉承了明代的风格，同时又将原本中的人物更加形象化、戏剧化。只是和明代相比，清人为了追求喜剧化的台词与滑稽性的动作，不惜或人为地采用了很多低级趣味的诨语而已。如在《缀白裘》本《扫松》一折中，生脚扮演的张大公和丑脚李旺之间的对话便是如此：

　　（丑）说了半日的话，也不曾问得老公公尊姓大名。（生）吓！老汉么，就是你老爷的比邻张广才，张大公就是老汉。（丑）吓！你老人家就是张大公？张广才就是你？待小的见个礼儿，见个礼儿。（生）岂敢，岂敢。（丑）一定要的，一定要的。怪道我家老爷在京时刻想念。吃茶也想：没有张大公怎有这样好茶吃？吃饭也想：没有张大公怎有这样好肴馔吃？一日，老爷在毛厕上登东，说：李旺，看粗纸伺候。小的拿了粗纸去，见老爷挣红了脸，说：阿呀！我那张洞公吓！（生）休得取笑。（丑）这叫做背后思君子，（生）方知是好人。①

同样粗鄙的言辞，在《训女》一出中也有很多极端的表现。如老姥姥在回答牛丞相的斥责时，便以粗口的方式追求舞台效果："（净）老爷在上，老婢在下。（生、末）什么上下！（净）分子上好说。我也弗知老爷个长短，你也弗晓得我个深浅。（生、末）什么说话！"② 不过，并非所有增出的念白都和上文相似，以下惜春的这段念白既妙趣横生，又妥帖地吻合她的丫鬟身份：

　　老妈妈，如今春三二月，艳阳天气，你看蜂也闹，蝶也闹，人世难逢开口笑。笑一笑，少一少；恼一恼，老一老；捏一捏，窍一窍；

---

① 钱德苍：《缀白裘》，王秋桂《善本戏曲丛刊》（第五辑），第 1704—1705 页。
② 同上书，第 1901 页。

弱一弱，跳一跳；迭一迭，要一要。大家去白相相吓。①

　　需要注意的是，清代戏曲选本中《琵琶记》所呈现的舞台形态尽管迥异于原本，但它的迥异之处却基本表现在宾白的改易以及非常具体的舞台动作提示上。在曲词的遵依原本方面，清代的《琵琶记》演出则基本类似明代。类似《凌刻臞仙本〈琵琶记〉》所谓的"时本删此白及后【玉山供】四曲"（第四十一折【前腔】"楼台银铺，遍青山浑如画图"后宾白处眉批）等情况在清代的舞台上也非常习见。如在《六十种曲》本《琵琶记》的第二出《高堂称寿》（《审音鉴古录》则曰《称庆》）中共有 12 支曲子，而《审音鉴古录》本却径删【锦堂月】后的"还愁，白发蒙头"和"还忧，松竹门幽"两支【前腔】以及【醉翁子】下的一段宾白。类似的情形不仅《审音鉴古录》如此，《缀白裘》也同样如此。

三

　　尽管《凌刻臞仙本〈琵琶记〉》《乐府玉树英》《大明春》以及《缀白裘》等各种明清全本、选本均对彼时《琵琶记》的演出形态有着或多或少的明晰体现，但更近乎当时舞台演出实录还当首推《审音鉴古录》。夸张些地说，从《审音鉴古录》所留存的文字资料看，清代《琵琶记》的舞台具象已经几近毫发毕现。

　　《审音鉴古录》本《琵琶记》首先在正文的科介提示上，实质性地超越了其余诸全本、选本舞台具象的呈现。毫不夸张地说，将其余所有版本《琵琶记》《糟糠自厌》一出【前腔】"这是谷中膜"曲中的舞台提示加在一起，都没有《审音鉴古录》本具体、直观。现将该曲后半部分的舞台提示，辑录如下备考：

　　　　……啮雪吞毡，苏卿犹健，餐松食柏，到做得神仙侣。（外、副）大家吃些何妨？（正旦）纵然吃些何虑？（副）阿老，休听他说谎。（外）我也不信。（正旦）爹妈休疑，奴须是你孩儿的糟糠妻室。（外、副）拿来。（外似抢状）（正旦藏碗于背后，转身至右上）（副抢着碗看科）（外、副）嗄，果然

---

①　钱德苍：《缀白裘》，王秋桂《善本戏曲丛刊》（第五辑），第 1902 页。

是糠。哎呀，孝顺的媳妇嘎！（外、副各大哭介）（副）我错埋冤了你。（外、副）你吃了几时了？（正旦）有半年了。（副）阿老，我和你做了一世夫妻，不曾吃着糠；他做了两月夫妻，到吃了半年了！（外）便是。（同云）我们大家吃些。（外、副抢吃）（正旦两边夺劝）（外噎跌左角地，副噎右脚勾，转身捏碗进直身）（正旦扶下，急转身看公公）（外左手抓喉、睁目侧困，拄杖随手）（正旦）公公醒来！公公醒来！（跪地叫）呀！（直起唱）①

　　《糟糠自厌》而外，其他各出中还有不少类似上述直观的科介提示。如在《盘夫》《书馆》（《六十种曲》本分别作《瞷询衷情》《书馆悲逢》）等出中，开场就有"小生纱帽披风，不得带扇上""小生纱帽青花上"之类明确的舞台规定。接下来，诸如"小旦右手扳小生肩作乔面式叫""小生回看即笑躲状，双手搭椅背摇头，右手遮面含羞自云""泪似泉喷大哭介""双手搭小旦肩点头"和"双手推小旦背，小旦作欢颜点头同下"以及"小生扑至右上角，正旦扑左上角，各迎面哭科""小旦抽空立右下将轴慢卷压于桌边挂下""小生看轴乱跳脚"等比比皆是的直观科介提示。由此看来，《审音鉴古录》本所提供的科介规定，直给读者恍若亲临现场观剧的感觉。

　　另外，更能让后人体会到现场观剧感觉的是，《审音鉴古录》本《琵琶记》还以夹批的形式弥补部分科介提示的不足。不可否认，随处可见的细密夹批更清晰地把《琵琶记》的各种演出情形出现在后人面前。例如，在《书馆》一出中，当蔡伯喈向牛氏解释赵五娘所题的诗句"昆山有良璧，郁郁璠玙姿"等时，此处便出现了"怒介""拍案点头介""带道学式""双眼火烈式""要字字铮铮念"和"带讥式"等情景规定。《镜叹》（《六十种曲》本作《两贤相遘》）一出也不例外。该出的【前腔】"轻移莲步"一曲并不长，但就在这短短的一支曲子中间，也对正旦扮演的赵五娘作出了五个具体的情景规定："慢走出桌，照前面坐介""嗅鼻""出神介""怨告伯喈状""□气式"。这样的情景规定，相信多数读者应该会有"情不自禁地沉浸在眼前浮现的古老而神奇的世界中，那些穿戴着古老衣冠的书中人物，自然而然地在我的脑海里活了起来"的感觉。

　　再则，当科介提示、夹批规定还不足以清代的《琵琶记》舞台展现在今人面前时，《审音鉴古录》又结合眉批的功能，向后人还原被科介提

① 琴隐翁：《审音鉴古录》，王秋桂《善本戏曲丛刊》（第五辑），第72—73页。

示和夹批忽视的舞台情形。如在《嘱别》(《六十种曲》作《南浦嘱别》)等出中,亦有如下的眉批:"赵氏五娘正媚芳年,娇羞□忍,莫犯妖艳态度""形恳切状""黄门捧笏肃而听""铮铮唱"等。毫无疑问,这些眉批展示的功能与科介提示、夹批一样。表面上,它们都起着规定舞台情境的作用;对于后人而言,它们又在实际上发挥着还原彼时舞台原貌的功能。稍有遗憾的是,《审音鉴古录》本《琵琶记》的眉批远不如夹批内容丰富。更令人遗憾的是,《凌刻臞仙本〈琵琶记〉》《李卓吾先生琵琶记》(二卷,虎林容与堂刻本)、《鼎镌陈眉公先生批评琵琶记》(二卷,书林萧腾鸿师俭堂刻本)、《三先生合评琵琶记》(二卷,李卓吾、汤显祖、徐渭评点)、《新刻魏仲雪先生批评琵琶记》(二卷,魏浣初评,书林余少江刻本)等版本的眉批虽多,但这些留存的文字资料却更多地从案头接受着眼,很少涉及舞台的规定情境。如此看来,更能确切地还原明清时期《琵琶记》舞台原貌的,还当首推《审音鉴古录》之类的选本系统。

最后需要说明的是,虽然明清时期各种时本并没有像《审音鉴古录》那有提供相对清晰的舞台风貌,可以基本肯定的是,明清两代舞台上的《琵琶记》演出风貌应该与《审音鉴古录》对演员的规范相差无几。正如现存的各种《琵琶记》版本虽然均遭不同程度的改窜,但它们都必须保留原本的主干情节和曲白一样,并不完全遵依《审音鉴古录》规范的戏班和演员,也只能在他们搬演脚本中具体曲白的限定下发挥各自的主观能动性。质言之,明清两代《琵琶记》所呈现的舞台风貌和《审音鉴古录》呈现的具体舞台形态之间,只有量的差异,并无质的区别。

第七章

"四大南戏"的接受考论

无论宋元还是明清时期，"四大南戏"之《荆钗记》《白兔记》和《拜月亭》都是广大受众心目中的经典，不少文人士大夫甚至以为《拜月亭》比"曲祖"《琵琶记》的艺术成就更高。虽然缺失了话语权，但通过各种舞台文献特别是戏曲选本，依然可以清晰地看到多数普通观众对《荆钗记》《白兔记》和《拜月亭》的热衷程度并不比《琵琶记》低。由此看来，除了《琵琶记》和《西厢记》，更受明清时期受众欢迎的剧作就是《荆钗记》《白兔记》和《拜月亭》，应当是客观而公允的结论。因此，以"遍传宇内"来形容上述3剧的接受情形决不为过。

从整体艺术成就来看，"四大南戏"无疑稍低于《琵琶记》。毕竟，无论文本的刊刻数量，还是被摘锦为折子戏与剧本全部内容之间的比例关系，以及经典唱段的流行程度等方面，《琵琶记》都足以笑傲"四大南戏"中的任何一种。不过，即使举世公认的佳作，想必也有一些可被指摘之处。从局部来看，无论《拜月亭》还是《荆钗记》《白兔记》都有堪令《琵琶记》汗颜的地方。这或许是何良俊、徐复祚等明代曲家认为《拜月亭》胜似《琵琶记》，更是很多观众追捧《拜月亭》的主要原因。当然，最有说服力的还是除了北曲《西厢记》，只有《拜月亭》才有资格作为《琵琶记》高下之比的对象。

第一节 "四大南戏"的舞台接受

在中国古代戏曲接受史上，"四大南戏"与《琵琶记》的舞台和案头接受可谓独领风骚。和《琵琶记》一样，"四大南戏"的主题也没有超出家庭伦常的范畴，它们不论叙说才子佳人历经磨难终成眷属、因关山阻隔，独自在家的妻子备遭家人欺侮还是血缘重于一切等面貌各异的剧情，都意在表明只有遵从传统伦理道德，才能抗拒匪人、保持家庭的完整。这是一种既有益于统治阶级的上层建筑建设，又符合千百年来各阶层人民的生活轨范的主题情怀。正是因为这种最容易引发观众的感情共鸣主题情怀，使"四大南戏"自诞生之日起便风行于各地舞台之上，成为各个戏班的保留剧目。

一　宋元时期"四大南戏"的舞台演出

根据徐渭《南词叙录》所记载的"宋元旧篇"以及其他相关资料可知，位列"宋元旧篇"之内的"四大南戏"至迟在元代的舞台上就已经盛演不衰。因为资料的缺失，宋代"四大南戏"的演出情况已不可知。[①]又因为缺少"名人题咏"而未引起文人受众的普遍关注，元代"四大南戏"的演出情形也非常模糊。但据《永乐大典戏文三种》之《宦门子弟错立身》第五出【排歌】所述的演出情况来看，明清时期绝少演出记录的《杀狗记》和《西厢记》《张协状元》《破窑记》《乐昌分镜》等一起，已经成为元代戏班经常搬演的剧目。《荆钗记》《白兔记》和《拜月亭》虽然不见于上述演出记录，但鉴于这三部剧作和《杀狗记》一样基本定型于元代，又深受明清时期观众欢迎等实际情况可知，它们在当时的舞台上出现的频率应该更高。又据王骥德的《曲律》所述，上述三部剧作并《杀狗记》在元代的演出甚至非常红火，几乎每个戏班都能搬演这些作品："古戏如《荆》《刘》《拜》《杀》等，传之几二三百年，至今不废。以其时作者少，又优人戏众，无此等名目便以为缺典，故幸而久传。"[②]另外，王氏还在《曲律》中更进一步透露了《荆》《刘》《拜》《杀》四

---

① 案：一般认为，"四大南戏"都诞生于元代。即使此说成立，但考虑到中国古代南戏多为世代累积型作品这一现状，拙著认为早在元代的"四大南戏"产生之前，它们都有类似于《琵琶记》之《赵贞女》这样简陋、粗糙的母体存在。另外，倘若《瓯江逸志》所谓"今世俗所传《荆钗记》，因梅溪劾史浩八罪，孙汝权实怂恿之。史氏切齿，遂令门客作此传以诬之"事出有因，那么今传《荆钗记》当在宋代即有同名母体的存在。《白兔记》尽管出于元代的永嘉书会才人之手，目前也没有足够的材料证明本剧即为其原创。可能和编撰《张协状元》的永嘉九山书会才人相似，《白兔记》也是在演出的过程中不断经过书会才人的加工和修改，直至最后定型。《拜月亭》《杀狗记》虽然和元杂剧《拜月亭》《杀狗劝夫》题材相同，但这两部剧作孰先孰后迄今并无定论。鉴于上述情况，本文大胆假设"四大南戏"早在元代以前就有或与之同名的母体存在。

② 王骥德：《曲律·杂论第三十九上》，《中国古典戏曲论著集成》（四），第154—155页。

部剧作在元明两代繁盛的演出信息："世称曲手，必曰关、郑、白、马，顾不及王，要非定论。称戏曲曰《荆》《刘》《拜》《杀》，益不可晓，殆优人戏单语耳。"① 较早把王实甫摒之于外，将关、郑、白、马目之为"元曲四大家"者为元人周德清，那么，最早把《荆》《刘》《拜》《杀》并称的优人也当生活于元代。既然"四大南戏"频频见诸彼时的"优人戏单"，这四部剧作在元代舞台上的演出盛况则可以想见。看来，《荆钗记》的编撰者柯丹邱所谓"一段新奇真故事，须教两极驰名"（《荆钗记》第一出《家门》【临江仙】）并非浪言，它在某种程度上基本等同于高明"骅骝方独步，万马敢争先"之类的自信。最后，无论《荆钗记》《白兔记》《杀狗记》还是根据关汉卿同名杂剧改编的《拜月亭》，其语言都以通俗本色为尚，这也符合绝大多数世代累积型作品的基本特征。如下所引的《六十种曲》本《荆钗记·时祀》中王十朋悼念"亡"妻钱玉莲的两段曲词，基本可以反映这四部剧作语言特色：

【沽美酒】纸钱飘，蝴蝶飞；纸钱飘，蝴蝶飞；血泪染，杜鹃啼。睹物伤情越惨凄，灵魂恁自知。俺不是负心的，负心的随灯灭。花谢有芳菲时节，月缺有团圆之夜。我呵！徒然间早起晚寐，想伊念伊。妻，要相逢除非是梦儿里再成姻契。

【尾】昏昏默默归何处？哽哽咽咽思念你，直上姮娥宫殿里。

倘若根据王骥德总结出的"剧戏之行与不行，良有其故。庸下优人，遇文人之作，不惟不晓，亦不易入口。村俗戏本，正与其见识不相上下，又鄙猥之曲，可令不识字人口授而得，故争相演习，以适从其便"② 等演出经验看，鲜有文人参与的元代南戏接受虽有遗憾，但却可以为"四大南戏"基本保留原貌提供更为广阔的空间。

二 明清时期"四大南戏"的舞台演出

因为"亲南而疏北"等缘故，明代南戏的舞台演出明显盛于元代，特别是《琵琶记》、"四大南戏"、《破窑记》等经典作品，更成为几乎所

① 王骥德：《曲律·杂论第三十九上》，《中国古典戏曲论著集成》（四），第149页。
② 同上书，第154页。

有戏班的保留剧目。如时人所谓的"江湖十八本",《荆》《拜》《刘》赫
然在列就是明证。关于"四大南戏"在明代舞台的搬演情况,前述沈璟
的剧作《博笑记》之《假妇人》篇中的那段说白,也足以说明它们在当
时所受的欢迎程度,现将这段曲词再次转录如下:

> (净、小丑)请问足下记得多少戏文?(小旦唱【北仙吕寄生草】)
> 　我记得《杀狗》和《白兔》。(众夹白:"孙华与咬脐郎。")
> 　《荆钗记》《拜月亭》。(众夹白:"都好。")
> 　《伯喈》《苏武》和《金印》。(众夹白:"妙。")

无独有偶,晚明剧作家孟称舜的传奇《贞文记·谋夺》和明末清初
苏州派巨匠李玉的《永团圆·会衅》两出也有类似上文的对白或曲词:

> (丑)我到他家说亲,唱戏吃酒。……(小生)……唱甚么戏?(丑)唱的是伯喈、西
> 厢、金印、荆钗、白兔、拜月、牡丹、娇红,色色完全。(小生)怎么做得许多?敢是唱些
> 杂剧?(《贞文记·谋夺》)
> 【北朝天子】惯征西女曹,战温侯虎牢,征东跨海人争道。钟馗
> 戏妹,扮将来恁乔。咬脐郎真年少。朱买臣老樵,严子陵独钓,双妙
> 双妙双双妙。黑旋风元宵夜闹。(内喊介)会来了!会来了!(净、丑)度函
> 关青牛老,度函关青牛老。(《永团圆·会衅》)

以上三条材料所涉及的演出背景,都以一般民生的日常生活为主,绝
非文人雅集所奏的阳春白雪可比。以此说明"四大南戏"在明代繁荣的
演出状况,或许更具典型意义。当然,如果《荆》《白》和《拜》仅仅普
及于民间,难入文人士大夫的法眼,它们的影响也未必如此之大。事实
上,综观明清两代的文人著述以及部分野史、笔记等,涉及文人士大夫
观、演上述三剧演出的史料比比皆是。据《祁忠敏公日记》记载,明代
著名的戏曲批评家祁彪佳就在自壬申至乙酉的短短 10 年内观看了 60 余部
戏曲作品。在这 60 多种戏曲作品中,"四大南戏"之《拜月亭》《荆钗
记》《白兔记》先后出现 5 次之多:

> (壬申年八月二十日)……邀吴祖洲、朱集庵、陈瓢庵、沈太和、
> 朱佩南聚饮,观《拜月记》。

（丙子年正月十一日）……晚燃灯以卮酒奉老母，观《幽闺记》。

（丙子年十一月初三日）入城至府庠。……至外舅家。……观《白兔记》。

（庚辰正月二十日）诸兄弟设戏奉老母，予共观《幽闺记》。

（己卯九月十七日）演戏奉老母，观《荆钗记》。①

可见，就连祁彪佳这样精通音律、观剧态度甚为苛刻的典型文人曲学大家都极为喜欢这三本剧作。另外，祁氏观戏，多数情况下不是与志同道合者如吴祖洲、朱集庵、陈瓢庵、沈太和、朱佩南等共赏，就是和老母、外舅等家人同观，这个观剧群体，显然也是文化层次较高文人且颇通音律的上层观众。故而，《祁忠敏公日记》中所记载的大部分剧目，都非泛泛之作，而是当时舞台上长期盛行并拥有包括文人和下层市民百姓在内的大量观众的一流作品。除了《琵琶记》、"四大南戏"和《破窑记》等经典南戏作品而外，它如《牡丹亭》《西楼记》《浣纱记》等文人传奇也频频获得这个观剧群体的首可即可以证明上述说法的成立。也可以这样认为，能入祁彪佳法眼并反复观看的剧目，多数都是经过其遴选之作。如果是那些达不到雅俗共赏、只适合一般观众的粗鄙之作，即使就在身边演出，祁彪佳则是要么宁愿静坐或独卧也不屑入场观看，要么即使观看也不屑提及剧名。如丙子年五月初九日，"何家姊来，与诸兄弟谈于予之书室。午后里中举戏，观者如狂。予惟静坐或偃息已"；②（己卯正月十二日）"自山中抵村观戏"；③己卯二月二十九日，"入城至驿前观戏"④等所反映的情况就是如此。在这个层面上说，《荆》《白》《拜》能和《琵琶记》《南西厢记》《破窑记》《牧羊记》《金印记》等其余南戏一起构成当时戏班的保留剧目，主要原因还是在于它们雅俗共赏的艺术风格以及因之产生的良好舞台演出效果等。

祁彪佳之外，明末另一位于曲学造诣同样精深的文人张岱在《陶庵梦忆》中也记载了他在浙江绍兴司徒庙观看演出全本《伯喈》《荆钗记》以

---

① 祁彪佳：《祁忠敏公日记》，《北京图书馆古籍珍本丛刊》（20），书目文献出版社1998年版，第612、679、701、817、804页。

② 祁彪佳：《祁忠敏公日记》，第690页。

③ 同上书，第783页。

④ 同上书，第787页。

及《白兔记》散出情形。如"天启三年，……演《白兔记》《磨房》等四出"①。《陶庵梦忆》卷四"严助庙"条还记载了张岱兄弟和串客王岑、杨四、徐梦雅等人到杭州严助庙游赏庙会，趁庙里戏班演了一半的时候，他们登场串演《白兔记》的情形："剧半至，王岑扮李三娘，杨四扮火工窦老，徐梦雅扮洪一嫂，马小卿十二岁，扮咬脐，串《磨房》《撇池》《送子》《出猎》四出。科诨曲白，妙入筋髓，又复叫绝"，使得"戏场气夺，锣不得响，灯不得亮"。②串客们技压职业演员一筹，使张岱本人非常自豪，故载入书中。另外，袁中道《游居柿录》卷四也记载了如下一个极为感人的《白兔记》演出情形："（万历三十年庚戌）极乐寺左有国花堂，前堂以牡丹得名。记癸卯（万历三十一年）夏一中贵造此堂，既成，招王石洋与予饮，伶人演《白兔记》，座中中贵五六人皆哭欲绝，遂不成欢而别。"③明代的"中贵"即太监的别称，常理，身心俱残的"中贵"们似乎很难对《白兔记》这样的反映夫妻、母子聚散离合的剧目感兴趣，可是，从"座中中贵五六人皆哭欲绝"的接受效果看，"中贵"们非唯感兴趣，以投入或化身为剧中人来形容类似的接受效果也未为不可。除了《白兔记》，袁中道还在万历四十三年观看了《拜月亭》等南戏，如"晚赴瀛洲、沅洲、文华、谦元、泰元诸王孙之饯，……时优伶二部间作，一为吴歈，一为楚调。吴演《幽闺》，楚演《金钗》"④即是。

不仅观众会因为剧情的感人而"皆哭欲绝"，有时，就连一些演员也会在表演的过程中完全融入艺术的世界，出现天人合一、忘却现实等表演化境。如余怀在《板桥杂记》中记述了金陵旧院名妓尹春《荆钗记》的演出过程中出现的如下情形：

> 尹春……专工戏剧排场，兼擅生、旦。余遇之迟暮之年，延之至家，演《荆钗记》，扮王十朋。至《见母》《祭江》二出，悲壮淋漓，声泪俱迸，一座尽倾。老梨园自叹弗及。⑤

---

① 张岱：《陶庵梦忆·严助庙》，第62页。

② 同上。

③ 袁中道：《游居柿录》，上海远东出版社1996年版，第81页。

④ 同上书，第243页。

⑤ 余怀：《板桥杂记》，上海古籍出版社2000年版，第22页。

当然，尽管《荆钗记》《白兔记》之类的剧作非常感人，但"皆哭欲绝"和"声泪俱进"的演出和接受现象多半属于特殊个例，否则袁中道和余怀也不会有太多的记述兴趣。晚明另一位嗜剧如狂的文人潘之恒对"四大南戏"的接受效果则较之上述"中贵"理性得多，如他在总结《荆钗记》和《拜月亭》的观剧所得时认为："《琵琶》之为思也，《拜月》之为错也，《荆钗》之为亡也，《西厢》之为梦也。"清代"四大南戏"的舞台演出虽然不复明末之盛，但《荆》《白》《拜》这三部剧作毕竟和《琵琶记》等南戏一起构成了舞台再现频率最高的"江湖十八本"，可见这三种作品的舞台接受也非其他等而下之的剧作可比。正是在这样颇为热切的接受环境中，很多职业演员纷纷以"四大南戏"之类的剧作为生存的基础，致使他们于"江湖十八本，无出不习"。由此可见，在某些特定的环境中，"四大南戏"的接受情况不仅可以和《琵琶记》等量齐观，甚至超出了这部大名鼎鼎的"曲祖"。如清代的方鼎锐和戴玉生分别在《温州竹枝词》以及《瓯江竹枝词》两书中就以诗歌的形式对《荆钗记》的接受情形作出以下描述：

　　乡评难免口雌黄，演出《荆钗》话短长。此日豆蓬人共坐，盲词同唱蔡中郎。
　　风鬟袅袅夜来香，艳说《荆钗》枉断肠。三十六坊明月静，无人解听蔡中郎。①

除了文人的笔记杂述，明清时期不少白话小说也有相当多的"四大南戏"演出情形描述。如明代冯梦龙的《醒世恒言》卷二十《张廷秀逃生救父》篇，描述了张廷秀的连襟赵昂谋得山西平阳府洪洞县县丞一职以后，"在家作别亲友，设戏筵款待"时，"戏子扮演的却是王十朋《荆钗记》""王十朋祭江这一折"。此外，清代李渔的小说《无声戏》之《谭楚玉曲中传情　刘藐姑曲终死节》也有关于《荆钗记》演出的详细描述。曹雪芹在《红楼梦》的第43回和第44回中写到凤姐生日时，贾府中上演的也是《荆钗记》，而且是全本《荆钗记》。当林黛玉看了《男祭》演出之后，便批评王十朋跑到江边祭妻"也不通的很"，"不管那里祭一祭罢了，必定跑到江

① 转引自侯百朋《琵琶记资料汇编》，第86页。

边子上去作什么。俗语说睹物思人，天下水总归一源，不拘那里的水舀一碗，看着哭，也就尽情了"。除了《荆钗记》，"四大南戏"之《白兔记》也有在贾府上演的记录。在第 39 回中，贾府所演的零出《看瓜》就是《白兔记》的同名第十二出。和很多笔记、杂述类的文人著作相似，《杀狗记》在明清时期的各类小说中也少有演出情形的描述。

最能体现明清时期"四大南戏"接受之盛的，当是隐含在各类戏曲选本这种表象背后的舞台演出实录。通过这些戏曲选本，我们很容易发现《荆》《刘》《拜》《杀》四剧，除了《杀狗记》少有搬演之外，其余三剧都是最受当时观众欢迎的南戏剧目。而且从《词林一枝》《群音类选》等各种戏曲选本的构成情况来看，即便将上述三剧置于包括南戏、杂剧、传奇在内的整个戏曲接受背景中，它们也毫无愧色地在观众心目中占据着头等地位。在现存最著名的明代舞台演出汇选本《六十种曲》中，《荆》《白》《拜》俱以全本荣列其中。清代的《缀白裘》也是这样，除了《琵琶记》以 26 个出目的汇选情况遥遥领先之外，《荆钗记》则以 19 个出目紧随其后。《白兔记》和《拜月亭》虽然分别只有 6 个出目入选，但它们也是仅仅排在《寻亲记》《绣襦记》（分别入选 11 出）、《连环记》《南西厢记》（分别入选 9 出）、《牧羊记》（入选 8 出）和《千金记》（入选 7 出）6 部南戏之后。《六十种曲》和《缀白裘》在明清时期的影响之大，自不待言，以此反观这三部剧作在明清时期的影响，也最能说明问题。看来，"元明以来，相传院本上乘，皆曰《荆》《刘》《拜》《杀》。……又曰《荆》《刘》《蔡》《杀》，……乐府家推此数种，以为高压群流。李开先、王世贞辈议论，亦大略如此。盖以其指事道情，能与人说话相似。不假词采绚饰，犹论文者谓西汉文能以文言道世事也"[1] 之类的言论，确有的据。不过，"乐府家推此数种，以为高压群流"并非如前述之李渔所说的"《荆》《刘》《拜》《杀》之传，则全赖音律。文章一道，置之不论可矣"，而是因为"《荆》《刘》《拜》《杀》之得传于后，并无旁见侧出之情。三尺童子观演此剧，皆能了了于心，便便于口，以其始终无二事，贯串只一人也"[2]。表 7 - 1 是明清时期各戏曲选本选录"四大南戏"情况

---

[1]　无名氏：《曲海总目提要》（上），《白兔记》条，人民文学出版社 1959 年版，第 152 页。
[2]　李渔：《闲情偶寄·词曲部·结构第一·减头绪》，《中国古典戏曲论著集成》（七），第 18 页。

表，以此方之明清时期"四大南戏"特别是《荆钗记》《白兔记》和《拜月亭》的舞台搬演情况，当有不同寻常的说服力。此外，为了方便对上述三剧折子戏演出等情况考述，本书顺便将这三部剧作入选明清时期各类戏曲选本的每一个出目予以具体统计，以求得本期各类受众对这些场次的热衷程度。

表 7 –1　　　　　　　　　《荆钗记》的入选情况一览

出数	出目	选本名称
3	庆诞	《雍熙乐府》《风月锦囊》《吴歈萃雅》《南北词广韵选》
6	议亲	《乐府玉树英》《乐府万象新》《千家合锦》《缀白裘》
8	受钗	《风月锦囊》《词林逸响》《缀白裘合选》《万锦娇丽》
9	绣房	《风月锦囊》《吴歈萃雅》《乐府万象新》《南音三籁》《万锦娇丽》《尧天乐》《增订珊珊集》
10	逼嫁	《乐府万象新》
11	辞灵	《缀白裘》《审音鉴古录》
12	合卺	《吴歈萃雅》《南音三籁》《增订珊珊集》《南北词广韵选》
14	迎亲	《怡春锦》
19	参相	《风月锦囊》《缀白裘》《审音鉴古录》
21	套书	《徽池雅调》《缀白裘》
26	投江	《风月锦囊》《乐府玉树英》《乐府菁华》《乐府万象新》《大明天下春》《时调青昆》
28	哭鞋	《乐府红珊》《醉怡情》《词林逸响》《南北词广韵选》
30	祭江（时祀）	《风月锦囊》《词林一枝》《摘锦奇音》《吴歈萃雅》《大明天下春》《词林逸响》《怡春锦》《万锦娇丽》《增订珊珊集》《醉怡情》《时调青昆》《缀白裘合选》《缀白裘全集》《万家合锦》《缀白裘》《审音鉴古录》
31	见母	《风月锦囊》《乐府玉树英》《乐府菁华》《摘锦奇音》《乐府万象新》《大明天下春》《玄雪谱》《万锦娇丽》《醉怡情》《南北词广韵选》《缀白裘全集》《缀白裘》《审音鉴古录》
32	遣音	《风月锦囊》《词林逸响》《吴歈萃雅》
34	误讣	《吴歈萃雅》《南音三籁》《南北词广韵选》《缀白裘合选》
41	晤婿	《吴歈萃雅》《南音三籁》《词林逸响》《缀白裘》《审音鉴古录》
45	荐亡（舟会）	《风月锦囊》《醉怡情》《缀白裘全集》《缀白裘》《审音鉴古录》
46	责婢	《吴歈萃雅》《赛征歌集》《南音三籁》《词林逸响》《增订珊珊集》《缀白裘合选》

案：表 7–1 所用的出目名称以汲古阁《六十种曲》本之出目为准，

反映在诸戏曲选本的出目如果与之冲突，则摒弃不用。如《风月锦囊》本《荆钗记》《白兔记》和《拜月亭》之出目在几乎无一与《六十种曲》本吻合的情况下，本书则以其主要关目为据，分别将其列入《六十种曲》本的相关出目之下。即便如《风月锦囊》本之《拜月亭》的第三出，仅有曲文、却无出目这样的情况，本书亦根据上述方法——为之归类。下文之表 7-2、7-3 的情况与表 7-1 完全相同，此后不做额外说明。

表 7-2 　　　　　　　　　　　《白兔记》的入选情况一览

出数	出目	选本名称
2	访友	《风月锦囊》《吴歈萃雅》《南音三籁》《词林逸响》《醉怡情》《缀白裘全集》
4	祭赛	《缀白裘全集》《缀白裘》
8	游春	《风月锦囊》《词林一枝》《玉谷新簧》《吴歈萃雅》《乐府万象新》《南音三籁》《词林逸响》《乐府遏云编》《南北词广韵选》《缀白裘合选》
10	逼书	《风月锦囊》
12	看瓜	《乐府歌舞台》《缀白裘》
13	分别	《风月锦囊》
17	巡更	《风月锦囊》
19	挨磨	《风月锦囊》
20	分娩	《群音类选》《乐府红珊》《乐府万象新》《醉怡情》《缀白裘合选》《戏曲五种选钞》
23	求乳	《醉怡情》《缀白裘》
24	见儿	《缀白裘合选》
28	汲水	《风月锦囊》《徽池雅调》《乐府歌舞台》《时调青昆》
30	诉猎	《八能奏锦》《群音类选》《摘锦奇音》《玄雪谱》《徽池雅调》《乐府歌舞台》《缀白裘》
31	忆母	《摘锦奇音》《南音三籁》《乐府歌舞台》《缀白裘合选》
32	私会	《风月锦囊》《群音类选》《徽池雅调》《时调青昆》《缀白裘》

表 7-3 　　　　　　　　　　　《拜月亭》的入选情况一览

出数	出目	选本名称
8	少不知愁	《南音三籁》《吴歈萃雅》《词林逸响》
11	士女随迁	《风月锦囊》《南音三籁》《南北词广韵选》
13	相弃路岐	《吴歈萃雅》《南音三籁》《词林逸响》《南北词广韵选》《缀白裘》
14	风雨间关	《词林逸响》《南音三籁》《吴歈萃雅》《南北词广韵选》《增订珊珊集》《乐府南音》《缀白裘合选》

续表

出数	出目	选本名称
16	违离兵火	《增订珊珊集》《赛征歌集》《乐府南音》《摘锦奇音》《缀白裘合选》
17	旷野奇逢	《风月锦囊》《词林一枝》《乐府玉树英》《乐府菁华》《乐府红珊》《摘锦奇音》《吴歈萃雅》《乐府万象新》《赛征歌集》《大明天下春》《南音三籁》《玄雪谱》《尧天乐》《增订珊珊集》《乐府南音》《乐府遏云编》《缀白裘合选》
18	彼此亲依	《南北词广韵选》《醉怡情》
19	偷儿挡路	《雍熙乐府》《风月锦囊》《吴歈萃雅》《月露音》《南音三籁》《词林逸响》《南北词广韵选》
21	子母途穷	《南音三籁》《月露音》《吴歈萃雅》《乐府遏云编》《南北词广韵选》
22	招商谐偶	《醉怡情》《摘锦奇音》
25	抱恙离鸾	《怡春锦》《南北词广韵选》《南音三籁》《吴歈萃雅》《缀白裘》
26	皇华悲遇	《雍熙乐府》《南音三籁》《南北词广韵选》《月露音》《吴歈萃雅》《风月锦囊》
28	兄弟弹冠	《南北词广韵选》
32	幽闺拜月	《词林摘艳》《风月锦囊》《吴歈萃雅》《月露音》《赛征歌集》《南音三籁》《词林逸响》《玄雪谱》《增订珊珊集》《乐府南音》《乐府遏云编》《南北词广韵选》《醉怡情》《乐府歌舞台》《缀白裘合选》《缀白裘》
39	天凑姻缘	《醉怡情》《缀白裘》

通过表7-1、表7-2、表7-3三表，不难看出，大名鼎鼎的"四大南戏"各个场次的舞台搬演情况不仅鲜明有别，甚至表现出冰火两重天的态势。如《荆钗记》的全部场次为48出，在包括零出和零曲表演的各种舞台演出中却仅仅有19个场次被再现于舞台，其余29个场次根本无人问津，其折子戏的表演比例仅为39%略强。《白兔记》和《拜月亭》的情况基本与之完全相似，这两部作品分别有18出和25出内容完全被折子戏这种表演方式抛弃，它们的折子戏表演比例也分别只有45%和37%略强。即使基本在各自折子戏表现范围的场次，如《荆钗记》之《时祀》(《祭江》)、《见母》《白兔记》之《游春》《诉猎》和《拜月亭》之《旷野奇逢》《幽闺拜月》等也远比《迎亲》《分别》和《兄弟弹冠》等更受欢迎。无须赘言，只要将表7-1、表7-2、表7-3表中各出内容被诸戏曲选本选收的数量逐一对比，哪怕祁彪佳在"(庚辰正月二十日)诸兄弟设戏奉老母，予共观《幽闺记》"等记述再语焉不详，后人也可以根据一般情况推测出这些观众所观看的大致场次。

　　以上所言基本为以牟利为主要目的的职业戏班的舞台演出情况。众所周知，明清时期的戏曲演出还有一个不容忽视的演出群体，这就是家乐或谓家庭戏班的存在和繁盛。不仅何良俊、屠隆、许自昌、阮大铖等曲家设有家乐，即便一些饶有资产者如徽州歙县籍的商人汪季玄等也都纷纷以此为雅。顾名思义，"家乐是指由私人蓄养的以满足家庭娱乐为主旨的家庭戏乐组织以及这种特殊的戏乐组织所从事的一切文化娱乐活动"，[①] 不过，在明清时期这个所谓"家乐"的组织已经基本等同于家庭戏班，其主要功能也基本表现为搬演各种戏曲作品，"四大南戏"便是这些家乐经常搬演的剧目之一。如嘉、隆年间的何良俊家班，曾有搬演《杀狗记》的演出记录；[②] 万历年间的钱岱家乐，则有《荆钗记》的演出剧目记述；与钱岱同期的屠冲旸家乐也有《拜月亭》，清代顺、康年间李明睿的家乐有《拜月亭》，乾隆年间的张大安家乐有"江湖十八本"等演出记述即是。虽然"四大南戏"在各家乐的演出中见之记载者并不是很多，考虑到这些家班所演的剧目佚失比例远远大于被记载等实际情况，明清时期搬演"四大南戏"的家乐则远不止上述几家，像张岱的家人能把《白兔记》表演得"妙入筋髓"，那么其家乐似乎不可能不搬演这部作品。又如前述祁彪佳在"（庚辰正月二十日）诸兄弟设戏奉老母，予共观《幽闺记》"等记述，很可能这个戏班就是其弟祁豸佳的家乐。再如万历年间潘允端家乐的剧目演出全系南戏，见之于《玉华堂日记》记载者就有《琵琶记》《寻亲记》《精忠记》《三元记》等10种之多，那么，"四大南戏"也就非常可能被这个家乐搬演。况且，《玉华堂日记》还有不少语焉不详的戏曲演出描述，如"（万历十七年）六月二十五日……小厮串戏数出"；"六月二十七日……小厮串戏三、四出""七月二十七日……小厮串戏数出"等。

　　在中国古代，戏班演哪些戏、演员需要熟记哪些戏，主要取决于观众的好尚。职业戏班以演戏为生，对观众必须投其所好。家庭戏班的演出情况稍有不同，因为它们的服务对象是一个较为特殊的观众群体，这个观众群体的构成相对简单一些，它主要包括班主及其亲朋好友，并不像职业戏班那样需要面临芜杂不定、来源不一的观众群体。虽然这个观众群体的数量更少，但他们对剧目的择取却更有决定权。职业戏班上演哪些剧目，几

---

①　刘水云：《明清家乐研究》，上海古籍出版社2005年版，第1页。

②　参见刘水云《明清家乐研究》，第298—318页。下述各剧出处相同，不具。

乎完全以班主的意志为定。因此,职业戏班有时演什么、观众必须看什么的情况在家班身上几乎不会出现。无论哪种情况,凡是被戏班列之为保留剧目者既深受观众欢迎的剧作,也是再现于舞台的频率很高的剧作。以此方之,即便更多演出资料的缺失,明清时期的"四大南戏"特别是《荆钗记》《白兔记》和《拜月亭》定是风靡一时。

第二节 "四大南戏"的案头接受

现有的文献资料表明,只要一部作品能够在舞台上风靡各地,其文本刊刻也基本上会呈现较为繁盛的局面,《西厢记》如此,《琵琶记》如此,"四大南戏"同样如此。正因为"四大南戏"在明清时期各种舞台上的风行,故其文本刊刻也成为各地书商的首选之一。虽然这四部作品尚然不能与号称南、北"曲祖"的《琵琶记》与《西厢记》相颉颃,但除了《杀狗记》之外,"四大南戏"中的其余三种作品的刊刻情况丝毫不逊色于其余南戏诸家。全本如此,选本的刊刻同样如此。与《琵琶记》等其他众多南戏一样,"四大南戏"的刊刻也表现为全本刊刻、选本刊刻以及曲谱中的典范零曲刊刻三种类型。在这三种类型的"四大南戏"刊刻中,无论是《荆钗记》《白兔记》还是《拜月亭》的全本刊刻数量都远远小于选本刊刻,这在某种程度上也传达了明清时期的折子戏的演出远较全本戏红火的事实。

一 明刊本"四大南戏"述要

现存各种版本的"四大南戏"刊刻主要集中于明代,尤以明代中、后期特别是万历年间为最。清代"四大南戏"的版本既少,形式也较明代单一。从现存梓行于明代"四大南戏"的各种版本形态来看,这些刊本还可以细分为白文本、插图本和释义、评点本等几种类型;选本"四大南戏"的刊刻情况和全本差不多,它们也可以分为白文本、插图本或零出选本、零曲选本等几种形式。如果仅仅就数量而言,那么不论是"荆、刘、拜、杀"中哪一种单一的文本刊刻,它们都无法与《琵琶记》比拟。不容忽视的是,梓行于明清时期"四大南戏"各种文本的数量之和,虽然依然无法超越《西厢记》和《琵琶记》,但除了这两部最著名的剧作之外,其他任何一种剧作被梓行或传钞的单一数量,都没有达到 19 种。既

　　然"荆、刘、拜、杀"是以"四大南戏""四大传奇"或"古戏四大家"
这一群体面目呈现于接受者面前,上述比较自有合理之处。具体说来,现
存明清时期"四大南戏"诸种版本的详细情况大致如下。

　　（一）全本系统的"四大南戏"刊刻

　　明清时期的全本"四大南戏"刊刻包括单行本和选本刊刻两种形式,
在这两种形式中,虽然选本远较全本单行刊刻的种类为多,但从内容完整
性的角度看,全本系统则明显优于选本系统。(《六十种曲》本的"四大
南戏"虽然属于选本的范畴,但其案头的直接功用却和单行全本刊刻差别
不多,故此处目之为全本系统) 当然,无论就数量还是种类或者版本形态
而言,明代远较清代为盛则是不争之实,这在某种程度上也可以反映出明
代"四大南戏"无论是舞台还是案头的接受更红火于清代等实际情况。
这种实际情况似乎只要通过下述明清时期全本系统"四大南戏"刊刻的
具体情况并予以简单比较即可想而见之 (案:以下内容据俞为民先生
《宋元南戏考论续编》整理而成,并参阅傅惜华先生的《明代传奇全目》
以及其他相关论著、论文):

　　（1）影钞新刻元本王状元荆钗记二卷,明嘉靖姑苏叶氏刻本。

　　（2）新刻出像音注节义荆钗记四卷（残缺本）,明万历金陵唐氏富春
堂刻本。

　　（3）重校古荆钗记二卷,明万历金陵陈氏继志斋刻本。

　　（4）节义荆钗记四卷,明万历十三年金陵世德堂刻本。

　　（5）李卓吾先生批评古本荆钗记二卷,明万历刻本。

　　（6）屠赤水先生批评古本荆钗记二卷,明万历刻本。

　　（7）荆钗记定本二卷,明末汲古阁刻印《六十种曲》本。

　　（8）新编刘知远还乡白兔记,明成化北京永顺堂刻本。

　　（9）绣刻白兔记定本二卷,明末汲古阁《六十种曲》本。

　　（10）新刻出像音注增补刘智远白兔记二卷,明万历金陵富春堂
刻本。

　　（11）新刊重订出相附释标注月亭记二卷,明万历己丑年刊本,金陵
世德堂梓行,《古本戏曲丛刊》初集据之影印。

　　（12）重校拜月亭记二卷,明金陵文林阁刊行,现藏于北京图书馆。

　　（13）李卓吾先生批评幽闺记二卷,明虎林容与堂刊本,《古本戏曲
丛刊初集》据之影印。

（14）陈继儒评鼎镌幽闺记二卷，明书林萧腾鸿《六合同春》本。

（15）闺怨佳人拜月亭记四卷，明凌延喜朱墨本。

（16）幽闺记定本，明末毛晋汲古阁《六十种曲》本。

（17）重校拜月亭记二卷，罗懋登注释，明德寿堂刊本。

（18）重校拜月亭记，明德寿堂刻本。

（19）杀狗记，明末汲古阁《六十种曲》本。

（二）选本系统的"四大南戏"刊刻

如上所言，现存明清时期选本系统的"四大南戏"刊行情况红火于全本系统，个中缘由虽然与选本乃一剧之菁华不无关系，更与这些作品的折子戏演出盛于全本戏等事实密切关联。虽然上述选本直接表现为零出和零曲选本两种形态，稍作比较即可发现，"四大南戏"的零出选本的种类和数量也是远远大于零曲选本，如在现存36种选录"四大南戏"的各类戏曲选本中，零曲选本仅有12种，刚好只有零出选本的一半。另外，不论是零出还是零曲选本的"四大南戏"刊刻，现存的清代版本数量更是远远小于明代，清代以其仅有的5种和明代的31种之间几乎已经构不成比例关系。这也可以从另一个层面上反映出清代"四大南戏"的舞台接受远远低于明代这个现实。在《杀狗记》的选本刊刻中，正如它仅有一种全本刊刻的尴尬境地，选本系统中的《杀狗记》数量更是少得可怜，除了大约刊刻于嘉靖年间类似于小本戏选集《风月锦囊》外，其他各种选本无一例外都不予选收，难怪洛地先生有"在可查阅到的近两百年来的昆剧、高腔、乱弹、皮黄、摊簧等中都不见有此剧演出的记载"之说。需要说明的是，不论是全本"四大南戏"还是选本"四大南戏"，它们中间定当另有钞本系统的存在。因为钞本较之刻本更难保存或受重视的程度略低等原因，这个系统的"四大南戏"版本更难管窥其大略情态。限于文献的缺失，本书暂不做钞本系统"四大南戏"的版本清理。无论如何，正是刻本和钞本的合力所致，明清时期的"四大南戏"案头接受才得以出现如此红火的局面。当然，在这个红火的局面中，刻本虽然可能在多数情况下占据优势的地位，但钞本却也可以在某些特定的场合中一枝独秀。特别是在中国古代的印刷出版和发行工作并不非常发达的情况下，钞本的有无甚至是可以决定此类案头接受能否正常进行的关键。

案：尽管现存明清时期的各类戏曲选本总量已经达到46种之多，但是，本书只举零出、零曲选本为例，如《六合同春》《六十种曲》《绣刻

表7－4　"四大南戏"入选于明清时期各类戏曲选本的总情一览

序号	选本名称	选本的辑选者和时代	选本的性质	《荆钗记》被选录的情况一览	《白兔记》被选录的情况一览	《拜月亭》被选录的情况一览	《杀狗记》被选录的情况一览
1	词林摘艳	明·张禄	零曲选本			[南调·二郎神慢]"拜新月"	
2	雍熙乐府	明·郭勋	零曲选本	[锦堂乐]"华发斑斑"		[山坡羊]"翠巍巍云山一带"、[销金帐]"黄昏悄"	
3	风月锦囊	明·徐文昭	零出选本	沁园春](词)、[满庭芳]"乐守清贫"、[销堂月]"华发斑斑(斑斑)、[遶地游](地游)"他家儿"(似娘儿)、"一女貌天然"[梁州序]"柔橹暮景"、私上(送)(诸本无)、[三台令]"严父亲命"、[卜算子]"贫守啕屋事秦蚕"、[望远行]"朝行暮止"、"从别我孩儿"、[破齐阵]"自从夫去后"(首曲诸本无套与汲古阁本全异)、职掌朝纲](贺圣朝)、[临江仙]"凭栏极目天涯远"、[金蕉叶]"奈何茶何为降苦"、[香罗带]"一从别了夫"、[山坡羊]"撇得我不谙不恓"、[夜行船]"鸳鸯飞报喜"、[玩山灯]"一幅儿如"、"我守庙元霄"、[驻马听]"意远吟情修伤"、[红衲袄]"一从科第有风鸾"、[折桂令]"说因依飞"	[满庭芳](词)、[金井梧桐]"彤云密书"、"沾得谁家好"、[一封书]"提笔起"、[金钱花]"只因路上崎岖"、"拜别妻言"(此段各本均不同)、[驻云飞]"堪叹天景致"、[画眉序]"月照庭前"、[五更转]"灯强扶睡"(诸本皆无)、[风入松]"小将军休问我"、[淘金令]"抛离数载"	[真珠帘]"十年映雪囊萤"、[北饶江龙]"九族遭乱"、[兴福家]"中书富五车"、[玉芙蓉]"古今愁"、[金莲子]"魏巍云山一带"(山坡羊)、[翠]"目与留人"、[梁州赚]"一路奔驰"、[驻马听]"黄昏俏俏"、[销金帐]"快吹睡"、[齐天乐]"过残春也"(四句七言下场诗)	[菊花新]"积善之家有余庆"、[祝英台]"草之卒"、[寄生草]"才说三两句"、[锁南枝]"孙员外是我兄"、[金莲子]"哥哥占田庄"、[气额回]"平早离门庄"、[绛都春]"行有阴晴"、[土林春]"王恋色"、[西地锦]"日有阴晴"、"手足之亲"、"得一人有庆"
4	词林一枝	明·黄文华	零出选本	王十朋南北祭江	刘智远夫妇观花	蒋世隆旷野奇逢	

续表

序号	选本名称	选本的辑选者和时代	选本的性质	《荆钗记》被选录的情况一览	《白兔记》被选录的情况一览	《拜月亭》被选录的情况一览	《杀狗记》被选录的情况一览
5	八能奏锦	明·黄文华	零出选本	任珪途中遇雪	承佑游山打猎		
6	群音类选	明·胡文焕	零曲选本		磨房生子、子母相逢、磨房相会		
7	乐府玉树英	明·黄文华	零出选本	绣房议亲、抱石投江、母子相会		旷野奇逢	
8	乐府菁华	明·刘君锡	零出选本	抱石投江、母子相会		旷野奇逢	
9	乐府红珊	明·秦淮墨客（纪振伦）	零出选本	姑媳思忆	磨房生子	旷野奇逢	
10	玉谷新簧	明昊景居士	零出选本		夫妻观花		
11	摘锦奇音	明·龚正我	零出选本	母子相会、南北忆祭江	汲水遇子、又托传书、猎回见父	见妹歌失、旷野奇逢、旅店成亲	
12	吴歈翠雅	明·茂苑梯月主人（周之标）	零曲选本	寿宴"华发残斑"、忆别"飞"、忆别"长安四围月花飞"、乡别"十年力学"、送亲"家私选等"、怨诉"莫不是明月户花无处寻"、捞救"守官如水"、行路"春深离故乡"、议婚"辞亲去"、别祖零"这门诛非是我贫寒"、苦别"一阳气转春透彻"、节宴"谷家邦征人伦"、严讯"讲学书堂隐相踽"、祭江"一从科第"	寒况"彤云密布"、游春"沾哪唯家好"	泣歧"天不念去国仇人最惨凄"、错认"自惊疑相呼"、瞅睬"黯黯云迷"、闻关"雨儿催风儿送"、拜月"拜新月"、会叙"才说翠魏魏云"、起正都"行路"山一带、闻情"暮云堆、珠翠簇"、悲遇"黄昏悄悄"、悲遇"卤包向离皇都"	

续表

序号	选本名称	选本的辑选者和时代	选本的性质	《荆钗记》被选录的情况一览	《白兔记》被选录情况一览	《拜月亭》被选录的情况一览	《杀狗记》录选情况一览
13	月露音	明·李郁尔	零曲选本	姑娘绣房议婚、继母逼重改嫁、玉莲抱石投江、母子相会		拜月"我儿时得瘵做绝"、行路"翠巍巍"、途遇"黯云迷"、悲遇"黄昏悄悄"	
14	乐府万象新	明·阮祥宇	零出选本		智远画堂归地、三娘磨房生子、夫妻磨房相会、夫妻抱子玩赏	世隆抑野苟逢	
15	赛征歌集	明·无名氏	零出选本	拷问梅香		兵火逆离、抑野苟逢、幽闺拜月	
16	大明天下春	明·无名氏	零出选本	玉莲别父子归、玉莲投江、母子相会、十朋问梅香		世隆抑野苟逢	
17	南音三籁	明·凌濛初	零曲选本	行路"春深离故家"、苦别"辞亲去"、严训"治家邦"、惜音"莫不是明月户花"、忆美"家和送来"、贪婪、送亲"家道预劳"	寒况"彤云密布"、回猎"望芦度"、游春"沾酒谁家好"	□□"干戈动起来"、途劳、黯黯"紫檀"胸中"辔云堆"、书富五车、少不知愁"雨儿催"、走雨"天不念"、同关、奇逢"自惊疑"、相逢"闺阁肉的离皇朝"、团圆"宫室门楣"、旅婚、庄园执盗与婵娟、拜新月"行路"翠巍巍、□□"春思恨恢"、才说起迁都"驿过拆散"黄昏悄悄"	

续表

序号	选本名称	选本的辑选者和时代	选本的性质	《荆钗记》被选录的情况一览	《白兔记》被选录的情况一览	《拜月亭》被选录的情况一览	《杀狗记》被选录的情况一览
18	词林逸响	明·许宇	零曲选本	忆别 "长安四月"，别任 "十年力学"，告别 "辞亲去"，捞救 "守官如水"，祭江 "一从科第"、行路 "春深离故家"、严训 "洛家邦"	游春 "沽酒催家好"、寒况 "彤云密布"	同关 "雨儿催"、闺情 "馨云堆"、泣歧 "填朴年"、行路 "拜月新月"	
19	恰春锦	明·冲和居士	零出选本	送亲、祭江		分鸾	
20	玄雪谱	明·锄兰忍人	零出选本	见母	回猎	野逢、拜月	
21	万锦娇丽	明·玉茗堂主人	零出选本	荆钗钏聘、绣房议亲、母子相逢、十朋、祭江			
22	尧天乐	明·殷启圣	零出选本	绣房议亲、官亭遇雪		旷"野奇逢	
23	徽池雅调	明·熊稔寰	零出选本	承局送书、汝衣变化	汲水遇兔、磨房相会、打猎、遇母	误逐丝鞭	
24	增订珊珊集	明·宛瑜子（周之标）	零曲选本	议婚 "这门亲事非是我贪婪"、送亲 "家道贫穷"、议亲 "家私送嫁"、南北、祭江 "一从科第凤鸾飞"、推拷梅香 "洛家邦"		旷"野奇逢 "自惊疑相呼斯咳"、兵火违离 "君臣分散"、母子同关 "凛冽寒灰"、拜月 "拜新月"	
25	乐府南音	明·洞庭萧士	零曲选本			旷"野奇逢 "自惊疑相呼斯咳"、兵火违离 "君臣分散"、母子同关 "凛冽寒灰"、拜月 "拜新月"	
26	乐府遏云编	明·古吴楚陶住槐鼎、钟誉生吴之俊	零曲选本		游园	奇逢、走雨、立寒、拜月	

续表

序号	选本名称	选本的辑选者和时代	选本的性质	《荆钗记》被选录的情况一览	《白兔记》被选录的情况一览	《拜月亭》被选录的情况一览	《杀狗记》被选录的情况一览
27	南北词广韵选	明·徐复祚	零曲选本	[双调·惜双娇]"只为家道贫穷"、[正宫·玉芙蓉]"画堂隐霜"、[南吕·懒画眉]"紫萧声"、[双调·锦堂月]"华鬓斑斑"、[仙吕·二犯傍妆台]"意悬悬倚门终日望"、[中吕·榴花泣]"翩着你花谷月貌"、[仙吕·入声甘州]"半世守孤灯"、[南吕·黄莺儿]"春深离故家"、[羽调·胜如花]"辞亲去别泪零"、[仙吕·二犯桂枝香]"侯门到京"、[南吕·刮鼓令]"位通三台"、[正宫·渔家傲]"明月户花没处寻"；	[商调·金井水红花]"沽酒醉家好"	[大石调·赛观音]"雨儿催风儿送"、[双调·园林好]"才说起汴都"、[仙吕·惜黄花]"中都路是本乡"、[仙吕·渔家傲]"天不念去国愁人助惨凄"、[双调·销金帐]"黄昏情悄"、[正宫·缕山月]"守天正处美炉"、[正宫·普天乐]"叫唱我气全尽"、[南吕·五样锦]"因缘将为"、[南调·山坡羊]"翠鬟魏魏"、[越调·章台柳]"中情沉紧言又拏"、[粉蝶儿]"匆匆的离愁"、[大石调·东风第一枝]"戈动起来"、[黄钟·绛都春]"临岂答易"、[仙吕·醉罗歌]"相次都下"、[南吕·青衲袄]"几时得二郎神"、[商调·二郎神慢]"拜新月"、[仙吕·羽调排歌]"黯黯云迷"；	
28	醉怡情	明·青溪菰芦钓叟	零出选本	哭鞋、见母、祭江、舟会	遇友、闹鸡、生子、接子	错认、旅婚、拜月、重圆	

续表

序号	选本名称	选本的辑选者和辑选时代	选本的性质	《荆钗记》被选录的情况一览	《白兔记》被选录的情况一览	《拜月亭》被选录的情况一览	《杀狗记》录的情况一览
29	乐府歌舞台	明·无名氏	零出选本		三娘寻棍、出猎、汲水、回猎书、扫堂	拜月	
30	时调青昆	明·江湖黄儒卿	零出选本	十朋祭江、玉莲投江	三娘汲水、磨房相会		
31	缀白裘合选	清·秦淮舟子审音，有阆冈山人采新，隐辑古，积金	零出选本	荆钗成聘、误报讣音、十朋祭江、拷问梅香	新婚游赏、猜回寻父	兵火逼离、兄妹避难、途中邂逅、幽怀密诉	
32	缀白裘全集	清·慈水陈二球参定，玩花主人重辑	零出选本	哭鞋、见母、祭江、舟会	遇友、闹鸡、生子、接子		
33	千家合锦	清·无名氏	零出选本	绣房议亲			
34	万家合锦	清·无名氏	零出选本	十朋祭江			
35	缀白裘	清·钱德苍	零出选本	参相、送亲、舟会、说亲、改书、别任、前拆、女祭、男祭、开眼、上路、遣仆、迎亲、回门、受鞋	养子、回猎、送子、闹鸡	拜月、走雨、踏伞、大话、上山、请医；	
36	审音鉴古录	清·无名氏	零出选本	议亲、绣房、别祠、参相、见娘、男祭、上路、舟中			

演剧》《今乐府选》之类的 4 种全本戏选本则未纳入表 7-4 统计范围，它们仅在上文中和单行本的"四大南戏"刊刻等量齐观。另外，明佚名编选的《玉谷金莺》和明成化间刊行《百二十种南戏文全锦》两种零出选本已佚，本书也不予统计。再则，《风月锦囊》虽然并非严格意义上的零出选本，但其所选之剧却也不是全璧，为了简便起见，一如此前，本文将这部曲选目为零出选本。因此，纳入上表所计的各类戏曲选本范畴的实际只有 41 种。

还需要说明的是，尽管现存全部的 41 种南戏选本即有 37 种从不同角度选收"四大南戏"的相关折子戏，但无论从哪个角度看，体现在明代诸戏曲选本中的"四大南戏"明显比清代活跃得多。一方面，明清各戏曲选本在数量就以 30:7 的绝对差异；另一方面，明代的戏曲选本所选收的折子也远比清代为多，诸如《荆钗记》之《庆诞》《绣房》《合峇》等与《白兔记》之《汲水》《挨磨》等以及《拜月亭》之《少不知愁》《士女随迁》等数十个折子，清代的 7 种戏曲选本竟然没有一本为之选收。倘若从这些戏曲选本的实际功能出发，清代"四大南戏"无论舞台接受还是案头接受都明显弱于明代则是不争之实。当然，清代的各种戏曲选本虽少，但这寥寥的 7 种选本却无一不是零出舞台演出本。如与明人津津于某一段曲词的艳赏泾渭有别的是，清人基本以"四大南戏"为代表的各种戏曲为"戏"，不像很多明人在主观上更愿意将它们视为"曲"。也就是说，清代如"四大南戏"等南戏作品的接受显然在普遍意义上更符合历史演进的规律。上述很多明人虽非逆流而行，一叶障目之意却存焉。

最后，虽然"四大南戏"的全本刊行不复《琵琶记》《西厢记》和《牡丹亭》等剧之盛，但如果将这四部剧作中的《荆钗记》《白兔记》和《拜月亭》的刊行情况和明代著名的"四大奇书"刊行情况相比，上述三剧在总体上堪与家喻户晓的《水浒传》和《三国演义》匹敌。因为，现存刊刻于明代的《水浒传》和《三国演义》也不过分别只有 20 个版本而已，何况，"四大奇书"在明清时期仅有全本，绝少或根本没有选本为之刊刻。戏曲的案头接受盛于小说，"四大南戏"又盛于其他很多戏曲的情况，也可以从这些剧本的上述刊行中得到合理可行的推测与解释。

第三节　接受学视域内的《琵琶记》《西厢记》
和《拜月亭》的高下之争

明代戏曲领域共发生四次较大规模的论争，其一为元曲四大家的排序及四大家和王实甫的关系之争，其二为著名的汤、沈之争，其三为《琵琶记》和《西厢记》优劣之争，其四便是《琵琶记》与《拜月亭》成就高下之争。这四次论争，两次和《西厢记》关联，两次与《琵琶记》有直接关系，而且这四次论争所涉及的作家、作品都在中国古代戏曲史上占据着顶峰的位置。《西厢记》和《琵琶记》的成就之高，明清曲家久有定论，因此二者当仁不让地分列南、北曲之祖。《拜月亭》在著名的“四大南戏”之属中，总体成就无疑高于其余三种剧作，上述诸家对此也没有多少疑义。从接受学的角度来说，上述作家作品更是深受明清时期观众的欢迎，夸张一点说，凡是看过戏的观众，都可能会对这些作家、作品津津乐道。从题材风格而论，《琵琶记》属于典型的道德说教剧，《西厢记》和《拜月亭》则是富于浪漫色彩的爱情剧。它们虽然再现的不是什么惊天动地的军国大事，但却涉及千家万户不得不直面的生活现实，故而非常容易引发当时观众和读者的心理共鸣。另外，因为这三部剧作又在各自的题材领域内都臻于至善，鲜有瑕疵，故而明清学人的注意力大都集中于此。焦点既设，问题却也随之而来。尽管《西厢记》《琵琶记》和《拜月亭》各自取得了常人难以企及的成就，好事者难免将这三种剧作一分高下。可能还是因为“一千个读者有一千个哈姆雷特”等原因，明清时期的文人受众不仅对“元曲四大家”的排序聚讼纷纭，就是对上述三种剧作也各抒己见，场面颇为可观。

一　《琵琶记》和《西厢记》的高下之争

明清两代绝大多数的文人、曲家都认为《西厢记》的成就要高于《琵琶记》，其中，李卓吾的“化工”与“画工”说最有代表性，影响也最大。在《焚书》卷三《杂述》之《杂说》中，李贽称《拜月》《西厢》为“化工”之作，《琵琶》则为“画工”之作。李说一出，不仅响应者极多，而且《西厢》《琵琶》之品似乎亦定。清代学者陈栋对此总结说：

自"化工""画工"之论出，而《西厢》《琵琶》之品始定。然《琵琶》究不及《西厢》。实甫香艳豪迈，无所不可；东嘉一作典贵语，便筋努面赤。盖文章一道，均可以学力胜，惟曲子必须从天分带来。……世之左祖东嘉，不过曰《西厢》诲淫，《琵琶》教孝。夫既置其文于不论，则固非余敢知耳。①

除了陈栋，以《雷峰塔》传奇名世的清代曲家黄图珌虽然承认《西厢》《琵琶》"各极其妙"，依然认为《琵琶》为"画工"之作，《西厢》有"化工"之妙，两者之间存有轩轾：

《琵琶》为南曲之宗，《西厢》乃北调之祖，调高辞美，各极其妙。……（《琵琶》）较之《西厢》，则恐陈腐之气尚有未销，情景之思犹然不及。噫，所谓"画工"，非"化工"也。②

为了说明《西厢记》的艺术成就高于《琵琶记》，明清时期的文人、曲家更是引经据典，将屈原、宋玉、鲍照、庾信、陶渊明、谢朓等文学史上一流诗人为参照物，以此判断两者成就的高下。在这方面，澂园主人的主张比较有代表性：

《西厢》单行之书也，其和雅温纯，则《国风》之亚；幽奇委婉，则屈、宋之俦；俊逸清新，则参军、开府；悠闲秀丽，则彭泽、宣城。至其笔幻心灵，情真景肖，令人咏之跃然，思之未罄。世人无目，猥驾《琵琶》于其上。余谓东嘉摭实，实甫凌虚，如苎萝丽质，较姑射仙姿，自有邢、尹之别。③

不可否认，《西厢记》与《琵琶记》之间的确存在高下文野之别；也不可否认，澂园主人等的上述类似观点难免有主观之嫌。但就是这类颇有主观臆断之嫌的接受思想，却在明清时期不断有大批文人沉溺于其中不能

---

① 陈栋：《北泾草堂集》，转引自侯百朋《琵琶记资料汇编》，第 195 页。
② 黄图珌：《看山阁闲笔》，《中国古典戏曲论著集成》（七），第 144 页。
③ 《重刻订正元本批点画意北西厢》卷首，蔡毅：《中国古典戏曲序跋汇编》，第 650 页。

自拔。如更能体现这种主观臆断之嫌的还有胡应麟等人。胡应麟是明代著名的诗论家,以论诗之作《诗薮》名世。正如他对唐代两位最著名诗人李白与杜甫难以公平持衡一样,胡氏将《西厢记》和《琵琶记》分别比附为太白和少陵之诗,再次抛出难以令人信服的论断:

> 《西厢》主韵度风神,太白之诗也;《琵琶》主名理论教,少陵之作也。《西厢》本金、元世习,而《琵琶》特创规矩,无古无今,似尤难,至才情虽《琵琶》大备,故当让彼一筹也。①

李、杜两家诗歌,本来就各有千秋,李主浪漫,杜主现实;李诗豪迈俊逸,杜诗沉郁顿挫,硬性比较两位唐代最杰出的诗人之优劣确有荒唐之嫌。况且,二家诗之优劣的定夺也是迄今为止诗坛疑案之一,以此衡量南、北曲祖《西厢记》和《琵琶记》,岂非更令人莫衷一是?倒是著名曲家王骥德的观点有相当的说服力:

> 古戏必以《西厢》《琵琶》称首,递为桓、文。然《琵琶》终以法让《西厢》,故当离为双美,不得合为联璧。《琵琶》遣意呕心,造语刺骨,似非以漫得之者,顾多芜语、累字,何耶?②
>
> 《西厢》,风之遗也;《琵琶》,雅之遗也。《西厢》似李,《琵琶》似杜,二家无大轩轾。然《琵琶》工处可指,《西厢》无所不工;《琵琶》宫调不伦,平仄多舛,《西厢》绳削甚严,旗色不乱;《琵琶》之妙,以情以理;《西厢》之妙,以神以韵;《琵琶》以大,《西厢》以化。此二传三尺。③
>
> 《西厢》如正旦,色声俱绝,不可思议;《琵琶》如正生,或峨冠博带,或弊巾败衫,俱喷喷动人。④

同样以李、杜两家诗歌的成就来比拟《西厢记》和《拜月亭》,同样

---

① 胡应麟:《少室山房笔丛》,上海书店出版社 2009 年版,第 431 页。

② 王骥德:《曲律·杂论第三十九上》,《中国古典戏曲论著集成》(四),第 149 页。

③ 王骥德:《新校注古本西厢记考·附评语十六则》,《续修四库全书》第 1776 册,第153 页。

④ 王骥德:《曲律》,《中国古典戏曲论著集成》(四),第 159 页。

将这两部剧作视为《诗经》《离骚》之流亚，王骥德首先得出"二家无大轩轾"的结论。但是，倘若从艺术细节分析，《西厢》可能有更多的地方优于《琵琶》。这是因为，"《琵琶》终以法让《西厢》"的缘故。《西厢记》的语言雅驯俊洁，《琵琶记》虽然是"遣意呕心"之作，但它的语言却多"芜语、累字"；而且，"《琵琶》工处可指，《西厢》无所不工；《琵琶》宫调不伦，平仄多舛，《西厢》绳削甚严，旗色不乱；《琵琶》之妙，以情以理；《西厢》之妙，以神以韵；《琵琶》以大，《西厢》以化"。另外，"《西厢》如正旦，色声俱绝，不可思议；《琵琶》如正生，或峨冠博带，或弊巾败衫"，即使两剧都"啧啧动人"，《琵琶》稍逊《西厢》的现实还是存在的。姑且不论王骥德持论有无偏嗜，这种纯以艺术的角度衡量二剧高下的态度平和有节，使人易于接受。即使下面的这段更明显扬《西厢》抑《琵琶》之论，也比澄园主人、胡应麟等人的观点具体可信：

> 旧曲列品有四，曰神，曰妙，曰能，曰具。而神品以属《琵琶》《拜月》。夫曰神品，必法与词两擅其极，惟实甫《西厢》可当之耳。《琵琶》尚多拗字类句，可列妙品；《拜月》稍见俊语，原非大家，可列能品，不得言神。①

这是王骥德驳斥吕天成将《琵琶记》和《拜月亭》列为"神品"的之论，也最能体现王骥德本人对《西厢记》《琵琶记》和《拜月亭》的态度。本来，吕天成在《曲品》中，将此前以及同时期的南戏、传奇作品从总体成就的高低依次分为"神""妙""能""具"四个档次。在他看来，《琵琶记》因为"能作为圣，莫知乃神"②以及"其词之高绝处，在布景写情，真有运斤成风之妙。串插甚合局段，苦乐相错，具见体裁。可师可法，而不可及也"，③和《拜月亭》之"天然本色之句，往往见宝，遂开临川玉茗之派"④的艺术效果，故把二作归为"神品"。但在王骥德

---

① 王骥德：《曲律·卷四·杂论第三十九下》，《中国古典戏曲论著集成》（四），第172页。
② 吕天成：《曲品》，《中国古典戏曲论著集成》（六），第210页。
③ 同上书，第224页。
④ 同上。

看来，所谓"神品"，只有《西厢记》才可当之。这是因为，"夫曰神品，必法与词两擅其极"，《琵琶记》因为"尚多拗字类句"；《拜月亭》因为"稍见俊语，原非大家"；故二家皆"不得言神"，只可以列为"妙品"和"能品"。相比较他对《西厢记》的态度，王骥德可谓对《琵琶记》和《拜月亭》贬抑有加。不过，因为王骥德预先定义"神品"之属："夫曰神品，必法与词两擅其极"，作为一家之言，他的观点并不像以上澂园主人、胡应麟等诸家那样笼统，具有相当的可信度。

在《西厢记》和《琵琶记》的成就高下之争中，持《琵琶记》胜《西厢记》者也不乏其人。如清代的毛纶因为厚爱《琵琶记》，乃仿金圣叹批点《西厢记》的手段评点《琵琶记》并将其尊为《第七才子书琵琶记》。在批点过程中，毛纶虽然也分别以"风""雅"比拟《西厢记》《琵琶记》，但他更从情、文两方面入手，谓后者胜于前者：

> 故元人词曲之佳者，虽《西厢》与《琵琶》并传，而《琵琶》之胜《西厢》也有二：一曰情胜，一曰文胜。所谓情胜者何也？曰《西厢》言情，《琵琶》亦言情，然《西厢》之情，则佳人才子花前月下私情密约之情也；《琵琶》之情，则孝子贤妻敦伦重谊缠绵悱恻之情也。……是以同一情也，而《西厢》之情而情者，不善读之，而情或累性；《琵琶》之情而性者，善读之，而性见乎情，夫是之谓情胜也。所谓文胜者何也？曰《西厢》为妙文，《琵琶》亦为妙文，然《西厢》文中，往往杂用方言土语，如呼美人为"颠不剌"，呼僧人为"老洁郎"之类，而《琵琶》无之。……是以同一文也，而《西厢》之文艳，乃艳不离野者，读之反觉其文不胜质；《琵琶》之文真，乃真而能典者，读之自觉其质而文，夫是之文胜也。①

说《西厢记》胜于《琵琶记》，难免有一己之私之嫌，同理，认为《琵琶记》胜于《西厢记》，亦多非公论。不论这些学者所持的观点如何，他们不仅私淑有别，这些观点还应和当时的时代背景密切相关。清初，随着世事承平，民族矛盾相对缓和，又因为统治者于文字一道律法颇严，作

---

① 毛纶：《绘风亭评第七才子书琵琶记·自序》，转引自侯百朋《琵琶记资料汇编》，第275页。

为"诲淫"之作的《西厢记》自然难比教化剧《琵琶记》。加之历代统治者都对道德治国极为重视，毛纶的评语虽然不如朱元璋以理学的视角而谓《琵琶记》"如山珍海错"有力，其间一脉相承的关系却显而易见。难能可贵的是，毛纶不仅从理学的角度扬《琵琶记》之长，他还以一个评点家的眼光从艺术层面出发，把明代曲家最为重视的文辞作为立《琵琶》胜《西厢》之论据，依然可以作为一家之言接受。为了严谨起见，毛纶还从曲词和曲体两方面进一步阐述他的上述观点：

> 《琵琶》用笔之难难于《西厢》。何也？《西厢》写才子佳人之事，则风月之词易好；《琵琶》写孝子义夫之事，则菽粟之词难工也。不特此也，《西厢》纯用北曲，每折自始至末，止是一人所唱，则其章法次第，井然不乱，犹易易耳。若《琵琶》则纯用南曲，每套必用众人分唱，而其章法次第，亦自井然不乱，若出一口，真大难事。试看李日华改《西厢》曲为南调，虽便于梨园之唱演，然将原曲颠倒前后，毕竟不免支离错乱，然后叹《琵琶》之妙为不可及。①

为了加强说服力，毛纶还引用明人王思任的话，从"易学"与"不易学"的角度支持自己的观点：

> 我季重先生曰：《西厢》易学，《琵琶》不易学。盖传佳人才子之事，其文香艳，易于悦目；传孝子贤妻之事，其文质朴，难于动人，故《西厢》之后有《牡丹亭》继之，《琵琶》之后，难乎其为继矣。是不得不让东嘉独步。②

客观地说，不论以上诸家所言所据多么言之凿凿，上述观点仅仅代表文人曲家或文人受众一个接受阶层的观点。这种观点无论怎么合理，它也没有涵盖占据当时最大数量的中、下层接受群体的观点。下层受众缺失话语权的不幸，于此可见一斑。尽管上述文人受众在《西厢记》和《琵琶记》高下之争中对这个接受群体的观点或有参考，但真正左右此等观点者

---

① 《绘风亭评第七才子书琵琶记·总论》，清映秀堂刻本。
② 《绘风亭评第七才子书琵琶记·前贤评语》，清映秀堂刻本。

仍然是他们自己的审美好尚。也正是因为话语权的缺失，明清时期一般受对《西厢记》和《琵琶记》高下之争的态度则无法通过曲话之类的著作予以直接表述。如果想考知这个接受群体对二者的审美好尚，除了参考一些文人曲家的各种曲话和笔记杂述以外，现存的各种彼时的戏曲选本所体现出来的这两部作品的搬演情况则无疑为此打开了方便之门。

　　为了更好地说明问题，本书特地将现存明清时期选录这两种剧作以及《拜月亭》的各种戏曲选本数量的多寡予以统计。通过下述表 7－5 中的《西厢记》《琵琶记》和《拜月亭》在各种戏曲选本中的选收情况，不难发现：《北西厢》的入选频率为 23 次，《南西厢》的入选频率为 16 次，删除重复，南、北《西厢》在明清时期的各种戏曲选本中共入选 35 次。《琵琶记》则入选 34 次，《拜月亭》入选 31 次。这个统计结果似乎足以说明上述三剧在当时受众的心目中原无太多的差别。难怪很多论者认为《琵琶记》在一定程度上在民间 "比《西厢记》更受欢迎"。① 但是，在《西厢记》和《琵琶记》大致相等的入选频率等表象背后，另有一个相对隐晦的现象不免常常为上述论者忽视，这就是明清时期的一般受众也和众多文人受众一样，还是以《西厢》胜《琵琶》的声调为高。综观明清时期流传下来的各种戏曲选本，如《词林一枝》《八能奏锦》《乐府玉树英》等 17 种以南曲为主的明清戏曲选本尽管仅选一种北曲杂剧，但是这一北杂剧作品恰恰就是《西厢记》，这似乎又从另外的一个角度体现了当时受众对王实甫《西厢记》的热衷。另外，如果通过下列之表 7－6 中的《北西厢》和《南西厢》之类似于折子戏演出的各出内容，以及它们在明、清时期各种戏曲选本中的入选频率，再加上前文《琵琶记》以及《拜月亭》在明清时期各种戏曲选本中的入选情况来综合分析，也可以得出《西厢记》在民间稍胜《琵琶记》的结论。如在《北西厢》的全部 20 折中，只要《郑恒求配》和《衣锦还乡》两折仅为《词林摘艳》和《群音类选》两种选本选收，其余除了《尺素缄愁》4 种外，基本都有 6—13 种的选收幅度。《琵琶记》则不同，其全部 42 出不仅只有 29 个出目入选，而且像《杏园春宴》《义仓赈济》等 4 出仅仅只有一个选本选收。即使如《南浦嘱别》和《宦邸忧思》两个选收频率最高的出目，也少于《西厢记》2 个选收比率。另外，在《琵琶记》的全部选收出目中，5 次以上的入选

　　① 朱万曙：《明代戏曲评点研究》，第 241 页。

频率仅有 11 个出目，这和《西厢记》的 14 个出目入选也有较大差别。当然，冗长芜杂的南曲剧本的体制毕竟不同于短小精悍的北曲杂剧，如李日华改编的 38 出《南西厢》各出的入选情况并不不好于《琵琶记》。但就是这部明清时期文人受众普遍不看好的作品，仍然有 21 个出目入选于各种戏曲选本之中。至于《南西厢》在各选本中入选的出目，除了《佛殿奇逢》《秋暮离怀》和《东阁邀宾》的 10、9 和 8 次的入选频率位列三甲，其余只有《草桥惊梦》8 个出目的入选次数大于 5 次。但是，考虑到《琵琶记》和《西厢记》的高下之仅中局限于《北西厢》范畴等实际情况，故《南西厢》的入选情况仅备参考。尽管《南西厢》仅仅作为参照物，但它毕竟和《北西厢》一同出现在当时的舞台之上并为时人广泛接受，如果将这两者之和与《琵琶记》比较的话，很明显《西厢记》要比《琵琶记》更受欢迎。而且这个欢迎的程度的也比前述之文人曲家或受众的观点更有说服力，它是体现当时社会各个阶层受众对这部著名剧作好尚的晴雨表。

二　《琵琶记》和《拜月亭》的优劣之比

同《西厢记》《琵琶记》的高下之争一样，《琵琶记》和《拜月亭》的优劣之比不仅也主要体现在文人受众群体中，而且这个受众群体一如《西厢》和《琵琶》之争，表现出两个截然相反的接受观点。如嘉靖年间的北曲谜何良俊在《四友斋丛说》中认为《拜月亭》：

> 高出《琵琶记》远甚。盖其（施君美）才虽不及高（明），然终是当行。其"拜新月"二折，乃骎栝关汉卿杂剧语。他如《走雨》《错认》《上路》、馆驿这相逢数折，彼此问答，皆不须宾白，而叙说情事，宛转详尽，全不费词，可谓妙绝。①

为了说明这个观点的合理可信，何氏更是旁征博引，先后以《拜月亭》之《赏春》《走雨》，《破窑记》《卧冰记》和《江流儿》等元代南戏的具体曲文为比，意在为上述观点别加注脚：

---

①　何良俊：《曲论》，《中国古典戏曲论著集成》（四），第 12 页。

《拜月亭》《赏春》《惜奴娇》如"香闺掩珠帘镇垂，不肯放燕双飞"，《走雨》内"绣鞋儿分不得帮底，一步步提，百忙里褪了根"，正词家所谓"本色语"。

南戏自《拜月亭》之外，如《吕蒙正》"红妆艳质，喜得功名遂"，《王祥》内"夏日炎炎，今日个最关情处，路远迢遥"，《杀狗》内"千红百翠"，《江流儿》内"崎岖去路赊"，《南西厢》内"团团皎皎""巴到西厢"，《玩江楼》内"花底黄鹂"，《子母冤家》内"东野翠烟消"，《诈妮子》内"春来丽日长"，皆上弦索。此九种，皆所谓戏文，金、元人之笔也，词虽不能尽工，然皆入律，正以其声之和也。夫所谓之辞，宁声谐而辞不工，无宁辞工而声不谐。①

作为一家之言，何良俊之论有理有据，尚属于可接受的观点之一。但是，同为嘉靖年间的文人受众，明代"后七子"的巨擘、著名文人王世贞却从"戏"而非"曲"的层面认为何氏之论不仅不妥，而且"大谬"：

《琵琶记》之下，《拜月亭》是元人施君美撰，亦佳。元朗谓胜《琵琶》，是大谬也。中间虽有一二佳曲，然无词家大学问，一短也；既无风情又无裨风教，二短也；歌演终场不能使人堕泪，三短也。②

王氏论曲，除了"词家大学问"逸出《琵琶记》的第一出《副末开场》而外，其余皆与高明的"不关风化体，纵好也徒然"和"论传奇，乐人易，动人难"等观点完全相同。应该说，抛开对何良俊的不恰当指责，王世贞上述言论的合理性远比何良俊的观点为大，毕竟，王氏所论为"戏"的本质，何氏所言乃"戏"之表象。因为"论曲，当看其全体力量如何，不得以一二韵偶合，而曰某人、某剧、某戏、某句、某句似元人，遂执以概其高下。寸疏自不掩尺瑕也"③。这就是说，何、王二氏上述观点，一个恰与王骥德的这个观点有违，一个则在不经意间暗合了王骥德的这个观点。故而王骥德也认为"《拜月》语似草草，然时露机趣；以望

---

① 何良俊：《曲论》，《中国古典戏曲论著集成》（四），第12页。
② 王世贞：《曲藻》，《中国古典戏曲论著集成》（四），第34页。
③ 王骥德：《曲律·杂论第三十九上》，《中国古典戏曲论著集成》（四），第152页。

《琵琶》，尚隔两尘；元朗以为胜之，亦非公论"①。当然，王骥德的这个观点也并非信口而论，它是建立在"曲与诗原是两肠"②的基础上为之判断的。

但是，正如很多文人受众以诗词而接受戏曲的惯性使然一样，何良俊的上述观点也不乏同道，如徐复祚就引何良俊为同道而反驳王世贞为：

> 何元朗良俊谓施君美《拜月亭》胜于《琵琶》，未为无见。《拜月亭》宫调极明，平仄极谐，自始至终，无一板一折非当行本色语，此非深于是道者不能解也，弇州乃以"无大学问"为一短，不知声律家正不取于弘词博学也；又以"无风情、无裨风教"为二短，不知《拜月》风情本自不乏，而风教当就道学先生讲，不当责以骚人墨士也。……又以"歌演终场，不能使人堕泪"为三短，不知酒以合欢，歌演以佐酒，必要堕泪以为佳，《薤歌》《蒿里》尽侑觞具乎？③

徐氏的"《拜月》风情本自不乏"和"风教当就道学先生讲，不当责以骚人墨士也"的观点确为的论，但在反驳王世贞所谓"歌演终场，不能使人堕泪"为三短的立论基础上，徐不自觉地又回归到"歌演以佐酒"的狭隘戏曲接受层面上来，未能贯彻王骥德的"论曲，当看其全体力量如何"的确论。需要指出的是，王骥德在《琵琶记》和《拜月亭》的优劣之比中所论未必全是，如他的"尝戏以传奇配部色，则《西厢》如正旦，色声俱绝，不可思议；《琵琶》如正生，或峨冠博带，或敝巾败衫，俱喷喷动人；《拜月》如小丑，时得一二调笑语，令人绝倒"④，即难免一己之见，未能做到"论曲，当看其全体力量如何"。倒是沈德符下述综合"戏"与"曲"为一体的言论更有见地：

> 何元朗谓《拜月亭》胜《琵琶记》，而王弇州力争，以为不然，

① 王骥德：《曲律·杂论第三十九上》，《中国古典戏曲论著集成》（四），第149页。
② 王骥德：《曲律·杂论第三十九下》，《中国古典戏曲论著集成》（四），第162页。
③ 徐复祚：《曲论》，《中国古典戏曲论著集成》（四），第235—236页。
④ 王骥德：《曲律·杂论第三十九下》，《中国古典戏曲论著集成》（四），第159页。

此是王识见未到处。《琵琶》无论袭旧太多，与《西厢》同病，且其
曲无一句可入弦索者；《拜月》则字字稳帖，与弹搊胶黏，盖南词全
本可上弦索者惟此耳。至于《走雨》《错认》《拜月》诸折，俱问答
往来，不用宾白，固为高手；即旦儿"髻云堆"小曲，模拟闺秀娇
憨情态，活脱逼真，《琵琶》《咽糠》《描容》亦佳，终不及也。向曾
与王房仲谈此曲，渠亦谓乃翁持论未确，且云："不特别词之佳，即
如聂古、陀满争迁都，俱是两人胸臆见解，绝无奏疏套子，亦非今人
所解。"①

　　这样看来，似乎何良俊的同道较之王世贞为多。也就是说，在《琵琶
记》和《拜月亭》的优劣之比中，后者占据上风。一个不容忽视的问题
是，无论何良俊、徐复祚还是沈德符，只要游离于上述论争之外，他们的
南戏接受态度立即转向王世贞的"词家大学问"和不能容忍"无裨风教"
及"歌演终场，不能使人堕泪"的接受向度上来。如徐复祚之《曲
论》云：

　　　　即今《琵琶》之传，岂传其事与人哉？传其词耳。词如《庆寿》
之《锦堂月》《赏月》之《本序》《剪发》之《香罗带》《吃糠》之
《孝顺儿》《写真》之《三仙桥》《看真》之《太师引》《赐燕》之
《山花子》《成亲》之《画眉序》，富艳则春花馥郁，目眩神惊；凄楚
则啸月孤猿，肠催肝裂；高华则太华峰头，晴霞结绮；变幻则蜃楼海
市，顷刻万态。他如《四朝元》《雁鱼锦》《二郎神》等折，委婉笃
至，信口说出，略无扭捏，文章至此，真如九天咳唾，非食焰火人所
能办矣！②

　　另外，这个接受群体在南戏案头接受方面，上述倾向更是明显。倘若
一部南戏作品不能在雅化的曲词、主题的风教主旨和动人的情感等要素上
多着笔墨，似乎这样的作品有不值一哂的感觉。《琵琶记》《荆钗记》《白
兔记》《破窑记》和《金印记》等催人泪下的南戏作品被明清时期诸家书

① 沈德符：《顾曲杂言》，《中国古典戏曲论著集成》（四），第210页。
② 徐复祚：《曲论》，《中国古典戏曲论著集成》（四），第234页。

坊首选便是显例。由此看来，在文人受众《琵琶记》和《拜月亭》接受的情感指向上，虽然他们在这两部剧作的优劣之比中各抒己见，《琵琶记》无疑超越《拜月亭》而成为他们的首选。

与接受视域内的《西厢记》《琵琶记》高下之争吻合的是，在《琵琶记》和《拜月亭》的优劣之比中丝毫也不能无视鲜有话语权的下层受众的存在。倘若再通过明清时期各戏曲选本所体现的这个接受群体的观剧态度为渠道，那么可以得出《琵琶记》在很多特定场合等同于《拜月亭》的结论。如在现存的46种南戏舞台演出本中，《琵琶记》的入选频率为32次，而《拜月亭》则以30次的选收幅度稍逊于前者，两者之间几无差别。当然，如果说这个结果还不足以说明问题，那么在《琵琶记》和《拜月亭》具体出目的选辑上，《琵琶记》共有29个类似于折子戏的内容入选于上述诸种零出和零曲选本，《拜月亭》则仅有《琵琶记》的一半，共15个。这似乎又印证了上文《拜月亭》不如《琵琶记》的观点。但是，在这两部剧作的某一具体出目如《琵琶记》之《南浦嘱别》和《拜月亭》之《旷野奇逢》等最受欢迎的折子戏表演史上，则前者的11次入选幅度明显少于后者的17次，那么何良俊、徐复祚等人《拜月亭》胜《琵琶记》的结论又有了新的例证。以一叶障目的例举和分析法全面衡量这两部著名作品的实际演出情况既不科学，也不足以解决问题。本书认为，如果将这两个统计结果综而论之，则更能说明一般受众在这两部剧作的取舍上体现了无偏无党的态度。这样看来，王世贞、何良俊、徐复祚等文人受众在这两部剧作的各自接受态度上，难免有过分自我之嫌。

表7－5　《西厢记》《琵琶记》和《拜月亭》在各种戏曲选本中的选收情况一览

序号	《北西厢》	《南西厢》	《琵琶记》	《拜月亭》
1	《雍熙乐府》	《词林摘艳》	《风月锦囊》	《词林摘艳》
2	《风月锦囊》	《雍熙乐府》	《词林一枝》	《雍熙乐府》
3	《词林一枝》	《群音类选》	《八能奏锦》	《风月锦囊》
4	《八能奏锦》	《吴歈翠雅》	《乐府玉树英》	《乐府玉树英》
5	《群音类选》	《月露音》	《乐府菁华》	《乐府菁华》
6	《乐府玉树英》	《南音三籁》	《乐府红珊》	《乐府红珊》
7	《乐府菁华》	《词林逸响》	《玉谷新簧》	《摘锦奇音》
8	《乐府红珊》	《怡春锦》	《吴歈翠雅》	《吴歈翠雅》
9	《玉谷新簧》	《玄雪谱》	《月露音》	《月露音》

续表

序号	《北西厢》	《南西厢》	《琵琶记》	《拜月亭》
10	《六合同春》	《徽池雅调》	《乐府万象新》	《六合同春》
11	《大明春》	《增订珊珊集》	《大明春》	《乐府万象新》
12	《赛征歌集》	《六十种曲》	《赛征歌集》	《赛征歌集》
13	《乐府万象新》	《醉怡情》	《南音三籁》	《大明天下春》
14	《万壑清音》	《缀白裘合选》	《词林逸响》	《南音三籁》
15	《六幻西厢》	《缀白裘》	《怡春锦》	《词林逸响》
16	《怡春锦》	《审音鉴古录》	《玄雪谱》	《怡春锦》
17	《绣刻演剧》		《万锦娇丽》	《玄雪谱》
18	《南北词广韵选》		《徽池雅调》	《尧天乐》
19	《乐府歌舞台》		《增订珊珊集》	《徽池雅调》
20	《时调青昆》		《乐府遏云编》	《增订珊珊集》
21	《歌林拾翠》		《六十种曲》	《乐府南音》
22	《缀白裘合选》		《绣像演剧》	《乐府遏云编》
23	《缀白裘全集》		《南北词广韵选》	《六十种曲》
24			《醉怡情》	《绣刻演剧》
25			《乐府歌舞台》	《南北词广韵选》
26			《时调青昆》	《醉怡情》
27			《歌林拾翠》	《乐府歌舞台》
28			《尧天乐》	《歌林拾翠》
29			《摘锦奇音》	《缀白裘合选》
30			《缀白裘合选》	《缀白裘》
31			《缀白裘全集》	
32			《千家合锦》	

表7-6 《北西厢》和《南西厢》各出在各种戏曲选本中的入选频率一览

《北西厢》			《南西厢》		
出数	出目	选本名称	出数	出目	选本名称
1	佛殿奇逢	《词林摘艳》《风月锦囊》《群音类选》《乐府红珊》《赛征歌集》《南北词广韵选》《歌林拾翠》《缀白裘合选》《缀白裘全集》	5	佛殿奇逢	《群音类选》《吴歈萃雅》《南音三籁》《词林逸响》《玄雪谱》《增订珊珊集》《醉怡情》《缀白裘合选》《缀白裘》《审音鉴古录》

续表

《北西厢》			《南西厢》		
出数	出目	选本名称	出数	出目	选本名称
2	僧房假遇	《词林摘艳》《风月锦囊》《群音类选》《摘锦奇音》《南北词广韵选》	6	禅关假馆	《群音类选》
3	墙角联吟	《词林摘艳》《风月锦囊》《群音类选》《大明春》《乐府遏云编》《南北词广韵选》《歌林拾翠》	9	唱和东墙	《群音类选》《吴歈萃雅》《月露音》《南音三籁》《词林逸响》《缀白裘合选》
4	斋坛闹会	《词林摘艳》《风月锦囊》《群音类选》《乐府遏云编》《南北词广韵选》《歌林拾翠》《万家合锦》	10	目成清醮	《群音类选》
5	白马解围	《词林摘艳》《群音类选》《万壑清音》《南北词广韵选》	14	溃围请救	《群音类选》《缀白裘》《审音鉴古录》
6	红娘请安	《词林摘艳》《风月锦囊》《群音类选》《乐府遏云编》《南北词广韵选》《歌林拾翠》《缀白裘全集》	17	东阁邀宾	《群音类选》《吴歈萃雅》《南音三籁》《词林逸响》《醉怡情》《缀白裘合选》《缀白裘》《增订珊珊集》
7	夫人停婚	《词林摘艳》《风月锦囊》《群音类选》《南北词广韵选》	18	北堂负约	《群音类选》《缀白裘合选》
8	莺莺听琴	《词林摘艳》《群音类选》《乐府玉树英》《乐府菁华》《玉谷新簧》《乐府万象新》《乐府遏云编》《南北词广韵选》《乐府歌舞台》《时调青昆》《歌林拾翠》《缀白裘合选》	19	琴心写恨	《群音类选》《吴歈萃雅》《月露音》《南音三籁》《词林逸响》《玄雪谱》《增订珊珊集》
9	锦字传情	《词林摘艳》《风月锦囊》《群音类选》《乐府玉树英》《乐府红册》《玉谷新簧》《大明春》《怡春锦》《南北词广韵选》《歌林拾翠》《缀白裘合选》《戏曲五种选钞》	20	情传锦字	《群音类选》《吴歈萃雅》《月露音》《南音三籁》《词林逸响》《缀白裘》

《北西厢》			《南西厢》		
出数	出目	选本名称	出数	出目	选本名称
10	妆台窥简	《词林摘艳》《风月锦囊》《玉谷新簧》《南北词广韵选》《歌林拾翠》	21	窥简玉台	《群音类选》
11	乘夜逾墙	《词林摘艳》《群音类选》《乐府玉树英》《玉谷新簧》《摘锦奇音》《乐府万象新》《赛征歌集》《南北词广韵选》《乐府歌舞台》《时调青昆》《歌林拾翠》	22	猜诗雪案	《群音类选》《吴歈萃雅》《词林逸响》《南音三籁》
12	倩红问病	《词林摘艳》《群音类选》《南北词广韵选》《歌林拾翠》《缀白裘全集》	23	乘夜逾墙	《群音类选》《吴歈萃雅》《南音三籁》《词林逸响》《缀白裘》
13	月下佳期	《词林摘艳》《风月锦囊》《八能奏锦》《群音类选》《南北词广韵选》《歌林拾翠》《缀白裘合选》	24	回春柬药	《群音类选》《吴歈萃雅》《月露音》《南音三籁》《词林逸响》
14	堂前巧辩	《词林摘艳》《词林一枝》《群音类选》《赛征歌集》《南北词广韵选》《乐府歌舞台》《歌林拾翠》《缀白裘全集》	25	病客得方	《群音类选》《吴歈萃雅》《词林逸响》
15	长亭送别	《词林摘艳》《风月锦囊》《群音类选》《乐府红珊》《赛征歌集》《尧天乐》《乐府遏云编》《南北词广韵选》《时调青昆》《歌林拾翠》	26	巫姬赴约	《群音类选》《怡春锦》《缀白裘》《审音鉴古录》
16	草桥惊梦	《词林摘艳》《群音类选》《万壑清音》《南北词广韵选》《歌林拾翠》	27	月下佳期	《吴歈萃雅》《南音三籁》《词林逸响》《徽池雅调》《缀白裘》
17	泥金报捷	《词林摘艳》《风月锦囊》《群音类选》《乐府红珊》《尧天乐》《南北词广韵选》	28	堂前巧辩	《群音类选》《醉怡情》《缀白裘》《审音鉴古录》

续表

《北西厢》			《南西厢》		
出数	出目	选本名称	出数	出目	选本名称
18	尺素缄愁	《词林摘艳》《群音类选》《南北词广韵选》《歌林拾翠》	29	秋暮离怀	《群音类选》《吴歈萃雅》《月露音》《南音三籁》《词林逸响》《玄雪谱》《增订珊珊集》《缀白裘》《审音鉴古录》
19	郑恒求配	《词林摘艳》 《群音类选》	30	草桥惊梦	《群音类选》《吴歈萃雅》《南音三籁》《词林逸响》《醉怡情》《审音鉴古录》
20	衣锦还乡	《词林摘艳》 《群音类选》	32	泥金报捷	《群音类选》《怡春锦》
			33	尺素缄愁	《吴歈萃雅》《南音三籁》《词林逸响》

第八章

《五伦全备记》和《香囊记》的
接受考论

在中国古代戏曲史上，《五伦全备记》（以下简称《五伦记》）和《香囊记》这两部并非一流的南戏作品却占据着特别重要的位置，随便打开一部戏曲通史或明清断代史，如果没有对这两部作品的相关评论似乎便为"缺典"。戏曲史如此，范畴更为广阔的中国古代文学史也是这样，如新中国成立后几部影响较大的文学史或列专节、或以专题等形式纷纷为之予以述评。遗憾的是，不论是各体戏曲史还是文学史，基本都以徐渭在《南词叙录》或徐复祚在《曲论》中所表述的观点为准的，片面强调"（《五伦全备记》）是明初枯燥无味的道学戏剧的发轫之作"①和"《香囊记》开辟了明代传奇骈俪化、典雅化和八股化"②等不良影响，几乎完全忽视了这两部作品风行于明清时期各地舞台的事实。倒是徐朔方先生在其《明代文学史》中公允地指出"《香囊记》曾经风行一时，成为勾栏艺人演唱的保留节目。……更直接、更形象地说，没有《香囊记》就不会有《牡丹亭》"。③同样令人遗憾的是，徐朔方先生在作出上述肯定的不久，并没有忘记回归到前哲时贤的阵营中去："'南戏之厄，莫盛于今'并非夸大之词，然而这是一个不可逾越的环节。没有初起时的种种弊端，就不会有晚明传奇戏曲的极盛。……不是说《牡丹亭》在艺术手法或思想内容上对《香囊记》有所继承，而是说《牡丹亭》是《香囊记》等平庸作品所开辟的文人传奇在成熟期的辉煌成就。"④可以肯定地说，上述

---

① 袁行霈等：《中国文学史》（第四卷），第107页。
② 同上书，第108页。
③ 徐朔方、孙秋克：《明代文学史》，浙江大学出版社2006年版，第46—47页。
④ 同上。

观点的积极与合理之处故自不乏，但论者置本剧繁荣的接受市场不论，仅以中、上层文人的看法涵盖两剧的全部内容，可商榷之处应当很多。

第一节　《五伦全备记》和《香囊记》产生的时代背景

自洪武元年至嘉靖以前，史学家一般将它断为明朝初期。从总体情况来看，本期各种体式戏曲创作的趋势远不如明中、后期活跃，有建树的作品数量更少。究其原因，新王朝的文化专制主义难辞其咎。据《明史·刑法志》记载："寰中士夫不为君用，其罪至抄劄。"① 可见，"学成文武艺""货与帝王家"已经成为时人的不二选择，否则可能导致家破人亡。如明初著名诗人高启因为不愿为官，就被朱元璋借故腰斩。再如"苏州人才姚润、王谟被征不至，皆诛而籍其家。'寰中士夫不为君用'之科所由设也"②。另外，新王朝还明确规定，"文章宜明白显易，通道术，达时务，无取浮薄"。③ 易言之，不论何种形式的艺术作品，必须为当时的政治要求服务。在戏曲领域，这种限制更加具体化，"今后人民倡优，装扮杂剧，除依律神仙道扮、义夫节妇、孝子顺孙、劝人为善者，及欢乐太平者不禁外，但有亵渎帝王圣贤之词曲驾头杂剧，非律所该载者，敢有收存传诵印卖，一时拿送法司究治。奉旨：但这等词曲出榜后，限他五日，都要干净、将赴官烧毁了。敢有收藏的，全家杀了"。④ 在政策上为当时的戏曲作品的主题、题材、人物形象设置禁区，在法律上规定哪些戏可演，哪些戏禁演，违者如何处罚，这种文化政策的局限性不可谓不大。正是在这样的政治高压政策的影响下，明初的戏曲创作和演出就不得不在政策和法律允许的范围内做文章。但是，历代的开国之君毕竟非常熟悉治国之道，朱元璋及朱棣更是洞悉戏曲的社会功能，因此，他们对戏曲采取了限制和利用的双重手段。合乎上述要求的戏曲作品，不仅不应该禁止，还要大力提倡，限制的目的乃是为了更好地利用。恰巧，适逢高明的《琵琶记》在民间被搬演得如火如荼，以

---

① 《明史·刑法志》，中华书局 1974 年版，第 2284 页。

② 同上书，第 2318 页。

③ 《明史·詹同传》，中华书局第 3929 页。

④ 顾起元：《客座赘语·国初榜文》，《新曲苑》本册二，第 8 页。

致上达天听；可能觉得这是个千载难逢的好机会，富于伦理教化色彩的《琵琶记》不仅获得朱元璋的首肯，还被称赞为"如山珍海错，贵富家不可无"般不可多得的佳作。《琵琶记》能获得如此殊荣，剧关教化、事维伦常的主题取向至关重要。从朱元璋"寻患其不可入弦索"的遗憾态度来看，明太祖更愿意接受北曲的《琵琶记》演出，这才有"色长刘杲撰腔以献"。在中国古代文学的发展过程中，一个有趣且值得深思的现象是，当某一作家或作品在取得成功之后，续貂之作将或如影随形。如屈原之后有宋玉；令洛阳纸贵的左思的《三都赋》出现之后，张衡就因之以《两京赋》，扬雄亦撰《两都赋》；李白、杜甫既号"李杜"，李商隐、杜牧亦被称为"小李杜"。《五伦记》和《香囊记》就是这种积习的产物。高明在定下"不关风化体，纵好也徒然"的戏曲创作基调之后，邱濬紧随其后，赶紧宣称"若于伦理无关紧，纵是新奇不足传"（《五伦记》第一出《副末开场》【鹧鸪天】）；邵灿也不甘落后，也立刻宣称《香囊记》的创作主旨是"续取《五伦新传》，标记《紫香囊》"（《香囊记》第一出【沁园春】）。

　　另一个不容忽视的原因是，元朝毕竟是中国历史上第一个相对落后、野蛮的民族统治另一个相对先进、文明的民族的时代，更何况这个落后民族的统治非常黑暗。在元蒙贵族统治之下，全国各地民不聊生，冤狱遍野，吏治腐败得更是无以复加。它不仅严格地将各地的人民划分为"蒙古人、色目人、汉人、南人"四个等级，甚至还停开科举几达百年之久。民分四等，各个等级的人民所享受的政治待遇自然有明显的差别，朝中政要出自蒙古、色目两个等级自不必说，就是各地州县属官，汉人和南人也大多只能居于副职。而停开科举的影响更大，广大汉族儒士孜孜于学的主要目的，就是以学识为晋身之阶，跻身统治者阶层。只要顺利通过科举考试，越是下层的读书人越有身跃龙门的喜悦。现在，残酷的现实已经毁灭了他们这一几乎唯一的进身之阶。更可怕的是，因为缺少这一进身之阶，无望身跃龙门的最下层知识分子连基本的生存条件都一同受到严重的影响。毕竟，在读书、科举这一链条中，更多的儒士是借教书育人获得的微薄束脩养家糊口。最让广大汉人难以忍受的是，生产力相对落后的蒙古统治者，甚至大量摧残绵延千年之久的璀璨的汉文化。随便打开一部元代的诗文典籍，绝少发现当时的知识分子有为新王朝歌功颂德之作；相反，广大文人还通过各种形式的文艺作品，曲折地表达了对故宋王朝的怀念。就连没有受到宋王朝恩惠的金人，也真切地表达了这种怀念。由此可见，因为新、旧王朝的更替而对当时文化产业造成的破坏对文人的影响多么大。

不仅文士阶层对元王朝离心离德，生活在最下层的平民百姓因为所受之祸尤大，各种形式的反抗活动更是随处可见。只要读一下关汉卿等元人剧作，不难发现，即使像窦娥那样身处深闺，飞来横祸照样不期而至。3岁丧母，7岁失父，20岁就成了寡妇的善良妇女窦娥，因为各种黑恶势力的欺压，奋起反抗。但是，现实生活中竟然连她说理之处都没有。在"一杖下，一道血，一层皮"的严刑拷打下，窦娥终于认识到"衙门自古向南开，就中无个不冤哉"的严酷现实。不屈的她将反抗和诅咒一直追溯到天地鬼神，但结果仍然只能无奈地接受"只落得两泪涟涟"的残酷现实。元代南戏虽然主要关注家庭伦理等生活琐事，但《祖杰》戏文依然将当时的黑暗面一览无余地展现在观众面前。该剧的剧本虽然今已无存，但周密《癸辛杂志》的约略记载还是使人对当时的现实不寒而栗。恶僧祖杰将一个原本完美的家庭折磨得荡然无存，竟然没有官府愿意为之主持公道；即使官府在被动情况下将祖杰等恶党系狱杖杀，也就是五天的时间，来自京城赦免祖杰的文诰就已下达。文人既不与上层统治者同心同德，下层民众又时时予以激烈反抗，蒙古贵族建立的元王朝的灭亡只是时间早晚的问题。

自朱明王朝的建立之后，汉人重操国柄，举国欢庆的景象处处可见。"前三国，后六朝，草生宫阙何萧萧！英雄乘时务割据，几度战血流寒潮。我生幸逢圣人起南国，祸乱初平事休息。从今四海永为家，不用长江限南北。"这几句诗歌是明初吴中四杰之一高启的名作《登金陵雨花台望大江》之一部分，该诗从一个横越时空的角度，融合写景与怀古、现实和历史，格调虽然悲愤苍凉，却自有一股承平的喜悦，显然不属于完全类型的歌功颂德之作。当然，为了显示与旧王朝的区别，新王朝在各个方面作出了不少积极努力，如休养生息、薄赋省敛、加强吏治管理等方面，成就明显。为了长治久安，新王朝在思想领域更是费尽心力。首先，朱元璋接受大臣解缙等的建议，以程朱理学作为王朝的官方哲学；其次，朱元璋又在刘基等人的帮助下，制定了颇为严格的八股取士制度，专取《四书》《五经》命题。明成祖朱棣为了进一步完善了思想领域控制的程序，不仅诏命撰修《四书大全》《五经大全》《性理大全》三部著作，还亲自执笔作序，命礼部刊行天下，以为科举考试的唯一准绳。上述种种举措，弊端虽则不乏，却也在某种程度上获得了下层文士与民众的真心拥护。对于新王朝推行的教化思想，社会各阶层从心理上予以激烈对抗的并不多，相反，在行动上热烈拥护的却非个别。即便明代中叶以后盛行的王学左派思想，也只是对程朱理学极端方式的对抗，对本属于传统伦理层面的东西，王阳明等不仅不反对，反而要求人们应该从心底自觉地予以接受。况且，王学毕竟同属理学，其主观愿望是"去人欲""破心中贼"，并希望借此巩固封建秩序。在这样的时代背景之下，《五伦记》和《香囊记》的出现事属必然。

《五伦记》和《香囊记》的出现还和明初的整体接受环境有关。不论身处何朝何代，也不论统治阶级的文化政策如何，深受儒家传统思想影响的炎黄传人总是把忠孝节义、特别是孝义视为立身之本。在这种传统文化的大背景下，无怪乎《琵琶记》能大行天下，也无怪乎本期盛演的南戏作品几乎都事涉孝义。可以认为，"从来名教纲常重"（《双珠记》第四十六出《人珠还合》【永团圆】）、"惟有孝义贞忠果美哉"（《跃鲤记》第四十二折【尾】）就是时人的道德指向所在。如果按题材将明初剧坛经常上演的剧目予以比勘，不难发现，明初舞台上演频率最高的剧目，基本都属于伦理教化的范畴。这些剧目大致可以细分如下：

（1）表彰忠义的作品：沈鲸的《鲛绡记》、无名氏的弋阳腔剧本《十义记》。

（2）颂扬母贤、子孝、妇节、弟悌的作品：陈罴斋的《跃鲤记》、沈鲸的《双珠记》、郑国轩的《白蛇记》、无名氏的《商辂三元记》等。

（3）宣扬因果报应的作品：沈龄的《冯京三元记》、沈龄的《还带记》、张瑀的《还金记》等。

（4）借助宗教故事劝善的作品有《目连救母劝善记》。

上述剧作，不仅在明初舞台上演的频率很高，就是在王学思潮大行天下的明代中、后期，也是盛演不衰，某些作品更是成为一些戏班的保留剧目。依此而论，这些剧目虽然在客观上配合了明初统治阶级强力推行的专制统治，但因为它们保留了太多的民族传统美德，所以才得到当时受众的热烈欢迎。毕竟，明初统治者所遵循的程朱理学就是建立在传统美德极端化的基点上。

可能也正是上述诸种主、客观原因使然，《五伦记》和《香囊记》

诞生之后，立刻在当时的舞台上占有一席之地，致使明初及其以后的各类南曲戏班对这两部著作表现出了极大的热情。另外，这两部作品特别是《香囊记》之所以深受当时的各个级别的受众群体的欢迎，还与它们的叙事视角和故事情节架构以及剧中的人物风貌密切相关。正如邱濬和邵灿在这两部剧作中的创作宣言类似，《五伦记》和《香囊记》的故事表现以及剧中的人物构成也在走着以《琵琶记》为代表的许多传统南戏的旧路，专取忠孝节义做文章。如《五伦全备记》以伍伦全、伍伦备及安克和三兄弟在处理孝悌等家庭伦理关系为主线，比较全面地展现了明初一个被典型化了的普通家庭的生活图景："两仪间禀性人人善，一家里生来个个贤。母能慈爱心不偏，子能孝顺道不愆，臣能尽忠志不迁，妻能守礼不二天，兄弟和乐无间言，朋友患难相后先，妯娌协助相爱怜，师生恩又义所传，五般伦理件件全。"《香囊记》也是这样，剧叙张九成新婚不久即离家赴选，中状元后却因为得罪秦桧被派往岳飞军中；与金兵交战之时不慎遗落其母所制紫香囊。不料紫香囊又被败军拾到，张九成因此被误传身亡。其后，秦桧复遣张九成出使金邦，因为拒绝金主的招婿，又被羁留。金兵破汴梁之后，九成之母、妻流亡他乡，紫香囊又被运使之子赵丙所得，并试图谋夺张妻。此时张九成已逃离金邦，并被选授为观察使，张妻前来告状，于是夫妻、母子团圆。在现实生活中，五伦全备于一家的可能性很小，但邱濬却把母子、兄弟、夫妻、婆媳之间的忠孝节义演绎得如此完美，难免使人产生虚假的感觉。没有生活真实，艺术真实将成无源之水。如果剧作家还存"这戏文一似庄子的寓言流传，在世搬演。但凡世上有心人须听俺谆谆语"（第29出《会合团圆》【余音】）的希望，他对《琵琶记》的接受就必须是自表及里的完全、彻底的接受，而不是只抓住关风化一点就不遗余力地做文章。《五伦记》在明清时期的舞台接受方面不及《香囊记》，原因或许正在这里。《香囊记》的情况就好得多，虽然该剧在结构上对《琵琶记》《拜月亭》乃至《荆钗记》等经典南戏的承袭太多，并在语言上直接、大量采自《诗经》和杜诗，各种典故亦层出不穷，甚至宾白也用文语，但这种骈俪、典雅的文风颇为合乎明代文人的口味。另外，该剧深受观众欢迎的主要原因之一，可能与它在故事结构对《琵琶记》《拜月亭》和《荆钗记》等经典南戏的承袭关系很大。如郑光祖的《㑇梅香》剧，因为亦步亦趋《西厢记》，所以难得学界的好评，但该剧在明清时期的接受市场上却深受观众欢迎即是一例。阮大铖的《春灯谜》也是这样，这部剧作将《拜月亭》的误会、错认等手法发挥到了极致，东施效颦的手段一目了然，偏偏观众的反响还相当不错。如此看来，《香囊记》之所以深受观众的欢迎并成为很多戏班的保留剧目，恰是暗合《㑳梅香》《春灯谜》等剧的成功经验。

第二节 《五伦全备记》和《香囊记》的接受情形考述

尽管《五伦记》和《香囊记》屡遭明代中、后期诸如徐渭、徐复祚等批评家的诟病，但这两部剧作在明清时期的接受情况却颇值得今人重新关注。关于《五伦记》和《香囊记》的演出情形，明清时期的不少文人的笔记著述都有相关的记载，如潘之恒在《鸾啸小品》卷三就有如下记述：

> 金娘子，字凤翔，越中海盐班所合女旦也。余五岁时，从里中汪太守筵上见之……试一登场，百态轻盈，艳夺人目。余犹记其《香囊》之探，《连环》之舞，今未有继之者。虽童子犹令销魂，况情炽者乎？①

此外，明代冯梦祯的《快雪堂日记》也有观看《香囊记》演出的记录："（壬寅十一月初八于凌濛初宅）吕三班作戏演《香囊记》。席散，夜且半矣。"②

潘之恒等而外，沈德符在《顾曲杂言》中则有关于《五伦全备记》的演出记述，虽然寥寥数语，却也简明扼要地说出了这部剧作所受到的欢迎情况："邱文庄淹博，……今《五伦全备》是其手笔，亦俚浅甚矣。……《五伦记》至今行人间，真所谓不幸而传矣。"③沈德符所说的《五伦记》至今风行人间，确为事实，但他所谓"不幸而传矣"则明显不符合这两部剧作的实际演出情况。据明代陶奭龄的《小柴桑喃喃录》卷

① 潘之恒：《潘之恒曲话·金凤翔》，第145页。
② 冯梦祯：《快雪堂日记》，第62页。
③ 沈德符：《顾曲杂言》，《中国古典戏曲论著集成》（四），第203—204页。

上记载，当时一般士绅的家庭寻常宴会，《五伦记》和《香囊记》已经几乎成为必选的剧目。现将陶氏的这段话全文转引如下：

> 如《四喜》《百顺》之类，《颂》也，有庆喜之事则演之；《五伦》《四德》《香囊》《还带》等，《大雅》也；《八义》《葛衣》等，《小雅》也，寻常家庭宴会则演之；《拜月》《绣襦》等，《风》也，闲庭别馆，朋友小集，或可演之。至于《昙花》《长生》《邯郸》《南柯》之类，谓之逸品，在四品之外，禅林道院，皆可搬演，以代道场斋醮之事。若夫《西厢》《玉簪》等诸淫媒之戏，亟宜放绝。禁书坊不得鬻，禁优人不得学，违则痛惩之。亦厚风俗、正人心之一助也。

此外，晚明的吕天成在《曲品》中，不但将《香囊记》列之为妙品，更有关于《五伦记》为时人接受情况的简约记录，如"（《五伦记》）内《送行》'步蹑云霄'曲，歌者习之。"[1] 祁彪佳也有在壬申年十月初九日，"赴刘讱韦席，同席皆越中亲友也。观《香囊记》"[2] 和戊寅年四月二十二日，"……洎暮，陪云甫戏酌，观《香囊记》"[3] 的记录。最能说明《香囊记》接受盛况的还是徐渭在其《南词叙录》中所说的"三吴俗子，以（《香囊记》）为文雅，翕然以教其奴婢，遂至盛行"[4] 等接受情形。

如果说文人的笔记或曲话著述尚不能反映两剧在明清时期的演出情形的话，那么在最能反映明清时期戏曲接受之盛的各种零出和零曲选本的《五伦记》和《香囊记》的收录情况同样可观。在现存最早的戏曲选本《风月锦囊》中，这两部作品同时入选。而标明"绣像演剧"的舞台演出本同时也是明代最著名的全本戏选本《六十种曲》也将《香囊记》予以收录。同样，在清代最著名的舞台演出本《缀白裘》中，《香囊记》之《看策》一出也被收录。《风月锦囊》诞生于明代嘉靖三十二

---

① 吕天成：《曲品》，《中国古典戏曲论著集成》（六），第228页。

② 祁彪佳：《祁忠敏公日记·栖北冗言》，《北京图书馆古籍珍本丛刊》（20），书目文献出版社，第618页。

③ 同上书，第758页

④ 徐渭：《南词叙录》，《中国古典戏曲论著集成》（三），第243页。

年（1553）之前，《缀白裘》则最终完善和刊刻于清乾隆四十二年（1777），两者之间的时间跨度为 220 余年。如此长的时间跨度却也意味着这两部剧作的各种舞台演出形式一直不绝如缕，从未真正断绝。作为明清时期舞台演出的实录，各体戏曲选本所反映的情况无疑和上述文人的各类著述一样真实可信。较之文人著述，各体戏曲选本更真切地反映了这两部剧作所受到的欢迎程度。更如《香囊记》所遭受的诟病明显少于《五伦记》，明清时期的各类戏曲选本对《香囊记》便偏爱有加。如在现存刊刻于明清时期的全部 47 种各类选本中，《五伦记》的入选频率仅为 8 种，《香囊记》却以 32 次的高频率位居三甲，排在它前面的两部剧作分别是《琵琶记》和《破窑记》。《琵琶记》虽为大名鼎鼎的"曲祖"，也不过以 34 次的入选频率被《风月锦囊》等选本收录，《破窑记》也以同样的高频率共被《盛世新声》等 29 种零出选本以及《吴歈萃雅》等 5 种零曲选本分别选收。其他诸如名列"江湖十八本"的"四大南戏"之《荆钗记》《拜月亭》和《白兔记》则分别入选 29、27和 20 次，已经呈现步《香囊记》后尘的趋势。当然，仅仅凭借这些选本的选收频率决定一部剧作所受的欢迎程度，既不科学，也不符合此类作品的实际情况。如在案头接受方面，《琵琶记》以领跑于《香囊记》更多的版本形态为世人所知，相形之下，《香囊记》的 4 种刻本存世已经汗颜很多。但是，如果将上述作品的入选频率作为这些作品受到的欢迎程度的重要参照物，既具有明显较强的说服力，也非常符合辩证法的合理逻辑内核。另外，不论是通过各类文人的笔记著述还是通过下述选本所统计的结果来看，洛地先生所谓"把它们归为宫廷戏曲，它们也就只在上层演出和传抄、刊行"① 之说，则明显不符合这两本南戏的实际接受情况。表 8 – 1 便是反映《五伦记》和《香囊记》入选现存的明清时期各类戏曲选本的详细情况。

第三节 《五伦全备记》和《香囊记》深受 欢迎的成因初探

《五伦记》《香囊记》在明代一方面遭受很多学者的严厉批评，另一

———————————

① 洛地：《戏曲和浙江》，第 204 页。

表 8-1

序号	选本名称	编选者及时代	选本性质	《五伦全备记》入选明细	《香囊记》入选明细
1	风月锦囊	明·徐文昭	零出选本	【皂罗袍】"遥见宫苑敞"（四段）、【二犯桂枝香】（三段），"红衲袄""他读的是孔圣卿"—[八声甘州]"月宫仙"（各五段）	[鹧鸪天]"一曲清歌酒一巡"、[齐天乐]"读书无意登廊庙"、[驻云飞]"壮志听月昂"（共四段）、[红人仙桃]（共四段）、[锦堂月]"为学当知趋向"（共四段）、[皂罗袍]"边柳边"（共四段）、[簇玉林]（二牌各二段）、[画眉序]、[黄莺儿]（共四段）、"孩儿辞故里"—[踏沙（莎）行]、[江头金桂]（共四段）、"为学本希贤希圣"—[忆多娇]（二犯傍妆台），[金"刮头"（二牌各二段），"我终日倚门间"—[鼓]（令）、[红衲袄]、"孕的是绣云装戴着头冠"（二牌各二段），[集贤宾]、"黄昏古驿人静情"—[珀猫儿坠]（一为四段，一为二段），[甘州歌]、"残星破晓"—[余文]（三段）
2	八能奏锦	明·黄文华	零出选本		琼林赴宴
3	群音类选	明·胡文焕	零出选本		探子
4	乐府玉树英	明·黄文华	零出选本		兄弟话别、忆子平明
5	乐府菁华	明·刘君锡	零出选本		兄弟叙别、忆子平明
6	乐府红珊	明秦淮墨客（纪振伦）	零出选本		兄弟庆寿、忆子征戍、琼林春宴
7	玉谷新簧	明·吉州景居士	零出选本		舍生代友
8	吴歈萃雅	明·茂苑梯月主人（周之标）	零曲选本	祖饯"步蹑云霄"、游街"万卉争妍"	怀子"风雨杏花残"

续表

序号	选本名称	编选者及时代	选本性质	《五伦全备记》入选明细	《香囊记》入选明细
9	月露音	明·李郁郁尔	零曲选本	相饯 "步蹑云霄"	失节 "为学不希贤希圣"，寄音 "风尘孤旅客"，村沽 "上苑糟丘中"
10	乐府万象新	明·阮祥宇	零出选本		九成姑媳忆别、九成别友归朝
11	赛征歌集	明·无名氏	零出选本		古驿神踪
12	大明天下春	明·无名氏	零出选本		兄弟叙别、忆子平胡、舍生待友
13	南音三籁	明·凌濛初	零曲选本		怀子 "风雨杏花残"
14	词林逸响	明·许宇	零曲选本	相饯 "步蹑云霄"	失节 "为学不希贤希圣"，驿逢 "黄昏古驿"
15	尧天乐	明·殷启圣	零出选本		忆子平胡
16	增订珊珊集	明·吴中苑瑜子（周之标）	零曲文选本		分别 "拆鸳无人廷筝"（目录作 "为学不希贤希圣"），驿逢 "黄昏古驿人静悄"
17	乐府遏云编	明·古吴楚同生槐鼎、仲誉生吴之俊	零曲文选本	送别	分别，驿逢

续表

序号	选本名称	编选者及时代	选本性质	《五伦全备记》入选明细	《香囊记》入选明细
18	六十种曲	明·毛晋	单剧选本		全选
19	绣襦演剧	明·无名氏	单剧选本	全选	全选
20	南北词广韵选	明·徐复祚	零曲文选本	[中吕·潘家傲]"起末乔官"、[仙吕]"摹秋光"、[仙吕]"傍妆台"、[正宫]"万方争妍"、[倾杯玉芙蓉]"步蹙云霄"	[越调·小桃红]"平沙断霁"、[仙吕·解三醒]"念孩儿幼承母训"、[双调·划鍬儿]"鱼华钓叟"、[双调·朝元歌]"花边柳边"、[正宫·红入]"锦堂月"、[商调·集贤宾]"黄昏古驿人静悄"、[黄钟·画眉序]"风雪掩衡茅"、[南吕·东鸥令]"我怀忠愤"、[南吕·三学士]"只得合情从母命"、[仙吕入双调·江头金桂]"为学本希贤希圣"、[中吕·满庭芳]"客梦阑珊"、[南吕·琐寒窗]"守孤帏儿度泪沾襟"
21	缀白裘合选	清·秦淮寓子审音,郁岗樵隐辑古,积金山人采新	零出选本	打牛敝掳	《香囊记》:邮亭寄宿
22	缀白裘	清·钱德苍	零出选本		看策
23	今乐府选	清·姚燮	单剧选本	不详	全选

方面却不以此时学界的意志为转移地风行于各地的舞台之上，除了上文所说的一些原因之外，看来还得以这两部作品特别是《香囊记》的巨大艺术魅力以及剧作家的创作指向着眼。明末清初的曲学大师李渔认为，"凡作传世之文者，必先有可以传世之心，而后鬼神效灵，予以生花之笔，撰为倒峡之词，使人人赞美，百世流芬——传非文字之传，一念之正气使传也"。①作为剧作家最主要的创作动机之一，"传世之心"早在几乎每一位剧作家的涉笔之初便已形成。远在上古时期，传统儒家思想便有所谓"立德、立功、立言"三不朽之说，两汉时期，身受腐刑的司马迁更意在藉《史记》名扬千古。宋元时期的南戏作家虽然没有司马迁等人的宏伟壮志，但"这番书会，要夺魁名"（《张协状元》第一出【满庭芳】）之类的想法也有"传世之心"。至于身为馆阁大佬的邱濬，所谓"传世之心"原本就是《五伦全备记》的主要创作动机之一，如"这戏文一似庄子的寓言流传，在世搬演"（《五伦全备记》第 29 出《会合团圆》【余音】）等宣言，便使邱濬的"传世之心"昭然若揭。而"因续取《五伦新传》，标记《紫香囊》"的邵灿，虽然没有明确表明"传世之心"，但"他一定是看到了《琵琶记》在民间的巨大影响，才导致了自己的创作行动"。②

　　关于李渔所谓的"生花之笔，撰为倒峡之词"，邵灿的《香囊记》故自不乏，如吕天成认为本剧"词工，白整。尽填学问。此派从《琵琶》来，是前辈最佳传奇也"③。何况《香囊记》还同时具有"调防近俚，局忌如酸。选声尽工，宜骚人之倾耳；采事尤正，亦嘉客所赏心"④等曲学优势。邱濬的《五伦全备记》虽然不像《香囊记》那样"尽填学问"，但认为这部剧作"词工，白整"也还有相当多的道理。如吕天成认为本剧的语言虽然不免"稍近腐"，但却是"大佬钜笔"⑤，否则，"内《送行》'步蹑云霄'曲"，也不会造成"歌者习之"的接受情形。有些遗憾的是，《五伦记》之所以在接受市场上不敌《香囊记》，一个重要的原因可能恰恰是邱濬本人过分看重了"虽是街市子弟，田里农夫，人人都晓得唱念"

　　① 李渔：《闲情偶寄·词曲部·结构第一·戒讽刺》，《中国古典戏曲论著集成》（七），第 12 页。

　　② 廖奔、刘彦君：《中国戏曲发展史》（三），第 224 页。

　　③ 吕天成：《曲品》，《中国古典戏曲论著集成》（六），第 224 页。

　　④ 同上书，第 210 页。

　　⑤ 同上书，第 228 页。

(第一出《副末开场》)这样的通俗本色语言。在一个很多受众十分讲究文采的南戏接受时代,邱濬这类本色语调当然不太可能会引起文人受众的更密切的关注。在这个截面上,《五伦记》输于《香囊记》就属于意料之中的事。《五伦记》不敌《香囊记》的接受之盛,并不等于这部作品在接受市场乏善可陈。虽然吕天成将它目为层次最低的"具品",可是能入吕氏法眼的作品原非恶类,它们本身就是万众瞩目之作。何况吕天成也说过"褒之则吾爱吾宝,贬之则府怨。且时俗好憎难齐,吾惧以不当之故而累全律"[1] 以及"入吾品者,可许流传,佚吾品者,自惨腐秽"[2] 之类的对自身审美眼光比较自负的话语。

不过,和邱濬一样更推崇浅显通俗语言的李渔虽然立刻指出戏曲之传世与否不在文辞之华美,而在戏剧故事思想内容的关乎世教和人物风貌的昂扬与否——"传非文字之传,一念之正气使传也"。如果在这个角度分析《五伦记》和《香囊记》,那么它们同样也有很多暗合李渔上述观点之处。如《五伦记》无论是故事情节还是人物形象,都是对三纲五常等封建伦理道德的形象演示。本剧的人物关系是:伍母是继室,伦全是前妻之子,伦备乃亲生,安克和是义子;伍氏兄弟的老师施善教有二个女儿,淑清为亲生,淑秀系养女,她们分别嫁给伦全、伦备兄弟,一剧之中,母子、兄弟、夫妻、朋友、师生等各种伦理关系尽在其中。再看全剧的主要关目设置,如讲"三从四德",即有"施门训女"(第四出);写母子之情、兄弟之义,有"一门争死"(第五出);写夫妇之情,有淑秀双目失明,伦备贵不易妻(第七出);伦全无子,淑清代为买妾(第十八出);写贤姑孝妻,有"割肝疗亲"(第十三出);写忠君爱国,有上本谏诤(第十六出);写抵御外敌,有遭掳不屈(第二十出)等。这样的故事内容如果不关乎当时的世教、这样的人物风貌如果不是昂扬奋发,那么就很难有其他事迹更能符合当时社会的主流思潮了。更能体现"传非文字之传,一念之正气使传"的地方是,为了更好地发挥这部剧作的积极社会功用,身为馆阁大佬的邱濬竟有几分媚俗的意念。在第一出《副末开场》中,作者从性善论出发,认为"这三纲五常,人人皆有,家家都备。只是人在世间,被那物欲牵引,私意遮蔽了,所以为子不孝的,为臣有不忠

---

① 吕天成:《曲品自序》,《中国古典戏曲论著集成》(六),第207页。
② 同上书,第212页。

的"等情况的发生，而《五伦记》要做的不过是"搬演出来，使世上为子的看了便孝，为臣的看了便忠"。这样的观点，不要说在当时具有较强的积极意义，就是当今所谓文明社会，不也大同小异地在积极提倡和施行吗？看来，邱濬所说的"虽是一场假托之言，实为万世纲常之理"，确有不少高瞻远瞩的成分在内。另外，揭开反对程朱理学序幕的心学大师王阳明也认为："今要民俗反朴还淳，取今之戏子，将妖淫词调俱去了，只取忠臣孝子故事，使愚俗百姓，人人易晓，无意中感激他良知起来，却于风化有益。"（刘宗周《人谱类记》卷下引）王、邱二氏不仅观点如一，甚至采用的手段也同出一辙。如此看来，《五伦记》在明清时期的流行，并非如沈德符所说的那样"不幸而传"，恰恰相反，它是以符合主流社会的道德理念和当时受众的某种接受美学规律才不绝于舞台之上的。

再则，有益风化本是元末明初剧坛的普遍倾向，元末的夏庭芝在《青楼集志》对弥漫于当时剧坛的各种剧目予以总结后认为："君臣如《伊尹扶汤》《比干剖腹》；母子如《伯瑜泣杖》《剪发待宾》；夫妇如《杀狗劝夫》《磨刀谏妇》；兄弟如《田真泣树》《赵礼让肥》；朋友如《管鲍分金》《范张鸡黍》，皆可以厚人伦，美风化。"① 今人廖奔也在其《中国戏曲发展史》中把明前期盛演的剧目扼要地归类如下：

> 明代前期盛演于舞台上的传奇作品，除了一部分是由元代继承而来以外，另有一批为当时下层文人所作，其中一些取得了较高的艺术成就。如苏复之的《金印记》、王济的《连环记》、沈采的《千金记》、陈黑斋的《跃鲤记》、姚茂良的《精忠记》、沈受先的《三元记》，以及无名氏的《桃园记》《草庐记》《古城记》《珍珠记》《荔枝记》等。这些作品……较之邱濬《五伦全备记》、邵灿《香囊记》具有更为广泛的社会现实内容，更为明白晓畅的剧本内涵和更大的观赏价值，因而在有明一代的舞台上长期盛演不衰，其优秀折子为清代各地的地方戏所广泛吸收，其故事情节也演化为后世的多种剧目，因而值得再次提请读者注意。②

① 夏庭芝：《青楼集志》，《中国古典戏曲论著集成》（二），第7页。
② 廖奔、刘彦君：《中国戏曲发展史》（三），第229页。

　　在廖奔先生所列举明前期盛演的种种南戏剧目中，除了《金印记》和《千金记》是反映发迹变泰之作，其余如《跃鲤记》说孝，《精忠记》教忠，《桃园记》是关于兄弟之义，《珍珠记》和《荔枝记》等则反映了贵不易妻之类的社会伦常。这些作品的广泛流传，除了大于《五伦记》和《香囊记》的"观赏价值"和"更为广泛的社会现实内容"，基本无异于上述二作。可是，即使《五伦记》的确因为"非文字之传，一念之正气使传"，也不能否认这部作品的无论是故事情节还是人物形象，都系程朱理学观念的拙劣图解，是三纲五常等封建伦理道德的形象演示等艺术层面的失败。看来，徐复祚讥之为"纯是措大书袋子语，陈腐臭烂，令人呕秽"① 并非完全没有道理。

　　邵灿的《香囊记》明显好于《五伦记》很多，这部作品不仅是"一念之正气使传"，也属于典型的"文字之传"范畴。谓其"一念之正气使传"，首先是这部作品系直接继承《五伦记》并在艺术上有所提高的结果；说它的"文字之传"，是因为这部作品"以诗语作曲，处处如烟花风柳"。② 倘若综合《香囊记》在明清时期的接受情况分析，与其说这部作品是直接继承《五伦记》的结果，毋宁说它是深得《琵琶记》的精髓。处处充满伦理教化色彩、处处是典雅精致的语言构成，只不过《香囊记》在上述方面走得比《琵琶记》更远而已。换一个角度说，也许正是因为《香囊记》走得比《琵琶记》更远，所以才会有如此繁荣的接受局面，会有仅仅少于《琵琶记》两次的各类戏曲选本的入选频率。

---

① 徐复祚：《曲论》，《中国古典戏曲论著集成》（四），第 236 页。
② 同上。

结　　语

　　无论从接受者的心理期待还是从他们的实际接受状况出发，中国古代的南戏、杂剧和传奇的接受之间显见地存在着特殊和一般的关系。这就是说，缘于不同的戏曲体式以及因之导致的不同表演方式所带来的差异性，使中国古代南戏和杂剧、传奇之间的接受情形在共性的基础上，不可避免地表现出一些独有的、不同于其他戏曲样式的特殊性。这种特殊性不仅存在于剧本和演出体制界限明显的南戏和杂剧之间，同时也存在于互有因果、前后相承的南戏和传奇之间。简单地说，自宋迄清的南戏接受过程中，几乎所有的南戏受众都可以通过用事实说话的南戏表演来完成对现实生活的体认；而除了《西厢记》之外的绝大多数杂剧则必须通过对剧中人物那种带有剧作家主体意识的强烈的感情抒发的接受，才能比较准确地完成对现实生活的褒贬。质言之，即使像《琵琶记》这样感情强烈、颇具动人色彩的南戏，也是靠种种不幸生活细节的铺排，传达了在忠、孝不能两全的情况下蔡氏一门的不幸遭遇。在这样的接受情境下，不论生活背景如何的各类受众，只需细细体会该剧所隐含的生活实景，无须揣摸剧作家的创作初衷就可以真切地获得本剧的主旨所在。杂剧则不然，自元代的北曲杂剧就寓有浓烈的剧作家的主体意识之后，明清时期的杂剧作家更把这种戏曲样式作为发抒个体郁闷的工具。因此，如果缺少对这些剧作创作背景的必要了解，很多受众在多数情况下将不可避免地误解剧作家的真正创作意图，如马致远的神仙道化剧、徐渭的《四声猿》、康海的《中山狼》和王衡的《郁轮袍》等即是如此。如此看来，在原有对现实生活体认的基础上，绝大多数受众只需把这种经验期待视野简单地应用到南戏接受中即可；而因为缺少必要的生活基础，多数杂剧的受众则必须在原有生活经验能动发挥的基础上，才可以真正领会这些剧作隐含的主旨所在。再以王衡的另一部杂剧《没奈何》为例，本剧叙述一个名叫没奈何的人，

"苦于在人世间找不到出路，遂向葫芦先生诉苦，谓富不如贫，贵不如贱，郎中、相面、地理、卖卦都做不得，读书、吃酒、嫖妓又无好结果；道学、性命、气节、山人、名士、青史留名的人各有所短，神仙亦不好"，① 最后得出生不如死的结论。没奈何上述结论的得出，没有多少生活实景的具体铺排，很多受众必须在基本接受剧中人主观判断的前提下，才能验证自己的生活经验。在这种叙事方式的指引下，很多杂剧的接受效果其实非常接近评话或者说书之类的非代言体口传艺术。倘若从受众的共鸣感被激发这一向度出发，用事实说话的南戏表演也最容易使受众置身于现实之外，全身心地投入虚拟的艺术世界中。另外，上述诸如马致远、徐渭、康海、王衡等人的剧作，在很多没有类似生活背景的受众看来，不无荒诞的感觉；而即使像《白兔记》《织锦记》《同窗记》这样具有很多传奇色彩的南戏，因为距离现实生活很近，很少有观众会把刘知远真龙附体、蛇穿七窍，以及咬脐郎打猎时腾云驾雾般的在短时间内即从山西邠州赶到江苏徐州之类的情节视为荒诞。如果将"凡作传奇，只当求于耳目之前，不当索诸闻见之外"② 之类的创作经验施之戏曲接受的话，很多观众肯定更愿意接受那些"耳目之前"的南戏，而不是诸如"闻见之外"的杂剧。

　　因为在剧本体制和舞台表演等诸多方面都前后承传等原因，南戏和传奇之间的接受更多表现为共性大于个性的特质。如果强求两者之间的接受差异，似乎只能根据两者之间的题材构成，总结出几乎所有的南戏剧目都可以在没有多少限制的情况下，施之于不同时空中不同生活背景下的不同年龄阶段的受众；而相当多的传奇作品则因为过分重视青年男女之间的闺房之爱，多少有些少儿不宜的接受限制。除了《拜月亭》以外，明清时期几乎所有留存的南戏舞台作品都没有能摆脱传统伦理道德的束缚，专在教忠教孝的范畴内做文章，这样的作品往往在现实生活中的生命力极强；传奇则不然，即使鼎鼎大名的《牡丹亭》《长生殿》等作品，也因为其中一些过分渲染男女之情的细节和曲词，使之在很多场合下颇多演出顾忌。也就是说，因为几乎每部南戏作品都事涉伦理，故而此类作品可以适合每

<hr />

① 徐子方：《明代杂剧史》，第235—236页。
② 李渔：《闲情偶寄·词曲部·结构第一·戒荒唐》，《中国古典戏曲论著集成》（七），第19页。

一个年龄段的观众聚而同观；也因为大部分传奇作品站在哲学的层面过分强调闺房之情的感人力量，致使即便如《牡丹亭》《长生殿》这样优秀的作品，也让成年观众之外的受众无法为之产生共鸣感。另外，专以闺房之爱为尚的言情传奇似乎也很不适合聚家同观的堂会性质的演出。比如，明代的传奇名家袁于令虽然"以《西楼》传奇得盛名"，但当他一日在出门饮酒之后回家的路上，"肩舆月下过一大姓门"，听到这家正在演《千金记》之《霸王夜宴》，舆人可能就是因为没有顾及当时的接受环境，才有如下的"如此良夜，何不唱（《西楼记》）'绣户传娇语'"① 之类的言情作品的不解。

　　最后需要说明的是，所谓南戏和杂剧、传奇之间因具体情境的不同而产生的特殊接受情结，基本上仅限于舞台接受而言。当这些作品在明清时期以案头接受的方式大行于世的时候，它们之间已经没有多少严格的界限，不论是长于叙事的南戏、传奇还是长于抒情的杂剧，仅作文字观的这三类作品确乎并未二致。也许，将南戏或传奇的零出硬性等同于杂剧作品的阅读最能体现其案头接受的特殊性所在吧？

---

①　焦循：《剧说》，《中国古典戏曲论著集成》（八），第198页。

主要参考文献

《古本戏曲丛刊初集》，上海商务印书馆影印本 1954 年版。

《古本戏曲丛刊二集》，上海商务印书馆影印本 1954—1955 年版。

《古本戏曲丛刊三集》，文学古籍刊行社影印本 1957 年版。

《古本戏曲丛刊四集》，上海商务印书馆影印本 1958 年版。

《古本戏曲丛刊五集》，上海商务印书馆影印本 1985 年版。

《古本戏曲丛刊九集》，上海商务印书馆影印本 1964 年版。

孙崇涛、黄仕忠笺校：《风月锦囊笺校》，中华书局 2000 年版。

［俄］李福清：《海外孤本晚明戏剧选集三种》（中），李平编，上海古籍出版社 1993 年版。

（明）胡文焕编：《群音类选》，中华书局 1980 年版。

（明）毛晋《六十种曲》，中华书局重印文学古籍刊行社排印本 1958 年版。

（明）臧晋叔编，《元曲选》，中华书局排印本 1958 年版。

隋树森编：《元曲选外编》，中华书局排印本 1959 年版。

《明成化说唱词丛刊附白兔记》，上海博物馆影印出土本。

（明）郭勋编：《雍熙乐府》，四部丛刊续编影印明嘉靖本。

（明）无名氏编：《盛世新声》，文学古籍刊行社影印本明嘉靖本。

钱南扬辑录：《宋元戏文辑佚》，上海古典文学出版社排印本。

《刘知远诸宫调》，《续修四库全书》影印本，上海古籍出版社 2002 年版。

（明）凌蒙初《南音三籁》，《续修四库全书》影印本，上海古籍出版社 2002 年版。

（明）冯梦龙等编：《明清民歌时调集》，上海古籍出版社 1987 年版。

杜颖陶、俞芸编：《岳飞故事戏曲说唱集》，上海古籍出版社

1985 年。

（明）黄文华选辑：《新刻京板青阳时调词林一枝》，《续修四库全书》影印本，上海古籍出版社 2002 年版。

（明）秦淮墨客：《新刊出像陶真选粹乐府红珊》，《续修四库全书》影印本，上海古籍出版社 2002 年版。

（明）龚正我辑：《新刊徽板合像滚调乐府官腔摘锦奇音》，《续修四库全书》影印本，上海古籍出版社 2002 年版。

（明）程万里：《鼎镌徽池雅调南北官腔乐府点板曲响大明春》，《续修四库全书》影印本，上海古籍出版社 2002 年版。

（明）冲和居士辑：《新镌出像点板缠头百练》，《续修四库全书》影印本，上海古籍出版社 2002 年版。

（明）熊稔寰编：《新锓天下时尚南北徽词雅调》，《善本戏曲丛刊》，台湾学生书局影印本 1984 年版。

（明）殷启圣编：《新锓天下时尚南北新调尧天乐》，《善本戏曲丛刊》，台湾学生书局影印本 1984 年版。

傅惜华编：《水浒戏曲集》，上海古籍出版社 1985 年版。

（明）陈所闻辑：《新镌古今大雅北宫词记》，上海古籍出版社《续修四库全书》影印本，上海古籍出版社 2002 年版。

（清）钱德苍编：《缀白裘》，中华书局排印本 1955 年版。

（元）周德清：《中原音韵》，《中国古典戏曲论著集成》本，中国戏剧出版社 1959 年版。

（清）周祥钰等编：《九宫大成南北词宫谱》，《续修四库全书》影印本，上海古籍出版社 2002 年版。

（明）徐于室、钮少雅编：《汇纂元谱南曲九宫正始》，《续修四库全书》影印本，上海古籍出版社 2002 年版。

（明）蒋孝编：《旧编南九宫谱》，《善本戏曲丛刊》，台湾学生书局影印本 1984 年版。

（明）沈璟编：《南九宫十三调曲谱》，《善本戏曲丛刊》，台湾学生书局影印本 1984 年版。

（明）沈自晋编：《南词新谱》，中国书店影明本 1985 年版。

（清）张大复编：《寒山堂曲谱》，清抄本《续修四库全书》本影印，上海古籍出版社 2002 年版。

（清）吕士雄等编：《新定南词定律》，清香云阁刻本《续修四库全书》影印本 上海古籍出版社 2002 年版。

（清）王正祥编：《新定十二律京腔谱》，清停云室刻本《续修四库全书》影印本，上海古籍出版社 2002 年版。

（清）王奕清编：《钦定曲谱》，中国书店影印本。

（清）叶堂编：《纳书楹曲谱》，清刻本《续修四库全书》影印本，上海古籍出版社 2002 年版。

王季烈、刘凤叔辑订：《集成曲谱》，商务印书馆 1924 年版。

（元）燕南芝菴：《唱论》，《中国古典戏曲论著集成》本，中国戏剧出版社 1959 年版。

（明）祝允明：《猥谈》，《中国古典戏曲论著集成》本，中国戏剧出版社 1959 年版。

（明）徐渭：《南词叙录》，《中国古典戏曲论著集成》本，中国戏剧出版社 1959 年版。

（明）何良俊：《曲论》，《中国古典戏曲论著集成》本，中国戏剧出版社 1959 年版。

（明）王骥德：《曲律》，《中国古典戏曲论著集成》本，中国戏剧出版社 1959 年版。

《曲论》，《中国古典戏曲论著集成》本，中国戏剧出版社 1959 年版。

（明）徐复祚：《顾曲杂言》（明）沈德符：《中国古典戏曲论著集成》本，中国戏剧出版社 1959 年版。

（明）魏良辅：《南词引正》，《汉上宦文存》辑，钱南扬校注，上海文艺出版社 1980 年版。

（明）沈宠绥：《度曲须知》，《中国古典戏曲论著集成》本，中国戏剧出版社 1959 年版。

（明）吕天成：《曲品》，《中国古典戏曲论著集成》本，中国戏剧出版社 1959 年版。

（明）祁虎佳：《远山堂曲品》，《中国古典戏曲论著集成》本，中国戏剧出版社 1959 年版。

（清）李渔：《闲情偶寄》，《中国古典戏曲论著集成》本，中国戏剧出版社 1959 年版。

（清）毛先舒：《南曲入声客问》，《中国古典戏曲论著集成》本，中国戏剧出版社 1959 年版。

（清）李调元：《雨村曲话》，《中国古典戏曲论著集成》本，中国戏剧出版社 1960 年版。

（清）焦循：《花部农谭》，《中国古典戏曲论著集成》本，中国戏剧出版社 1960 年版。

（清）焦循：《剧说》，《中国古典戏曲论著集成》本，中国戏剧出版社 1960 年版。

（清）梁廷楠：《曲话》，《中国古典戏曲论著集成》本，中国戏剧出版社 1960 年版。

（清）徐大椿：《乐府传声》，《中国古典戏曲论著集成》本，中国戏剧出版社 1960 年版。

（清）李斗：《扬州画舫录》，中华书局 1960 年版。

（元）夏庭芝：《青楼集》，《中国古典戏曲论著集成》本，中国戏剧出版社 1959 年版。

（清）王德晖等：《顾误录》，《中国古典戏曲论著集成》本，中国戏剧出版社 1959 年版。

（清）姚燮：《今乐考证》，《中国古典戏曲论著集成》本，中国戏剧出版社 1959 年版。

（清）支丰宜：《曲目新编》，《中国古典戏曲论著集成》本，中国戏剧出版社 1959 年版。

（清）黄文旸撰，董康校订：《曲海总目提要》，天津古籍书店 1992 年版。

（清）朱彝尊：《静志居诗话》，人民文学出版社 1998 年版。

庄一拂：《中国古典戏曲存目汇考》，上海古籍出版社 1982 年。

李修生主编：《古本戏曲剧目提要》，文化艺术出版社 1997 年版。

王国维：《宋元戏曲史》，上海古籍出版社 1998 年版。

吴梅：《中国戏曲概论》，《吴梅戏曲论文集》中国戏剧出版社 1983 年版。

吴梅：《吴梅戏曲论文集》，王卫民编，中国戏剧出版社 1983 年版。

［日］青木正儿：《中国近世戏曲史》，王古鲁译，台湾商务印书馆 1981 年版。

周贻白：《中国戏剧史》，中华书局 1953 年版。

周贻白：《中国戏剧史讲座》，中国戏剧出版社 1958 年版。

周贻白：《中国戏曲论丛》，中华书局 1952 年版。

周贻白：《中国戏曲论集》，中国戏剧出版社 1960 年版。

周贻白：《中国戏剧史长编》，人民文学出版社 1960 年版。

周贻白：《中国戏曲发展史纲要》，上海古籍出版社 1979 年版。

张庚、郭汉城主编：《中国戏曲通史》，中国戏剧出版社 1992 年版。

陆萼庭：《昆剧演出史稿》，上海文艺出版社 1980 年版。

胡忌、刘致中：《昆剧发展史》，中国戏剧出版社 1989 年。

廖奔、刘彦君：《中国戏曲发展史》，山西教育出版社 2003 年版。

钱南扬：《戏文概论》，上海古籍出版社 1981 年版。

钱南扬辑：《宋元戏文辑佚》，上海古典文学出版社 1956 年版。

钱南扬校注：《元本琵琶记校注》，上海古籍出版社 1980 年版。

吴新雷：《中国戏曲史论》，江苏教育出版社 1996 年版。

郭英德：《明清传奇史》，江苏古籍出版社 1999 年版。

刘念兹：《南戏新证》，中华书局 1986 年版。

叶德均：《戏曲小说丛考》，中华书局 1979 年版。

赵景深、张增元编：《方志著录元明清曲家传略》，中华书局 1987 年版。

郭英德：《明清传奇综录》，河北教育出版社 1997 年版。

郑振铎：《插图本中国文学史》，人民文学出版社排印本。

袁行霈主编：《中国文学史》，高等教育出版社 2000 年版。

中国大百科全书戏曲编辑委员会：《中国大百科全书》（戏曲、曲艺），中国大百科全书出版社 1983 年版。

齐森华等主编：《中国曲学大辞典》，浙江教育出版社 1997 年版。

王永宽、王钢：《中国戏曲史编年》（元明卷），中州古籍出版社 1994 年版。

赵景深：《中国戏曲初考》，中州书画社 1983 年版。

赵景深：《读曲小记》，中华书局 1959 年版。

钱南扬：《汉上宧文存》，上海文艺出版社 1980 年版。

徐朔方：《徐朔方说戏曲》，上海古籍出版社 2000 年版。

赵景深、张增元编：《方志著录元明清曲家传略》，中华书局 1987

年版。

洛地：《戏曲和浙江》，浙江人民出版社 1991 年版。

俞为民：《宋元南戏考论续编》，中华书局 2004 年版。

俞为民：《曲体研究》，中华书局 2005 年版。

陆林：《知非集》，黄山书社 2006 年版。

俞为民：《中国古代戏曲简史》，江苏文艺出版社 1991 年版。

俞为民、孙蓉蓉：《历代曲话汇编：新编中国古典戏曲论著集成》，黄山书社 2006 年版。

蔡毅：《中国古典戏曲序跋汇编》，齐鲁书社 1989 年版。

吴毓华：《中国古代戏曲序跋汇编》，中国戏剧出版社 1990 年版。

王利器辑录：《元明清三代禁毁小说戏曲史料》，上海古籍出版社 1981 年版。

周维培：《曲谱研究》，江苏古籍出版社 1999 年版。

周维培：《论中原音韵》，中国戏剧出版社 1990 年版。

朱万曙：《明代戏曲评点研究》，安徽教育出版社 2004 年版。

谭帆：《中国小说评点研究》，华东师范大学出版社 2001 年版。

谭帆、陆炜：《中国古典戏剧理论史》，华东师范大学出版社 2005 年版。

叶长海：《中国戏剧学史稿》，上海文艺出版社 1986 年版。

徐子方：《明杂剧史》，中华书局 2003 年版。

方志远：《明代城市与市民文学》，中华书局 2004 年版。

刘水云：《明清家乐研究》，上海古籍出版社 2005 年版。

朱崇志：《中国古代戏曲选本研究》，上海古籍出版社 2004 年版。

温州市文化局编：《南戏国际学术研讨会论文集》，中华书局 2001 年版。

金宁芬：《南戏研究变迁》，天津教育出版社 1992 年版。

孙崇涛：《南戏论丛》，中华书局 2001 年。

孙崇涛：《风月锦囊考释》，中华书局 2000 年。

孙崇涛、黄仕忠笺校：《风月锦囊笺校》，中华书局 2000 年版。

黄仕忠：《〈琵琶记〉研究》，广东高等教育出版社 1996 年版。

［韩］金英淑：《〈琵琶记〉版本流变研究》，中华书局 2003 年版。

杨荫浏：《中国古代音乐史稿》，人民音乐出版社 1981 年版。

吴钊、刘东升：《中国音乐史略》，人民音乐出版社 1993 年版。

罗锦堂：《明清传奇选注》，联经出版事业公司 1982 年版。

蒋菁：《中国戏曲音乐》，人民音乐出版社 1995 年版。

武俊达：《戏曲音乐概论》，文化艺术出版社 1999 年。

缪咏禾：《明代出版史稿》，江苏人民出版社 2000 年版。

（明）沈德潜：《万历野获编》，中华书局 1995 年版。

（明）何良俊：《四友斋丛说》，中华书局 1997 年版。

（明）顾起元：《客座赘语》，中华书局 1997 年版。

（明）陆容：《菽园杂记》，中华书局 1997 年版。

（明）谢肇淛：《五杂俎》，上海书店出版社。

（明）张岱：《陶庵梦忆·西湖梦寻》，江苏古籍出版社 2000 年版。

（明）范濂：《云间据目抄》，江苏广陵古籍刻印社《笔记小说大观》本 1995 年版。

（明）蒋一葵辑：《尧山堂外记》，《四库全书存目丛书》影印本。

（明）李日华：《紫桃轩杂缀》，《四库全书存目丛书》影印本。

（明）祁彪佳：《祁忠敏公日记》，书目文献出版社 1996 年版。

"中央研究院"历史语言研究所编：《明实录》，台北影印本 1962 年版。

叶德辉编：《双梅影闇丛书》，海南国际新闻出版中心。

徐朔方笺校：《汤显祖诗文集》，上海古籍出版社 1982 年版。

（明）袁宏道：《袁宏道集笺校》，钱伯城笺校，上海古籍出版社 1981 年版。

（明）袁中道：《珂雪斋集》，上海古籍出版社 1989 年版。

（明）袁中道：《游居柿录》，明天启刻本。

（清）钱泳：《履园丛话》，中华书局 1979 年版。

（清）刘廷玑《在园杂志》，中华书局 2005 年版。

（清）李光庭：《乡言解颐》，中华书局 1982 年版。

汪效猗辑注：《清稗类钞选·文学·艺术·戏剧·音乐》卷，书目文献出版社 1984 年版。

剧本月刊社编：《琵琶记讨论专刊》，人民文学出版社 1956 年版。

赵山林：《中国戏剧学通论》，安徽教育出版社 1995 年版。

钱南扬校注：《永乐大典戏文三种校注》，中华书局 1979 年版。

俞为民校注：《宋元四大戏文读本》，江苏古籍出版社 1988 年版。

孟繁树、周传家编校：《明清戏曲珍本辑选》，中国戏剧出版社 1985 年版。

（明）兰陵笑笑生：《金瓶梅词话》，人民文学出版社 2000 年版。

王熹：《中国明代习俗史》，人民出版社 1994 年版。

《明史》，中华书局 1977 年版。

后　记

拙著是我的博士论文修改稿。

2005 年，我有幸跻身南京大学，拜入俞师为民先生门下，继续学习和研究中国古代戏曲。在博士论文开题前，俞老师建议我以南戏为主要研究对象。他原本希望我从明清时期文人书信中所涉及的古代戏曲特别南戏研究史料为切入点，归纳当时受众戏曲接受的真实体会。经过一个月左右的尝试和努力，我感觉这个课题对我来说难度很大。一是这个时期的文人书信散佚严重，很难搜集足够的原始材料；二是时间不足，在一年左右的时间内未必能找到用以支撑博士论文的文献资料；三是我没有足够的经济能力到南京以外的地区查阅文献。鉴于糟糕的经济状况，俞老师便以《南戏接受研究》为题，让我写命题作文。他说，绝大多数的南戏研究资料，在钱南扬先生等前哲时贤的努力下，已经挖掘得差不多了，但是，如何利用这些资料，阐发出新的命意，却有赖于研究者的理论功力。他建议我不妨先熟悉已知的全部南戏资料，然后从接受学的视角出发重新予以阐释，须知旧的文献同样可以产生很多新见。不得不说，这是一种最适合我当时做博士论文的研究方法，我基本不用走出南京，甚至不用走出南大图书馆便可以获取足够的文献和参考资料。

在接下来的一年中，我每天都坐在电脑旁边，将我能找到的、对论文有所帮助的文献录入电脑中。这时，俞老师又告诉我他准备编纂一套《南戏文献全编》，将目前最具代表性的南戏文本和文献尽数收录其中，特别是仅见于明清时期各种戏曲选本中南戏剧本的零出和零曲。他让我将这些材料同时录入电脑，以为后来的《南戏文献全编》所用。俞老师不仅是提携我做项目，更是指导我如何做学问：没有足够的文献依托，甚至连作品也不熟悉，不得不负责任地"阐释"这些作品的思想、内涵或随心所欲地乱下结论等。另外，熟悉研究对象的基本内容，是做好一切研究的基础。只是越是常识性的研究方法，越是容易被忽略。于是，在论文动笔前，我差不多录入了 80 万字的文字资料。读博的第三年，我开始了艰苦的论文写作。不得不说，南大的住宿条件较差，一间不大的宿舍中要住 3 名博士生。不过，多数人从未真正抱怨过，他们至多叹一口气，说××大学的博士生 1 人一间宿舍；××大学的本科生也只住了 4 人。恰好，俞老师的一名博士后需外出半年以上，他便让我临时住进了南大幼儿园后面两居室的博士后公寓，以便专心写论文。博后公寓的条件虽然较好，但摆在书桌旁边的仍然只有方凳。多数时间，我一天都有 10 个小时左右坐在方凳上写论文。在写作的过程中，我经常做无用功：洋洋洒洒地写了好几千字甚至更多，过几天才发现其中的主要观点完全欠斟酌，甚至游离了论文的主题。好在 2008 年 3 月底，我终于完成了论文的初稿，5 月中旬，又如期、顺利地通过了论文的答辩。

实话实说，除了陪伴我三年的方凳，我对南大几乎没有其他怨艾。这里有我希望的读书环境，有真心训诲、提携我的老师，有尽力帮助我的同学。除了我的导师俞师为民先生，吴师新雷先生对我同样关爱有加。周立波师兄曾说，吴老师基本只有两个表情：一个是在笑，另一个是准备笑。有时，俞老师会向我们讲一些吴老师的逸事；当我求证的时候，吴老师反而会补充这些逸事的更详细资料。在学风上，俞老师和吴老师都严谨有加；在私交上，二人也非常融洽。因为两位老师都将彼此的学生视为自己的门人，所以我们现在有一个共同的 QQ 和微信群：吴俞萃雅。另外，苗怀明、解玉峰老师和南京师范大学的陆林先生、东南大学的徐子方先生、江苏省文化艺术研究院的冯健民先生、中国人民大学的朱万曙先生都曾对论文的写作和修改提出过不少有益的意见。同样关注、指导论文写作的还有我的硕导，徐州师范大学的赵师兴勤与吴师敢先生。和我一同入学的霍建瑜与乔丽两位师妹，秀外慧中，也助我极多。感谢上述诸君！

我还要感谢山东菏泽学院中文系的宋聚轩主任和王道迎书记以及张洪贵、朱世民、张体工、田智祥、王建、孙钦礼等老师，他们让我在菏泽学院工作时感到了家的温暖。最后，真诚地感谢浙江省文化艺术研究院原院长黄大同教授，他和俞老师一样，随时都愿意无私地帮助我。感谢浙江传媒学院的刘水云师兄、武翠娟师妹和吕茹等老师以及浙江艺术职业学院的周立波师兄，他们的真心帮助增加了我在杭州工作与生活的幸福感。

作 者

2017 年 7 月于杭州